スレーテッド

消された記憶

テリ・テリー

祥伝社文庫

グラハムに
いつも変わらずそばにいてくれた、何に巻き込まれたのかわからないままに

主な登場人物

カイラ・デイビス――主人公。16歳。スレーテッド。手術で記憶を消去され、デイビス家の養女になる。
サンドラ・アームストロング・デイビス――カイラの養母。父親は暗殺された元首相。
デイビッド・デイビス――カイラの養父。
エイミー・デイビス――19歳。カイラの義理の姉。スレーテッド。
ジャズ・マッケンジー――エイミーのボーイフレンド。
ベン・ニックス――17歳。スレーテッド。
トーリ――17歳。スレーテッド。
フィービー・ベスト――カイラの同級生。スレーテッドであるカイラを嫌悪する。

ライサンダー――カイラの主治医でスレーテッド手術の権威。
カイラが他のスレーテッドと違うことに気づいている。

ペニー――グループ療法会の担当看護師。

【ロードウィリアム校】

ミセス・アリ――カイラを担当するティーチングアシスタント(補助教員)。
カイラを常に監視する。

ブルーノ・ジアネリ――美術科主任教師。

ジョン・ハッテン――生物の代用教員。カイラに対して不可解な態度を取る。

ローダーズ――現政府の下で国民を監視する治安部隊。

プロローグ

走っている。

砂の上になんとか一歩、また一歩と足を踏み出す。そのたびに、足元の砂に波紋のような爪跡《つめあと》を残す。

這《は》い上がっては、転ぶ。そのくり返し。

もっと速く。前方の砂丘に視線を定める。

振り向くな。絶対に見るな。

息が乱れる。息を吸って、吐いて。吸って、吐いて。まだ走り続けている。

今にも肺が破れて、心臓が爆発するかというそのとき、砂の上に深紅《しんく》の星が現《あらわ》れ、それにつまずいた。

男が振り返った。男はわたしを立たせると、走り続けろと急《せ》き立てた。

それが近づいてくる。

立っていられない。また倒れる。もう走れない。

男はひざまずいてわたしを抱き起こし、わたしの目を覗《のぞ》き込む。

「もう時間がない。急いで、今だ！　壁を作るんだ」

近づいてくる。

わたしはレンガをひとつずつ積み上げた。一段、また一段と。

ラプンツェルのような高い塔。でも窓はない。髪を垂《た》らせる場所もない。

助かる見込みなどありはしない。

「自分がだれか、絶対に忘れるな！」男が叫び、わたしの肩を強く摑《つか》んで激しく揺さぶる。

恐怖が、海のように覆《おお》い尽くした。

砂。男の言葉、腕の傷、胸と足の痛み。

それは、たしかにここにある。

01

変な感じ。

でも、いい。ちゃんと判断できるほど、わたしには経験がない。

わたしは十六歳らしい。発達障害でもないし、生まれてからずっとカップボードに閉じ込められていたわけでもない。少なくともわたしが知る限りでは。

でも、スレーテッド手術を受けて記憶をリセットされた。だから、わたしには経験というものがない。

あらゆることの〝初体験〟が済むまで、しばらくかかるだろう。

初めての言葉、初めの一歩、初めて見る壁の上の蜘蛛《くも》、初めてつま先をぶつける。**何から何まで**初めてのこと。

だから、今日のよくわからない変な感じは、きっとそれと同じに違いない。

わたしは爪《つめ》を噛《か》みながら、新しいママとパパとエイミーが病院まで迎えに来て、わたしを家に連れ帰ってくれるのをここで待っている。でも、わたしはその人たちのことを知らない。「家」がどこにあるのかも知らない。

わたしは、**何も知らない**。どうして……変だと思わずにいられるだろう?

ビーッ。

手首につけたレボが振動して、かすかな警告音を立てる。

表示を見ると、数値が4・4まで低下している、幸せな気分にはほど遠い。とっさに、チョコレートの一かけを口にする。味わいながら表示を見ていると、数値がゆっくり上がり始める。

「イライラするたびに食べていたら、太るわよ」

わたしは飛び上がるほど驚いた。

ライサンダー医師がドアによりかかっている。長身の痩《や》せ形に白衣。褐色《かっしょく》の髪を後ろでひとつに束ねている。分厚い眼鏡《めがね》。彼女は、幽霊のように静かに音もなく現れる。あたかもだれかが危険領域に陥《おちい》るのをいつも**事前に**察知しているかのようだ。

しかし、抱きしめて落ち着かせてくれる看護師たちとは違う。**いい人**のたぐいではまったくない。

「時間よ、カイラ。来なさい」

「どうしても行かなきゃダメ? ここにはいられないの?」

医師は首を横に振った。しばたたかせた目がじれったそうにこう告げている。**そのセリフなら、百万回も聞いたわ**。

あるいは少なくとも、一九、四一七回ね。わたしのレボのＩＤ番号は、１９４１８だから。

「ダメ。無理なことはわかっているでしょ。病室を空《あ》けてもらう必要があるの。いいから来なさい」

医師は踵《きびす》を返すと、ドアの外に歩み出た。わたしは自分のカバンを手に、医師に続いた。これがわたしの所持品のすべて。でもたいした重さはない。

最後にドアを閉める前に、わたしは部屋をぐるりと見渡した。

枕が二つに毛布が一枚。洋服ダンスが一棹《さお》。右手には石鹸《せっけん》の欠片《かけら》が載った洗面台。それだけが、ここがわたしの部屋であることの証拠。この階にも他の階にも際限なく並んでいる箱型の部屋とここを区別する。それが、わたしが最初に覚えたことだった。

ここが、この九か月間のわたしの世界のすべてだった。この部屋とライサンダー医師の診察室、ひとつ下の階のトレーニングジムと、わたしと同じスレーテッドたちが集まる学校。

ビーッ。今度はさらに執拗《しつよう》に鳴った。腕まで震《ふる》え、警告している。レボの数値が４・１まで落ちた。

――低すぎる。

ライサンダー医師が振り返り、小さく舌打ちをした。視線を合わせるように、彼女は腰をかがめ、わたしの頰《ほお》をなでた。初めてがもうひとつ。

「絶対に大丈夫だから。それにわたしも最初のうちは、二週間ごとに診《み》てあげるわ」

医師はにっこりした。めったにほころぶことのない唇から歯が覗《のぞ》き、なんとも不気味な表情に見えた。あまりにも驚いたので恐怖を忘れた。レボの数値が危険領域を抜けて上昇し始めた。

医師はうなずいて元の姿勢に戻ると、廊下を通ってエレベーターに向かった。

エレベーターで、わたしたちは無言のまま十階から地上階まで降りた。それから、短かい廊下を抜け、次のドアまで来た。

このドアから先へは、進んだことはない。ドアの上には、「処置と解放」と書かれている。いったんこのドアを通り抜けたら、二度と戻ってくることはない。

「行きなさい」と医師が告げた。

わたしはためらい、それからドアを半分開けた。さよならを言おうと振り返った。あるいは、置き去りにしないでと。それとも、その両方を言おうとしたのかもしれない。

しかし、白衣と褐色の髪がさっと揺れ、医師の姿はすでにエレベーターの中に消えていた。

心臓の鼓動が速すぎる。息を吸って、吐いて、毎回それを数える。十回ほど数えるうちに、少しずつ鼓動が落ち着き始めた。ここで教わった通りだ。

それから背筋を伸ばして、ドアを大きく押し開けた。ドアの先には細長い部屋があって、一番奥にまたドアがあった。

一方の壁にはプラスチック製の椅子《いす》が並べてあり、他にもふたりスレーテッドの子が座っていた。わたしが持っているものと同じような支給カバンを下に置いている。ふたりとも授業で顔見知りだった。しかし、わたしの方がここには長くいた。わたしと同様に、いつも着ていたくすんだ青色の木綿《もめん》のオーバーオールを脱いで、本物のジーンズをはいていた。だったら、これが新しいユニフォーム？　ふたりは、ついに病院を出て新しい家族に会える興奮のために笑みを浮かべている。

ふたりは、自分の家族になる人たちに初めて会うことなど気にしている様子はない。反対側の机にいた看護師が顔を上げた。わたしは後ろのドアを閉めたくなくて、戸口につっ立ったままだった。看護師がかすかに顔をしかめ、さっさと入るよう手招きをした。

「こっちに来なさい。あなたがカイラね。退院前に、ここで処置が必要よ」彼女はそう言って大げさな笑顔を作った。

わたしは、無理やり看護師のいる机の方に足を進めた。後ろでドアがシュッと閉まる音がすると、わたしのレボが震えた。看護師はわたしの手を摑み、さらに振動を強めるレボに目をやった。振動が激しくなった。3・9。看護師は頭《かぶり》を振ると、片手でわたしの腕を強く摑《つか》み、もう片方の手で注射をした。

「それは何ですか？」わたしは腕を引っこめると、患部をさすりながらたずねた。もちろんそれが何かわかっていたけれど。

「レボのレベルを維持して、他の人たちに迷惑をかけないためのものよ。名前を呼ばれるまで座ってなさい」

胃がきりきりとした。わたしは座った。他のふたりは、目を大きく見開いて、こっちを見ていた。注射液中の鎮静剤がまるでハッピージュースのように血管をめぐり、だんだんに楽になっていくのを感じた。しかし、レボがゆっくりと5まで上昇する間も、わたしの思考は止まらなかった。

新しい両親が、わたしのことを気にいってくれなかったらどうしよう？ どんなに努力しても（公正を期すために言えば、かならずしもいつも努力できていたわけではないが）ここではだれも温かく接してはくれなかった。わたしが期待通りのことをしたり、言ったりできないと、ライサンダー医師のように、みんないらいらするのだ。

反対にわたしが両親のことを好きになれなかったらどうしよう？

わたしが知っているのは、彼らの名前だけ。持っているのは一枚の写真だけ。額に入れて、病室の壁に飾っていた。今はカバンの中に入れてある。

デイビッド、サンドラ、エイミー・デイビス。パパ、ママ、そして姉さん。みんなカメラに向かって笑っている。とても幸せそうだ。しかし、本当に幸せかどうかなんて、だれがわかるだろう。
しかし結局、それがどっちに転ぼうと大差ない。
彼らがだれであろうと、わたしは彼らに好かれなければならない。
失敗は許されないのだ。

02

「処置」といっても、たいしたことはなかった。全身をスキャンされ、写真を撮られ、指紋を採《と》り、体重を測った。

これで「解放」とは、ちょっとしたペテンだ。

看護師が歩きながら説明してくれた。わたしは、ママとパパに対面して、わたしがこれで彼らの幸せな家族の一員になったことを証明するために、何枚かの書類にサインをしなければならない。それから、一緒にここを出て、いつまでも幸せに暮らすのだ。

もちろん、わたしはすぐに問題を見つけた。彼らがわたしを見て、サインするのを拒《こば》んだらどうする？　そしたら、どうなってしまうの？

「まっすぐ立って！　それから、**笑って**」看護師は高圧的に言うと、わたしをドアから押し出した。

わたしは顔に大きな微笑《ほほえ》みを貼《は》りつけた。そんなことをしても、びくびくした貧相な表情が、幸せそうな天使にはならないとわかりきっていた。どちらかというと、不安でどうにかなってしまいそうだった。

戸口に立つと、すでに彼らはそこにいた。写真の中と同じ服を着て、人形のように同じポーズをしているのではないかと思い込んでいたが、彼らはそれぞれ写真とは違う服を着て、違う並び方だった。細部を見分けるのは一苦労だった。同時にすべてを認識するには情報が多すぎる。

すべてが脅威《きょうい》となり、わたしを圧倒した。ハッピージュースがまだ血管内に残っているにもかかわらず、わたしは危険領域に追い込まれた。

うんざりしたようなライサンダー医師の声で、同じ言葉が何度も何度もくり返し聞こえてきた。まるで隣に立っているかのように。

一度にひとつずつよ、カイラ。

わたしは、ほかのことを後回しにして、彼らの目に焦点を合わせた。パパの目の色は灰色で何か含みがあるようだが、それが何かは読み取れない。

ママの目は柔らかく明るい茶色で、いらいらとまばたきする様子は、ライサンダー医師を思い出させた。何ものも見逃さないと。

そして、姉さんの目も、そこにあった。黒に近い褐色の大きな目は、好奇心いっぱいにわたしを見つめ返していた。目の周《まわ》りの皮膚《ひふ》はつややかなチョコレート色に輝いている。

数週間前に写真が送られてきたとき、なぜエイミーだけが両親やわたしとこんなにも容貌が違うのかとたずねた。すると、偉大なる中央連合政府の下では、人種はすでに問題とされなくなっており、外見について気にしたり何か言ったりする価値などもはやないと鋭く言い返された。

でも、見た目の違いが気になるのはどうしようもない。

三人が座っている向かい側には、男性がもうひとりいた。みんなはわたしを見ていたが、だれも何も言わない。

わたしの微笑みはどんどん不自然になり、苦痛にゆがんだ動物の死に顔を貼りつけたように感じていた。

そのとき、パパが椅子からパッと立ち上がった。「カイラ、きみをわたしたち家族に迎えられて、とてもうれしいよ」そう言って微笑むと、わたしの手を握り、頬にキスをした。パパの頬は髭《ひげ》でざらざらしていたが、微笑みは温かくて本物だった。

ママとエイミーも立ち上がった。三人とも、一五〇センチに足りないわたしに比べ、数十センチも高くてそびえ立つようだった。エイミーは、わたしに腕を回して、髪をなでてくれた。「なんてキレイな色。とうもろこしのひげみたい。すごく柔らかい!」

ママも笑った。でも、ママの笑顔はわたしのに似て少しぎこちなかった。

机の前の男が口を開いた。書類を何枚か取り出す。「ここに署名をお願いできますか?」

ママとパパは、その男が指さしたところに署名した。それからパパがわたしにペンを手渡した。

「ここに署名を、カイラ」男はそう言いながら、長い書類の最後にある空欄《くうらん》を指さした。「カイラ・デイビス」と印字してあるすぐ下だ。

「これは何ですか?」わたしはたずねた。**口を開く前に考えなさい**とライサンダー医師にいつも言われていたのに、考える前に言葉が出ていた。

机の前の男が眉《まゆ》を吊り上げた。驚いて、いらついているのが表情に出ていた。「政府の指示による『標準的解放』を対外的に告知するものだ。署名しなさい」

「まず、読ませてもらえますか?」頑固な性格がわたしにそう言わせた。もう一方で、**悪い考え方よ**とささやく声も聞こえた。

男は目を細めるとため息をついた。「ああ。そうしたまえ。みなさん、デイビス嬢が自らの法的権利を行使する間、お待ちになってください」

ざっと見ても、書類は十ページ以上あった。行間を詰めて印刷された文字が目に入り、わたしの心臓は再び早鐘を打ち始めた。

パパがわたしの肩に手を置き、「大丈夫だ、カイラ。続けて」と言った。パパの表情は穏やかで、わたしを安心させてくれた。このパパとママの言うことを、これから聞かなくてはならないのだ。このことを、看護師が先週ずっと言い続けていたことを思い出した。それもこの契約の一部になっている。

わたしは顔を赤らめ、署名した。**カイラ・デイビス**。もう、カイラだけじゃない。

わたしの名前は、九か月前にここで目を覚ましたときに、ある事務員がつけてくれたものだ。その人の伯母《おば》さんが、わたしのような緑色の瞳だったらしい。名前の二番目の部分は、この家族の一員であることを示している。そのことも、この契約のどこかに入っているはずだ。

「持っていってあげよう」パパはそう言うと、わたしのカバンを手にした。エイミーは腕を、わたしの腕に絡《から》ませ、わたしたちは最後のドアを通り抜けた。

それはまるで、今までのわたしの世界をすべて背後に置き去りにしたようだった。

病院の地下の駐車場から出口に向かって螺旋《らせん》状に上っていく間、ママとパパは車のバックミラー越しにこちらを観察していた。わたしだって彼らのことを観察したんだからお互い様だ。

彼らは、まったく似ていないふたりの娘を迎えることになったのはなぜかと考えているに違いない。とはいえ、肌の色はどうしようもない。指摘すべきではないのかもしれないが。

エイミーは、後部座席でわたしと並んで座った。

背が高くて胸も豊か。三歳年上の十九歳だ。わたしは痩せっぽちのチビで、ブロンドの髪も細くて少ない。一方、エイミーの髪は褐色で豊かだ。エイミーには女性としての魅力がある。男の看護師のひとりが同僚の看護師に「わあ、彼女いかす」と言っていた通り。それに比べて、わたしは……

エイミーを形容する言葉と反対の言葉を探そうとして、自分の脳みその中を探った。でも、空っぽ。おそらく、そのこと自体が答えだ。わたしは白紙のページ。そんなの、おもしろくもなんともない。

エイミーは流れるようなデザインの赤いワンピースを着ていた。長袖《そで》だったが、片方の腕をまくり上げていたので、レボが見えた。わたしは驚いて、目を大きく見開いた。エイミーもスレーテッドだったんだ。エイミーのレボは古い型で分厚くずんぐりしていた。わたしのレボは細い金の鎖に小さなダイヤルがついたもので、腕時計かブレスレットのようにも見えるが、そんなことで騙《だま》される人はいない。

「妹になってくれて、うれしいわ」エイミーが言った。レボの6・3という大きな数値が示す通り、エイミーは本心からそう言っているに違いない。

わたしたちは病院のゲートまで来た。そこには警備員がいた。ひとりが車に近づき、他はガラス越しに見ていた。パパがボタンをいくつか押すと、すべての車の窓とトランクが開いた。

ママとパパとエイミーは袖をまくり上げて腕を窓の外に出した。それで、わたしも同じようにした。警備員がママとパパの何もついていない手首を見てうなずいた。それからエイミーを見ると、何かを取りだして彼女のレボの上にかざした。ビーッと鳴った。それから、警備員はわたしのレボにも同じことをした。またビーッと鳴った。警備員はトランクの中を覗き込んだ後、バンと閉めた。

車の前のバーが上がり、わたしたちは外へ出た。

「カイラ、あなたは今日、何をしたい？」ママがたずねた。

ママは丸くて尖《とが》っている。これは矛盾《むじゅん》ではない。容貌は丸くて柔らかだが、眼光と発言は鋭かった。

車が通りに出ると、わたしは体をひねって後ろを見た。よく知っている病院複合施設、でも知っているのは内側からだけだった。病院は左右両側に広がっているだけではなく、上へも延びていた。防護柵《さく》付きの小さな窓が際限なく並んでいる。高い柵と等間隔に建つ警備塔。そして……

「カイラ、わたしはあなたに訊《き》いているのよ！」

わたしは飛び上がった。

「わかりません」わたしは答えた。

すると、パパが笑った。

「わからなくて当然だ、カイラ。気にすることない。何がしたいかなんて、カイラにわかるわけがないだろう。だって、何ができるか知らないんだから」

「そうよ、ママ、わかるでしょ」エイミーが言って、頭を振った。「まっすぐ家に帰りましょう。お医者さまが言った通り、この子には色々なことに少しずつ慣れていってもらえばいいわ」

「ええ、お医者さまは**何でも**知っているものね」ママはため息をついた。わたしを置きざりにした議論がとても長く感じられた。

パパがバックミラーを覗き込んだ。「カイラ、医者の半分が、クラスの落ちこぼれだったって知っているかい?」

エイミーが笑った。

「まったく、デイビッドったら」とママが言った。でも、ママも笑っている。

「医者の中に、右と左の区別もつかないやつがいたって聞いたことあるかい?」パパはそう言って、外科手術の失敗についての長い話を始めた。わたしのいた病院でそんなことは決して起きなかったと思いたいけど。

しかし、ほどなくして、家族がいることも、彼らが何をしているのか、何を話しているのかも頭の中からすっかり消えていた。ただ、窓の外を凝視していた。

——**ロンドン**

頭の中に、今見た景色が集積されて新しい絵として象《かたど》られ始めた。

わたしがいた新ロンドン病院は、視界の中心からはずれ、周囲の海の中に沈んでいった。道路と車とビルがどこまでも続いていた。病院の近くのいくつかのビルは黒塗りや板張りで封鎖されていた。その他の多くは、命の息吹に満ちあふれていた。それはバルコニーや植物に吹きこまれ、窓のカーテンを大きく膨《ふく》らませた。

そして、どこにでも、人がいた。車の中にもいたし、通りを歩いていたりもした。店やオフィス、さらに多くの人がひしめきあって、あらゆる方向に向かって急いでいた。病院から遠く離れるほど、街角に立つ警備員の数は減っていったが、人々はそれすら無視していた。

ライサンダー医師は、わたしに何度もたずねた。どうしてわたしが**すべてを**見たい、知りたいと思うのか。あらゆるものの位置や関係性を記憶し、絵に描き込みたいという衝動を持つのか。

自分でもわからない。おそらく、空っぽという感覚に耐えられないのだろう。あまりにも多くの細部を失ったから、それを元に戻さなくてはならないのだ。

片方の足を前に出したとき、もう片方の足で倒れないようにするにはどうすればいいかを覚える数日の間に、許可されていた病院内のすべての階を歩き、歩数を数え、絵に描き込んだ。各階のナースステーション、遮蔽《しゃへい》されて番号だけが表示された多くの部屋や研究室を見つけた。今でも目をつぶると、まるで目の前にあるかのように思い浮かべられる。

しかし、ロンドンとなるとそうはいかない。ひとつの街全部なのだから。地図を完成させるには、すべての通りを端から端まで歩いてみなくてはならない。

わたしたちは、まっすぐ「家」に向かっているようだった。ロンドンから西に一時間ほどのところにある村である。

もちろん、わたしは病院内の学校で地図も写真も見ていた。解放されたときの準備のために、毎日何時間も、わたしたちの空っぽの脳みそに、できるだけ多くの一般常識が詰め込まれた。

それらは多岐に亘《わた》っていた。わたしは、すべてをしっかり理解して記憶した。忘れないように、ノートに何度も何度も書いたし、絵にもした。他のほとんどの子たちは、もっと受動的だった。何に対しても、だれに対しても、ただ満面の笑みをぼんやり見せるだけだった。

わたしたちがスレーテッドされたとき、心のファイルの一行目には「幸福」と書きこまれた。

でも、もしわたしの心のファイルに「微笑み」と書きこまれたとしたら、微笑みは元々は存在しなかったことになる。

03

パパは、わたしのカバンを車のトランクから取り出すと、家の方へ歩き出した。鍵を手にして口笛を吹いている。ママとエイミーも車から降りたが、わたしが車から出てこないのに気づくと、後ろを振り返った。

「早くいらっしゃい、カイラ」ママの声にいらだちがにじみ出ている。

あわてて車のドアを押した。強く、さらに強く。でも、びくともしない。

ママを見上げた。ママの表情の中に声のトーンと同じものを認めると、わたしの胃がねじれた。

そのとき、エイミーが外側からドアを開けてくれた。「車の中からドアを開けるときは、この取っ手を下げてからドアを押すの。わかった?」

エイミーが再びドアを閉めたので、わたしは取っ手を握って、言われた通りにやってみた。ドアが開いて、外に出られた。長時間車の中に閉じ込められた後だけに、足をまっすぐに伸ばせるのがうれしい。交通渋滞を迂回《うかい》したせいで、一時間の距離に三時間もかかったのだ。そのたびに、ママのいらいらに拍車がかかった。

ママがわたしの手首を摑んだ。「ちょっと、4・4まで下がってるじゃない。たかがドアが開けられなかったぐらいで。なんてこと、これじゃ先が思いやられるわ」

そんな言い方あんまりだとわたしは言い返したかった。

レボの数値が下がったのは、ドアが開けられなかったというより、ママのいらだった様子に動揺したからだ。でも今のわたしには、言っていいことと悪いことの区別がつかなかった。だから、黙ったまま、じっと奥歯を嚙みしめた。

パパの後についてママが家に入っていくと、エイミーがわたしの肩に腕を回した。

「悪気はないのよ。あなたを歓迎する最初の夕食が遅くなるんで、かりかりしただけ。車に乗ったことなかったんでしょ？　わからなくて当然だわ」

エイミーはわたしの言葉を待つように間を置いたが、何と返せばいいのかわからなかった。でも、今は彼女の親切に感謝したかった。だから、わたしは笑おうとした。小さな笑いだが、でも今度はうまく笑えた。

エイミーが笑い返してくれる。わたしよりずっと大きな笑顔だ。「家に入る前に、周《まわ》りを見てみる？」とエイミーが言った。

車を停めた家の右側には砂利《じゃり》が敷き詰められていて、歩くとザクザク鳴った。前庭は芝《しば》生《ふ》に覆われ、左手に一本の大きな木があった。楢《なら》の木かしら？　葉は黄色、橙《だいだい》色、紅色が混ざっている。地面に散らばっている落葉もある。**秋には葉が落ちる**と思い出した。

今日は何月何日だったっけ？　九月十三日だ。玄関の両側には赤やピンクの花がぽつぽつ咲いて、花びらを地面に落としていた。そして、わたしの周りはすべて広々としていた。病院とロンドンの街中を通って来た後だけに、とても静かだった。芝生の上に立ち、冷たい空気を深く吸い込んだ。湿気の中に感じられる生命あふれるものを、それから落ち葉のように生命の終わろうとしているものも味わった。

「そろそろ中に入らない？」エイミーが言い、わたしはエイミーの後について家に入った。

廊下の先の部屋にはソファー、照明、テーブルがあった。一方の壁を巨大な黒板のようなものが覆《おお》っていた。テレビ？　病院の娯楽室にあったものよりずっと大きい。といっても、わたしがテレビの近くに行かせてもらえたのは最初の一回だけだった。テレビを観ると、悪夢がひどくなったから。

この部屋は次の部屋へ続いていた。長いカウンターがあり、上と下がカップボードになっている。大きなオーブンの前で、ママが腰をかがめて平鍋を中に入れようとしている。「自分の部屋に行って、夕食の前に荷物を片づけてきなさい、カイラ」とママが言ったので、わたしは飛び上がった。

エイミーがわたしの手を取った。「こっちよ」と言いながら、廊下の方へと引き戻した。エイミーに続いて階段を上ると、また別の廊下があって、ドアが三つついている。そして階段はさらに上へと続いている。

「わたしたちはこの階。ママとパパはこの上よ。こっちがわたしの部屋」とエイミーは右側のドアを指さした。「つきあたりが浴室とトイレ。わたしとふたりで使うの。ママたちは上に自分たちのがあるから。そしてここがあなたの部屋」と左側を指さした。

わたしはエイミーを見た。

「さあ、入って」

半開きのドアを押して部屋の中に入った。

病院の個室よりずっと広い。わたしのカバンがすでに床の上に置かれていた。パパが持って来てくれたのだろう。鏡と引き出しがついたドレッサー、その隣に洋服ダンス。洗面台はない。大きく開いた窓からは、前庭が見渡せる。

ベッドがふたつ。

エイミーも入って来ると、片方のベッドに腰かけた。「最初のうちはこの部屋にベッドをふたつ置いておこうって考えたの。夜、あなたが困ったときに、わたしがそばにいられるようにって。看護師さんも、慣れるまで、その方がいいって言ってたし」

エイミーは最後まで言い切らなかったが、わたしにはわかる。彼らはあのことを話したのだ。**わたしが悪夢にうなされることを**。病院で、わたしはよく悪夢にうなされていた。目を覚ましたときにすぐにだれかが来てくれないと、レボの数値がどんどん下がって失神するのだ。

わたしも、もうひとつのベッドの上に座った。丸くて黒い毛玉のようなものがベッドの上に載っていた。わたしは手を伸ばしかけて、止《や》めた。

「大丈夫よ。うちの飼い猫のセバスチャン。とっても人懐《ひとなつ》こいの」

わたしは、指先で猫の毛にそっと触れた。温かく、そして柔らかい。

動いた。四肢《しし》を伸ばすと、ボールがほどけた。頭を後ろに反《そ》らして伸びをした。

もちろん、猫の写真なら、前にも見たことがある。でも、これは違う。平板な画像とはまったく違っていた。生きているし、魚くさい息を吐いて、伸びをするたびに光沢のある毛皮が波打った。大きな黄緑色の瞳がわたしの瞳を覗くようにじっと見つめ返している。

「ミャーオ」猫が鳴いたので、わたしは飛び上がった。

エイミーが体を起こし、身をかがめた。

「なでてやるの、こんなふうに」そう言いながら、猫の毛を頭から尻尾《しっぽ》までなでた。

エイミーの真似《まね》をしてみた。猫は声を立てた。喉《のど》から体中を震わせるようなゴロゴロという深い鳴き声だった。

「これは何？」

エイミーはにっこりした。

「喉を鳴らしているの。あなたのことが好きだって」

しばらくすると、窓の外は真っ暗になった。向こう側のベッドで、エイミーはぐっすり眠っている。セバスチャンはまだわたしのそばにいて、なでてやるとかすかに喉を鳴らした。セバスチャンのためにドアを半開きにしておいたので、階下から音が漏《も》れてくる。キッチンのカタカタいう音と、それから話し声。

「あの子、無口なおちびちゃんだね」とパパ。

「そうね。エイミーのときとまるで正反対。エイミーはこの家に来た初日からおしゃべりも笑いも止まらなかったわね」

「今も止まらない」パパはそう言って笑った。

「あの子は違うのね、わかったわ。正直言えば変わった子。あの緑の大きな瞳でただじっと見つめるだけだもの」

「でも、あの子はとってもかわいいよ。慣れるまでチャンスをあげよう」

「たしかに、あの子にとってこれが最後のチャンスには違いないわね」

「シーッ」

階下のドアが閉まり、それ以降は聞きとれなくなった。かすかにブツブツいう声がするだけ。

わたしは、病院を出たくはなかった。

でも、それは永久に病院にいたかったというわけではない。

わたしはただ、自分が知っている閉じられた世界の中にいたかったのだ。何が期待されているのか。どうやって合わせていけばよいのか。それがわかるところにいたかった。

ここでは、何もかもがわからない。

とはいえ、想像していたほど恐ろしくはなかった。

エイミーが気さくな人だということはわかった。パパも大丈夫そう。セバスチャンは、わたしが低い数値に落ち込んだときには、チョコレートより役に立ちそうに思える。食事は病院食よりずっといいし。わたしの最初の日曜日の正餐《サンデー・ロースト・ディナー》。我が家では毎週これをやるのとエイミーが言った。

夕食、そしてシャワーではなくお風呂。全身をすっぽり沈められる浴槽《よくそう》。七時にはベッドに入っていた。

ママはわたしが変わっていると思っている。ママのことをあまりじっと見ないようにしなくちゃ。

眠気が押し寄せてくると、ママの言葉が頭に蘇《よみがえ》ってきた。

最後のチャンス……

ほかにも、チャンスはあったの？

最後のチャンス……

走っている。

一歩、また一歩。

わたしが足を踏み出すたびに、足元の砂に波紋のような爪跡を残す。今にも肺が破れ、心臓が爆発しそうなのに、まだ走っている。

足元の金色の砂が道になる。見渡す限りずっと続く。

わたしは這い上がり、滑《すべ》り落ち、そしてまた走る。

恐怖がわたしの足を摑む。

近づいてくる。

振り返ることができれば、それが何かわかるのに。

わたしは走り続ける。


「シーッ。カイラ、わたしよ」

わたしはもがいた。そして、絡《から》みついている腕がエイミーのものだと気づいた。

ドアが開き、廊下から光が射した。

「どうしたの?」ママが訊く。

エイミーが応える。「悪い夢を見ただけ。でも、もう大丈夫。そうでしょ、カイラ?」

心拍が落ち着いてきた。幻覚も消えていった。わたしは、そいつを押しやった。

「ええ、大丈夫」

そうは言ったものの、わたしの一部はまだ走り続けていた。

04

わたしはひとりで木々の間をふらふらと歩き回って、芝生とデイジーの地面の上に体を投げだした。空に雲が漂《ただよ》っていくのをじっと見つめる。その形からうろ覚えの顔を思い浮かべる。その名前を摑もうとしても、すり抜けていってしまう。だからわたしは深追いしない。ただじっと寝そべり、**わたし**としてだけ存在する。

時間だ。霧《きり》のように吹き飛ばされて、わたしが消えた。木々や空は閉じた瞼《まぶた》の裏の暗さに、ちくちくする草原はベッドに変わった。

静かだ。どうしてこんなに静かなのだろう？　わたしの体は朝五時過ぎと告げていたが、起床のブザーも鳴らず、朝食を載せたワゴンが廊下を行ったり来たりする音もしない。

静かにじっと横になり、息をひそめて耳を澄ます。

そっと息をしている。すぐ近くだ。昨晩わたしがブラックアウトしたから、部屋に監視人がいるのだろうか？　いるとしても、その気配は、見張っているというより眠っているみたいだ。

反対の方角から、楽しそうな音がかすかに聞こえてくる。高くなったり低くなったり、音楽みたい。鳥かしら？

足元に、何か温かいものがいる。

そうだ、わたしは病室にいるのではない。そのことを思い出して、ぱっと目を開けた。この部屋にいるのは、監視人なんかじゃない。隣のベッドでエイミーがぐっすり眠って深い寝息を立てている。足元にいるのはセバスチャンらしい。エイミーとセバスチャンは似た者同士なんだろう、きっと。

わたしは滑るように静かに窓に寄り、カーテンを開けた。

夜明け。

赤い筋状の光が空を横切り、雲の小片がピンク色のまだら模様になっている。金色にうねる波のように輝く光が、草や濡《ぬ》れた葉を照らしている。自然の色があふれている。橙色、金色、紅色、そして光り輝くすべての色。

美しい。

わたしの病室の窓は西向きだった。ほとんどビルの陰になってはいたものの、日没はたしかに見たことがある。でも、夜明けは初めてだ。

鳥には友達がいる。仲間が増えるにつれ、最初のうちには小さかった歌声が次第に大きくなった。窓を大きく開け、身を乗り出して**息を吸いこんだ**。空気は新鮮で、金属や消毒の臭いはまったくしなかった。湿《しめ》り気を帯びた緑、庭とその先に広がる野原に早朝の光が揺れている。

なぜかはわからないが、わたしにはわかる。都会《シティ》はわたしの居場所ではなかった。わたしは、田舎娘《カントリーガール》だった。いや、今もそうだ。それは息をするのと同じように自然なことで、この場所はわたしにとって家のようなものだった。

いや、家の**ような**ものではない、これ**こそ**が家なのだ。昨日も、今日も。これからどれだけ続くかはわからないけれど、未来の日々も。

でも、今の姿になる前も、わたしはそうだったらしい。ライサンダー医師が言っていた。わたしは無意識にいつも想像しているから、それが本当かどうかわからなくなるんだと。初めてのものを認識しようとするとき、わたしは図形や地図に描く。人の顔も。

眼下には、草が光り輝き、色とりどりの落葉がくるくる回っている。一番色鮮やかなのは、家の周りの盛りを過ぎた花々。みんな手招きしている。すべてを摑まえて、並べて、紙の上に描きたいと強く願う。窓を静かに閉めると、滑るように部屋の中を移動した。寝ているエイミーは音も立てず動きもしない。胸がごくわずかに規則正しく動く。

ベッドの端から緑色の眼がふたつ、こっちを見てる。「ミャーオ！」

「シーッ。エイミーを起こしちゃダメよ」わたしはささやいて、セバスチャンをなでた。セバスチャンは伸びをして喉を鳴らす。

わたしのスケッチ道具はどこ？　昨日の午後、エイミーがわたしのカバンの荷解《ほど》きをしてくれた。わたしは、新しいことや新しい人すべてに注意を払わなくてはならなかったせいで、頭がぼうっとして、自分で整理することがとてもできなかったから。

引き出しをひとつ開けた。そして、次。慎重に、静かに。わたしの描いた絵とスケッチブックや鉛筆が入ったファイルが見つかるまで。

わたしは見つかったスケッチ道具を取り出した。その下には、秘密のチョコレートがあった。昨朝、十階の看護師たちが餞別《せんべつ》にとくれたものだ。まだ昨日。そのことに気づいて驚いた。もっとずっと長い時間が経《た》ったような気がする。もうすでにわたしの過去の一部のようだ。

今のレボの数値は6・1。低いとはとても言えない。チョコレートは**必要**ない。でも、これを食べるのにだれに言い訳する必要がある？　包みを開けた。

「朝食にしてはめずらしい選択ね」エイミーが言った。それから起き上がって、あくびをした。「カイラって、早起き鳥？」

わたしはぽかんとして、エイミーを見た。

「いつも早く起きるの？」

わたしは考えた。「そうだと思う」やっと言えた。「でも、病院では他に選択肢がなかったからかも」

「ああ、思い出した。あの朝のブザーはたまらなかった。朝食は六時」エイミーは身震いした。

「おひとついかが?」わたしは箱を差し出した。

「あら、おいしそう。でも、あとでね。もっとちゃんと目が覚めてから。これは何?」エイミーはもう一方の手の中のファイルを指さして言った。

「わたしが描いた絵」

「見てもいい?」

わたしはためらった。他人にはあまり見せたことがない。でも、ライサンダー医師はときどき、わたしの絵をすべて強制的に点検した。

「いやなら見せなくてもいいのよ」

わたしはエイミーの隣に座ると、ファイルを開いて紙を取りだした。一番上の絵を見て、エイミーが叫んだ。わたしの自画像。とはいえ、普通の自画像ではない。半分は鏡に映ったわたしだが、もう半分は皮膚が欠け、眼球の場所には空《から》の電気ソケットがぶらさがっている。

「ちょっと、いい?」エイミーが片手を伸ばしたので、その絵をエイミーに手渡した。

でも、この絵が一番上じゃなかったはず。わたしは、他の絵を一枚ずつめくりはじめた。

「すごく上手なのね。びっくりした」

これで全部じゃない。紙の束《たば》はもっと分厚かったはず。ここにない絵はどこへいっちゃったの？

「どうかした？」

「何枚か、わたしの絵が失《な》くなっているの」

「ほんとに？」

わたしはうなずいた。そして全部をもう一度、前よりもゆっくり見た。

わたし、わたしの部屋、想像上の人物や場所の絵はたしかにここにある。しかし、それ以外の多くの絵がない。

「ほんとよ。絵の半分ほどが失くなってるみたい」

「どんな絵だったの？」

「あらゆる種類のもの。看護師たち。病院のわたしがいた階。色々な場所や部屋の地図。ライサンダー先生。それから……」

「今、ライサンダー先生って言った？」エイミーは目を大きく見開いた。

わたしはうなずいた。目はまだ紙の束を確認している。しっかり見たら、失われた絵がそこに浮き出てくるかのように。

「**あの**ライサンダー医師？　ほんとにあの人のこと、知っているの？」

わたしは絵を見るのを止めた。ここにはない。失くなってしまった。

ビーッ。わたしの手首で警告音が鳴った。4・3、まだ下がり続けている。

エイミーはわたしの肩に腕を回した。わたしは震えているが、寒いわけではない。だれがこんなことをしたのだろう。**わたしのもの**と言えるものはこれだけなのに、それを取り上げるなんて。

「また描けるわ。そうでしょ」

3・9。まだ下がり続けている。

「カイラ、わたしを見て！」

エイミーがわたしを揺さぶった。「見て」エイミーがくり返した。

わたしは、自画像から目を離した。電球ソケットの死んだ目から。エイミーに。エイミーの目は、わたしを心配しておののいている。わたしがだれであろうとも。

3・4……

「カイラ、わたしを描けるでしょ。今すぐ、描いて」

エイミーはスケッチブックを取り出すと、わたしの手に鉛筆を握らせた。

わたしは描いた。

05

「見てもいい?」エイミーがたずねた。絵を覗《のぞ》き込もうと首を前に伸ばしてきたが、わたしはスケッチブックの向きを変えた。

「まだダメ。じっとしていて。じゃないと、終わらないから」

「もったいぶらなくてもいいじゃない」

「そんなに長くかからないから」わたしはそう言って、エイミーをちらりと見てから絵に目を落とし、鉛筆で仕上げにかかった。

エイミーがにっこりした。「レボの数値、戻った?」

わたしは手首をひねって見た。「ええ。5・2で安定している」

ドアが開いたが、わたしは顔を上げなかった。

「お嬢さんたち、朝食の用意ができてるわよ」ママが呼んだ。

「もうちょっと」と言いながら、わたしはもう一度エイミーを見て、それから手の中の絵を見た。ここに最後の仕上げ。「できた」そう言って、鉛筆を置いた。

「見せて!」エイミーが手を伸ばすと、ママも近寄ってきた。

「すごく上手」エイミーが言った。

驚きのあまり、ママは口をぽかんと開けた。「まさにエイミーね。特徴をよく捉《とら》えているわ。額に入れて壁に飾りたいくらい。いいかしら？」

わたしはにっこりした。「もちろん」


朝食はパンケーキだった。溶かしバターにシロップか苺《いちご》ジャムをつけて食べる。わたしは両方いっぺんに試した。**すごく**おいしい。

「毎日こんなものが食べられるとは思わないでね」ママが言った。わたしが描いたエイミーの絵は、額装されて壁に飾られる代わりに、冷蔵庫にマグネットで留められている。ママは、いつもの尖《とが》ったママに戻っていた。

「エイミー、バスの時間まであと二十分。まだまったく準備ができてないみたいだけど」

「今日、カイラと一緒に家にいちゃダメ？」

「ダメです」

「パパはどこ？」わたしが訊いた。

「もちろん仕事よ。本来ならわたしもそうだったんだけど、あなたのことが心配だから残ったの」

計算した。エイミーは学校に行く。パパは仕事。それで残るのはママとわたし。丸一日じゅう。

「わたしは学校には、いつから行けるの？　今日から行ける？」

「行けません」

エイミーが説明してくれた。「まず、地区の担当看護師と面談をして、準備が整っているかどうか判断してもらうの。それから学校の試験を受けて、どの学年に入れるかを決める。でも、カイラが読めそうなものが、何冊か学校から届いていたはずよ」

「そうなの」

「面談のために、看護師が今日の午後、家に来るわ」ママが言った。

わたしは精一杯努力して、うまく適応できているように振る舞おうと心に誓った。エイミーは疾風《しっぷう》のように二階に駆け上がると、教科書と制服を探した。エイミーは高校最後の学年。普通の十九歳であれば、もう高校を卒業して大学に入り、志望する看護学を学んでいるはずだった。でも、追いつくにはもう数年かかる。スレーテッド手術を受けたとき、エイミーは十四歳だった。わたしは今十六歳。わたしは何年余分に学校に通うことになるのだろうか？

「洗えるわね」ママが言った。

「洗うって何を？」

ママは目をむいた。

「お皿に決まっているでしょ」

立ち上がって、テーブルの上の皿を見た。

ママがため息をついた。「テーブルの上の汚れたお皿を取ってきて、ここに置いて」ママは流し横のカウンターを指さした。

わたしは皿を一枚運び、次の一枚を取りにテーブルに戻った。

「何やってるの！　それじゃあ、いつまで経っても終わらないじゃない。積み上げるの。ほら、こんなふうに」

ママはお皿を重ねると、ナイフとフォークを集めて一番上の皿にカチャンと置き、それから全部をカウンターの上にドンと置いた。

「流しにお湯を張って。洗剤を入れて、少しでいいから」ママは、洗剤のボトルをギュッと押して流しに注いだ。

泡！

「このブラシで洗うの」ママがブラシでお皿をこすった。「蛇口の下ですすぐ。それから水切りラックに入れる。こんなふうに。それをくり返す。わかった？」

「わかったと思います」

わたしはお湯に手をつけた。

これが食器洗いというものか。

わたしは、パンケーキのかすやシロップがこびりついた皿を丁寧《ていねい》に洗った。水ですすいでラックに重ねた。

「もっとペースを上げなさい。でないと、一日じゅうキッチンにいることになるわよ」

わたしは手を止め、あたりを見渡した。

「何を上げるの?」

「ペース。**もっと速く**という意味よ」

お皿、それからコップ。それらは、まずまずだった。わたしはペースを上げ、ママは洗ったものをタオルで拭《ふ》き始めた。エイミーが二階から駆け降りてきたとき、わたしはナイフやフォークに取りかかっていた。

はっとして手元を見た。右手に握ったナイフから落ちた赤いしずくが細い線となっている。

エイミーが飛んできた。「何やってるの、カイラ!」

ママは振り返ると、小さく舌打ちをした。キッチンペーパーを一枚手にしている。

「これで押さえて。そこいらじゅうに血をまき散らさないで」

言われた通りにした。エイミーがわたしの肩をさすりながら、わたしのレボを見た。

5・1。

「痛くない?」エイミーが訊いた。

わたしは肩をすくめた。「少し」と応えた。だって、その通りだったから。でも、手から伝わってくるじんじんとした熱さを無視して、魅入られたようにじっと見つめた。鮮明な赤がキッチンペーパーを濡らしていく。ゆっくりになり、やがて止まった。

「単なる切り傷ね」ママが言って、ペーパーをはがして患部を見た。「あとで看護師に診てもらえばいいわ。カイラのことは大丈夫だから。エイミー、走らないと、バスに乗り遅れるわよ」

ママはわたしの手に絆創膏《ばんそうこう》を貼り、エイミーは玄関から外へ飛び出していった。

ママがにっこりした。

「言い忘れたわね、カイラ。ナイフは鋭いの。尖った先を持ったらダメよ」

覚えなきゃいけないことがたくさんある。

しばらくしてやってきた看護師のペニーが、絆創膏をはがしてわたしの傷をたしかめた。

「縫《ぬ》わなくても大丈夫そうね」ペニーが言った。「消毒だけしておきましょう。少し沁《し》みるかもしれないけど、いいわね」ペニーがわたしの指に黄色い液体をかけ、その後でそれを拭《ぬぐ》った。じんじん沁みて、目に涙がにじんだ。

「変なのよ」ママがペニーに言った。「指を切ったとき、カイラは立ちすくんだまま、手から血が流れるのを見ているだけなの。涙も流さず、何の反応もみせない」

「たぶん、今まで切り傷を作ったこともなかったのね。こんなふうに血を見ることもなかったんでしょう」

はあ。わたしについて話しているのに、わたしをかやの外に置くのを、喜んで見てなくちゃいけないのか。

「レベルが下がることもなければ、他に何もなかったの。それから……」

「すみません」わたしは、自分としては一番と思える笑顔を作った。わたしが口を開くと、ふたりは飛び上がるほど驚いた。まるで幽霊のわたしが、ふたりの前に化けて出てきたかのように。「わたしはいつから学校に行けるの?」

「そのことなら、まだ心配しなくていいのよ」ペニーが言った。「送られてきた本に目を通しておきなさい」それからペニーはママの方に向き直った。「ナイフのような危ないものには注意するのを忘れないでください。あの子は見たことがないかもしれないし、ある意味幼児のようなものだから。それで……」

「すみません」わたしは再びにっこりした。

ペニーが振り向いた。

「ええ、何?」

「学校から送られた本なら、今朝すでに見ました。簡単すぎます。すべて病院内の学校でとっくに習ったことばかり」

「だったらあなた、天才じゃない？」ママが言った。けれどもママの表情は、むしろ反対だと告げていた。

ペニーが、自分のカバンからネット端末を取り出した。顔をしかめながら画面の横を叩《たた》き、それから画面に指をすべらせてファイルを探している。

「たしかに。カイラは勉強はたいして遅れてないわ。退院前のテストでは年齢相応と出ている。極めて珍しいこと。ほとんどの子は何年か遅れるのに。次の段階の本を送るように、学校に言っておきましょう。あるいは、エイミーの古い教科書が家にあるかしら？あなたがどの科目を選択すべきかも相談しなくては」

ペニーはネット端末を閉じるとママの方に向き直った。

「どこまで話したかしら？ああ、そうそう。尖ったもの、危険なものは病院にはなかったはず。あらゆることを指摘しておかないといけないわね。たとえば、道路を渡るときとか、それから……」

「すみません」笑顔がひきつってきているのが、自分でもわかった。顎《あご》が外《はず》れそうだ。

「今度は何？」ママが言った。

「学びたい科目はもう決まってます」

ペニーが眉を上げた。「あら、そうだったの。で、何?」

「美術です」

ペニーはにっこりした。「わかったわ、でも実用的な科目もいくつかとらないと。それに、美術クラスの参加には審査があるの」

ママは冷蔵庫を指さした。「これ、今朝カイラが描いたの。エイミーよ」

ペニーは立ち上がって見にいくと、目を大きく見開いた。

「たしかに。これなら参加を認められて当然ね」

ペニーはママのところに戻った。

「エイミーと一緒にうまくやってくれているようね。エイミーは明るいし。カイラはじきに、この家族とうまくやっていけるでしょう」

わたしは腕組みをした。カイラはうまくやれるでしょう。じゃあ、他の子だったらどうなの?

「カイラは昨晩悪夢を見たの」ママが言った。「叫び声が家じゅうに響いた」

ペニーがもう一度ネット端末を開いた。またかやの外だ。わたしに直接たずねた方がいいとは思わないのかしら。すべてのことを知っているのは、このわたしなのに。

「残念ながら、それについては今までの経緯があります。病院にあれほど長く留め置かれたのも仕方のないことなんです。通常六か月のところ九か月かかっています。悪夢の発生をコントロールする方法をこれからグループ療法会の中で探していきましょう。一般的な治療法はすべて病院で試したらしいのですが、悪くなるばかりで。それで……」

「すみません。わたしのことを議論するなら、わたしに向かって話してくれませんか？」

ペニーの顔から笑顔が消えた。

「わたしの苦労がわかったでしょ」ママはそう言って、ため息をついた。

「ある部分は幼児、ある部分は反抗的な十代」ペニーが言った。「さあ、カイラ、お願い。お母さんと話をさせて。あなた、二階に行っててくれない？」

わたしは乱暴にドアを閉め、ベッドの上に体を投げ出した。セバスチャンの気配はないし、エイミーが帰宅するまでたっぷり二時間はある。

絵描き道具がドレッサーの上にあった。わたしはスケッチブックを取りだした。もうショックは収まっていた。失くなった絵はどうってことない。目を閉じれば、頭の中にみんな浮かんでくる。すべての細部まで。それをまた描けばいい。

鉛筆を握った。でも、これはまずい。さっき切った利き手の右手の親指と人さし指の間に鉛筆が触れてしまう。いっそのこと左手で描くことを試してみよう。最初は変な感じだった。何か間違っているような。

いくつか手早くスケッチするうちに、その感覚は薄れていった。それでも、**間違ってい**

るという感覚を拭い去ることはできなかった。このまま続けたら、何かが起こりそうな、そんな恐怖の先端にいるようだった。

でも、わたしは止められなかった。

新しいページ。だれから描こう？

ライサンダー医師。先生を正しく描く鍵は目だ。先生の目は得体が知れない。ほとんどのときは冷たく隠されているが、ときおり本心が顔を覗かせた。そんなときには、わたしよりも先生自身の方が驚いていた。

初めのうちは、いつもとは違う手にとまどった。線を引く、ぼかす、すべて。だんだん速く、だんだんくっきり、確かなものになっていった。鉛筆の下で、ライサンダー医師がわたしを見つめ返し始めた。腕から首にかけて鳥肌が立った。

おかしい。

左手の方がずっとうまく描ける。

06

頭の中に声が聞こえてきた。それとも外からだろうか？

鉛筆を置いて、窓辺に近寄った。眼下の庭には、ひとりの少年とふたりの少女、エイミーと同じ学校の制服を着ている。栗色の上着と黒いズボン。描いていた絵を、引き出しの中の他の絵の下に隠し、階段に向かった。エイミーとママが一階の廊下に立っている。

「これから散歩に行くの。カイラも一緒に行ってもいいわよね？」とエイミー。

「賛成できないわね。カイラはまだ家から外に出たことがないんだから。車が来たらどうするの？」とママ。

また、わたしについて話している。

「車の前に飛び出しちゃいけないことくらい、ちゃんとわかってる」わたしは階段を下まで降りて言った。

「もう、それなら連れて行きなさい！　気をつけてあげてちょうだいよ」

「わかってるって、ママ」エイミーが言った。ママが廊下からいなくなると、エイミーが低い声で付け足した。「ママよりずっとよくわかっているわよ」

エイミーはわたしの方を向いた。「カイラ、来て。友達を紹介するから」

わたしは玄関に向かおうとした。

「まず、靴を履《は》かなくちゃ」

ああ、そうだった。エイミーは、昨日わたしが病院から来るときに履いていた運動靴を見つけてきて、わたしが靴紐《ひも》と格闘している間待っていてくれた。わたしたちは外へ出た。

「彼がジャズ」エイミーが少年を指さして言った。「それから、クロエとデブス。みんな、この子がカイラよ」

「あら、かわいい。わたしの妹と取り換えたいくらい」クロエが言った。「いくつ?」

「知りたいことがあるなら、カイラに直接訊いて」エイミーが言った。

「十六歳です」わたしが答えた。

「かわいい十六歳、まだキスも知らない」みんなで道路へと歩き出すと、ジャズが歌い始めた。わたしの頬が赤くなった。

エイミーがジャズの腕を叩いた。「なんてこと言うの。あんたは、カイラから離れてて」エイミーが後ろを振り返った。わたしたちの家が遠ざかり、視界から消えようとしていた。

ジャズがエイミーの手を握った。「これは失礼、お嬢さま。ちょっとした冗談さ。許してくれるかい？」

「許してあげてもいいわ」エイミーが答えると、ジャズは腕をエイミーの腰に回した。エイミーは背が高いが、ジャズはもっと高い。広い路肩に出て歩きやすくなり、そばに寄ったので観察しやすくなった。ジャズはもう少年には見えない。十八歳くらいに見える。病院の中で会った子たちよりずっと年上だ。しかし、彼が違って見えたのは、それだけが理由ではなかった。ジャズの微笑みにはいたずらっぽい色がにじんでいたが、それはスレーテッドされた少年たちにはないものだった。ジャズは魅力的だ。

わたしたちは村を通り抜け、昨日車で通った裏通りを逆方向に歩いた。我が家と同じような一軒家が何軒か、それからテラス付きの別荘が並び、「ホワイトライオン」と書かれた看板のパブを通り過ぎ、緑の道を示す柱のところまで来た。「フットパス（歩行者専用小道）」と書いてある。

「散歩しないか？」ジャズが言った。

クロエとデブスは、どうやら賛同できないらしく、バイバイと言って帰って行った。エイミーは片方の腕をわたしの腕に、もう片方をジャズに絡ませた。「こっちよ」エイミーが言った。

すぐに起伏の多いでこぼこ道になったので、足元に集中しなくてはならなかった。小道の片側は高い垣根が続き、反対側は傾斜地の野原で、何の種類かわからないが枯れ草に一面覆われていた。小道が狭《せま》くなってくると、エイミーはジャズを先に行かせ、わたしと手をつないだ。

ジャズは抗議したが「いいから、黙ってて」エイミーに言われ、そのまま先導した。

高度を増して登っていくにしたがい、だんだん息苦しくなってきた。左右の生垣と野原は木々に変わった。橙色と紅色の葉の洪水と茶色と灰色の幹に見とれた。それに、触れたら指を刺しそうな緑の葉、ヒイラギだろうか？

「眺めがいいのはこっちだ、お嬢さんたち」ジャズが言った。

角を曲がって登りきると、森と野原を見渡すことができた。眼下遠くには、瓦《かわら》屋根、庭、道路が見える。

「見て、カイラ」エイミーが言った。「ここから村全体が見渡せる。あれがわたしたちの家。見える？　左から二番目」エイミーが指さすと、家の瓦屋根とレンガ塀《べい》が見えた。

丸太が一本あったので、わたしたちはその上に座った。ジャズは諦《あきら》めたような表情で、エイミーを後ろから抱きかかえている。いつもはここにふたりきりで来るんだと思った。

エイミーは肘《ひじ》でジャズの胸を突いた。

「それで、カイラ。ドラゴンとはうまくやっているかい？」ジャズがたずねた。

「ドラゴン？」

「うちのママのこと」エイミーが言った。

「えーっと……」

「それ以上言わなくてもいいよ！　それで十分わかったから。きみたちのママは聖母のような見た目とは違って、本当は神話に出てくる火を噴く緑色の野獣なんだ。もう、わかったんだね」

　笑いがこみあげてくる。

「それはあんまりよ」エイミーが言った。「そんなにひどくはないわ、だんだんとわかっていかなくちゃ。わたしだって最初は怖かったけど、すぐに大丈夫だってわかったもの」

「それにしても、きみたちふたりが、どうして素直に『ママ』って呼べるのか、ぼくには不思議でたまらないよ」

「何がそんなに不思議なの？」わたしがたずねた。

「だって、会ったばかりなんだろう？」

　エイミーが頭を振った。「そんなの関係ない。最初からそうしなさいって病院で言われてきたもの。あなたのママとパパが迎えにきて、家に連れ帰ってくれるって」

「既製品の子どもか」ジャズが言った。エイミーが平手打ちをしようとして体をひねったが、ジャズはうまくかわした。

「じゃあ、わたしたちは、他の人たちとは違うのね」わたしが言った。

「ありきたりじゃないってことよ」エイミーが言った。

「ぼくの特別な彼女」ジャズが言って、エイミーの頰にキスした。

「この村では、スレーテッドはわたしたちふたりだけ」エイミーが言った。「だから、あなたが来てくれて、うれしいの。これで、わたしはひとりぼっちじゃなくなったから。でも学校には、一ダース以上もいるわ。いろんなところからやって来るから」

ふいにジャズは腕時計を見ると、「もう行かないと」とぼやきながら猛スピードで来た道を駆け下り、すぐに姿が見えなくなった。

「ジャズの家は農場だから、放課後、手伝わなくちゃいけない日があるの。長い道のりだから、歩いて帰りましょう」エイミーが言って、ジャズと反対の方向に歩き出した。「まじめな話、今日一日、ママとどうやって過ごしたの?」

わたしは肩をすくめた。「ママはわたしのことを好いてくれてるとは思えない。だったら、なんでわたしを迎え入れたのかしら?」

「あら、好きなのよ。それをうまく表現できないだけ。複雑だけど」

「単純なことだけでも大変なのに。複雑なことなんて、どうすればいいの?」

「まあ今は、そんなことを考えるのはやめにしておこう。でも、ひと言《こと》だけ。言葉にしてちゃんと言わないと、ママは気がつかないときがあるの。だから怖がらずに、思ったことを言うのよ」

道が険しくなり、エイミーが前に出た。下っていく間、わたしはまた足元に集中しなくてはならなかった。ママについてエイミーが言ったことを反芻《はんすう》していた。ドラゴン。ジャズはママのことをそう呼んだ。

「ジャズは、エイミーのボーイフレンドなの？」

「そうよ。でも、ママには内緒ね。ママはジャズが嫌いだから」

ジャズ、わたしのために歌ってくれた。〝かわいい十六歳、まだキスも知らない〟。それとも、知っている？　覚えてないのなら、知っていることにはならない？

「病院では絶対に男子を避けるようにって厳しく言われた。レボの数値が不安定になるからって」

「ああ、そう言われたわね！」エイミーが笑った。「しばらくは、男子とは距離を置くのもいいかも。そんなことが気にならないほどの人に出会ったときから、秘密が始まるのよ」

それはどういう意味かしら？

07

「どこまで行ってたの？」ママが玄関先で腕組みをして待ちかまえていた。

「言ったでしょ。散歩に行くって」エイミーが答えた。わたしたちは家に入ろうとして、靴を脱《ぬ》いだ。

「靴が泥だらけじゃない。あなたたちだけでフットパスに行ったんじゃないでしょうね。危ないっていつも言ってるでしょ」

「もちろん、違うわよ。わたしたちだけじゃなかったもの」じろりと睨《にら》んだママには背を向けながら、エイミーはそう言った。

「カイラ、本当なの？」ママはドラゴン睨み全開でわたしの方に向き直った。

「はい」わたしは答えた。たしかにそうだった。ジャズが一緒に行ったもの。帰りは別々だったけど。でも、ママが聞きたかったのはそんなことじゃないはず。

「よく聞きなさい、ふたりとも。あなたたちだけでいるのは危険なことなの。自分で自分のことを守れないのだから」

エイミーがうなずき、わたしは病院で聞いた「自己防衛」についての講義を思い出した。それはスレーテッドされた結果の一部なのだ。スレーテッドは、だれかを攻撃できないだけでなく、自分を守ることもできない。だから、特に慎重に行動しなくちゃいけない。

でも、フットパスで何が起こるっていうの？　樹木しかないのに。

「いつまでも帰ってこないから心配したわ。それに、もう少しでパパに会えないところだったのよ」ママが言ったので、廊下に立っているママの横にスーツケースが置かれているのに気づいた。

ママは腕を組み、肌の色が変化してかすかにドラゴンの緑色になっている。ママの目から額に向けて十文字の線状の鱗《うろこ》が光るのが想像できた。鼻孔から煙でも出てくるかしら？

「ちょっと、何がそんなにおかしいの？」ママがわたしに言った。

わたしは顔から笑みを消した。「なんでもありません。ごめんなさい」

「かわいそうに、もう解放してやれよ」リビングの方から声がした。パパだ。

エイミーが部屋に飛びこんでいくと、パパの頬にキスした。わたしはどうしていいかわからず、戸口に立ちすくんでいた。

「おいで、カイラ。ここに座って。今日一日、どうやって過ごしていたのか話しておくれ。パパも話すから」

わたしたちは互いの今日一日の話をした。わたしがパパの話をおもしろいと思ったように、パパもわたしの話に興味を示してくれた。食器を洗っていて手を切ったこと、ペニー看護師が来たこと、散歩に出かけたこと。

パパはコンピューターの仕事をしていて、新しいシステムの導入やテストで出張が多い。ちょうど今も出かけようとしていて、今日から丸々五日間、土曜まで帰らない予定だった。

それからパパは親戚のことも話してくれた。パパにはふたりの姉妹がいて、そのうちひとりが息子を連れて土曜日に来てくれるから、わたしも会えること。もうひとりは遠方のスコットランドに住んでいるので、来年の夏にみんなで会いに行けるだろうということ。そしてママはひとりっ子で、両親はずっと前に自動車事故で亡くなった。そのときママはまだ十五歳だったという。


その日の夜になって、エイミーとわたしが寝ようと二階に上がったとき、わたしは今日描いたスケッチを、他の絵の下から引っ張り出した。

「エイミー、これ」わたしは午後の成果の絵を掲げた。「これがライサンダー医師よ。わたしが先生を知っているのはそんなに驚くこと?」

エイミーはわたしから絵を取り上げた。

「怖い顔してるのね！」

わたしは肩をすくめた。「そういうときもあるってこと。でも、そうでないときもあるのよ」

「わたしが看護師になったとき、一緒に働けたらいいのに。先生はすごいもの」

「なんで？」

「知らないの？　先生がすべてを始めたのよ。スレーテッド手術は先生の発明。学校の科学の授業で習ったわ」

わたしは、自分の手元の絵を見た。先生の腫《は》れぼったい目がわたしを見つめ返している。そんなこと、知らなかった。それとも、知っていた？　だれもがいつも先生を尊重していた。先生が急いでいるときは、みんなが道を空けた。病院では、すべてのスレーテッド患者に主治医が割り当てられているが、わたしの担当はライサンダー医師だ。

でも、待って。考えてみれば、先生の診察室の前でわたし以外の人が待っていることはなかった。わたしが知っている人の中に、先生の顔を見たことのある人もいなかった。もし先生がそれほどの重要人物だったとしたら、どうして先生はわたしに時間を割いてくれたのだろう？

病院内の学校でも、スレーテッド手術についての基本的なことは教わっていた。わたしたちはみな犯罪者で、スレーテッド（記憶と人格の消去）の刑を宣告された。だから、わたしたちは再出発できる。手術が成功しているかどうかの確認のために、レボと呼ばれる測定器が取り付けられた。二十一歳のスレーテッド手術の記念日に取り外されるまで。つまり、スレーテッドは第二のチャンスであり、わたしたちはこのことに感謝すべきなのだ。刑務所に入れられることも、電気椅子に送られることもないのだから。

でも、刑務所にいるときだって、少なくとも自分がだれだかはわかっている。よっぽどひどいことをしない限り、電気椅子に座っている時間だってそう長くはないだろう。

わたしは唇を噛んだ。「エイミーは知りたいと思ったことはないの?」

「何を?」

「自分がどうしてスレーテッドされることになったのか」

「まさか。もし過去がとんでもないものだったら、苦しまなければいけないのよ」

わたしは肩をすくめた。**だって、わたし自身の過去だから**。

「それより、あなたの絵がどうして失くなったのか、わかった気がする」

「どうして?」

「退院前に警備が抜き取ったに違いないわ。ライサンダー先生や他の人たちがどんな顔をしているかや病院内がどうなっているかを秘密にしておきたかったのよ。危険すぎるものの」

複数のささやきが入り混じって頭の中に聞こえてきた。噂《うわさ》、流言、夜中に遠くで聞こえた大きな音。警備員と警備塔。燃える建物。

「危険って、テロリスト？」

「その通り」

　エイミーが電気を消した。すぐに規則正しい寝息が聞こえ、エイミーが寝入ったことを知らせた。セバスチャンは、わたしの横で丸まっている。

　そうか。ライサンダー医師が重要人物だから、先生の顔が世間に知られないように、わたしの絵を盗んだんだ。そして今、わたしはまた先生の顔を描いた。もしかしたら、もっとちゃんと隠した方がいいかもしれない。この絵の先生の顔はとてもよく似ていて、今までで一番の出来だった。

　利《き》き手ではない方の手を使ったにもかかわらず。


　わたしはたったひとりで、とても狭い場所にいた。

　周りは森だ。暗いが、手には懐中電灯を持っている。

　床にあぐらをかいて座っている。空腹だし、寒くて湿っている。足は固まり、伸ばす余裕もないが、気にならない。

　膝《ひざ》の上には何枚もの紙がある。紙の下に板を敷いているので平らになっている。

鉛筆が紙の上をすべった。わたしひとりだけの魔法のダンス。時間的にも、距離的にも遠く離れたところに想像の国をつくる。わたしが行きたいと願う場所を。

あまりにも夢中になっていたので、最初のうちは、階上から降りてくる足音に気づかなかった。わたしは懐中電灯を消すと、息を詰めた。

足音は一番下で止まった。小休止。そしてまた始まった。

わたしの秘密の場所に、どんどん近づいてくる。

何かしなくちゃ。絵を隠すとか、なんとか。

でも、わたしは石のように固まって動けない。

光がわたしの顔に向けられた。まぶしくて目が見えない。

言葉が出なかった。彼にはぜんぶ見えてしまっている。絵も、鉛筆も。それを持っている手も。

「ここにいたのか」

「立て！」鋭い口調で命じた。

わたしは這《は》うようにして立ち上がった。まぶしくてまだ何も見えない。

「理由はわかるな。これがどんなに重大なことかわかっているはずだ。それなのに、まだ命令に背《そむ》くのか」

「ごめんなさい。もう二度としません。絶対しません。約束します！」

「おまえの約束は聞き飽きた。信用できん」

彼の声には無念さがあふれ、悲しそうでもあった。

「左手を出すんだ」彼が言った。わたしが出さないでいると、彼がわたしの手を摑んだ。

「わかってもらわないといけない。悪いが」

そして、彼の言葉の意味を思い知らされることになった。

彼はレンガで、わたしの指を一本ずつ、つぶしていった。

08

ナイフの刃をねじこまれるような痛みがわたしの目に突き刺った。
舌に金属に似た苦味を感じ、咳《せ》き込んだ。
「彼女が見回りに来る」
男の声。だれ？
目を開けようとしたが、太陽が天から落ちてきたかのように燃えている。
わたしはうめいた。
「カイラ？」だれかの手がわたしの手に触れた。エイミーだ。
「電気を消すわね」とエイミーが言った。電気が消えて、わたしは目を薄く開けた。
「気がついたのね」エイミーがそう言って、微笑んだ。
わたしは床の上に寝ていた。なんとか立ち上がろうとする。
「まだ動いちゃいかん」また男の人の声がした。声のする方を見た。
救命士？　またはそのたぐいか。ママが顔面蒼白で、戸口に立っている。
救命士たちがわたしをベッドに移動させる間、エイミーが点滴袋を支えた。

ひとりが点滴袋を固定すると、もうひとりが何かの液体を注ぎ入れた。

わたしの静脈に温かいものが流れ込んできて、痛みが消え始めた。わたしは目を閉じた。

声が混ざり、そして消えていった。

これは悪夢のせい？　信じられない。

死んでいたかもしれない……。

一日か二日、ベッド上でそのまま……。

苦痛に支配されて……。

もし、床に落ちたときにエイミーが目を覚まさせてくれなかったら、死んでいたかもしれない……。

最後のチャンス。

09

「本ぐらい読んでもいいでしょう?」

「ダメよ。安静にしていなくては」ママが腕組みをしながら言った。

「安静にしてても、読めるから」

「ダメです」

「わたしはまた病院に入れられるんだわ」わたしは心にもないことを言った。

「ここは病院じゃない。わたしがみていてあげるから、休みなさい。いいから眠るのよ」

ママはそう言ってセバスチャンを追い払うと、ぴしゃりとドアを閉めた。

ママの言うことはもっともだった。でも、二分ごとに眠っているかどうかをだれかに覗き込まれながら眠り続けるのはむずかしかった。

わたしは目を閉じた。頭がものすごく強い力で押しつぶされているような感じがしていた。でも今朝から比べるとずいぶん良くなった。セバスチャンのごろごろ鳴く声でさえ、ドラムのように脳天に響いたので、外に連れ出してくれるよう頼んだくらいだ。でも、わたしは眠るのが怖かった。あの夢がまたわたしを見つけるんじゃないかと恐れていた。薬の効果はすでに切れていた。**何が**起きてもおかしくない。

病院でよく見た悪夢も怖かったが、ぼんやりしていた。ほとんどの場合、何が起きたのか思い出せないくらいだった。ただ叫び声で目を覚ました。たいていは、正体のわからない何かから逃げようと走っている夢だった。

でも今回は違った。まるでこの瞬間、自分の目の前で起こっているかのように鮮明にくり返し再現され、脳裏に焼き付いている。痛みも感じられるし、つぶされて血だらけになった自分の指も見える。とてもリアルだ。

刻み込まれた記憶のようにリアルで、過酷なほどに鮮明。どんなに頑張っても、忘れることができないくらい恐ろしい。

でも、わたしの記憶は消されたはず。スレーテッドされる前の記憶は残ってない。おそらく、昨日、左手で絵を描き始めたことがきっかけで、隠されていた何かが表面に浮かび上がってきたのだろう。

あの男はだれだったのだろう？　彼は実在するのか、それとも悪夢が生んだ妄想の産物か？　夢の中で彼の顔を見ることは一度もなかった。最初は、光が目を射た。それから、痛みと涙で目が見えなくなった。でも夢の中のわたしは彼を知っていた。彼の足音さえ聞き分けられた。

ひとつだけ、はっきりと確信が持てることがある。もし彼が現実の人物であったとしても、わたしはそれがだれなのか知りたくない。

「ウーン？」

「ごめん。起こした？」とエイミー。

実際わたしは眠っていた。真っ暗な静かな部屋で、夢も見ずにぐっすりと。おそらく、薬の副作用が残っているのだろう。

「大丈夫。ベッドで寝ているのにも飽きてきたところだから。起き上がってもいい？」

エイミーは首を横に振った。「ママが許すはずないわ。救命士たちが帰る前に、一日じゅうずっとベッドで安静にさせなきゃいけないって言われていたから。ママは信じていようと、いなかろうと、いつも言われたまま従うのよ」

「すごく退屈なの」

「かわいそうに。まだ頭痛い？」

「そうでもない」

「何か持ってきてあげようか？　まだお腹空《す》かない？」

「空いてない」

エイミーが部屋から出ていこうとした。

「待って。ひとつ、お願いがあるの」

「何？」

「わたしのスケッチブック。ママに取り上げられたから、絵を描けなくて」

エイミーはためらった。それでも自分の部屋に行って、戻ってきた。「これでもいい？」

小さなノートと鉛筆を差し出した。

「十分。ありがとう」

「隠しておくのよ」エイミーはウインクした。

わたしは枕を支えに上半身を起こし、ノートが自分の体の陰になるようにドアに背を向けた。ママが忍び足で階段を上ってきてもわかるように、どんな小さな音も聞きのがさないように耳を澄ました。

でも、気持ち良く鉛筆を走らせているうちに、どんどん没頭していった。わたし自身からも、夢からも、すべてから逃避して。

わたしは、別の人格だった。

「良かったわね、わたしで」

わたしは飛び上がった。

エイミーがドアをぴたりと閉めると、スープを載せたお盆をベッド脇のテーブルに置いた。「何を描いてるの？」

わたしはエイミーに見せた。半分ママで半分ドラゴン。色々なポーズを取っている。火を噴いている姿や家の上を飛んでいる姿。

エイミーが笑った。「ほんとに上手ね。でも、ママに見せちゃダメよ。ここに隠しておかなくちゃ。こうやって……」

エイミーは不意に黙り、わたしの手元をじっと見ながら怪訝《けげん》な顔をした。わたしは、左手に鉛筆を握っている。そのとき突然、恐怖が腸《はらわた》に込み上げてきた。

「カイラは右利きだと思ってた。わたしの絵を描いてくれたときには、たしか右手を使っていたわよね」

「そう、右利きよ！　絵は右手で描いていたの。今、ノートを手渡そうとして、鉛筆を持ち替えただけ」

「そうか、ごめん。そんなわけないよね」エイミーはそう言って再び微笑んだ。

わたしのレボが震えた。４・６。

「チョコレート？」エイミーがたずねた。

わたしは首を横に振った。「セバスチャンの方がいい」

エイミーは部屋を出て、すぐにセバスチャンを抱えて戻ってくると、わたしの膝の上にどさっと勢いよくおろした。セバスチャンはニャーンと鳴いた。一日じゅう締め出されていたことに怒っていたが、わたしが優しくなでてやると、あっさり態度を変えて喉を鳴らした。わたしのそばで、爪をキルトに出し入れしながら研《と》いでいる。

「少し食べる？」エイミーが訊いた。

「もう少ししたら」

レボの数値が5まで戻ると、エイミーはテレビを観るために階下に降りていった。セバスチャンを抱きしめると、わたしが腕をゆるめるまで、もぞもぞ抵抗した。

なぜ嘘をついたのだろう？

あの瞬間、怖かった。エイミーのことが？　そんな馬鹿な。でも、恐怖はたしかにそこにあった。それはリアルだった。まるでエイミーまでが、レンガでわたしの指をつぶすかのように。

わたしは自分の左手を持ち上げた。ひっくり返して両面を見る。指はすべて完璧に揃《そろ》っている。傷もない。あれは現実ではなく、わたしの無意識が生みだした幻影《げんえい》だと自分に言い聞かせた。

左手の方が上手に絵を描けると気づいたことが、あの悪夢のきっかけとなった。それが記憶のはずがない。わたしはスレーテッド。記憶を持たない者だ。

でも、何か気味の悪い確信が、わたしの胸にのしかかり息苦しかった。自己保身せよと本能のすべてが叫んで、無視できなかった。

だれにも知られてはいけない。

10

「みなさん、今日は新しい仲間を紹介します！」ペニー看護師が言った。その声は、彼女の着ている上着の黄色と同じくらい明るかった。

〝みなさん〟とは、十二人ほどのわたしと同じスレーテッドで、遠近の差はあるものの、周辺の村から集まっていた。高い天井の風通しのよいホールでゆるい円形に座っている。ペニー看護師がわたしを前に押し出した。「さあ、自己紹介して、それから椅子《いす》を持ってきなさい」

「こんにちは、カイラです」わたしはそう言うと、隅《すみ》にあった椅子を見つけてみんなの輪の中に入った。

他の子たちはわたしに笑いかけ、それから互いに笑顔を向け合った。ほとんどがわたしより年下だ。例外がひとり。わたしと同い年くらいの少女が腕を組んで座り、窓の外の暗闇を見つめていた。

ああ、来てよかった。グループ療法会の初日。ブラックアウト後の頭痛はまだ目の奥に重く残っていたが、わたしには必要な外出だった。今までの経験からすると、頭痛が消えるまでたいてい二、三日かかる。ママは来週からにすればと言ったが、わたしはもう大丈夫だから今夜から行きたいと言った。少なくともこれでやっと家の外に出られる。それに、延期する理由なんてない。この会は毎週木曜日の七時からで「経過観察」の間は毎週通うことになる。エイミーはもう行く必要がないというから、「経過観察」とは常時監視がもう必要ないと判断されるまでのことだと理解した。

病院にもグループ療法会があったので、どんなことをするのかは知っている。「責められることのない好意的な雰囲気」の中で自分の気持ちを表現する。しかし、わたしたちの方でこういうふうに感じなさいと説明されることの方が多かったように思う。

ペニー看護師は腕を組んでいる。「今、何をすればいいのか、だれかわかる人？」

みんな顔を見合わせた。

苦痛な時間。

最後に年長の女子が窓から向き直るとじろりと睨んだ。「あんたたちみんなして、どうしようもない能なしね。老いぼれてくたばる前に、自己紹介なさいよ」

輪の中にいたみんなと同じように、わたしは自分の目が大きく見開かれるのを感じた。わたしが心の中で思っていたことを、彼女は大きな声で言ったのだ。どうしてそんなことができるの？

ペニーが顔をしかめた。「ありがとう、進行してくれて。それなら、あなたから始めてくれるかしら?」

「もちろん。はじめまして、カイラ。わたしはトーリ。わたしたちのハッピーグループへようこそ」

他の者たちも次々と名乗り始めた。微笑んでいる。トーリの声に皮肉が混ざっていたのにも気づいていない。ペニーを除いて、だれひとり。ペニーはまだトーリを睨んでいる。

ひと通り自己紹介が終わると、ペニーは時計を見た。七時十分過ぎ。「さて、もう始めましょうか……」

そのとき、後ろの扉が大きく開いた。

「遅れてすみません」声がした。男性だ。椅子を引きずる音がして、わたしは振り向いた。トーリが詰めて場所を空けると、彼はその隣に座った。

ペニーは厳しく見とがめる振りをした。「時間厳守を学ばないといけないわね、ベン。トレーニングの調子はどうなの?」

「好調です。ありがとうございます」ベンが笑い、笑い返したペニーの目でわかった。ベンは遅れたことをちっとも気にしてないし、ペニーだってそうだ。ベンは彼女のお気に入り。驚くことではない。ベンが、おそらくトーリを除けばこの場のだれよりも長くスレーテッドとして暮らしてきたことは明らかだった。ベンの微笑みはスレーテッド特有のぼんやりしたものではなく、微笑み返さずにはいられないような本物だった。〝トレーニング〟

とペニーが言った通り、ベンは肌寒い夜にもかかわらず、短パンをはいている。脚にはほどよく筋肉がつき、長袖のＴシャツが背中や肩に汗で貼り付いていた。明るい銅色の肌は屋内派《インドア》ではなく屋外派《アウトドア》であると告げていた。そして、さっきは皮肉を言っていたトーリが、その夜初めて本物の笑顔をベンに向けていた。表情が一変し、うっとりとしている。

「こんにちは。新しい子？　ぼくはベン」ベンが言って、わたしも彼をじっと見つめていたことに気づいた。頬が赤くなっていく。

「カイラ？」ペニーが割り込んできて、わたしは飛び上がった。

トーリがじろりと見た。「そうよ、ベン。あなたが来る前にみんな自己紹介したの。ベン、この子はカイラよ。カイラ、彼がベン」

「ようこそ」ベンはそう言って、わたしの目をまっすぐに見て微笑んだ。

「ありがとう」と応えたが、わたしはまっすぐ見返すことができずに自分の足元を見た。

「それでは、始めましょうか？」ペニー看護師が改めて言い、車座のみんなをぐるりと見渡すと、わたしに目を留めた。「カイラ、あなたはどうしてここにいるの？　わたしたちは、なぜここにいるの？」

　わたしは頭が真っ白になって、ただペニーを見つめた。

　答えなら頭の中にあった。**なぜって、そうしなければならないから。**それは真実だが、ここで求められている正解ではない。

病院のグループ会のときに学んだのは、何を言っても大丈夫とされている安全な場所でも、正直過ぎるのは得策ではないということだ。正直に反応して、ライサンダー医師に徹底的に追及され、憔悴《しょうすい》のあまりその後何日もぼんやりするという経験を何度もした。わたしは笑顔を作って、何も答えなかった。わたしのことをよく知らない看護師なら、いつもこれで騙されてくれる。

「カイラ、わたしたちがここにいるのは、病院から出た後に、家族や地域の中にうまく溶け込めるように、助け合うためよ」とペニーが言った。自分で自分の質問に答えている。

「それでは、あなたはなぜ病院にいたのかしら？」彼女は明るく微笑んだ。

それはもっと意味深な質問だった。つまり、わたしは一般的な意味で彼らに何をされたのか知っている。彼らはわたしの脳内の神経細胞や接続回路を切除した。それらはわたしの人格やわたしの記憶といった**わたし自身**を作り上げているものなのに。

それに、わたしはスレーテッドが行なわれる一般的な理由も知っている。よくあるのは、自分もしくは社会に対して危険な存在となったからである。しかし、わたし自身のケースがどうであったかは知らない。ペニー看護師が持っているファイルのどこかに載っているのだろうか？

「どうかしら、カイラ？」ペニーが言った。

「教えてください」

トーリが顔を上げたので、わたしと目が合った。トーリの瞳の中には好奇心とからかいの色が躍っていた。

ペニーが顔をしかめた。こういった表情の後に、本当のことを教えてもらえることはない。今までの経験からよくわかっていた。ペニーが反応する前に、ベンが手を挙げてくれたので助かった。

「ぼくたちには、新しいスタートが与えられたのです」ベンが言って、もう一度わたしに笑いかけ、わたしは自分が動揺していることを自覚した。澄んだ茶色の瞳、褐色の髪は後ろにウェーブして耳にかかっている。すべてがなんともいえない親しみを感じさせる。まるで彼のことを昔から知っているみたい。心の中で首を横に振って、目を逸《そ》らそうとした。

「その通り」ペニーが言った。「さて、みなさん。先週の続きから始めましょうか。だれか、先週話したことを覚えていたら、カイラに説明してくれない？」

ペニーはぐるりと見渡したが、だれも手を挙げない。

「レボの数値の維持について話したわね。みんなの今の数値はいくつ？」

わたしたちはその言葉に従って、自分の数値をチェックして読み上げた。わたしが一番低くて４・８。

ペニーは心配そうにした。「あなたの対策は何？」

「どういう意味でしょうか？」

「数値が下がったとき、それを戻すために何をするの?」

「チョコレートを食べたり、だれかに抱きしめてもらったり。それから最近は、猫をなでたりもします」

「それはみな外部のもので気分を良くする方法ね。内面的な方法はないの?」

そうか、おそらく、これから何か役に立つことを習うのだろう。

「目標とするレボの数値はいくつ?」ペニーがグループ全体に問いかけた。議論が続き、わたしは頭のスイッチを切った。それなら、今まで何度も聞かされたことがあるから。

数値は5から6でいい。

10は完璧な幸福。1は人を殺すほどの怒りか、固まって動けなくなるほど悲惨な状態。3以下になるとぼうっとし始め、レボが脳内に埋め込まれたチップに電気ショックを与えて頭痛を起こし、ブラックアウトさせる。ちょうど、この前の晩、わたしがそうなったように。

もし、スレーテッドの中に暴力的な衝動が発生して数値が2以下に落ちたにもかかわらずブラックアウトしないときは、電流はさらに強力になり焼け焦げのような状態になる。発作が続き、最後は涎《よだれ》をたらして自失状態となる。

ペニーは自分のネット端末でわたしの履歴をざっと見ると、舌打ちをした。「あなたはかなりの前科がありそうね。悪夢にブラックアウト。カイラを助ける方法に何があるか考えてみましょう。みなさん？」

実際のところペニーはだれの名前も覚えていないらしい。スレーテッドは「みなさん」という呼びかけには応えないことすらわかっていないのか？

ペニーは、次々と当てては答えを訊《き》いた。わたしは自分のことにもかかわらず、興味津々《きょうみしんしん》に聞いていた。

さまざまな提案が続いた。そのうちのいくつかは、わたしがすでに試したことのある方法だった。

気を逸らす、つまり他のことに注意を向ける。時刻表をくり返し読み上げる、床のタイルを数える。ベンの場合は走る。それはわたしも知っている。病院内のジムのランニングマシンで何時間も過ごしたものだ。感情が失くなって、タッタッという足音だけしか存在しなくなるまで。わたしはその他の方法も知っている。知らない人の顔を線で描き陰影をつける。地図を描いて廊下や扉など境界線になるものをすべて描いて隙間《すきま》を埋める。わたしが絵を描く理由もそうなのだろうか？

イメージ法。頭の中の想像上の場所に行くこと。看護師の言葉を借りれば「幸福の場所」。

転移。自分の感情を他人に添わせる。

分裂。自分の感情を置き去りにして、他のだれかになり切る。

わたしは、これのエキスパートになりつつある。

わたしたちスレーテッドはみんなそうではないか？

その後、ペニーは小さなグループに分かれて会話の練習をするようにと指示した。今日の話題は、家族についてだった。

みんなは椅子を動かすと、だれひとり相談することなく二、三人ずつ集まった。みんな、自分がだれと組めばいいのかわかっていた。わたしだけは、どうしていいかわからずにとまどっていた。すると、温かい手が肩に置かれて、わたしは飛び上がった。ベンだ。体をこちらに傾けてくる。

「ぼくらのグループに入らない？」そう言って、にっこりした。わたしはベンの目にじっと見入ってしまうのを自覚した。そばに寄ると、温かみのある茶色がかった金色のそばかすが見えた。描くのがむずかしそうね、うまく色を混ぜ合わせられるかしら、それから……。

ベンの表情に、おもしろがっている色が見えた。「どう？」

「いいわ」わたしは答えて立ち上がった。ベンはわたしの肩に置いた手をはずしてわたしの椅子を持ち上げるとトーリの横に置き、自分も反対側に座った。

トーリが目を細めた。何か言いかけたが、ペニーがこっちにやってきたので止めた。

　すぐに、ベンの父親が教師で、母親は芸術家で農場の作業場で働いているのを知った。トーリの父親はロンドン市内でカウンセラーをしていて、トーリは母親と一緒に郊外に住んでいた。父親は家には週末にときどき帰ってくるだけで、トーリが言うには、それでうまくいっているようだった。ふたりはわたしよりひとつ年上の十七歳で、エイミーのことも学校で知っているという。わたしも許可が下りればすぐに同じ学校に通うことになる。

「あんた、どこから来たの？　本当のこと言いなさいよ」トーリは、ペニーが隣のグループの様子を見るために、声が届かないところまで移動したとたんに訊いてきた。

「どういうこと？」

「ここに来る前に、どこにいたかってこと」

「病院。今週の日曜日に出たばかりなの」

「信じられない」

「トーリ」ベンが口をはさんだ。「優しくしてやれよ」

トーリはベンに向かってにっこりした。「解放されたばかりなんて、話し方からしてもありえない。ベンもわかるでしょ。わたしたちは退院からすでに三年以上経っている。新しい子がどんなふうかわかるでしょ」

「わたし、普通より長く病院にいたの」わたしは答えた。「悪夢を見るから」

「どれくらい長く？」

「九か月かそこらって言われた」

「そうだとしても、あんた、変わってるわ」

わたしは言い返したかったが、口を開きかけてまた閉じた。これこそが普通ではない証拠だ。ほとんどのスレーテッドは、何を言われてもだまって同意して笑うだけだろう。明らかに正しいことを否定したって、あまり意味がない。

わたしは肩をすくめた。「そうだとしたら、何だっていうの？」

「あらあら！」トーリが言った。

ベンが前に身を乗り出して、興味津々といったふうにわたしの目の奥を探った。「違ったら何か悪いかい？」

トーリは顔をしかめたが、ベンに抱きしめられると、しかめ面が消えた。

「日曜日、ぼくたちと一緒に来ない？」ベンがわたしを見た。腕はまだトーリの肩に回したままだ。「ぼくたち、テームショーに行くんだ」

トーリは驚くと同時に、いらついているように見えた。

「わからない。行ってもいいかどうか訊いてみないと」

トーリがじろりと睨んだ。「当然でしょ。何だって訊かなきゃ」

これで、トーリとうまくやっていきたいのなら、ベンとの距離を保つ必要があるとわかった。それは、なぜかはわからないが、気のすすまないことでもあった。

みんなが帰るときになって、ペニー看護師がわたしを引き留めた。

「カイラ、残って。ふたりだけで話したいの」

最後のひとりが帰るのを待って、ペニーはわたしの隣に座った。

「二日前の晩、ブラックアウトしたと聞いたわ。ちょっとレボを見せて」

ペニーは携帯型スキャナーを取り出した。病院にあったものに似ているが、それより小さい。それを自分のネット端末に接続した。スキャナーをわたしのレボにかざすと、画面にグラフが浮かび上がった。

「なんてこと！」

「どうしたんですか？」

「見て、カイラ。自分で見てごらんなさい」ペニーは画面をタッチして、九月十五日と表示されたグラフを選択した。火曜日の朝早い時間帯全体が、赤くなっている。ペニーがある点をタッチすると、画面に数字が現れた。

「カイラ、2・3だったのよ。危ないところだった。何があったの？」

わたしはペニーを見つめ返した。二度と目が覚めなくなるまで、あとたったの0・3。

胃がねじれた。

「どうなの？」

「わかりません。悪夢を見た、それだけです。目を覚まさなかったし、次に気づいたときには救命士がいて、ハッピージュースを注射されていました。その証拠にまだ頭痛がします」

「レボは夢の影響を受けない。知っているでしょ。レボの数値が下がったのは、あなたが目を覚ました後のはずよ」

わたしは肩をすくめた。「いつ目が覚めたのか、わかりません」

「どんな夢だったの？」

「覚えていません」嘘をついた。

ペニーはため息をついた。

「あなたを助けてあげたいの、カイラ。病院での最初のチェックは来週の週末まで必要ない予定だったんだけど、もっと早くした方がよさそうね」

「いやです！　わたしに必要なのは……」言いたいことを表現する言葉を看護師に馴染《なじ》みのあるものの中から探した。「わたしに必要なのは**気晴らし**です。暇《ひま》な時間と頭の中を埋められるように。学校に行き始められませんか？　お願いです」

ペニーは椅子の背にもたれかかり、何かを探すかのように、わたしの目をじっと見た。

「早過ぎるわ。まず家に慣れなくてはいけないし、それから……」

「お願いです」何を考えているかはあえて言わない。一日じゅうママと、つまり**ドラゴン**

とふたりきりでいることに耐えられないとは言えないから。

ここ数日ベッドにいて、ママと、それから唯一の友であるセバスチャンと一緒にいることで、悪夢の状態もよくなってきたようだった。

「気晴らしはもちろんいいことよ。でも、同時に再教育も必要なの。あなたに訓練方法をいくつか教えます。いいこと？　もし、しっかり努力してそれがちゃんとできたら、来週から学校に行かせましょう。それでいい？」ペニーが手を差し出した。

わたしはペニーをじっと見つめ返した。今日は木曜日だ。月曜日まで、あとたったの四日。

「はい。わかりました」わたしはそう言って、ペニーの手を握った。

エイミーがホールの後ろから覗いていた。どうしてわたしがまだ出てこないのか、見てくるように言われたのだろう。

ペニーがエイミーに気づいた。「エイミー？　入ってらっしゃい。手伝ってほしいの」すぐに、ふたりはわたしに「幸福の場所」を思い浮かべるイメージ法を教示した。わたしは、木や花の緑がある場所を選び、そこに横たわって雲を眺めている姿を頭に描いた。動揺したり、怖くなったらいつでも、頭の中のその場所に行くようにすればいい。自動的にできるようになるまで。

簡単でしょ？

11

「本当に大丈夫？　ふたりをちゃんと見ておける？」ママが玄関で振り返りながら言った。

「大丈夫って言ったでしょ」エイミーが言った。「いいから行って」

わたしは、自分ではとても自信が持てなかった。騒音が頭の中に響いてくる。こんなに小さいものが、どうしてそんなに大きな声を出せるの？　「ママー」と何度も何度もくり返し叫んでいる。

玄関のドアが閉まった。ママとパパがパブに向かう道を歩いて行くのが窓から見えた。パパの妹のステイシー叔母さんも一緒だ。叔母さんは、泣き叫ぶ幼い息子から解放されたいようだった。

その子は震えながらも肺いっぱい息を吸い込んで、次の猛攻撃の準備をしている。

エイミーが膝をついた。「ロバート、ビスケット食べたい？」

ロバートの口がほころんだ。エイミーが手を伸ばすと、ロバートはエイミーを見上げた。涙で濡らした顔が迷っていた。エイミーはロバートを抱き上げると、キッチンに連れて行った。

その直後には、ロバートは笑い声を上げながら、床の上でビスケットを食べていた。

「あんなに泣き叫んでいたのに、どうしてこんなにすぐに笑えるようになるのかしら？」

「まだ赤ちゃんなのよ。気分を変えるのなんて簡単よ」

セバスチャンがふらりと入ってきた。ロバートをちらりと見ると、彼の手が届かないカウンターの上に飛び乗った。

「ニャンニャン？」ロバートが指さした。「ニャンニャン！」

ビスケットを落とすと、椅子の脚を摑んで立ち上がり、セバスチャンに近づこうとした。しかし、二、三歩進んだところで後ろ向きに倒れて、びっくりしている。ロバートの顔がくしゃくしゃになった。

「大丈夫よ、ロバート！」エイミーが抱き上げ、セバスチャンに手が届くようにした。セバスチャンは諦め顔だ。

「ネコちゃんは、優しくなでてあげるの、こんなふうに」エイミーが言った。わたしが来た最初の日に教えてくれたように、ロバートにもやってみせた。

しかし、ロバートには無理だった。なでるというより叩いて、それから毛並みと反対方向に手を動かした。セバスチャンは飛び降りると、猫用のドアから出て行ってしまった。

ロバートがぐずる前に、エイミーは腰を下ろすと、ロバートを膝の上に乗せてくすぐり始めた。ロバートはよく笑った。

一時間ほどカップボードの扉で遊び、それから木のスプーンでやかんを叩いた。そのうち目をこすり始めて、やがてエイミーの腕の中で眠ってしまった。

「お茶にしない?」とエイミーが言ったので、わたしはやかんに水をいれ、コンロにかけた。

エイミーが座ったまま体の向きを変え、こちらをじっと見ているのに気づいた。ママの言いつけを守っているんだ。エイミーは、**わたしたちふたり**を見守っている。わたしがコンロで手を火傷《やけど》しないか、ロバートのようによろけて尻もちをつかないかと。

ペニー看護師はママに、わたしが幼い子のようだと言った。でも、ロバートを見てみるといい。わたしと同じスピードでは物事を習得できない。猫を満足になでることすらできなかった。数週間前に歩き始めたばかりだとエイミーが言っていたが、まだすぐに転ぶ。一歳になるというのに、ほとんどしゃべれない。

わたしの場合、スレーテッドされた後も数週間で歩けたし、よろけることもなかった。最初の言葉を発してから数日で完璧な文章で話をした。たしかに、わたしは他の人より早かったかもしれない。しかし、一番遅い人でも、一、二か月で基本的な会話ができるようになる。

わたしの記憶は失われたが、他の部分で覚えている。わたしの身体や筋肉で。左手が鉛筆を覚えていたように。いったんコツを掴めば、どうすればいいのかわかった。だから、最初から始めるのとまったく同じではない。適切なきっかけさえあれば、忘れていたこともまたできるようになる。それにしてもわたしが他にどんなことができるかをだれに訊けばいいのだろう？

わたしは紅茶の入ったカップをテーブルに置き、腰を下ろした。

「ああ、腕がしびれてきた。ちょっと頭を支えててくれる？」エイミーが言ったので、わたしはロバートの下に手をすべりこませ、エイミーが座り直せるようにした。ロバートは目を覚まさなかった。

「ありがとう。この子、かわいいわよね？」エイミーが言った。

何と返事をしたらいいのかわからなくて、わたしは肩をすくめた、「起きているときはうるさすぎるから、今の方がいいわ」

「たしかに。ママを呼んでわめいてるときはひどかった」

「ステイシー叔母さんの方は、この子を置いていくのを躊躇《ちゅうちょ》してなかったようにも見えたけど。実際のところ、うちのママと一緒にここから逃げ出したようなものね」

「ええ。ママは、この子が苦手みたい」

わたしも同じことに気づいていた。それほどあからさまではなかったが、たとえば、叔母が出かけようとしたときに赤ん坊が泣いておむつを交換したときのことだ。そのときママはなるべく近づきたくない様子だった。わたしたち三人だけで留守番させてまで、パブに行こうと提案したのもママだった。

「どうしてなの？」

「言っていいことかどうかわからないけど」

「何？　教えて」

エイミーがじっと見つめ返し、最終的にうなずいた。「わかった、でもこれは家族の秘密だから、だれにも言っちゃダメよ」

わたしはうなずいた。「わかった」

「今年の春に子守りをしてあげたとき、ステイシー叔母さんが教えてくれたの。ママは、わたしが聞いたことを知らない。ママとパパが一緒になる前、ママは他の人と結婚していて、その人との間にロバートという名前の赤ん坊がいたんだって。子どもが小さいときにふたりは離婚して、戻ってきたママとステイシーは友達になった。ステイシーの紹介でママはパパと知り合うことになった。ふたりが結婚した後に、ロバートは死んでしまった。そして、ステイシーは、自分の赤ん坊にロバートという名前をつけたのよ。善意からそうしたんだと思うけど、ママはロバートを見るたびに、死んだ自分の息子のことを思い出すんだと思うの」

「ひどい！」わたしは胸がしめつけられた。まず最初に両親が亡くなった。そのときママは十五歳だった。それから何年か後には、わが子も死んだ。ママがドラゴンになるのも無理はない。

「ママが気むずかしい人だってことは、わたしにもわかる。でも、それには理由があるのよ」エイミーが言った。

「ママは、死んだロバートの話をしたことないの？」

「ないわ。少なくとも、わたしには」

わたしは困惑して、エイミーを見つめ返した。ママは矛盾を抱えている。ママに関することはすべて表面に現れていると思ったのに、まだこんなことを内側に隠しているんだ。

「ママのことがわからない」わたしはやっと言った。

「こんなふうに考えてみたらどうかな。ママとうまくやれるようになるには、ママと同じように、自分が思ったことを口に出すの。ママはそうやって切り抜けているみたいよ」

まもなく、家の外から、話し声と足音が聞こえてきた。

エイミーが唇に指を立てたので、わたしはうなずいた。

玄関のドアが開き、その後すぐにママとステイシー叔母さんがキッチンに入ってきた。

「ロバートはここにいたのね」ステイシー叔母が言い、それはロバートに会いたがっていたように聞こえた。エイミーの腕からロバートをそっと取り上げると、ほどなくして帰って行った。

「パパは？」エイミーがたずねた。

ママがじろりと睨んだ。「パパは急ぎの仕事で呼び出されたの。お昼も途中のまま出かけたわ」

ママは、ロバートが床の上に食べこぼしたクッキーを掃除した。セバスチャンが、猫用入り口から再び現れ、ママの足首にまとわりついた。「セバスチャン、晩ごはん？」そう言って、カップボードの缶詰に手を伸ばした。そのときママが、わたしたちの昼食とお茶の食器がキッチンカウンターに残っているのに気づいた。

「まったく。食器ぐらい洗っておいても罰は当たらないと思うけど」ママがぴしゃりと言った。

わたしはひるんで、それらをじっと見ながら、飛び上がらないようにするのに必死だった。ママは仁王立ちでわたしを見つめて、あなたは間違ったことをしたのよと言わんばかりだった。しかしそのとき、内側から声が聞こえた。**あなたが思っていることを、話して。**

「ロバートの面倒をみるのに忙しくて、お皿まで手が回らなかったの」わたしは言った。

ママが振り返った。目に驚きの色がにじんでいる。それから、うなずいた。

「たしかに、大変だったわね。おむつを交換せずに済んだだけでも儲《もう》けものね」ママはそう言って笑った。わたしもつられて笑った。ママが見ていない隙に、エイミーがやったねとウインクした。それからみんなで夕食を作り、ママと一緒にいて初めて、わたしはリラックスできた。


その後、エイミーとわたしがおやすみなさいを言って階段を上がろうとしたとき、エイミーがママの方に振り返った。

「危うく訊くのを忘れるところだった。ママ、明日テームショーに行ってもいい？」それは、ベンが言っていたショーのことではないだろうか？　わたしがベンやトーリと行くはずの。わたしも勢いよく振り返った。

ママは手元の本を見ている。「だれと行くの？」

「みんな行くのよ。ママも知っているでしょ。デブス、クロエ、ジャズ、みんな」

ママは目を細めた。「それでみんななら、ダメという理由もないわね。その代わり、わたしが連れて行くわ」

「ありがとう」エイミーは口ではそう言ったが、顔には別の感情が浮かんでいた。

二階に上がると、エイミーはドアをぴしゃりと閉めた。目が怒っている。「信じられない。まだ、わたしたちのことを引率するっていうの？　十二歳じゃあるまいし」

「疑っているみたい」

「何を？」エイミーがそう言って笑った。「わたしとジャズのことだったら、半分は当たっているわね」

「半分ってどういう意味？」

エイミーがわたしの頭に枕を投げつけた。「ベンのことに決まっているでしょ」

「どうして？」

「昨日、学校でベンに訊かれたの。明日、カイラが外出できるか、ショーに行けるかって。カイラに気があるって睨んでるんだけど」

「そう」

「そう、だけ？　ベンは格好いいわよね」

「そうかもね」もちろん、そうだ。格好いいだけでなく、もっと他の種類の、ベンにはもっと他の魅力がある。触れてはいけないような気持ち、でももっと知りたくなる。でも、この構図の中で、トーリと一戦交《まじ》えるつもりはない。

「上級生の中には、ベンを追いかけている子が何人もいるわ。でも、わたしが知る限り、彼を射止めた子はいないみたいだけど」

わたしは肩をすくめた。

「彼はトーリに夢中だと思うわ」

「そうかしら。トーリはベンのタイプじゃない」

「どうして違うの？　美人だし」そう、たしかにトーリは美しい、特に笑うと。骨格からして完璧なスタイルに、波打つ褐色の長い髪。モデルにもなれるだろう。もしモデルが、スレーテッドにも許される職業であれば。

「わかるもの。トーリは意地悪でひねくれてる。ベンはいいやつよ。わかりきったことだわ」

「そうかもね。でも、トーリはそうは思ってないんじゃない」

エイミーが笑った。「だったら、トーリは馬鹿ね。いくら馬鹿でも、そのうちわかるでしょうよ」


電気を消すと、エイミーはすぐに寝入った。しばらくして、ドアをひっかく音が聞こえたので開けてやった。セバスチャンがニャーンと鳴いて、わたしのベッドに飛び乗ってきた。セバスチャン以外は、家中、真っ暗で静かだった。

なかなか寝付けなかった。考えることが多過ぎた。すべてのことが複雑で、表面からは何もわからなかった。エイミーは、わたしにはわからない方法でママのことを理解しているようだった。でも、ベンとトーリのことについては、エイミーの理解は間違っているとわたしは確信していた。

エイミーが正しいと思いたい気持ちはやまやまだったが。

12

行ってみてわかったが、テームのカントリーショーはとても大規模なものだった。ママとエイミーとわたしが、野原や農場の建物の間のくねくねした田舎道の大渋滞を一ミリずつ進んでやっと会場にたどり着いたときには、入り口には入場待ちの長い列ができていた。みんな興奮気味にしゃべりながらゆっくりと前進した。だが、入り口のテントを通り過ぎると押し黙った。

セキュリティチェックを通らなければならなかったからだ。それを見てママが驚いた。

「去年はなかったのに」と小さい声で言った。

しかし、群衆を黙らせたのはこれだけが理由ではなかったようだ。灰色のスーツに身を固めた男が数人、ニコリともせずに防護柵の後ろに立って群衆をじっと見張っている。だれもが男たちと目が合うのを避け、直接見ようとしない。

みんなが慎重にあらゆる場所を注意深く見ながら、一か所だけを避けていることで、その男たちこそが注目の場所だと明言していた。

来る途中でママが説明してくれたのだが、テームショーは何世紀も前に始まり、二十一世紀の初頭に農業が斜陽になると落ちぶれていき、そのうち完全に終わったのだという。数十年後、中央連合政府の自給政策によって農業が強く推進されたことにより、いくつかのカントリーショーが復活した。このテームショーもそのとき復活して、今ではかつてよりずっと大規模になり、一番大きいもののひとつになった。

先頭まで来ると、ゲートをくぐるために一列にならなければならなかった。もちろん、エイミーとわたしはレボがよく見えるようにした。わたしたちは、灰色のスーツの男たちのそばに連れて行かれて、つま先から頭のてっぺんまで詳細にチェックされた。

恐れなければならない明確な理由もなかったが、わたしの手は震え始めた。チェックが終わって、入っていいと手振りで示されると、エイミーがわたしの手を掴み、よろめくわたしをほとんど半分ひきずるようにして、ママが待っている方に連れていってくれた。

「どうしたの？」エイミーがたずねた。「真っ青よ」

わたしは肩をすくめ、自分のレボを見下ろした。ちょっと下がって4・6だが、安定している。そこでわたしは覚えたばかりのイメージ法を始めた。

緑の木、青い空、白い雲、緑の木、青い空、白い雲……

わたしたちはショー会場に向かって歩き出したが、わたしの様子を見て、ママが眉を寄せた。「人混みがつらいの、カイラ？」ママはたずねながら、腕をわたしの肩に回した。

「大丈夫」わたしは応えた。一方はエイミー、もう一方にはママがいてくれる。わたしはすぐに自分を取り戻した。でも、入り口のところでなぜ動揺したのか、自分でもわからなかった。

ショーはどこも人と動物でいっぱいでやかましかった。田舎の匂いが空気中に色濃く充満していた。エイミーが友達を見つけていなくなっても、ママのそばで安心している自分に気づいた。

果物や野菜、それらの加工品の競《せ》り、手工芸品や木彫り品、檻《おり》の中に入れられたり、輪でつながれたあらゆる種類の家畜といった見世物が延々と続く。ママはその場にいるほとんどの人と知り合いのようだった。少し言葉を交わしては進んでいった。

「カイラ、来たんだ！」後ろから声がした。

振り返ると、そこにはベンとトーリがいた。ベンの笑顔は温かかったが、トーリの手がベンの腕を摑んでいた。**彼はわたしのものよ**と言っているのも同然だったし、ベンもそれを許しているようだった。

ママが微笑んだ。「ベンだったかしら？　エイミーがグループ会に行かなくなってから、会わなくなって。ずいぶん背が伸びたのね」

「はい、ミセス・デイビス」

「ちょうどよかった」ママがそう言いながら、だれかに手を振った。「あなた、ちょっとカイラを見ていてくれない？　友達とお茶を飲んできたいのだけど」

恥ずかしさでわたしは赤くなった。だれかに子守りを頼まれるなんて。

「もちろんです」ベンが応えた。「ぼくたち羊ショーに行こうと思っていたんだけど、もしよかったら、一緒に来ない？」

トーリがじろりと睨んだ。「あら、うれしいこと。羊のミスワールドと宣伝されているやつなの。ああ、待ってらんない」

ママが眉を上げた。「今日ここでは言葉遣いに気をつけた方がよくてよ、お嬢さん」とママが言った。ママの声はとても小さかったし、周りがうるさかったので、彼らには聞こえていなかった。それからママは友人と一緒にいなくなった。

トーリが口を開いた。「何よ、偉そうに。何様のつもり？」トーリが、大きな声ではすっぱに言った。ベンが「シーッ」と言うのも無視して。

「お嬢さん、もしご存じないなら、わたしが教えて進《しん》ぜよう」後ろに立っていた男の人が言った。話を聞いていたにちがいない。「**彼女**はサンドラ・アームストロング・デイビス」

「だから？」片手を尻に当ててトーリが言った。

「ウィリアム・M・アームストロングの娘だ」

トーリの顔にわかったという表情が広がった。わたしにはまださっぱりわからない。

「あの人、何のことを言っていたの？」その場を離れながら訊いた。

「自分の母親が何者かさえ、あんた知らないの？」トーリが言った。

わたしは困惑してベンを見上げた。

「彼女は、あの〝冷徹男〟の娘だ。ひと欠片《かけら》の慈悲《じひ》もなく、二〇二〇年代にギャングを壊滅させた男」とベンは言った。「彼はローダーズが政権についたときの首相だった。テロリストに吹き飛ばされるまでは」

「でも、ママの両親は自動車事故で死んだって聞いてた」わたしは言った。

トーリが笑った。「たしかに。高速道路を吹き飛ばすのも事故だと言うならね」

「大丈夫かい?」ベンがたずねて、もう一方の腕をわたしに巻きつけた。「ずっと、ずっと前に起きたことなんだ。てっきり知っていると思っていた」

「わたしなら大丈夫」わたしは嘘をついた。


羊ショーに行った。おもしろい羊がたくさんいた。たとえば名前も、レディ・ガガとか、マリリン・モンローとか。パレードしている間にそれぞれのチャームポイントが褒《ほ》め上げられ、その後に表彰式。あまりにおかしいので、トーリでさえ笑いはじめ、すぐにわたしたちは群衆と一緒に楽しんだ。マリリンが優勝した。

次は羊の毛刈りのデモだった。雌羊は最初抗《あらが》ったが、そのうち目に諦《あきら》めの色が浮かんだ。男が強く押し倒したので、羊は何の抵抗もできずに弱々しく横たわった。鋭い刃が肌に触れ、毛を刈られる間ずっと。この冬、この羊を温めてくれるものは失くなってしまった。といっても、そんなことは関係ないのかもしれない。きっとこの羊の寿命も尽きかけているのだから。

あの羊も、逃げ込める「幸福の場所」をイメージできるのかしら？

ママとエイミーが、わたしを見つけてくれた。「帰りましょうか？」ママが訊いて、わたしはうなずいた。

出るときは、入るときより簡単だった。セキュリティチェックもなく、ただゲートの外に押し出された。しかし、片側には灰色スーツの男が数人いて、出て行く人間の顔を、ひとりひとりチェックしていた。群衆はまるで男たちが死角に入っていて存在しないかのように振る舞った。

その夜遅く、天井をじっと見つめていた。エイミーはママの家族の歴史を解説してくれた。どうして、だれもわたしに話してくれなかったのだろう？

ひょっとすると、わたしがエイミーとは違って、点と点をつなげられることを知っていたからかもしれない。ママの両親はテロリストに殺された。ママの父親が生涯をかけた仕事は、この国を機能不全にしていたギャングを引きずり出して全滅させることだった。スレーテッド手術という選択肢が生み出される前は、すべてが死刑となった。

そして今、ママはスレーテッドふたりの養親《やしないおや》になっている。ふたりの新しい娘は今は何も覚えていなくても、かつて犯罪者だったかもしれない。ギャングやテロリストの一味、またはその両方だったかもしれない。

そんな想像をし始めたことで、少しはママがどんな人で、どうして今のようになったかを理解できる気がした。わたしがママとうまくいくことは絶対にないこともわかった。

不眠のもうひとつの原因は、みんなが見ない振りをしていた灰色スーツの男たちだった。彼らが何者かを訊くのはなんとはなしにはばかられたが、でも彼らが存在するだけで、わたしは冷たく震える恐怖のようなものを感じた。その恐怖が大き過ぎて、身動きできなくなったくらいだ。しかし、わたしの中の自己防衛本能のようなものが、なんとか足を進ませてくれた。**彼らに気づかれてはダメ**と叫んでいた。

うまくやれただろうか？　わたしたちの番が来たとき、わたしはエイミーに支えてもらわないと歩けなかった。

かすかな音が、階下から聞こえた。セバスチャン？　いつもなら足元に丸まっているのに。わたしが眠るのを助けてくれるかもしれない。ベッドからそっと起きだして、階段を下りた。

「セバスチャン？」そっと呼んで、暗いキッチンの方へ歩いて行った。裸足《はだし》のせいで、床が冷たく感じられた。腕から背中にかけて鳥肌が立った。

空気を乱す音、というより動きに対して目を向けると、それは猫の大きさでも形でもなかった。

光の洪水がわたしの目を襲った。

わたしは声を限りに叫んだ。

13

「本当に、お茶はいらないかい？」パパが訊いた。

「いいです、本当に」言いながら、わたしはドアの方に後ずさった。

「驚かすつもりはなかったんだよ」パパはにっこりしたが、目は笑っていなかった。昨日出かけてからずっと眠っていないかのようにひどく疲れた様子だった。着替えもしていないようで、洋服もしわくちゃだ。しかし、パパが着ている黒いズボンとセーターは、パブに出掛けたときに着ていた服とは違っていた。

疲れている人にしては、パパの動きは素早かった。さっと部屋を横切ると、すぐにわたしの口を塞ぎ、喉から漏《も》れる叫び声を止めた。そのために、押さえられてすすり泣くような小声になった。

わたしが抗《あらが》うのをやめると、すぐに放してくれた。まぶしさに目が慣れると、パパだとわかった。

それから、パパは何か考えているようだったが、やがて自分を納得させるようにうなずいた。

「座りなさい」そう言って、やかんの隣にカップをふたつ置いた。

わたしは座った。

パパはゆっくりとお茶を淹《い》れた。ときどきわたしの方を見た。いつもおしゃべりな人なだけに、沈黙が緊張を呼んだ。

「いくつか訊きたいことがある」ついにパパが口を開いた。

「何でしょう?」

「ひとつ目、なんでこんな時間に起きているんだ?」

わたしは肩をすくめた。「眠れなかったの」

パパはお茶をすすりながら、何か別のことを考えているようだ。それから、少し頭を振った。

「わかった。ふたつ目の質問。なんで下に降りてきたんだ?」

「セバスチャンを捜していたの」

この答えについては何か考えているようだったが、やがてうなずいた。

「三つ目。わたしが電気を点けたとき、どうしてあんなに怖がったのか」パパは質問ではなく断定的に言った。なぜかを探ろうとしているようだった。

「わかりません。だって、驚かすんだもの」わたしは正直に答えた。しかしそれはおそらく、わたしの夢と何か関係があるのかもしれない。

光がまぶしくて、だれだか見分けられなくて、そして……

「考えていることをそのまま言いなさい」パパが言って、わたしはビクッとした。

「先週、悪い夢を見たの。光がわたしの目を射して、何も見えなくて、とても怖かった。だからだと思う」わたしはあわてて言った。質問に答えている自分の声に驚いていた。自分でも覚えていない夢の話を他人に話していたから。

「そのとき、ブラックアウトを起こしたのだったね」

わたしはうなずいた。

「でも、今は怖がっているにもかかわらず、おかしなことに、レボの数値が下がってない」

「まさか」

わたしのレボは5・1。極めて正常だ。

「おもしろい」パパが言った。ひと呼吸おいて、それからいつもの優しい笑顔になった。「ベッドに行きなさい、カイラ。明日から学校が始まるんだろ？　少しでも休んだ方がいい」

わたしは二階に駆け上がった。ほっとしつつも混乱していた。お茶には手をつけなかった。

あれは何だったんだろう？　まるで尋問されているようだった。そして、パパの質問に対して、わたしは自分で考えられる以上に答えていた。そのように強制されている気分だった。悪夢の中で、指をつぶされたことまで話してしまいそうになった。

しかし、わたしはなんとか自分を取り戻した。そして、不快な感情をはっきりと認めた。

すべてを話してないことを、パパは何となく気づいている。笑顔でごまかしてはいたが、パパはそのことが気に入らないのだ。

14

やっと月曜日が来た。

「どうしてそんなに学校に行きたいのか、わたしにはとても理解できないわ」エイミーが言った。「そんなに、いいところじゃないのに」

わたしは制服を着た。白いシャツ、黒いズボン、そして栗色の上着。一五〇センチ以下のわたしにとって、エイミーのお古は大きすぎるとわかって、金曜日に新しいのを買ってもらった。

「勉強するのが好きなの」髪をとかしながら、わたしは言った。それは本当だったが、答えのすべてではなかった。わたしは、**すべて**を知りたい。いや、知る必要があった。すべての詳細を知り、分類し、描き、整理して、やっと次のステップに進めるのだ。

「まあそれは悪いことじゃないと思うけど。いいことばかりでもないわよ」

「どういう意味?」

エイミーがため息をついた。「病院の学校とは違うの。みんなが**いい人**とは限らない」

わたしたちが朝食に降りていくと、ママがキッチンでやきもきしていた。それを見たとたん、パパが本当に帰ってきているのか、いないのか、どっちにしてもそれが何を意味するのかが気になった。すべては、わたしの夢だった？

「静かになさい」ママが言った。「パパは昨晩遅く戻ったの。まだ寝てるわ」

夢じゃなかった。

エイミーとわたしはシリアルを食べた。そのうちママもやってきて、わたしたちと一緒に座った。

「カイラ、よく聞きなさい。あなた、本当に今日から行きたいの？　まだ行かなくてもいいのよ、わかっているでしょ」

わたしは驚いてママを見た。ママは、わたしが学校に行けば、**手をわずらわされなくなって**仕事に戻れると言って喜んでいたのに。

「もちろん、わたしなら大丈夫」わたしは答えた。

「昨日ショーに行ったとき、あまりの人混みにまいっていたように見えたから。ロードビルは大きい学校よ。千人以上の生徒がいる。それでも、本当に大丈夫？」

「行かせて、お願い」言いながら、突然心配になった。行かせてもらえなかったら、何日もずっと家にいることになる、何日が何週間に延びるかもしれない。単調な冬が延々と続く間、だれとも話せず、何もすることがない。

ママがじっと見つめ返し、それから肩をすくめた。「わかったわ。それがあなたの本心だって確信が持てるなら。バスに乗らずに、車で送っていってあげましょうか？」

「大丈夫よ。エイミーも一緒だし」

わたしは立ち上がると、お皿を重ねはじめた。

「そのままでいいわ。今日はわたしがやっておくから」

よかった。

エイミーを見ると、ママがお皿をキッチンに持っていくのを笑って見ている。「ほらね、わたしが言った通り、ママはそんなに悪い人じゃないでしょ」エイミーがささやいた。


エイミーの後に続いて、スクールバスに乗った。ほぼ満員だった。

顔が一斉にこっちを向いた。通路を進むにしたがって、低い声がさざ波のように続いた。視線が足跡のようになって、背骨を上ってくるのを感じた。通路をはさんで空席がふたつ。そのうちのひとつに近づこうとしたら、窓側の少女が目を細め、空いている席に自分のカバンを置いた。

エイミーが腕を組んだ。カーブが終わって直線道路で加速したところだったので、バスが揺れ、わたしは倒れないように、座席の背を摑んだ。

「ちょっと、ずるいじゃない」エイミーが言った。

少女はエイミーを睨み返すと、足を振り上げて座席に乗せた。周りからも声が上がり、みんなの目がわたしたちに集まった。

バスの後方で手が振られているのが見えた。「カイラ、ここが空いてるよ」

わたしはたくさんの頭の向こう側を見た。ベンだ。知った顔を見つけて安堵《あんど》した。安全地帯。

エイミーはまだあの少女を睨んでいる。

「もういいから」わたしはエイミーに言って、後ろへ向かった。

考えるの、**緑の木、青い空、白い雲、緑の木、青い空、白い雲**……

「おはよう」とベンに言って、隣に座った。グループ会にいた人が他にも数人いた。バスの後方に固まって座り笑っている。みんな同じように栗色と黒の制服姿だったのに、なぜかベンだけ違うものがあった。ベンのものはすべて、他の人よりよく見える。でも、どうしてトーリがいないの？

ベンは体を傾けて、わたしに耳打ちした。「あの子には近づかない方がいい」ベンが低い声で言った。

「どうして？」わかりきってはいたけど、訊いてみた。

「スレーテッド嫌いなんだ」

「そうなの」

緑の木、青い空、白い雲、緑の木、青い空、白い雲……


「さっきはごめんね」バスを降りると、エイミーが言った。

「エイミーのせいじゃないわ」

「でも、もっとちゃんと言っとくべきだった。わたし……」

「週末ずっと、忠告してくれていたじゃない」

「どっちにしても、いつもはたいていジャズの車で行くの。今朝彼は歯医者だったから」

わたしの胃に安堵が広がった。


エイミーとベンは、私が入る**ユニット**の入り口を教えてくれた後、自分たちの授業に行ってしまった。「そんなに心配しないの、大丈夫だから」ベンが言うと、手を振りながら去って行った。

SEN（特別指導）ユニット。特別に指導が必要な生徒のために設けられている。もちろん、わたしもそれに該当する。そうではないと証明されるまでは。

中で、女性がひとり机に向かい、ネット端末の画面をタッチしていた。

「あの、こんにちは」わたしは言った。

女性は顔を上げたが、笑っていない。「何、ご用は？」

「新入生です」

「また？　名前は？」

わたしは彼女を見つめ返した。名前……何の？

女性はわたしのレポに目を留め、そしてため息をついた。「あなたの**名前**は？」彼女は、さっきより大きな声でゆっくり言った。

「わたしはカイラです。カイラ・デイビス」わたしの新しい苗字、ママとパパとエイミーと一緒。まだ変な感じ。**カイラ**にうまく合ってない。でも、以前の苗字がなんだったかなんて、だれが知っているというのか。そっちの方が合っていたとでも？

女性はファイルボックスの中の紙を何枚かめくると、ファイルを一冊取り出した。

「ああ、これね。数週間前倒しにしたのよね。何しろ知らされたのがたったの一日前だったから、スケジュールを調整するのに苦労したわ」女性はため息をついた。「お座りなさい」椅子を指さすと、立ち上がって、ファイルを手にしたまま反対側のドアから姿を消した。

わたしは腰を下ろした。

そして、その日はずっとそんな感じだった。ユニット内から出ずに、椅子に座り続けていた。ときどき、だれかがやってきては挨拶《あいさつ》していった。ひとりは、明日学校内を案内して、いくつかテストをすると言い、トイレの場所を教えてくれた。

昼食のための部屋に行き、朝ママが持たせてくれたサンドイッチを、他の多くのスレーテッドと一緒に食べた。みんな、わたしより年下だった。エイミーやベンの姿はなかった。みんなにこにこして口を動かしていた。その様子はまるで、今朝、車で通り過ぎた草原にいたおとなしい牛の群れのようだった。会話もほとんどない。名前も知らないティーチングアシスタント（補助教員）たちが、テーブルの両端に座り、耳を澄ませて監視している。

午後は、『ロードウィリアム学校史』を手渡され、それを読んだ。ママは、ロードビルと呼んでいた。古い、実に古い学校だ。一五五九年創立ということは、もうすぐ五百年になる。当初は男子校で、のちに共学になった。学習障害を持つ生徒のためのユニットもあった。今わたしがいるユニットだろうか。いずれにしても、障害を持つ子どもが今のように排除される前の時代の話だ。国が混乱していた五年間、学校は閉鎖されていた。二十年前に中央連合政府により学校が再開されたときには盛大な式典が催された。隣接する土地に、畑と運動場が新しく作られた。今は他のほとんどの中等学校と同じように、特別農業学校になっている。

放課後、エイミーとジャズが迎えにきてくれた。ジャズの姿を見て安堵のあまり笑みがこぼれた。歯医者から戻ったんだ。これでバスに乗らなくてすむ。

「それで、どうだった？」エイミーがたずねた。

わたしは肩をすくめた。「退屈だった。何かあるかと待っていたけど、一日じゅうずっと座っていただけ」

「わが校へ、ようこそ」ジャズが言って、笑った。

レンガ造りの建物の間の小道を歩いて駐車場に行くと、ツードアのポンコツ車が待っていた。大部分は赤色だが、あちらこちらに他の色が混ざってパッチワークのようになっている。

「お嬢さま、こちらがお車にございます」ジャズがそう言って、お辞儀をした。

ドアの取っ手を摑んだが、開かない。わたしが間違えたのかと思った。

「ごめん、ちょっとしたコツがいるんだ」ジャズが言った。ジャズは取っ手を握ると、車のサイドに片足を押し付け、てこの原理で強く引っ張った。

エイミーが前に座ったので、わからないながらも、わたしは後ろの席に乗り込んだ。

「シートベルトはどこ？」

「ないんだ。壊れてる。しっかり摑まってて」ジャズが言った。

適切なアドバイスだった。ジャズは車をキーキーいわせながら道路に出て、カーブに来るたびにブレーキを強く踏んだ。わたしは前のめりになり、エイミーが座っている前の席の背を摑んだ。ギアがバリバリと音を立て、ぐいっと引っ張られた。それほど多くの車に乗った経験がないから、フェアではないかもしれない。それでも、スレーテッド嫌いに目をつぶれば、バスに乗る方を選ぶだろう。

ジャズは大通りをはずれ、曲がりくねった裏道に入った。長いドライブの果てに、一軒ぽつんと建った家の前に着いた。

「すぐにカイラを家に連れて戻らないと」エイミーが言った。「ママが仕事に戻るのは明日からなの」

「すぐに済むから」ジャズが言った。「バスを追い抜いてやったぞ」

ジャズは車のドアをまたぐいと引っ張って開けた。エイミーとわたしは車から這い出した。

「おれのいと公の家」ジャズがわたしに向かって言った。

「いとこって意味よ」エイミーが通訳した。

ジャズは一回ノックして、それからドアを開けた。

「マック、いるかい？」ジャズが大声で呼びながら、入って行った。わたしたちも後に続いた。それから裏口のドアを開けた。

「やあ。飲み物はご自由に、こっちに出て来て」声が答えた。

ジャズは引き返してカップボードを開けると、茶色の瓶《びん》を取り出した。「こっちだ」ジャズが言った。

後からついていくと庭に出た。たいていの家の裏側には庭があることくらい、わたしでも知っている。しかし、ここに緑はなかった。草も、木も、花もない。そこいらじゅう、車の部品だらけ。一台の車の下からマックが這い出てくると、ジャズがわたしたちを紹介した。

「おれの車は、マックが他の車の部品を寄せ集めて作ってくれたんだ」ジャズが言った。

「飲む？」ジャズが瓶を持ち上げて、わたしの方に向けた。ラベルはついてない。

「ビールなんて飲んだことあるの？」エイミーがたずねた。声の調子から、エイミーは飲まないとわかった。

「ないわ」

「試してみる？」ジャズが言った。「こいつはマックが作ったんだ。結構いけるぜ」

エイミーを見ると、エイミーは肩をすくめた。その表情は、そんなにいいものではないと告げていた。

「いいわ」わたしが言うと、ジャズが蓋《ふた》をあけた。ジャズを見習って瓶をあおったとたん、喉の奥を直撃した。わたしは咳き込んだ。

「どうだい、感想は？」ジャズが言った。

あまりの苦さに咳き込みながら、わたしは頭を振って瓶を突き返した。

マックが笑った。「こいつはお嬢ちゃん向きじゃない。かなり強いんだから」

マックの言葉は意地悪だが、憎めない感じがする。マックの笑いは伝染する。マックは少々奇妙で、彼が作る車の一台に良く似ていた。廃品の欠片を集めたみたいで、うまく噛み合っていない。手足は長すぎるみたいだし、茶色の髪の毛は自分で切ったのか、絡《から》まってぼさぼさのひどい状態だった。目にさえ入らなければ、それがまっすぐだったとしても気にしないのだろう。

「本当にもう行かなくちゃ」エイミーが腕時計を見ながら言った。「バスがもうすぐ着いちゃう」

「ああ、そうだ、ドラゴン！」ジャズが、自分の瓶を飲み干し、ついでにわたしの分も片づけ、それから飛び出した。家の中を通り抜けて戻った。

「運転して大丈夫なの？」エイミーがたずねた。

「おれなら大丈夫」

「二本も飲むから」

「だって、捨てるのもったいないだろ？」

「わたしに運転させて」わたしが言った。

ふたりが揃って笑った。

「病院で免許をとったとでも言うの？」エイミーが笑いながらたずねた。

「いいえ。でも、お願い」

「やらせてみようよ?」ジャズが言った。「裏道だけならいいだろ」

エイミーが目を丸くした。「ふたりとも酔ってるの？　まあでも、あんたの車だから」

「後ろに乗って」とジャズがエイミーに言った。エイミーは後部座席に乗り込んだ。

わたしは運転席に座った。ジャズが助手席についた。ジャズが長々と説明を始めた。ギア、クラッチ、ブレーキ……

わたしはキーを回して、エンジンをかけた。ジャズが言ったことが、ちゃんと理解できたわけではなかったが、手足はどうすればいいかを知っていた。クラッチ、ギア、通ってきた裏道を戻って行った。

「天才、天才だよ」ジャズが驚いて言った。わたしはエイミーが止めるのを無視して、大通りのすぐ近くまで運転を続けた。

「おれの教え方がよかったからだね」ジャズが言った。

違う。**覚えている**だけだ。よく考えなくても、手も足もちゃんと動いた。脳とはまったく関係なく、筋肉に記憶が閉じ込められていた。

わたしは運転の仕方を知っていた。そして、ジャズよりずっと上手だった。

15

「はじめまして、ガイラ。わたしはミセス・アリ。ティーチングアシスタントとしてあなたがここに慣れるまでの数週間お手伝いするわね。まずは校内見学から始めましょう」彼女はにっこり笑うと、褐色の目でわたしの目を覗き込みながら、片手を差し出した。わたしはその手を握った。

今日の学校は、昨日よりはおもしろくなりそうだ。

わたしはミセス・アリについてドアから出て、校庭を回った。

彼女は話しながら、建物を指さしていった。英語棟、図書館、農業センター。数学棟、スポーツ場、それから大学準備クラスのためのプロジェクトスペース。春に収穫する新しい穀物を育てている。

古いレンガ造りの建物と新しく増築された建物が、広い敷地の中に混在していた。その間には、草地と迷路のような小道が十字に走っていた。

「心配することないわ。迷ったら最初の地点に戻ればいい。みんなそうしているわ。それに最初の数週間は、わたしが後についていて、道を教えてあげる」

いいえ。わたしが迷うことはない。頭の中にしっかり地図が入るから。網の目の小道も建物もそこに配置されている。でも、にっこりするだけにしておいた。

ミセス・アリはわたしを運動場から離れた一番奥の事務棟に連れて行った。他の建物をいくつか通り過ぎて、授業が終わった何人もの生徒の間をぬって、中央事務室にたどり着いた。そこには、机、書類棚、コンピューターが乱雑に配置され、電話が鳴り続ける中で、六人ほどが忙しく働いていた。

「新入生のカイラ・デイビスが手続きをお願いに来ました」ミセス・アリが声を上げた。少し間をおいて、分厚い眼鏡をかけた背の高い男がにこりともせずに、ファイルが詰まった書類棚の後ろから出てきた。

「こっちに来なさい」男が言ったので、わたしたちは後について、もうひとつのドアを通った。

手続き？　わたしはミセス・アリを見た。

「学生証を発行してもらうだけよ」ミセス・アリが言った。

しかし、それだけではなかった。まず、指を一本ずつ小さな画面の上に押し付け、指紋のデータを採られた。それから頭をしっかり固定され、まばたきしないようにと指示された後に、明るい光が絶え間なく右目に当たり、網膜をスキャンされた。目に涙がにじみ、終わっても視界がぼやけた。木の枝のようなぼんやりした残像が白壁には黒く、黒い床には白く映り、徐々に消えていった。最後に普通の写真も撮られた。

それから、しばらくの間、男がコンピューターをカチャカチャ操作すると、反対側の端からプラスチックのカードが一枚吐き出された。

「常時これを携帯するように」男は言いながら、カードをホルダーに入れて、わたしの首にかけた。

わたしは顔を上げた。これで出来上がり。「カイラ・デイビス」写真の下にそう記され、わたしの名前の後ろには赤字でSと書かれていた。唇に浮かんだ自信のなさそうな笑みは、フラッシュがたかれる直前に、ミセス・アリが引き出したものだった。

「さあ、これであなたも正式にロードウィリアム校の生徒よ」ミセス・アリが言った。何か大きな目的を遂げたか、選択したかのようなもの言いだった。

「さあ、ユニットに戻らなくては」

今度は、事務棟の正面玄関から出た。建物の横に大きな石碑が建っていて、周りを薔薇《ばら》の木が覆っている。一番上に二〇四八年と彫ってあった。六年前のことだ。

「これは何ですか?」わたしはたずねた。

「追悼碑よ。亡くなった生徒たちのための」

理由はわからないがなぜか惹《ひ》かれて、近寄ってみた。ミセス・アリもついてきた。

碑には名前と年齢のリストが彫られていた。ずいぶんたくさん。ロバート・アームストロング・十五歳から、イレーヌ・ウィズナー・十六歳まで。その間に、三十あまりの名前があった。みんな、わたしと同い年かそれに近い。その歳で時を止め、永遠に沈黙を保っている。

「彼らはどうしたの？」

「校外学習でロンドンの大英博物館に行く途中、ＡＧＴに攻撃されたの。どうすることもできなかった。交通渋滞を迂回するため通った場所で運悪くいき当たってしまった。生き残った子はわずかだった」

内容が理解できなくて、ミセス・アリを見つめ返した。「ＡＧＴって？」

「反政府テロリスト、クズどもよ」

その言葉を口にした途端、苦いものを口にしたかのようにミセス・アリの口がゆがんだ。

「さあ、行くわよ」ミセス・アリはそう言い、わたしは彼女についてユニットに戻った。小道を歩いている間、機械的に足を運んでいた。頭の中にイメージが次々と浮かんでくるのを止めることができない。

ロンドンの交通渋滞で身動きできないバス。それが爆破され、炎に包まれる。叫び声、窓ガラスを叩く血だらけの手。最後の大爆発。そして、静寂。

追悼碑、棘《とげ》の多い薔薇、そして全員の名前。

ミセス・アリは、わたしをオフィスのひとつの前の椅子に残し「呼ばれるまで待ってなさい」と言って廊下に消えた。

ドアには「ウィンストン博士　教育心理学者」と書かれている。ほどなくしてドアが開き、別の生徒が出て来た。

女性の声が中から聞こえた。

「次！」

わたしのこと？　他にはだれもいない。

「次！」また声がした。さっきより大きい。わたしは席を立ったものの、よくわからなかったのでドアの隙間から中を覗いた。

「こんにちは。カイラ・デイビスね？　怖がらなくていいの、入ってらっしゃい」

女性は笑った。いや、本当に笑った？　明るい赤色の口紅で三日月形の唇を塗っていた。その上に化粧を厚塗りしているので、もししっかり笑ったら、顔にひびが入りそうだった。

「学生証はもらったわよね。見せて、これでいいわ。ドアのそばのここを見て。教室に入るときは、ここにあなたのカードを通すの。これであなたがこの部屋にいるってわかるわけ」

振り返ると、ドア近くの壁には、小さな箱状のものが設置され、カードリーダーが付いていた。

わたしは、ぼんやりと自分の学生証のカードを眺めた。片手にそれを持って、彼女を見つめ返した。

「カードホルダーから取り出さなくていいから、そのまま顔写真の面を下に向けて、カードリーダーにタッチすればいいの」言われた通りにすると、ビーッという音が鳴った。

「よくできました。さあ、座って。うちの学校では、どの教室でも入るときと出るときに、今と同じことをするの。これからは、このユニットでもね。これで、わたしたちは、みんながどこにいるか常に把握することができる」ウィンストン医師はあの口紅を崩さないままの笑いを披露《ひろう》した。

わたしは、彼女の机の向かいの椅子に浅く腰掛けた。

「さあ、よく聞いて。あなたの今日のこの後の予定を説明するから」そして、午後いっぱいかかって、レベルチェックのためのテストを受けるのだと言われた。通常クラスにいけるのか、それともその前にこのユニットでいくつか授業を受ける必要があるのか、それとも両者を混合した形か。そして、明朝には、割り当てられたクラスの時間割を受け取れるはずだった。

「何か質問は？」一応たずねてくれたものの、コンピューターのファイルはすでに閉じられていた。

「はい、ひとつあります」

「えっ？」彼女は息を止めて驚いている。

「美術のクラスを取れるでしょうか？　わたし、絵を描くのが得意なんです。看護師さんも続けるべきだって言ってくれましたし、それに……」

わたしの言葉はたどたどしかった。彼女はいらつきながら時計に目をやった。乗り気ではないようだ。

「あなたの希望はファイルにメモとして残しておくわね」再び明るく微笑むと、画面をタッチした。「これでよし。『カイラは美術に興味あり』さあ、急いで、下に行って昼食よ。いい子ね」

わたしは立ち上がると、ドアを目指した。

「待って」

呼び止められて、わたしは戸口で立ち止まった。

「ほら、退出時のスキャンをしなくちゃ！　でないと、コンピューターはあなたがまだここにいると思ってしまう」

そうだった。カードをリーダーに向けると、ビーッと鳴った。

階下に降りて、昨日昼食をとった部屋を見つけた。今度は、ドアの近くにあったカードリーダーに気づいた。スキャンしたら、ビーッと鳴った。

予告された通り、午後は何時間もテストが続いた。すべてのテストはコンピューター上の選択問題だった。わたしが延々と、A、B、C、Dと入力し続ける間、ミセス・アリが横で監視していた。問題のほとんどは簡単なものだったが、科目は多岐に亘っていた。数学、英語、歴史基礎、地理、生物。

なんとか最後までやり終えたときには、目は疲れて肩が凝《こ》っていたが、でもうまくできたと思った。最後のベルが鳴ると、ミセス・アリは明日結果を知らせると言って、わたしを送り出した。

わたしはベンと一緒にバスに乗った。ジャズとふたりで帰るようにエイミーを説得したのだ。それで、わたしは大丈夫だからと。

ベンの後について通路をゆっくり歩いていくと、テストが全部終わった解放感のせいか、頭の中に、追悼碑やAGTに殺されたバス一台分の生徒たちのイメージが戻ってきた。そう、今わたしが乗っているこんなバスだったに違いない。

そんなことを考えていたせいで、その動きに気づくのが遅れた。

目の前にだれかの足が振り出されたのだ。わたしはつまずいて体を泳がせ前につんのめった。手をついて体を受け止めようとしたが、リュックを後ろから引かれる格好になり、腕が前に出なかった。座席の後部に顔面をぶつけ、床に転がった。

笑い声が広がった。

膝立ちになって唇に手を触れると、指が赤く染まった。

体を起こして周りを見渡した。

彼女だ。昨日、空席を塞《ふさ》いで、隣にわたしを座らせなかった少女。

「ずいぶん楽しそうじゃない？」彼女が笑った。

わたしは身を硬くして、彼女に向かって足を一歩踏み出した。彼女の表情から笑いが消え、目を大きく見開いている。

「カイラ？　カイラってば！」ベンがわたしの腕を取り、引き寄せた。わたしを自分の前に押しやり、バスの後部座席に向かわせた。

バスの運転手が席を立ち、通路をこちらにやってこようとしている。

「どうした、大丈夫か？」運転手が訊いた。

だれも答えない。運転手にはベンの後ろのわたしが見えていなかった。運転手が席に戻ると、すぐにバスは出発し、学校をあとにした。

ベンは温かい腕をわたしの肩に回し、席に座らせてくれた。

「足元をよく見ないといけないよ、カイラ」そう言ったベンの表情は読み取れない。その目は心配はしていたが、怒ってはいなかった。あの子がわたしをひっかけたのに気づいているはずなのに。あれは偶然なんかじゃない。
ベンはポケットからティッシュを見つけて差し出した。
わたしはそれを唇に当て、引き離して眺めた。鮮やかな赤色、でもそれほど多くない。
もっとひどい出血を経験したことがある。
わたしが、本当に？

16

「わたしなら大丈夫よ」

「大丈夫には見えないわね」絆創膏《ばんそうこう》を貼ったわたしの唇をママがそっと触った。「何があったの？」

「バスの中でつまずいて。それで座席に顔をぶつけちゃったの」

ひっかけた足や、その後にわたしが立ち上がったときに広がった笑い声のことは言わなかった。わたしが逆上し、あと少しであの子の顔を叩きそうになったことも。そして、あの子がその気配を感じ取っていたことも。ベンがわたしを引っ張って行く直前に、あいまいながらも恐怖のようなものが、あの子の目に走るのを見た。

「そのときエイミーはどこにいたの？」

どう答えたらよいのかわからなかった。ジャズがボーイフレンドだってことが秘密なのは知っていた。エイミーがジャズの車に乗っているのも秘密なの？

それより、この時間ママはまだ家に帰ってないはずだった。仕事を早く切り上げて帰ってきたみたい。ママはドラゴンレーダーみたいなものを持っているに違いない。

「エイミーはうまく支えられなかったの」ついにわたしは言った。それは嘘じゃない。だって、エイミーはそこにはいなかったんだから。

「それで、エイミーは今どこにいるの？」

「友達の家、だと思う」わたしはなんとかごまかそうとして言った。

「あなたが怪我《けが》したっていうのに、一緒に帰って来なかったっていうの？」

「えーっと……」

ママの口がへの字になった。

「上に行って着替えてらっしゃい」


わたしは自分の部屋で、唇に氷をあてている。

もう少しで、バスの中のあの少女を叩くところだった。たしかにそうしようとしたことを自覚している。意図したわけではないが、筋肉が緊張して、手を握りしめ拳《こぶし》を作っていた。無意識にわたしの体は反応していた。

そんなことできるわけなかった。レボが止めるはずだ。暴力の気配が少しでも察知されれば、レボはわたしを攻撃するはず。

しかし、何も起こらなかった。なぜかはわからないが、その出来事の最中ずっと、わたしのレベルは5近くを保持していた。

ベンや他の子たちは、一緒に座ったままいつものようにただ微笑んでいた。仲間のひとりが故意に傷つけられたことにみんな気づいていたのに。しかもそのことは、彼らと関係ないことではないのに。それでも、ベンはわたしを助けに来てくれたじゃない？　幸福なスレーテッドたちの小さな脳みそには、波風を立てることもできなかった。

わたしは、彼らとまったく違う。

わたしには、理解できない。

階下で玄関のドアが開き、声が聞こえる。

興奮した声。

数分後、階段に足音が聞こえ、ドアが開いた。エイミーだ。

「カイラ、大丈夫？」エイミーは部屋に入って来ると、わたしの顎を持ち上げて唇を見た。

「痛そうね」

わたしは肩をすくめた。「大したことないわ」

「それならよかった」

エイミーは、予備のベッドの上に広げてあった教科書と、ドアの後ろにかけてあったバスローブを取り上げた。

わたしが夜ひとりにならないように、先週ずっと一緒にいてくれたために、わたしの部屋に少しずつ増えていったエイミーの私物のすべて。エイミーは廊下を横切って自分の部屋に入るとドアをぴしゃりと閉めてしまった。

猫の本能でかぎつけたのか、セバスチャンが部屋にそっと入ってくると、ニャーンと鳴いて、わたしの隣に飛び乗った。セバスチャンはわたしがなでるまで頭をわたしの腕にすりつけてきた。頬に涙がこぼれて唇に当たった。沁みたので、わたしは唇を舐《な》めた。


緑の木、青い空、白い雲、緑の木、青い空、白い雲……


「夕飯よ！」ママが二階に向かって叫んだ。

わたしは膝の上で眠っていたセバスチャンをベッドに移し、キッチンに降りていった。

「カイラにはスープを作ったわ。その口だったら、この方がいいでしょ」

「ありがとう」

わたしは座った。

ママはわたしのためのスープ皿と、パスタのお皿をふたつテーブルの上に置いた。それから階段下に行った。

「エイミー、夕飯よ」とママが叫び、キッチンに戻ってきた。「いいわ、一緒に食べたくないっていうのなら、お腹を空《す》かせておけばいいのよ」ママはどさっと座った。

わたしはスープを見つめた。

「さあ、試してみて。あなたのために作ったんだから」

わたしはスプーンを取った。

「本当に大丈夫なの、カイラ?」レボが震えたので、ママがわたしの手首を取った。4・3。ママがため息をついた。「バスの中で、ただ転んだわけじゃないでしょ」

ドラゴンは人の心が読める。

「言いなさい」

「そのことじゃない」

「だったら、どうして?」

わたしは何も言わずに、ただスープをすすった。

「エイミーでしょ。エイミーに何て言われたの?」

わたしはスプーンを置いて、椅子の上でうなだれた。「わたしのことを怒っているみたいなの。でも、理由がわからないの」

「十代の女の子はこれだから、まったく! 男の子ならもっと単純なのに。ここで待ってなさい」

ママは足を踏み鳴らして階段を上がって行った。しばらくして、エイミーを連れて戻ってくると、キッチンに引き込んだ。

「座りなさい！」

エイミーが座った。

「よく聞きなさい、いいこと。カイラは、ひとことも言わなかった、わかってる？ あなたの馬鹿なボーイフレンドのことや、その子のご立派な車に乗せてもらっていることも、なんにも。話の端々《はしばし》から考え合わせて推測《すいそく》したのはわたしよ。さあ、あなたたちふたりで解決しなさい。わたしはあっちでテレビを見ながらひとりで食べるから」そう言うと、ママは自分のお皿を持って足を踏みならしてリビングに入ると、足でドアをぴしゃりと閉めた。

エイミーが申し訳なさそうにわたしを見た。「ごめんね。わたしてっきり、あんたがママに告げ口したと思ったの」

「ママは人の心が読めるから」わたしが言った。

「ママはわたしを誘導尋問したの。それにカイラも秘密を守れないしね。どんなに努力しても顔に出ちゃう。そんなことよくわかっているはずだったのに。ごめんね」

エイミーはそう言うと、黙って食べ始めた。しかし、エイミーの目から本心を読み取れた。エイミーはもうわたしに秘密を話すことはないだろう。

わたしは信頼されないんだ。

そしてその夜、エイミーは自分の部屋で過ごし、残されたわたしはひとりで寝た。


運転手はクラクションを鳴らし続けていた。

なぜか、わたしにはわからない。どこにもいけない。交通渋滞。道路は駐車場と化している。目の前は重厚なレンガ造りの建物で、「ロンドン・ローダーズ本部」という看板がかかっている。袋のネズミのように閉じ込められていた。

わたしは運転手に向かって叫んだ。「なんとかして！　ドアを開けて！　あの子たちを外に出してあげて！」

しかし、運転手は何が起ころうとしているのかわかっていない。運転手にはわたしの声が届かない。

最初はヒューという音、一陣の閃光《せんこう》、頭に響くバンという音。頭蓋骨《ずがいこつ》を打ち砕き耳をつんざく。そして叫び声が始まった。

煙で息が詰まる。血だらけの手が開かない窓ガラスを叩いている。叫び声がますます大きくなる。またもやヒューという音、閃光、爆発。バスの横腹に大きな穴があく。

そして今はほとんど物音もしなくなった。

煙で咳《せ》き込んだ、燃料、金属、それよりもっと悪い物が燃えているような鼻をつく異臭で息苦しい。耳に指を突っ込むが、叫び声はまだ続いている。


やがて、それも止んだ。

そしてわたしは、さっきの場所にはもういない。

どこか別の場所で、違うだれかになっている。恐怖、煙、血、すべては消えた。過去の出来事の記憶ではない、そうではなく、ただ消えてしまった。

夢。

それ以上ではない。

それ以下でもない。

わたしは笑いながら、緑が豊かな場所で、他の子どもたちと一緒にかくれんぼをしていた。足長の草の上に立つ高い木には、紫や黄色の野生の花が点々と咲いている。

やぶの後ろにしゃがみ、自分の手足を見る。全部小さい。わたしは小さくなっている。

そうして遊んでいる間、わたしの心臓は、幸せそうにトクトク、トクトクと鳴っている。

彼らはわたしを見つけるだろうか？

目を開けたとき、わたしには何も見えなかった。目を開け、さらに大きく見開き、立ちすくんだまま、壁から窓へと手探りで進み、カーテンを引いて外を見た。今晩は月が出ていない。

うまくいった。悪夢の真ん中で、わたしの「幸福な場所」へ行けた。ちゃんとできた。家じゅうの人たちを叩き起こす叫び声もあげず、ブラックアウトもしないで済んだ。レボの数値も4・8、まあ許容範囲だ。

しかし、眠りの中で様子が変化した。木、草、雲はまだそこにあった。しかし今度はわたしはひとりではなかった。わたしは子どもたちとかくれんぼをしていた。そこでのわたしは幼かった、ずっと幼かった。

最初の夢の恐怖が薄れてくると、細部は、空に漂《ただよ》う煙のように薄れていった。それでも、まだ十分リアルに感じられる。まるでわたしがそこに実際にいて見ていたように。

その日、生徒たち全員が死んだ現場を。

狂っている。

17

翌朝バスに乗るとき、胃がきりきりした。しかしエイミーが後ろにいてくれた。そしてやっぱり、あの子はそこにいた。いつもの席に。昨日足をひっかけわたしを転ばせたスレーテッド嫌い。背筋を伸ばして座り、窓の外を見ている。その子の横を通るとき、わたしは慎重に観察した。二度とわたしの不注意で付け入られる隙がないように。エイミーがわたしの視線の先を追った。「あの子？」エイミーがささやいたが、わたしは答えなかった。

後部座席のベンの隣に腰を下ろすと、ベンは目を大きく見開いた。「かわいそうに」そう言いながら、指先でわたしの顔に触れ、羽のように軽いタッチでわたしの唇の周りをなでた。傷は一晩経ってあざになり、昨日より今日の方がひどく見えた。「痛い？」

「笑ったときだけね」わたしは答えた。

ベンは、わたしの冷たい手を、温かい手で包んだ。「じゃあ、今日は、笑うのはなしだ」きっぱりとそう言うと、笑顔を消した。

ベンが神妙な顔つきになると、いつもと違って見えた。すべてのスレーテッドが身に付けている幸福な表情、みんなと同じものが消えた。それでもその目は笑っていた。わたしは再びある感情に捕われた。わたしは彼を知っている。ずっと彼を知っていた。彼のそばにいれば、わたしは安全だ。お腹に何かがぐっときた。悪い方にではなくて。

ユニットで、ミセス・アリがわたしを待っていた。わたしを見るなり、眉をひそめた。

「その顔どうしたの?」

「バスの中で転んだんです」

「本当に?」

「はい」

「よく聞いて、カイラ。もしだれかから嫌がらせを受けたら、**必ずわたしに話して**。ちゃんとしてあげるから。それで、本当は何があったの?」

ミセス・アリの目を覗き込んでも、心配の色しか見えなかった。しかし、彼女にすっかり話してしまおうと思ったとたん、内側から声がした。**よくない考えね**。

「自分でつまずいてそれで転んだんです」

ミセス・アリは顔をしかめた。「わかったわ。何か**思い出したら**必ず言うのよ。とにかく、これがあなたのテスト結果。頭いいのね、あなた。通常クラスに今日からすぐに入れる。十一年生。あなたは他の子たちより少しだけ年上だけど、言わなければわからないわ。どっちにしろ、ほとんどの子があなたより背が高いでしょう」

　ミセス・アリはわたしに時間割表を手渡した。「ついてきなさい。最初はテューターグループ。クラス単位のホームルームのようなもので、まず市民権について学ぶのよ。あなたのクラスは英語棟にあるわ」

　わたしは時間割表を開いてざっと目を通した。最初はさっと、それから注意深くもう一度。テューターグループ、英語、数学、歴史、生物、学習集会、一般科学、農業、それから内容はわからないけど週三回のユニット。やっぱりない。

「あの、美術はどうなったんですか?」

「何のこと、カイラ?」

「美術です。美術が時間割に入っていません」

「ないわ。あなたは他の生徒のように選択科目は取れないのよ。ユニット内のクラスを追加で押し込まなくてはならなかったから。空き時間がないの」

　わたしはミセス・アリをじっと見つめ返した。ありえない。わたしが心の底からやりたいと思っているのは美術だけ。学校に行きたい理由のひとつだったのに。病院にいたときでさえ、美術のクラスはあった。

「でも……」

「でも、はなし。時間がないの。テューターグループに遅れるわ。問題があるのなら、ウインストン博士に直接言いなさい」ミセス・アリはそう言って、ユニットから出て行ってしまった。わたしは茫然《ぼうぜん》としながらついて行った。

こんなの間違ってる。ペニー看護師でさえ、わたしの技量が十分と認められれば美術のクラスが取れると言ったのに。だいたいあの人はわたしの気持ちになんかまったく関心を示さなかった。結果は火をみるより明らか。何を言っても無駄に決まっている。

ミセス・アリはわたしを引きずるようにして建物の間の小道を歩いていった。色々な方向に急ぐ生徒たちを、巧《たく》みにかわしながら。教室に着くと、ミセス・アリは、カードをスキャンするのを忘れないようにと注意し、それからグッドマン先生にわたしを紹介した。先生は、わたしの担任のテューターというだけでなく英語も教える。ほかの生徒たちも到着し始め、席に着いた。そしてミセス・アリは、テューターグループが終わる頃に迎えに来て一時間目の授業に連れて行くと言っていなくなった。

わたしはどうしていいかわからず、教卓のそばでぼんやりつっ立っていた。

グッドマン先生が微笑んだ。「ここでわたしと一緒に少し待ってなさい、カイラ」と先生が言った。

他の生徒たちがひとり、またひとりと入室してカードをスキャンし、席に座った。始業のベルが鳴った。最後の少女が入ってきて、ドアを通り過ぎようとした。

「また遅刻か、フィービー」

「すみません、先生」と言ったものの、すまなそうには見えない。ふたり掛けの机の最後のひとつにフィービーが座ったので、空いている席はその隣だけになった。バスの中でわたしに足をひっかけた、あの少女。

フィービーがわたしの腫《は》れあがった唇を見てにやりとしたので、わたしも見返した。もちろん笑えるはずない。ささやきが教室じゅうに広がり始めた。みんな知っているの？

「静かに、11C組」先生が言った。「カイラだ。このクラスに入る。みんな、歓迎してやってくれ」

わたしはグッドマン先生の隣に立ち、目を大きく見開いて教室を見渡した。単に好奇心を示す者、敵意を向ける者、よくわからない者。しかし、すべての目がじっと見つめている。わたしと、わたしの手首のレボを。

「フィービーの隣に座りなさい」グッドマン先生が言った。

視線を落として足をひきずるようにしたので、歩きにくかった。できるだけフィービーから離れるようにして椅子を引いて座ったため、ぎりぎりやっと机の前になった。先生は板書するために背を向けた。みんながフィービーを注視している。

わたしのレボが震えた。手元を見た。4・4。フィービーがにやりと笑った。レボはさらに振動を強めた。4・2。

フィービーが手を挙げた。「先生、この新入りさんが今にも爆発しそうです」

みんなはくすくす笑いながら、こちらをじっと見ている。たくさんの目。目がそこいらじゅうにある。

3・9……

目を閉じた。

緑の木、青い空、白い雲、緑の木、青い空、白い雲……

重い足音が聞こえ、肩に手が置かれるのを感じた。「大丈夫かい、カイラ?」グッドマン先生が言った。

緑の木、青い空、白い雲、緑の木、青い空、白い雲……

わたしは目を開けた。「はい」

「いい子だ。それでは、黒板の市民としての誓約を書き写しなさい」

わたしはノートを開いた。

午前中最後の授業で、うれしい驚きがあった。ベン。ベンが生物のクラスにいた。わたしが入り口でカードをスキャンしていると、ベンが手を振った。隣の数人の少年にささやいたかと思うと、少年たちはぶつぶつ言いながらも横に詰めてくれた。ベンの隣の席がひとり分空いた。

「どんな感じ?」

わたしは肩をすくめた。何も言わなかったけど、顔に出ていたに違いない。

ベンが真面目《まじめ》な調子で言った。「本当だから。ぼくの学校での初日もひどいもんだった」

ベンをじっと見て、不思議に思った。ときどき、ベンはスレーテッドの他の少年たちと同様に何も考えていないような薄ら笑いをする。しかし一方で、自分の考えを持っているように見えるときもある。たぶん、たぶんだけど。わたしだって、他のスレーテッドとは違うように見えるときとそうでないときがある。それとも、単にベンだからなのか。わたしがひとりぼっちでないと、思わせてくれるために。

ベンは顔を引き締めた。「忘れてた。笑っちゃいけない。痛くなるよ」

「ああ、そうだった、たしかに」自然に笑みが広がりそうだったのを止めて、目だけでベンに微笑んだ。

生物の先生はミス・ファーン、変わり者だけど陽気な人だ。ファーン先生はわたしたちにどんな鳥になってみたいか質問すると、その鳥の詳細について本やネットで調べてポスターに描きなさいと指示した。

わたしは手始めに本にさっと目を通したが、どんな鳥を選べばいいか見当がつかなかった。そしてついに、見つけた。黒い目、白い羽、真面目くさったハート形の顔は平らで、黒線入りの仮面のようだ。**メンフクロウ**。このフクロウの何かが、**これはわたしだ**と言っている。

これを描こうと決めて、すぐに分類と食性を調べた。手始めに色々な方向からフクロウをスケッチした。それから、羽を大きく広げて飛んでいる姿に決めた。夢中になってスケッチしているうちに、左手を使ってはいけないことをすっかり忘れてしまっていた。しばらく実践から遠ざかっていたのに、いい出来だった。

ファーン先生がわたしの後ろに立っていた。「カイラ、素晴らしいわ。才能あるのね」と言った。

他の生徒たちもわたしの周りに集まってきて、口々に褒めてくれた。このクラスは、ずっと居心地がいい。おそらく、第一にベンがいるから。ベンは女子の注意も引くが、男子ともつきあいがよさそうだった。ベンが仲間の一員だから、同じように、わたしも受け入れてくれたんだ。ベンはどうしてそんなことができるのだろう？

終了のベルが鳴った。ミセス・アリが廊下で待っているのがドアの向こうに見えた。

「ランチに行かない？」ベンがたずねた。

わたしはにっこりした。「いいわ。でも、ちょっとだけ待ってて」わたしは荷物を片づけながら他の生徒たちがいなくなるのを待った。ベンは待ってくれているが、目に不思議そうな色を浮かべている。やってみようか？　わたしは教卓に向かって歩いて行った。

「ファーン先生、あの、実はお願いがあるんです。先生なら、助けてくださるのではないかと……」

「どうしたの、カイラ？　言ってごらんなさい」

「わたし、美術のクラスを取りたいんです。でも、ダメだって。わたしは選択科目がとれないって」

「そんな馬鹿な。わかったわ。なんとかできないか聞いてあげましょう」とファーン先生が言った。「これを借りていい？」そう言ってわたしのフクロウの絵を指さしたので、わたしは先生に絵を手渡した。

わたしは振り返って、飛び上がった。背後にミセス・アリが、口をへの字にして立っている。ミセス・アリが部屋に入ってくるのに気づかなかった。ドアの開閉音でさえ聞こえなかった。

「ベンと一緒に昼食に行っていいですか？」わたしはミセス・アリにたずねた。

「ダメです。あなたの時間割では、昼食はユニット内でとることになっています。時間割に従わなくてはなりません」そう言って、ミセス・アリは入り口で待っているベンに向き直った。

「悪いわね、ベン。カイラはこれからユニットに戻るの」

ベンは手を振って去っていってしまった。

ユニットに戻ると、ミセス・アリはわたしについてくるように手招きして、事務室のひとつに入った。ランチルームではない。

「時間割表には昼食と書いてあります」わたしはあえて言ってみた。

ミセス・アリはドアをぴしゃりと閉めた。

「カイラ、よく聞きなさい。あなたは短い紐《ひも》の先にぶらさがっているようなものなの。もし紐が短くなったら、大きく落下することになるのよ」

これは脅し？　ミセス・アリは笑っている。心配そうな優しそうな笑顔。言葉と合っていない。「何のことを言っているのかわかりません」

「カイラ、わたしがここにいるのは、できるだけあなたを手助けしてあげるためなの。あなたが、社会に役立つ幸福で完璧な一員になれるように。そのためには、ルールに従うことを学ばなければならない。時間割というのも、ひとつのルールよ。退院するとき、すべてのルールに従うと契約書に署名したでしょ。家族もルール、学校やグループ会、広い意味では地域もね」

ミセス・アリはわたしの頰に触れた。ミセス・アリの手は目と同様に温かかったが、言葉は冷たかった。「もし、あなたがルールを破ったり、ルールの抜け道を探ろうとしたり、あるいはちょっとでもルールを曲げようとしたりすれば、それなりの報いを受けることになる。さあ、昼食に行きなさい」

18

「みなさん、こんばんは」ペニー看護師が言った。声の調子に合わせたまた違う明るい色の上着を着ている。今日はオレンジ色だ。

木曜日の夜七時、グループ療法会の時間。ベンの姿が見えない。トーリもだ。どうしたんだろう。他の子はすでに座って微笑んでいる。私も見習おうと努力した。

わたしの唇の傷は一日経過して、見た目はまだひどいままだったが、それほど痛まなくなっていた。

「さて、まず一回り行きましょうか。先週ここに集まった後に何をしたか、ちょっとしたことでもいいので話して」

ペニーはわたしの反対側に座っている子から指名した。話の間、ときどき時計を見ていた。ある者は乗馬、次の者は目の検査、三人目は子犬をもらった。おもしろい話題ばかり。

次はわたしの番というときにちょうど、後ろのドアが開いて、びしょ濡《ぬ》れのベンが飛び込んできた。長袖のTシャツも短パンも体に貼り付いて、おもしろいくらいに体の線を強調している。

「本当にすみません、遅れてしまって」そう言いながら椅子を掴み、わたしの隣に置いたが、わたしは努力してそっちを見ないようにした。

ペニーは顔をしかめようと努力したが、お気に入りのベンに対してはあまりうまくいかないようだ。「こんな天気に走ることないのに、ベン」

ベンは肩をすくめた。「ほんの小雨《こさめ》です。たいしたことありません」

「今週何をしていたか、カイラが話そうとしているところだったのよ」

みんなの目がわたしに集まった。

「あの、月曜日から学校に行き始めました。昨日から授業にも出られるようになって。ベンとは、生物学の授業が一緒でした」

ペニーは驚いた様子だった。「もう通常クラスに入ったの？　それで大丈夫？」

わたしは肩をすくめた。「だいたいは。でも……」そこでわたしは止めた。美術の授業がないことを告げたら、間接的なルール違反になるのだろうか？

「でも、何？」ペニーが言った。

「なんでもありません。大丈夫です」わたしは答えた。

「日曜日のこと話すのを忘れないで」ベンが言った。

ペニーがベンの方を向いたので、ベンが説明した。「ぼくたち、テームショーで会ったんです」ベンが羊のショーについて詳しく話し始めると、みんなはくすくす笑った。羊たちのばかばかしい名前や、舞台をパレードした様子に、トーリでさえ大笑いしたと。

「ちょっと待って」わたしは口を挟《はさ》んだ。「トーリはどこ？」

ベンがわたしを見て、それからペニーに視線を戻した。ベンの顔に疑問符が浮かんでいる。

「トーリはもうこのグループ会には来ません」とペニーが言った。それで車座の次の参加者を指名した。その子はチョコチップクッキーの作り方を習った。クッキーの箱が皆に回され、話が一時中断した。

ベンは片手いっぱいのクッキーをむしゃむしゃ食べ、その欠片《かけら》が濡れたTシャツにたくさんくっついた。それを払いたくて、わたしはうずうずした。

「ベン」わたしは小さい声でたずねた。「なぜトーリはこのグループ会にもう来ないの？　トーリは何か言ってた？先週、学校にもいなかったのはどうして？」

ベンは肩をすくめた。「トーリは何も言ってなかったし、ぼくは知らない」

「心配じゃないの？　何かあったんじゃないかしら」

ベンはひと呼吸おいて「たぶん風邪でもひいたんじゃないかな。考えてもみなかったけど」しかし、ベンの表情は、今は考えていると言っていた。「こうしたらどうかしら。わたしが後でトーリの家に行って本当に大丈夫かどうか確かめてくる」

グループ会は進んでいったが、わたしはトーリのこと、そしてトーリが説明もなしに姿を現さなくなったことに対するベンの反応について考え続けた。トーリはベンのガールフレンドだった。少なくともわたしはそう思っていた。でも、ベンはわたしがたずねなかったらトーリのことを思いもしなかったような印象を受けた。心配していないという意味ではない。ただ単純に考えていなかったのだった。

とはいえ、わたしだって人のことは言えない。トーリが学校にいないことに気づいていたのに何も言わなかった。心配事は他にもたくさんあったから。

ある日、わたしがルール違反の限度を超えてここからいなくなったとしても、ベンが気づくか疑わしい。生物の授業で、だれか他の女の子の隣に座って、わたしのことなど一秒たりとも思い出さないのではないだろうか？

グループ会の終了時に、ペニーに呼びとめられた。

「ちょっと、その顔はどうしたの？」心配そうに言った。

「バスの中でつまずいて転んだんです」

「そう、それは偶然？」

わたしはためらった。

「教えて、カイラ。内緒にしてほしいのなら、だれにも言わないから」

わたしは首を横に振った。「偶然ではありません。足をひっかけられました」

「まあ、なんてひどい。かわいそうに。気をつけなくちゃ。いい子ばかりじゃないのだから。それで今はどうなっているの？」

「大丈夫です。だれに気をつければいいいか、わかったので」

「いい子ね、だれに注意しなければならないかを理解したのなら大きな一歩ね。わたしに何か手伝えることがあったら言って」ペニーはそう言うと、わたしの手をぎゅっと握った。

わたしはペニーをじっと見つめ返した。混乱していた。ミセス・アリは親切そうに見えたが、まったくもってそうではなかった。そして、ペニーは最初会ったときには、わたしに対していらついている様子だったが、今ではわたしの味方だと思えた。

「ありがとう」わたしは言って、本物の笑顔をペニーに向けた。

立ち上がって退出しようとした。

「待って、カイラ」ペニーが言った。「お母さんと少しお話がしたいとお願いしてあるの」

ほどなくして、ママはホールの後方に姿を見せると、傘を振った。

「なんて天気でしょう！」そう言うと、顔をしかめながら、足音を立てて歩いてきた。

ママ、ここにも不思議な人がひとり。

ママはわたしの味方？　それとも違う？　ママはドラゴン？　それとも傷ついたわたしにスープを作ってくれる人？　わからない。

ママはペニーとわたしについて話していたが、今回はふたりがしゃべるのに任せ、わたしは邪魔しなかった。

ペニーは、そろそろわたしに小さな自由を与え、自立のためにも自分ひとりでやらせることをいくつか許してもいいだろうと言った。ママは反対だった。しかし最終的にはわかったと言った。

驚くことばかりの夜だった。

19

わたしは空を見上げた。落ちてくる小滴に顔を向けたが、粒があまりに小さいので、ただ濡れているとだけ感じられた。雨というより霧《きり》。しかし、それらが集まって小さな流れを作り、わたしの頬を冷たく流れ落ちていく。涙と違って温かくはない。

「フードをかぶって濡れないようにしなくちゃ。フードを横に広げたままじゃ、雨を受けているのと同じだよ」ベンが叱《しか》った。そして、わたしの両頬に手を伸ばし、コートのフードを立てると、髪を両側に押し込んだ。ベンの手は温かい。

目が合うと、ベンは動きを止めた。両手はまだわたしの頬に置かれている。雨も森も消えた。金色に光るベンの目は、最初にわたしを捉えたときと同じ場所にあるのに、前よりずっと深かった。

だがほどなくして、ベンは手をだらりと下げると、左右を見渡した。姿は見えないが、それほど遠くないところからだれかの声がする。

「こっちにおいで」ベンは言って、さっきの声と反対の方角へ歩き始めた。それからわたしを振り返った。足元がおぼつかなかった。ついていくべき？　ベンは右手を挙げると、小指だけを立て、残りの指を握りしめて丸めた。

それを見てもわたしには意味がわからなかった。すると、ベンがわたしの左手とわたしの目を交互に見た。やっとわかって、わたしが自分の手を上げると、ベンはわたしの小指に自分の小指を絡めてつないだ。前に向き直り、わたしを引っ張って、木々の間を歩いていく。ベンの手はわたしの小指とつながれたままだ。なんだかおかしくて、わたしはくすくす笑い出した。

最初は、ベンが声のする方からだんだんと遠ざかろうとしていることに気づかなかった。なぜ？　寒いはずなのに、顔が赤らんでいるのを感じた。

生物クラスの生徒たちは、森の中に散らばっていた。小川から水のサンプルを採集し、木についている葉や地面の上の落葉を集め、あとで調べるとファーン先生から言われていた。離れたところから聞こえていた声がさらに遠ざかった。

ベンは立ち止まると、こちらに顔を向けた。突然のことで不安になり、わたしは後ずさった。「葉っぱを集めないといけないのよね。これなんかどう……」

「話があるんだ」ベンが言った。ベンの顔から笑みが消えている。今朝バスでも、ベンが無表情だったことを思い出していた。わたしが目でたずねるとベンも目で応えた。**あとで**。

そう、今がその〝あと〟なんだ。ベンは話がしたいから、ふたりだけになりたかったたんだ。わたしの心は複雑だった。ほっともしたが、腹立たしかった。混乱している。

「何？」

「トーリ」

わたしはとっさに顔をそむけた。ベンがトーリの名前を口にしたとき、心痛で突然頬が赤くなったのを見られないように。知っているはずだったのに。

「トーリに何かあったんじゃないかって、きみがぼくに言ったから、昨晩グループ会の後、トーリの家に行ってみたんだ」ベンはためらった。雨足が強まり、ベンは木に背中をつけてもたれかかった。霧の小滴はだんだん大きくなって雨粒となり、まだ残っていた木の葉を濡らし始めていた。

ベンはわたしの手を取ると、枝ぶりのよい木の下へと引っ張った。

「トーリはもう家にはいなかった」ベンはほとんどささやくように言った。まるで木々がスパイであるかのように。

「どういうこと？」

「トーリのお母さんと話したんだけど、すごく変なんだ。最初は、トーリはもう家《うち》にはいないとだけ言ってたんだ。ぼくはなぜかを問い、ロンドンにいる父親と一緒かとたずねたんだ。そしたら、少し変なことを言いだした。うまくいかなかったから、トーリは戻されたんだって。一瞬不思議な表情を浮かべて、でも、すぐにそれを振り払うようにして、もうここに来ない方がいい、そんな質問しちゃいけないって言うんだ。突き飛ばされるように玄関から締め出されたよ」

「トーリは**戻された？**」ショックのあまりわたしは目を丸くした。その意味を理解するのはむずかしかった。「そんなことできるの？」

ベンはうなずいた。「トーリのママはそう言った。ブーツを試し履きして、足に合わなかったから返品したとか、郵便物を返送したみたいな言い草だった」

「でも、戻されるって、どこに？」わたしはそう言いながら、初めのショックが去って、今度は恐怖を感じ始めていた。トーリは十七歳、スレーテッドは十六歳までだから、トーリが再度スレーテッドされることはない。他の家族に割り当て直すの？ もしそうでないとしたら、トーリはどうなっちゃうの？

ベンのコートから小さな音が漏《も》れ、かすかに振動した。

「ちょっと見せて」わたしはそう言って、ベンの手首を摑んだ。袖をまくってベンのレボを見る。4・3。「わたしに何かできる？」

ベンは少し頼りなさそうに肩をすくめた。「走らなきゃ」そう言ったが、ベンは動かず、片方の手はわたしの肩の上に置かれたままだった。ベンのレボがまた震えた。4・1。

わたしはベンの腕をわたしの肩に回した。ベンが身を寄せてきた。雨足はどんどん強くなったが、ベンの方がずっと背が高かった上に、覆いかぶさるようにしてくれていたので、わたしは雨をしのぐことができた。制服の上着やジャンパーの上からでも、ベンの心臓の音がドキンドキンというのが感じられた。わたしの心臓の鼓動もどんどん速くなり、ベンの濡れた上着にうずめた顔も温まってきた。

でも、ベンが取り乱しているのは、トーリのせい。ベンが抱きしめたいと思っているのは、わたしではない。

ふいに笛が鳴って、わたしたちふたりは飛び上がって離れた。

「ファーン先生だ。みんなを呼び集めている。雨が強すぎると判断したんだろう」ベンが言った。

「走る?」わたしがたずねた。

そして、わたしたちは、濡れた落ち葉の上を滑ったりよろけたりしながら小道を走った。クラスのみんなと合流してすぐに、ファーン先生が点呼を始めた。

今日の実習は天候不良のため中止となり、ファーン先生はわたしたちに問題演習をさせた。

しかし、わたしは集中できなかった。トーリの身に何が起きたのだろう? **何か良くないこと**。胃がむかむかしてそう告げている。トーリと知り合ってまだ日も浅い。トーリはわたしなら胸の中に収めておくことを、はっきりと口に出して言う癖があった。ショーのとき、ママは言葉に気をつけなさいとトーリに厳しい調子で言った。おそらく、悪意からではなく、トーリに警告したつもりだったんだ。

ベンのレポの数値があまりにも乱高下するので、とうとうファーン先生はベンに授業を抜けることを認め、トラックを走れるように、ティーチングアシスタントと一緒に送り出した。

そろそろ終業のベルが鳴ろうというとき、ファーン先生がわたしの方に回ってきて、肩越しに覗いた。わたしがノートにほとんど何も書いていないのを見て「これがお返しなのかしら？」と叱った。しかし、そのあとで先生が笑ったので、本心から言っていないことがわかった。

「何のお返し？」

さっきまでベンがいた席にファーン先生が座った。「美術科主任のジアネリ先生に話して、あなたのフクロウの絵を見せたの。絵描きになりたいという夢があるってね」と言ってウインクした。

「それで？」

「先生は自分のクラスにあなたが入れるように戦ってくれるそうよ。どうなるか待ちましょう。でも、わたしはジアネリ先生の勝ちだと思うわ。ダメと言い続けるには、先生は手強い相手だもの」

その後、学年集会の時間までベンとは会わなかった。ベンは、自分のテューターグループの生徒と一緒に、数列前に座っていた。髪が頭に貼り付いていた。雨、それとも汗？　いずれにしても顔色は良くなっていた。列に入っていったとき、ベンが振り向いて、わたしに目を留めた。

大丈夫？　わたしが口の動きだけで問うと、ベンはかすかに微笑みながら、うんとうなずいた。

集会は、学年ごと毎週一回行なわれる。十一年生は金曜の午後なので、今日がわたしにとっては初めての集会だった。わたしは一番後ろの列に座って、フィービーとは十分な距離をとった。わたしの隣はジュリーで、昨日の英語のクラスのときにも隣に座った。とても親しいというわけではなかったけど、それで十分だった。テキストの『ロミオとジュリエット』のどこをやっているかを示し、内容を説明してくれた。

みんな、椅子をがたがたやったり、小声で話したりしていたが、前のドアが開いた途端に突然止んだ。

「**あれ**が校長のリクソン先生」ジュリーがわたしの耳にささやいた。今も説明してくれている。

青いスーツを着ているが、腹回りが合っていない。ボタンがはじけないようにと思っているのか、体を直立させている。校長は冷たい視線で、部屋じゅうをぐるりと見渡した。そこここに目を留めて、**おまえたちのことを見張っているぞ**と言わんばかりだった。

しかし、みんなが石のように静かに動かなくなったのはこの校長のせいなのか、それともその後ろに控えている者たち――ふたりの男性とひとりの女性――のせいなのかはわからなかった。

彼らの表情からは何も読み取れなかった。彼らの衣装もまったく同じ、灰色の上着とズボン。

「ローダーズよ」ジュリーが声を限界まで低くしてささやいた。あまりに小さい声だったので、耳で聞いたのか、わたしが頭の中で思い浮かべただけなのかわからないほどだった。

彼らは、テームショーで見たときと同じだった。ゲートのところにいるだけで群衆を静かにさせたように、ここでも生徒たちを黙らせた。そしてあの日と同じように冷たい恐怖の拳がわたしのお腹を一撃した。

ローダーズってだれ、何者なの？　なんとなくわかるようで、でもやっぱり、よくわからない。

そして夢を思い出した。スクールバスが爆破され、多くの生徒が死んだとき、バスの横のビルには「ロンドン・ローダーズ本部」という看板が掲げられていた。もしそれが単なる夢に過ぎないとしたら、追悼碑を見た後にわたしの心の中の妄想が作り上げたことになる。ローダーズがだれなのかわからないのに、なぜそこにローダーズの名前をあてはめたのだろう？　おそらく単なる夢ではない。たぶん、生徒たちが巻きこまれた爆破テロの真の狙いはローダーズにあったのだろう。

でも、もし夢でないとしたら……わたしはなぜあそこにいたのか？　六年前ならわたしはまだ十歳。計算が合わない。

今ここにいるローダーズたちは脇に寄り、特段何の役割も果たしていない。ただ耳をそばだて監視している。

リクソン校長が訓示を始めたので、わたしは用心のために三人から目を逸らして校長の方を見た。頭の一部を使ってなんとか話を聞こうと努めたが、他の部分はまだショックでぐるぐる回っていた。

校長は生徒たちの学業やスポーツでの成果を挙げて紹介した。それからクロスカントリーチームのトレーニングが始まり日曜まで続くこと、なるべく多くの生徒の参加を希望するとも言った。昨年度、全国大会の決勝戦まで残った生徒の名前も読み上げた。チームの選抜会は来月。そのあとで、自分の才能を最大限発揮していない生徒がいることはまことに残念なことであり、全員がより一層の努力をするようにと訓示した。

全員が立ち上がった。ジュリーがひじをそっと押したので、わたしもそれに倣《なら》った。わたしたちはまた隊列を組んで退出を始め、ローダーズの前を通った。わたしはほとんど息もできないくらい緊張したが、なんとか片足を前に踏み出し、次にもう片方の足を前に出すと、辛《かろ》うじて視線をまっすぐ前に保った。その間じゅう、冷たい手が伸びてきてわたしの肩を摑むのではないか不安だった。

出口のところで数名の生徒が呼び止められ、脇に連れていかれた。

その生徒たちの顔は青ざめ、他の者たちはその生徒たちから目を逸らした。たぶん、自分の才能を最大限生かす努力を怠《おこた》った者たちなのだろう。

そしておそらくトーリも、同じだったんだ。

20

男が白いものを広げている、セメント？　パイ作りに使うヘラみたいな金属の道具で、セメントを盛った山の上からすくい取って、レンガの上に載せている。レンガの隙間からはみ出したセメントを拭《ぬぐ》って、その間を平らにしていく。そして次の段に移る。

わたしはじっと見つめていた。男は何度か塀を見上げては、その作業を続けた。レンガをひとつ、またひとつと積み上げている。

わたしは自分が凝視していることを自覚していた。そんなに人をじっと見るもんじゃない。ふつうの人は嫌がるものだ。しかし、止められなかった。

レンガ、またレンガ。地面から五段になった。

これ以上長くここに立ち止まっていたら大変なことになる。ひとつ先の通りの角にあるポストまで郵便を出しにいくのにどれだけ時間がかかるのかと、おそらくママが時間を計っているだろう。

行く先がどこであろうと、これがわたしに許された初めてのひとりの外出だ。うまくやれなければ、おそらくこれが最後になってしまうだろう。

男は再度レンガの塀を見上げると、どかっと腰を下ろした。三十歳くらいだろうか。青いオーバーオールにペンキやセメントや垢《あか》が染み付いている。脂《あぶら》ぎった髪。男は地面につばを吐いた。

「なんだい?」男が言った。

わたしは飛び上がった。

「なんか用かい、かわい子ちゃん?」男はわたしの手首のレボに目をやるとにやりと笑い、それから視線をわたしの顔に戻した。

「ごめんなさい」わたしはそう言って走り出した。通りを横切り、角を曲がる。後ろで男の笑い声が聞こえた。

わたしはポストに手紙を投函すると、また道路を渡った。男が作業していたところには、白いバンが停まっていた。「ベスト建築《ビルダーズ》」とペイントされている。男はまだレンガを次々と積み上げ、庭の塀を作っていた。

男がわたしを見つけて口笛を吹いた。わたしは家に向かって歩き続けたが、頬が燃えるようだった。

「なんでこんなに遅かったの?」ママが玄関ポーチの階段の上に立って言った。わたしが角を曲がって家の前の通りに出ると手を振ってずっと見ていたのだ。

「なんでもない。ただ歩いてみたかっただけ」

「何も問題なかった？」

「ええ、大丈夫」わたしは階段に向かった。

「これから何をするの？」

わたしは振り返った。「宿題するから」嘘をついた。

「そう、わかったわ。真面目な学生さんだこと。夕飯は一時間後ね」


自分の部屋に入るとドアを閉め、震える手でスケッチブックを取り出した。レボの数値が下がり始めている。4.4……4.2……。

わたしは壁を描きはじめた。レンガ、またレンガと地面から積み上げる。わたしの鉛筆は素早く動き、ますます加速した。

レボは落下を止め、ゆっくりと5まで戻った。壁を完成させなくては、右手で描いて検証しなくては。今日あったことすべてのあとで。

トーリが**戻された**。集会にローダーズが来た。夢の中にいたローダーズ。壁を作ることができればすべてうまくいくと、なぜかはわからないけど確信した。

緑の木、青い空、白い雲、緑の木、青い空、白い雲……

「あんまりおもしろそうなモチーフじゃないわね」

わたしは飛び上がった。エイミーだ。ドアを開けて部屋に入り、わたしの肩越しに覗き込んでいた。なんの音も聞こえなかったのに。

わたしはスケッチブックを閉じて肩をすくめた。心は落ち着きを取り戻し、もう絵も描き終わった。レンガが隙間なくページを埋めつくしている。なぜだかわからないが、これはとても大切なことだ。

でも、なぜ？


夕食の間は、壁のことを忘れかけていた。ママから驚くような宣言があった。ママとパパが話し合って、スレーテッドであろうがなかろうが、エイミーが望むのならジャズとつきあってもいい、そういう年頃になったと認めたのだ。

食器洗いは、もはや目新しさもなくなり、面倒に思うようになっていた。次は宿題。今度は本当の宿題だ。

寝る前になって、わたしはさっきの絵を引っ張り出した。壁に隙間がないかどうかをチェックしたが、抜けのような欠陥箇所はなかった。なぜかはよくわからなかったけど。わたしは外周に影をつけ、最後に絵を置いて目を閉じた。空虚、無を求めて、眠りたかった。

でも、ある一箇所でレンガに次々と亀裂が入っているのが見えた。

レンガ……セメント……

壁。

足と胸の痛みが限界だ。もう進めない。無理だ。

わたしは砂の上に倒れた。

彼がどんなに叫んでも、脅しても、懇願しても、もうわたしは動けない。それがすぐに大変なことになっても。

近づいてくる。

彼はひざまずくと、わたしの頭を摑んで目を覗き込んだ。

「自分がだれか、絶対に忘れるな。もう時間がない。急いで、今だ！　壁を作るんだ」

近づいてくる。

それでわたしはレンガをひとつずつ積み上げた。一段、また一段と。周りが高い塔になっていく。

「自分がだれか、絶対に忘れるな」彼は叫び、わたしを強く揺さぶった。最後のレンガがはまった。カチン。すべての光が消えた。

今やすべてが真っ暗で、無音になった。

恐ろしい叫び声がわたしの頭蓋骨に響く。恐怖と苦痛、追い詰められた動物のよう。死に直面している。

それとも、もっと悪いもの。

理解するまでに少し時間がかかった。

――これはわたしだ。

それからは、万華鏡の中を歩いているようだった。

すべてがずれて変化する。

裸足にガラスが突き刺さる。木々の間から子どもたちの声が聞こえたが、わたしは茂った草の間に隠れるように横たわり、空を流れる雲を見ている。

今日は遊びたくない。

しだいに雲も草も消えていった。

わたしは目を開けた。今夜は夢はもうたくさんだ。また目を閉じるのは止めだ。またもや成功した。悪夢の真最中に、わたしの「幸福の場所」に行くことができた。でも今度は、どれほど恐ろしくても、そこを立ち去りたくなかった。何かが、何か大切なことが見つかりそうだという確信があった。今日見ていたようにレンガをセメントでくっつけ、ひとつ、またひとつと積み上げて壁を作っていく。わたしの内側奥深くにある何かがきっかけになったのだろう。何かを認識することは、わたしがだれか、何者か、どんな悪いことをしたのかを最終的に明らかにするための道筋でもある。

追ってくるのは何だ？　あの男はだれ？　男は**自分がだれかを絶対に忘れるな**と言った。

でもわたしは忘れてしまった。

まず何よりも、なぜ、そしてどうやって、わたしは壁を作っていたのか？

21

退院後初めての受診日、病院に戻っていくのは奇妙な気分だった。あの日、あの壁の中から出て広い世界へ飛び出して行くのがものすごく怖かった。ずっと大昔のように思えるが、わずか十数日前のことだ。

とはいえ、ライサンダー医師との約束の十一時には間に合いそうもなかった。実際のところ、絶対無理だろう。エイミーは迂回路を探すために地図を見ている。ママは交通情報を探してラジオ局を切り替えながら、声を荒らげて罵《ののし》っている。

「この一キロで二十分もかかってる。引き返した方がいいわね」ママが言った。

「次の出口で列を離れたら?」エイミーが提案した。エイミーは今日どうしてもついて来たいと言い張った。ライサンダー医師に会いたくてママをやっと説得したから。エイミーは、このチャンスをふいにしたくないのだ。

ママがラジオを消した。「どこもやってない」ママは顔をしかめた。「こういうのって嫌ね。何かあったんだわ。エイミー、わたしの電話を探して、パパにかけてちょうだい」

エイミーはママのカバンの中を探して電話を見つけるとボタンを押した。わたしはそれを見て驚いた。二十一歳以下は携帯電話の使用が禁止されている。でもたぶん、ママが隣にいて、ママがやれって言うんだからいいんだろう。

「出ないわよ。伝言を残す？」

「ええ。わたしたちがどの道でつかえているか説明して、折り返し電話が欲しいって言ってちょうだい」

わたしたちは這うように進み、緩やかな傾斜を登っていった。頭上にヘリコプターが数機。わたしたちは丘の頂上に近づくと停まった。サイレンが鳴り、黒いバンが緊急用レーンを通過していった。

電話が鳴って、ママが応えた。

「ええ、わかった、大丈夫、ありがとう。バイバイ」

ママは電話を切った。「この先で検問をやっているみたい。心配するようなことはないって」

車がまたゆっくりと流れ始めた。わたしたちは丘の頂上に着いた。高速道M25の反対側の車線の流れは停《と》まっていた。一センチずつ進んでは、また停まった。病院の警備員と同じような黒い服を着た男たちの一団がいて、両側の車を止めては調べている。わたしたちのことは手を振って通してくれた。

「あれはだれ？」

「ローダーズ」エイミーが言った。

もう一度よく見ようと、わたしは振り返った。男たちは灰色のスーツではなく、黒いズボンと黒の長袖シャツを着ていた。その上にベストのようなものを着ていた。病院の警備員たちとまったく同じ格好をしている。ということは、彼らもローダーズだってこと？

わたしは気分が悪くなり、避けていた質問をついに口にした。

「ローダーズって何？」

ママが振り返り、眉を上げた。「知っているでしょ、法《ロー》と秩序《オーダー》の管理局《エージェント》。ギャングやテロリストを追う。今もだれかを捜しているみたいね」

必死で探しているようで、道路上のすべての車が止められ、調べられていた。

「ショーや学校にいた灰色のスーツの人と一緒？」わたしはたずねた。

「ええ、ショーにもいたわね。なぜかわからないけど。いつもは灰色のスーツを着ていて、作戦行動中のときは黒を着るの。最近はテロ対策が多いけど、以前はギャングが相手だった。でも、学校にもローダーズがいるの？」ママはそう言って、かすかに顔をしかめた。「エイミー、そうなの？」

エイミーがうなずいた。「ときどき、集会のときに来る。いつもじゃなくて、ときどきだけど。最近は回数が増えている」

左手の傾斜地には野原が広がり、木が生えていた。わたしは何かが動くのに気づいた。

一瞬の光、太陽光がガラスか金属に反射したような。

「あそこにだれかいる」わたしが言った。

「どこ？」ママがたずねた。

「あの森の中」わたしはそう言って指さした。「光る物が見えた」

「本当？」

「うん」

ママはまた電話を取り出したが、そのときわたしが指さした場所にヘリコプターが現れ、木の下から数人の男たちが走り出てきた。ママは電話を置いた。

ダッダッダー。轟音《ごうおん》が空気を震わせた。

「何をしているの？」わたしは目を大きく見開いた。「だれかを撃っているの？」

「クズどもを撃っているのよ」エイミーが言って鼻を鳴らした。「自由もしくは死を、それが彼らの望み。だったら死ねばいいのよ」

すぐに車はまた流れ始め、ママは病院に電話して到着が遅れることを伝えた。

二週間ほど前にここを出たときと同じ道を経て新ロンドン病院に近づいていった。わたしにはまるで映画の逆回しのように感じられた。街中は相変わらず人と車で賑《にぎ》わい、オフイスやマンションは活気にあふれていた。病院に近づくにつれて、さらに多くの黒服の警備員が街角に立っていた。ローダーズ。群衆は彼らに道を空けているようだった。彼らはまるでシャボン玉にでも包まれているかのように周囲と隔《へだ》たっている。

　病院の警備塔が視界に入るところに来ると、また検問所があり、さらに多くのローダーズがいた。わたしたちは中に入るためにトラックとバスに挟まれて列に並んだ。

　わたしは夢を思い出さずにはいられなかった。ヒューという音、閃光、爆破。わたしは端から端へと視線を走らせたが、おかしなものは見当たらなかった。

　彼らは車を調べていた。わたしたちは一ミリずつ進んだ。しかし、高速道路での検問と同様に、手を振って通してくれたので、わたしたちは停まらずにすんだ。

　わたしはローダーズがママに目を留め、右手を左肩に当て、そのあと手を前に出して敬礼するのに気づいた。

「なんでわたしたちだけ、他の人たちみたいに止められないの？」わたしはたずねた。

「わたしがあの父の娘だったことが役に立つこともあるのよ」ママが言って、わたしは、およそ三十年前に国じゅうを脅《おびや》かしていたギャングたちを壊滅させたという**冷徹男**を思い出した。「そうでないときもあるけどね」ママが付け足したが、あまりにも小さい声だったので、わたしには聞こえなかった。

「どういう意味？」

「どうしてそんなにたくさんの質問をしないといけないの？」ママがぴしゃりと言った。それからため息をついた。「ごめんなさい、カイラ。このことは、また今度話しましょう。それでいい？」

「あなたはなぜ夢の中でかくれんぼをしていたのかしら？」ライサンダー医師は椅子《いす》の背もたれに身を預けながら、腕を組んだ。観察しながらわたしの答えを待っている。

最初のうちは、差し障りのないことだけを話そうと努力した。海岸、恐怖、走ったことは決して先生には話さなかった。色々なバリエーションはあったが、病院で最初に気づいてからくり返し見る夢だ。しかし、わたしが本当のことを話していないことを、先生は気づいていた。

それは、先生がこちらの表情や無意識の動作、目の動きやまばたきなどを読み取るのが上手だったからではない。それらすべては観察者の常套《じょうとう》手段だ。それに加えて手首についたレボがわたしの感情をモニターして簡単に測定できる。レボをスキャンすれば、わたしが本当のことを言っているのか、あるいは嘘をついているのか、一目瞭然だ。

しかし、ライサンダー先生は、そんな道具を使わなくても、何でもお見通しという自信があるようだ。先生の自信は証明済みだ。

たとえそうだとしても嘘をつくのは不可能ではない。ただ簡単ではなかった。もし気づかれたとしても、手品師のように先生が注目している対象から気を逸らせればいい。仕掛けがばれないようにするのだ。

「質問してもいいですか？」わたしはたずねた。

ライサンダー医師は深く座り直した。思い切って質問すれば、先生はたいていの質問に答えてくれる。しかし、先生がいつもそういった寛容な気分とは限らないので、まず最初に確認しなければならなかった。

先生は頭を前に傾けた。承諾の合図だ。

「なぜかくれんぼに注目するのですか？　単なる幸せな夢です。わたしは遊んでいるだけ。何も悪いことなんか起こっていない」

「それは何かを象徴しているのかしら？」

「わかりません」

「あなたは他の人から隠れている。それはあなたのやっているゲームでしょ？　どうして隠れるの？　何から隠れているの？」

ああ。そのことについて一瞬考えてみた。わたしは何かを隠しているの？　わからない。

病院を出るときは、わたしが家族に引き合わされた前回のあの日とほとんど同じだった。地下の駐車場から螺旋状にぐるぐるとゲートまで上がった。エイミーとわたしのレボがスキャンされ、警備員が車の中を確認して、最後にバーが上がった。

外に出て警備員の姿が後ろに遠ざかったとたん、安堵感がどっとあふれてきた。今日、病院複合施設にいる間じゅう重苦しい気分だった。あたかも肺の中の空気が押しつぶされるかのように。どうしてあれほど長く、あんなところで暮らせたのだろう？

それから警備員たち。彼らもローダーズだった。あの塀の中に住んでいたとき、わたしは銃を持った警備員のいる塔、柵のついた窓、警備員が犬を連れて周囲をパトロールすることも当然のことと受けとめていた。それに高いフェンス。

あれはすべて、人が入ってこないようにするためだったのか？　それとも出て行かないように？

帰る道すがら、わたしは車窓から外をじっと見つめていた。ママは運転しながら、もの思いにふけっていたし、エイミーは、自分のヒーローであるライサンダー医師が話す時間すら取ってくれず、追いたてられたことにショックを受けて気落ちしていた。

「家」に向かっている。わたしの家？　だんだんと馴染《なじ》んできている。ほとんどの時間は快適だ。わたしはもう、朝起きて自分がどこにいるのかわからなくなることはなく、暗闇の中でも迷わなくなった。

今日病院のセキュリティを抜けて防護柵や警備塔の先に進むのがすごく不快で、息が詰まりそうだった。車を飛び出して、来た道を村までずっと走って帰りたいくらいだった。警備員のいる道路やひしめきあう群衆から離れたかった。黒いバンと銃がある高速道路と検問所からも。

ともあれ、ライサンダー医師はペニー看護師の意見に賛成し、そろそろわたしの自由裁量を少し増やしてもいい頃だとママに言った。わたしが望むなら、ひとりで歩き回ってもいいとさえ言った。しかしママにとって一番おもしろくないことは、ライサンダー医師が二週間ごとではなく毎週診察に来るように言ったことだった。毎週土曜日、わたしたちはこの難儀な旅をくり返さなくてはならない。

もうすぐ家に着くという頃になって、わたしは気づいた。

ママはどうしてパパに電話して、道路で何が起きているかたずねようと思ったのだろうか？　ラジオはどこの局を探しても、このニュースをやっていなかったのに。

なぜパパが知っているはず、なのだろう？

22

日曜日の朝、空は青く晴れ上がっていたが気温は低くて、吐く息が白かった。クロスカントリーのトレーニングに連れていってくれるバスを待っている間、わたしは腕を抱えて震えていた。どんどん生徒たちが集まってきた。クリップボードを手にした先生も。

バスが校内に入ってきて、その後ろに車が一台続いている。ベン。他の生徒がバスに乗り込む間、わたしはベンを待っていた。

ベンはわたしを見つけていつもの笑顔を驚かせた。「きみも走るとは知らなかった」ベンが言った。

昨日病院に行ったときに感じた恐ろしいような閉塞感から、わたしはここに来る決心をした。ベンがなぜ走るのかわかる。わたしもかつて、病院内のジムのランニングマシンでそうだった。走って走って、筋肉痛どころか消耗しきった限界点を超えると、**エンドルフィン**と呼ばれる化学物質が脳内に分泌される。こうなると自分の体に何が起きているかわからなくなる領域だ。気分がハイになり、もう決して止まりたくなくなる。内側が静かに鮮明になり、氷のように焦点が定まる。

そしておそらく、わたしが走りたいのは、もう走れないと倒れるあの夢のせいも少しはあるかもしれない。わたしはあそこから逃げ切れるようになりたいのだ。

ママはわたしが心底外出したがっているのをわかっていなかったので、そろそろわたしひとりで行動させてもいいというライサンダー医師の言葉を思い出させなくてはならなかった。エイミーはただにやにや笑いながら、ママの目を盗んで、ベンのことでわたしをからかった。

クロスカントリーのコーチのファーガソン氏は、バスに乗ろうとすると、奇異な目をわたしに向けた。「また新しい取り巻きか」と言い、ベンをじろりと睨《にら》んだ。他の少年も何人かにやにやしたので、ファーガソン氏の言葉の意味がわたしにもわかりかけた。

「わたしは走れます」と言ったものの、わたしは頬が赤くなっていた。

「ああ、わかった。おちびちゃん」ファーガソン氏が笑った。

十二人ほどの少年と、ほぼ同数の少女がいた。みんな顔見知りのようだった。たしかに、わたしはそこにいただれよりも「ちび」だった。

バスに乗りこんで、窓際の席に座った。ベンが隣に座った。バスが学校から離れると、ベンがわたしの方に身を寄せ、耳元でささやいた。「あれ本当?」

「何が?」

「きみがここにきたのは、ぼくがいるからだって?」

「違うわよ！」わたしは言った。怒りながら、ベンの腕を叩いた。

「痛いなあ！」ベンは腕をさすった。「そうだったらいいなぁと思ったのに」

わたしは困惑して、目を逸らした。どういう意味？　じゃあ、トーリのことはどうなるの？　なんと答えていいかわからず、わたしは黙っていた。


クロスカントリーの十キロコースは、ロンドン郊外のチルタン地区の中でも色々な地形にまたがっていた。フットパスは野原や森、いくつもの丘、沼、入江をまたぐ複雑なものだ。ランニングマシンとは勝手が違う。

最初わたしはどうすればよいのかとまどっていた。他の人たちはみな、このコースの経験がある。ファーガソン氏が地図を見せながら、コースには目印となる小さなオレンジ色の旗がずっとついていると教えてくれた。わたしは地図を何度もスキャンした。このルート全体を記憶するのにかかったのはわずか数秒だった。

男子が先にスタートした。わたしは彼らが野原を突っ切って行くのを眺めた。わたしたち女子は十分間待った。その間ストレッチをして体を温めた。ファーガソン氏が近寄ってきた。

「きみは、今までどのトレーニングにも参加してなかったな」ファーガソン氏が言った。

「はい。一週間前に学校に入ったばかりですから、参加できませんでした」

「なら、当然だ。足元に気をつけて、自分のペースを保って行け。十キロは結構長い。救急車を呼ぶはめになるたびに、嫌な気分になる」

「ご忠告、胸に刻みました」わたしは言った。

ファーガソン氏の顔に驚きが走り、それから笑った。「はは！　こいつはいい。お手並み拝見といこうか」

数人の少女たちの表情は、とても歓迎しているようには見えなかった。

ファーガソン氏は、女子もスタートさせた。最初は野原を横切った。あまり使われていないのか、地面はでこぼこだ。わたしは難なくすぐにリズムに乗った。中間地点に近づくころには間が広がって、少年たちは視界から見えなくなった。

太陽、タッタッと地面を蹴る自分の足音、トクトクと速く鳴る心臓。すべてが気持ちいい。あっという間に時間が過ぎていった。森を抜けて小道に出ると、わたしはペースを上げた。

角を曲がってすぐのところで、地面の上にあった小枝が急に持ち上がった。飛び越すこともよけることもできず、わたしは枝に足をひっかけて体勢を崩した。空中に体を泳がして、手をついた。わたしが激しく地面に倒れると、ふたりの少女が枝を落として、笑いながら走り去った。

わたしは息もできずに、浜に打ち上げられた魚のようにあえいで地面に横たわっていた。だんだんと息遣いが正常に戻ってきたので、わたしは立ち上がろうとした。数人の少女が通り過ぎて行ったが、ひとりが立ち止まってくれた。「大丈夫？」彼女がたずねる。わたしはただ手を振ると、彼女は行ってしまった。

今や全員がわたしを追い越して行った。

わたしは腕にひっかき傷を、膝に切り傷を作った。ゆっくり立ち上がると、試しに足を動かしてみた。大丈夫そうだ、どこもおかしくない。少なくとも、ファーガソン氏が今日救急車を呼んで悪態をつく必要はなさそうだ。

まったくもう！　わたしは走るのが好きなだけなのに、なんでこんなことをするの？くり返し深呼吸をしているうちに、少しずつ落ち着いてきた。レボをチェックすると5・8。走ったから、まだ数値が上がったままなのだろう。

これは長いレースよ。内側の小さな声がわたしを促《うなが》した。**とても**長いレース。

わたしはまた走り出した。

速く、どんどん速く。ファーガソン氏が言ったように、コースの目印のオレンジ色の旗があちこちに立ってルートを示している。ところが、二股の分岐点の旗が左についていた。右ではない。間違っている？　わたしは足を止めると目を閉じて、スタート前に記憶した地図を思い出した。**絶対に**これは間違っている。

だれかが、またゲームを仕掛けようとしているのか？　問題ない。地図は頭の中にしっかり入っている。わたしは、間違った方角を指す旗を無視して右の道を走り続けた。すぐに、わたしに大丈夫かとたずねてくれた少女と、何も言ってくれなかった少女たちの横を通り過ぎた。わたしは**ここに**いる。全力で走って、息をしている今この瞬間、地面を蹴る足の動きだけがすべてだ。風景が飛ぶように通り過ぎていく。入江沿いの水たまりで泥だらけになったし、腕からも膝からも血が流れているが、気にしない。

小枝を使ってわたしの足をひっかけたふたりの少女の横を通り過ぎるとき、わたしはにっこりした。もちろん十分な距離をとって。ふたりが驚き、そしてわたしに追いつこうと必死になっているのが見えたが、無理だった。ふたりはずっと後ろに見えなくなった。それからまたひとり追い越し、そしてまた数人。そのうち人数がわからなくなった。今のが最後の少女か？　しかし、それで**満足**したわけではない。わたしは一番になりたいのだ。どんどんスピードを上げた。

少年も数人追いぬき、スタート地点と同じゴールが遠くに見えるところに来てまた数名を追い越した。

ファーガソン氏、ベン、そしてすでにゴールした六人ほどの少年たちが、丘の向こうにわたしの姿を見つけて声援を送り始めた。

ゴールラインを踏み越したとき、ファーガソン氏がストップウオッチを一瞥《いちべつ》した。「まったく、とんでもないな。ずっと走り通してきたのか？」

わたしは止まって、答えようとしたが、話ができなかった。世界がぐるぐると回るようで気分が悪い。

「答えなくていいから、ゆっくりと走り続けろ」ファーガソン氏が言った。

息切れと吐き気とともに駐車場をぐるぐると何度も回って、だんだんとスピードを落として、最後に倒れずに止まれるまで走り続けた。

他の少年たちがゴールし、それからしばらくして少女たちが到着した。

「どうしたんだ？」わたしの腕と脚についた血を見て、ファーガソン氏が言った。

わたしは肩をすくめ「つまずいただけです」と答えた。「大丈夫、救急車を呼ぶ必要はありません」

ファーガソン氏は笑って、救急箱を取ってくるとわたしの膝に絆創膏《ばんそうこう》を貼ってくれた。


「いいコンビだね、きみとぼく」バスに乗ると、ベンが言った。

「え？」

「ぼくは男子の中の一番、そしてきみは女子の一番」

「あなたがゴールしたのは、わたしが着く何分前？」

ベンが肩をすくめた。「五分かそこらかな。でもなんで？」

「あのね、わたしたち、男子が出発した十分後にスタートしたの。つまり、わたしはあなたより速かったことになるわ」

そのことの意味がわかると、ベンの顔に驚きの表情が走ったが、それからにやりと笑った。「よし。練習を頑張る口実を探していたところだったんだ」

ベンがわたしのレポを覗いた。8・1。そしてベンのもわたしに見せてくれた、7・9。

「こっちもきみの勝ちだ」ベンが言った。

バスが追い越しをかけ、ベンがもたれかかってきた。「今がこうするチャンスだな」ベンが言った。その声があまりに小さいので、わたしも身を寄せなくてはならなかった。それはうれしいことだったけど。

ベンの体は熱かったが、わたしの体はだんだんと冷えてきて、その瞬間もっと冷たくなった。

「何のチャンス？」

ベンの顔から笑みが消えた。「ちょっと調べて、聞き込みをしてみたんだ」

「何について？」

「いなくなったのはトーリが初めてじゃない。他にも、うちの学校のスレーテッドの中に、ある日突然いなくなってそれっきりっていうやつがいた。何の説明もされていない」

「戻された」わたしはささやいた。そして冷たい震えが体を通り抜けた。ベンがわたしの肩に腕を回した。

「それだけじゃない。他のやつも。つまり、スレーテッドじゃないやつもだ。金曜日に集会の後に連れて行かれた三人みたいに。やつらもいなくなった。しかも、こういったことは初めてのことじゃない」

正常者でも失踪するの？　集会のとき生徒たちはローダーズに呼び止められていた。生徒たちはローダーズに連行されたに違いない。わたしは胃がきりきりした。

「でも、なぜ？」

「あいつらの理由ならわかる。ひとりは携帯電話が見つかったとか。もうひとりは引っ張られて当然だ。いつも、喧嘩《けんか》ばかりしていたらしい。ギャングに入っていたのかもしれない」

「じゃあ、もうひとりの女子は？」

ベンは肩をすくめた。「あの子は何も悪いことはしていない。でも賢《かしこ》すぎて、いつでも先生がとまどうような質問をした。まるで歴史の授業のように、なぜそのようなことが起こったのか、または起きなかったのかと」

とまどうような質問をした。ベンのように。

「ベン！　これ以上かぎまわるのをやめにしないと、次はあなたの番になる」

「でも、トーリのことはどうする？　だれも訊かなければ、だれも気にしなくなる。わからない？　きみだっていつそうなるかわからないし、ぼくだって同じさ。トーリに何が起きたか、ぼくは知る必要がある」

「あなたにいなくなってほしくない」わたしがささやくと、ベンはわたしの体をさらに引き寄せた。抱き合うと、泥と汗が絡み、耳元でベンの心臓の音が聞こえた。

男子数名がわたしたちのことをはやしたので、ファーガソン氏が振り返った。「バスの中でいちゃつくのは禁止だぞ」とファーガソン氏が叫び、わたしは体を真っ直ぐに起こした。ベンはまだわたしの手をぎゅっと握っていた。

トーリの手をしっかり握っていたのと同じように。


驚いたことに、バスが学校に到着すると、ママだけでなくパパまでがわたしを待っていた。わたしはベンや他の人たちにバイバイと手を振って、車に近づいた。泥だらけでくたくたで、膝には絆創膏まである。今では体じゅうがこわばり、足を一歩ずつ前に出すのもひと苦労だった。

ママが車から飛び出してきた。「いったい何があったの？」ママの顔に恐怖の色が広がっていた。

「大丈夫。ほら、見て」わたしはレボを見せた。6・6。バスの中で胸が痛む内緒話をした後でもこれだ。ランニングがわたしの数値を高く保持するのに有効なのは明らかだ。

「でも、あなたのその格好は！」ママはどうしてもひとこと言わなければ済まないという勢いで、ファーガソン氏に近づいて行った。パパも車から降りて、わたしを上から下まで眺め回した。

「楽しかったかい？」パパが笑った。

「ええ、もちろん」わたしは微笑み返しながらも、崩れ落ちそうになって車によりかかった。パパに会うのは、キッチンの暗闇で驚かされて以来だった。仕事でずっといなかったからだが、今は穏やかな様子だ。真夜中に叫び声を上げそうになるくらいわたしを驚かせ、厳しい顔でわたしを問い詰めたときとはまったく違う。

「どうだったんだい？」

「わたしが一番だった」

パパは「わーぉ」と言って、手を挙げた。「ハイタッチしようか？」

「それは何？」

「手を挙げてごらん、こんなふうに」わたしが手を挙げると、パパはわたしの手をパチンと叩いた。それからママの方を見るしぐさをして、ウインクした。「ママは、おまえがこんな姿になったのが気に入らないんだ。泥や血に弱いからね」

その晩の夕食にはジャズが来た。エイミーは一晩じゅう、とろんとした笑みをジャズに向けていた。ママはドラゴンの本領を最大限発揮したが、パパは下手な冗談を言ってばかりだった。

ジャズは「ジェイソン」と呼ばれてもめげず、自分の運命を諦めて、「はい、お願いします」と「ありがとうございます」以外の言葉を口にしないようにしていた。わたしは食べることに専念した。

「今日は、ずいぶんお腹が空いているのね？」わたしがグリルした肉とポテトをおかわりしようとするのに驚いて、ママがたずねた。グレイビーソースとヨークシャープディングが**おいしい**。

わたしは肩をすくめた「今朝、十キロも走ったんだもの」

「野菜も忘れずに食べるのよ」ママが言った。わたしのお皿には、緑色の小さな木のような小片がいくつか載っていた。ママに言われるまでは、わたしはそれらを避けるつもりでいた。

「これは何？」

「ブロッコリー。食べたことないの？」ママが驚いたように言った。

「たぶん、ないと思う」みんなの目がわたしに向いたが、どうしようもなかった。わたしは、そのうちのひとつをフォークで刺して噛んでみた。噛み続けている。弾力があって、むかむかする。飲み込もうと頑張ったけど、喉につかえた。とてもできない。喉に詰まり、息ができなくなった。

「大丈夫？」ママが立ち上がりかけたが、わたしが手で制したので、座り直した。なんとか飲み込んだ。だれも見ていないときを見計らって、お皿の上の残りのブロッコリーをナプキンに落とし、後でゴミ箱に捨てた。

ブロッコリーなんて大嫌い。

23

「テューターグループには出なくていいから、ウィンストン博士のところに行きなさい」ミセス・アリが言った。「今すぐ」

「なぜ？　どうしてですか？」わたしはミセス・アリを見つめ返したが、その表情からは何も読み取れなかった。

「ウィンストン博士が話してくれるはずです。二階に行って待ってなさい」ミセス・アリは微笑んだが、わたしの気分は良くならなかった。

これはどういうこと？　わたしは階段を上り、腰を下ろして手を固く握りしめた。おそらく、ベンとわたしが失踪した人のことを話しているのがどこからかばれたんだ。たぶん、バスは盗聴されていて、きっと今頃ローダーズがベンをクラスから引っ張っている。おそらく、彼らは……

部屋のドアが開いて、少年がひとり出て来た。

「次！」声が叫んだ。

わたしは立ち上がり、オフィスの中に入った。わたしはカードをスキャンさせ、ドアを閉めて座った。

「おはよう、カイラ！」先生は口紅をべったり塗った唇で笑っていた。

「おはようございます」

「ある先生から頼まれたの。何のことかわかる？」

先生の唇に皺《しわ》が寄った。わたしは自問してみた。先生？　わたし、何か悪いことをしたかしら？

「わたしを担当する先生ですか？　わたし……わかりません」

「パニックにならなくてもいいわ。あなたの先生のひとりだけど、あなたはまだ知らないから。ジアネリ先生、美術科長よ。どうやら先生があなたの絵を見たらしくて、あなたをご自身のクラスに入れるように強く言ってきているのよ」

「本当ですか？」わたしは顔に笑みが広がるのを感じた。

彼女は顔をしかめた。「ジアネリ先生は一番うるさい方なのよね」

「本当にすみません。でも、あの、わたしはジアネリ先生のクラスに参加できるのでしょうか？」

「ええ。これがあなたの新しい時間割よ」ウィンストン博士がわたしに紙を突き出した。

「そのために数学のクラスまで動かさなくちゃならなかったんだから。週に二回はユニット内で昼食をとること、それ以外は好きにしていいわ。今からね」

「ありがとうございます。本当にありがとうございます。わたし」

「いいから行きなさい」

わたしは弾かれたように立ち上がると、ドアのところでカードをスキャンさせた。

「それから、カイラ？」

わたしは振り返った「はい？」

「そんなにうれしそうにしないでちょうだい。わたしはあなたのことで、あなたからも、他の人からも、面倒をかけられたくないの。もう二度とごめん。わかった？」

彼女はそう言って明るく笑ったが、なぜかそのせいでもっと意地悪く聞こえた。

わたしは顔から笑みを消した。「はい」わたしはそう答えると、逃げるように部屋を出て階段を降りた。


ジアネリ先生、わたしのヒーロー、まったく予想もしてなかった。

「きみの名前は？」わたしがベルが鳴ってすぐに教室にそっとすべり込むと、先生に訊かれた。

「カイラ・デイビスです」

「前からこのクラスにいたかな？」

「新しく入りました。ウィンストン博士に、先生がかけあってくれたと」

彼女の名前を出したとたん、先生のしかめ面がひどくなった。「ああ、きみがフクロウの少女か。きみの件では、あのしゃくにさわる女との会議を三つも我慢したんだ」

わたしは心配になって振り返ったが、ドアは閉まっていた。ミセス・アリもういなかった。前に向き直って生徒たちを眺めたとたん、心が沈んだ。フィービー。**ああ、まったく**。彼女も、同じ美術クラスだなんて。

先生は机の上のスケッチの山からわたしのフクロウの絵を抜き出すと、クラス全員に見せた。そして、わたしが腰を下ろす前に、どうすればさらによくなるか解説した。まったくその通りだ。

でも今日は絵具だ。

絵具で何を描こう?

わたしの幸福の場所。きっとそこに連れて行ってくれるだろう。空から始めた。わたしはすぐに青色に夢中になって、パレットの上でまぜた。雲の塊をいくつか描こうとしてパレットナイフで白をぐるぐると混ぜた。あまりにも空に夢中になっていたので、後ろから聞こえる低い声にほとんど気づいてなかった。

「なんでスレーテッドされるはめになったんだろう?」

「きっとすごく悪いことをしたのよ」

「たいしたことないんじゃない。ちびの痩《や》せっぽちの弱虫じゃない」

「たぶん、幼い子でもいじめたんじゃない。だってあの子より小さいっていったら、それくらいしかいないじゃない」

「自分の家に火をつけて、両親を焼き殺そうとしたのかもよ。ママとパパのバーベキューって感じ。すごい叫び声だったでしょうね」

わたしはくるりと振り返った。

「それとも、パレットナイフでだれかの喉をかっ切ったのかもよ」わたしは、重さを試すかのようにして、片手でナイフを持った。

取り巻きの友達は後ずさったが、フィービーは笑っていた。「知っているでしょ。もう、この子は人を傷つけることはできない。以前どんなことをしていたとしても。もしやろうとしたら命を落とすわ。脳みそが焼け焦げて、バン！」

わたしは自分の絵に戻った。

緑の木、青い空、白い雲、緑の木、青い空、白い雲……

「新しい時間割には満足した？」休憩時間にミセス・アリが訊いた。うれしそうに微笑んでいる。

わたしは、はっきりとイエスと答えてよいかどうかわからなかった。フィービーがいても、いなくても、また彼女たちが何を言ったかを考えても、それでもわたしは美術クラスが好きだ。それとも、わたしがうまく乗り越えて幸せなのは、かえって困るとでもいうのだろうか？

ミセス・アリは笑った。「あなたの顔ったら。ときどき、自分の顔を見てみるといいわ」

今日、彼女は機嫌がいいようだ。

わたしはためらいがちに笑った。「美術のクラスが好きです。とても役に立ちます」集会で校長が言った言葉を思い出そうとして、わたしは頭の中をスキャンした。「わたしの可能性を最大限に生かすのに役立つと思います」

ミセス・アリはおかしがった。「訳もわからず言葉だけを鸚鵡《おうむ》みたいに真似するのはよしなさい、カイラ。あなたは、スレーテッドとしての契約を満たすために、いつでも全力を尽くさなくてはいけないのよ」

「質問してもいいでしょうか？」

「もちろん」

「もしわたしが契約条件を満たさないとしたら、どうなるんでしょうか。あの、戻されるんですか？」

ミセス・アリはわたしの目をじっと見つめ返した。

その顔に何かの感情が素早く横切った。あまりに素早くて、わたしにはそれが何かよくわからなかったし、それはすぐに消えてしまった。

ミセス・アリは笑った。「しばらく大人しくしてらっしゃい、カイラ。ウィンストン博士が、あなたに面倒をかけられたことを忘れるまではね」

ミセス・アリは、わたしの次のクラスまでついてきた。わたしは、ミセス・アリの言葉の意味を考えていた。

彼女は、わたしの質問に答えなかった。

そして、そのこと自体が正に答えだった。

24

タッ、タッ。わたしの足が地面を蹴り続ける。

たぶん、幼い子でもいじめたんじゃない。自分の家に火をつけて、両親を焼き殺そうとしたのかもよ。それとも、パレットナイフでだれかの喉をかっ切ったのかもよ。

わたしは、速く走った。もっと速く。

わたしはナイフを持っている自分の手が見えた。おそらく、キッチンからとってきた鋭いナイフ。パレットナイフなんかじゃない。鋭さが足りないもの。それとも火をつけたのか。石油を撒《ま》き散らしてマッチを投げた。あるいは、その代わりに、揮発油《きはつゆ》を入れたガラス瓶に布を垂らして火をつけ、それを窓ガラスから投げ込む。そこで叫び声を聞いていた？　いや、違う。確実に逃げられるはずない。

　でもわたしは逃げだしてきたのではない。わたしはここにいる。

わたしはレボの数値を保持するために、トラックがぼやけるほどの速さで走っていた。

でも、頭の中に考えやイメージが湧《わ》いてくるのを止められない。

幼い子をいじめたことはどうか？　そんなことできるはずない。わたしにできる？　それから、わたしはあの夢を思い出していた。木端微塵《こっぱみじん》になるバスの中の生徒たち。彼らはまったくの子どもに過ぎなかった。

これらのうちのどれか、わたしが手を下したものがあったのだろうか？

だれかが近づいてきて、わたしの背後に付いた。わたしはスピードを上げたが、でもまだ追ってくる。わたしは右側をちらりと見た。ベンだ。

「やあ」ベンが言った。「調子いいね」

わたしはうなずいただけだった。肺が全身に酸素を送るのに精いっぱいで話ができない。

もう二、三周。そしてさらに二、三周。今はベンが横並びだ。絵筆を離し、美術のクラスが終わってからずっと、フィービーの言葉がわたしの頭の中で何度もくり返し響いていた。

午前中の授業が終わるとすぐに、わたしは校庭に来た。今日初めてお昼にユニットに行かなくていい日だったから。ベンの存在はなぐさめだったが、ベンはわたしが答えないので話しかけるのを諦めていた。だんだんと、ベンはペースを落とし始めた。ベンを後ろに置いていくのが嫌だったので、わたしもベンに合わせて少しずつペースを落とした。

「もう十分かい？」とうとうベンが言い、わたしもうなずいた。わたしたちはペースを落とし、やがて止まった。ベンは腕をわたしに絡ませると、引っ張って行った。わたしたちは校庭の周りの小道を歩いた。他の生徒たちもうろついていたが、わたしたちのことは放っておいてくれた。

「何か嫌なことがあったんだろう、話してごらんよ」

わたしは肩をすくめた。

「取《と》り憑《つ》かれたように走ってたからには、何か理由があるはずだ」

「女の子たちにちょっと言われた、それだけ。バカバカしいことよ」

「何を？」

わたしは答えずに、ベンの手を強く引いて進行方向を変えた。事務棟の横を歩いて追悼碑まで来ると、その前で足を止めた。

たくさんの名前が、石に彫られている。みんな死んだ。六年前のことだ。

わたしが何を想像しているか。自分でも身震いがする。わたしはそのときわずか十歳、そこにいられるはずがない。

「カイラ、これは何？」

「あなたは考えたことはないの？　自分がスレーテッドにされたのは、何をしたからなのか。もしわたしがテロリストだったとしたら？　もしわたしが、この生徒たちを殺したんだとしたら？　彼らが乗ったバスに爆弾を投げて」

ベンは首を横に振った。「自分が何をしたかなんてわからない。そんな恐ろしいことをやれたなんて想像もできない。きみだってそうだ。でも、決して知ることはできないんだ。ぼくたちにできることは、今、目の前の人生を生きること。今、自分の姿のままに」

ベンの言葉の意味を考えてみた。たしかに、ベンが何か恐ろしいことをするような人にはとても思えなかった。エイミーだってそうだ。でも、どうしてかはわからないけど、自分についてだけは自信がなかった。

「過去の自分がわからなくて、どうして今の自分がわかるの？」

「ぼくはきみのことがわかっているよ。カイラ、ランニング狂のぼくの友達だ」ベンは腕をわたしの肩に回した。「カイラは照れ笑いして、すぐに気持ちを内側に閉じ込めてしまうんだ。他に何が知りたいんだい？」

わたしは温かいベンの目を見上げた。溶けたチョコレートのようにうっとりと。

でも今知りたいのは、たったひとつ。**あなたはだれなの、カイラ？**

「わたしは絵を描くのが好き」わたしはゆっくりと言った。「それに上手《うま》いのよ」

「カイラは絵描き。よし、他には？」

わたしは答えを探して脳を働かせた。「ブロッコリーが嫌い。猫が好き」きっと、それが始まり。

ベンが笑ってわたしを抱く腕を強めた。内臓がつぶれそう。

かわいい十六歳、まだキスも知らない。ベンは目で何かを語り、それは**今だ**と告げていた。ランニングの後で、洋服が肌に貼り付き、髪ももつれている。さえぎるもののない空間、だれかが見ているかもしれない。トーリの存在もまだふたりの間にわだかまりとして残っていた。

今だけは、ベンはそのことを忘れているようだった。そしてわたしも。

でも何かが目の端でひっかかり、わたしは振り返った。追悼碑とそこに彫られたすべての名前を見た。一番上の名前が突然目に飛び込んできた。まるでだれかが叫び声をあげたようだった。

ロバート・アームストロング。

わたしは息を呑み、身を離した。ベンも放してくれた。

「どうしたの?」ベンがたずねた。

わたしは追悼碑に近づき、文字を手でなぞった。ママの死んだ息子の名前はロバートだとエイミーが話してくれた。ママがパパと結婚する前、ママの苗字はアームストロングだった。

ロバート・アームストロング。

これはママの息子? わたしの……兄さん?

「カイラ、どうしたんだい?」

わたしはただ首を横に振った。ベンには言えない。ベンががっかりしているのがわかった。その表情は、**ぼくのことを信頼していないのかい？**　と言っている。ロバートのことはだれにも言わないとエイミーと約束したのだ。どうして言えるだろう？

その日の午後はぼんやりしているうちに過ぎた。わたしのレボの数値は、ランニングのおかげで、5のあたりに高止まりしていたが、頭の中は大混乱だった。

どうしてママは自分の息子がテロリストに殺されたにもかかわらず、わたしやエイミーを迎えられたのだろう？　しかも、そのずっと前には自分の両親までもが同じ目に遭った。スレーテッドされるのは、何かとても悪いことをしたからだ。もし、わたしがテロリストだったとしたら、どうするの？

その晩の夕食は散々だった。ママはわたしのことをじっと見続け、片時も目を離さなかった。真正面に座り、わたしがブロッコリーを食べるのを見ていた。わたしがブロッコリーを呑み込んだり、学校についてのたわいない質問に答えたりしている間も、ずっと。たぶん、ママはわたしをトーリみたいに**戻せる**ようにこっそり観察しているんだ。

エイミーは数学のテスト勉強をしなくてはならなかったので、わたしは皿洗いをするために立ち上がった。何ひとつ間違えないようにしなくてはならない。わたしは集中した。皿を重ねてカウンターを拭いた。お皿を一枚ずつとても慎重に洗った、そして……

「今晩はどうしたというの？」

くるっと振り返ったとたん、コップを横にぶつけ、床に落としてしまった。破片がそこいらじゅうに飛び散った。ママがため息をつき、わたしはあわてて箒《ほうき》とちりとりをカップボードに取りに走った。

「ごめんなさい」わたしはそう言って、腰をかがめ、破片を掃《は》いてゴミ箱に捨てた。

「カイラ。コップひとつだけのこと。たいしたことじゃないわ。何か嫌なことがあったのね。さあ、話してごらんなさい」わたしはママの方を向いた。じっくり見てしまった。ママはドラゴンなんかじゃない。少なくとも、今この瞬間は。

ママの顔は困っているだけで、怒ってなんかいない。手を伸ばして、わたしが立ち上がるのを手助けしようとしてくれている。「どうしたの？」

わたしは目の奥がチクチクするのを感じて、必死にまばたきした。でもうまくいかない。

「それで？」

「ブロッコリーが嫌いなの」そう言うと涙があふれた。でも、わたしが泣いているのはそんなことが理由じゃないでしょ？　数日前にここで最初にブロッコリーを食べたときの方がずっと嫌だった。口の中に入れたとたんに喉が詰まった。体がそれを覚えていた。

もしスレーテッドされる前からブロッコリーが嫌いだったとしたら、わたしは新しい人間ではない。いくらそうだと言われても。わたしの過去は、内部のどこかに隠れてはいるものの、わたしの一部として確かに残っている。頭の中でこんなことをくり返し考えている間、他の部分は泣くのに忙しかった。すごい勢いで息を詰まらせ、しゃくりあげて泣いた。まるで体と頭が別々に存在しているかのように、連動しなくなった。そしてどうしてそうなったのかわたしにはわからなかった。

レボが振動を始めた。ママが息を詰めて唸《うな》った。わたしを居間に引っ張って行きソファに座らせた。セバスチャンを連れて来て、ホットチョコレートを作ってくれた。わたしが膝の上のセバスチャンをなでている間、ママは隣で肩をなでてくれた。ママの顔にはよくわからないと疑問符が浮かんでいたが、何も言わなかった。

「わたしが問題をいっぱい起こしたから、ママはわたしを戻すんでしょ？」わたしは沈黙に耐え切れずにとうとう言った。

「なんですって？　そんなことあるわけないでしょ。どういうこと？」

わたしはママに、トーリが戻**された**ことを話した。しかし、ママの顔に驚きは見られなかった。

「トーリって、ショーのときにベンと一緒にいたかわいい女の子、でしょ？」

わたしはうなずいた。「トーリに何があったのか知ってるの？」

ママはためらっていた。

「お願い、教えて」

「本当に知らないの」ママはそう言ったものの、どこかで、ベンとわたしが下した結論に同意したようにも見てとれた。**何か良くないこと。**「でも、トーリのママが何かしたからとは思えないわね」

「どういう意味？」

「あの子はちょっと不作法だった。だれか他の人が、トーリの発言を聞いていて、彼女が契約違反だと思ったのかも。わかるでしょ？　トーリは二度目のチャンスを与えられるほど**いい子**ではなかった」

「他の人って、だれ？　わたしの周りでも、いつもだれかが見張っているの？」わたしは左右を見回した。見えない目や耳が、家具の後ろに隠れているかのように。

「そんなに大袈裟《おおげさ》なことではないわ、カイラ」ママは優しく言った。「数人が、定期的に報告するだけよ。学校の先生や看護師。ライサンダー先生もだと思うわ」

「ママはわたしのことを報告するの？　パパも？」

「もちろん。あなたとエイミーを引き取ったときに同意したことの一部だから。でも心配しなくていいわ。彼らが咎《とが》めるようなことを、わたしは絶対に言うつもりはないから。わかった？」

　気のせいだろうか、ママが「わたし」という部分を強調したように聞こえたのは。

「カイラ、よく聞きなさい。わたしはあなたのことを戻したりしない。わかった？　わたしはそんなこと絶対にしないから」

「何があっても？」

「何があっても。それから、もう二度と、ブロッコリーを食べなさいとも言わないわ」


その晩遅くわたしがベッドに横たわると、セバスチャンが毛糸のマフラーにでもなったように長く伸びをしてわたしの背中で喉を鳴らした。

なんであんなに動揺して泣いたのか思い出せなかった。でも、ブロッコリーが嫌いなように、車の運転ができるように、言えることがある。左手での方が上手に絵が描けるように。そして大袈裟に喉を鳴らして啜《すす》り上げて泣くように。

わたしは泣き方を知らなかった。うまく泣けなかった。それはたぶん、わたしがかってやっていたことではないのだろう。

カイラがだれであろうと、どこかに別の人間が隠れている。わたしが最も恐れているのは、まさにその別人格だ。


最初は、音がした。

こすりとってはドン、こすりとってはドン。

粗《あら》い表面の上を何かの金属でひっかくように、あるいは砂の中にシャベルをつっこむようにして、持ち上げてはどさっと置く。何度も、何度も。

わたしは目を開けた。

シャベルではなくコテだった。ざらざらしたモルタルをすくっては、最上段のレンガの上に落としていく。わたしのずっと上の方で。

こすりとってはドン、こすりとってはドン。

レンガは円を形作り、周りは全面壁になった。右から左へ、前から後ろへとわずか数センチずつ手を伸ばしても、わたしの手に触れるのは雑に作られた丸い壁だけだった。

それはみるみるうちに、一段一段と高くなっていった。唯一の光がずっと上の方にぼんやりした円形を作り、そしてどんどん薄暗くなっていった。

わたしは窓もドアもない塔の中にいた。壁の一番上はわたしの背よりずっと高く、そして……こすりとってはドン、こすりとってはドン。一秒毎《ごと》にだんだん遠くなっていく。

いきなり、光の円が消えた。音が止んだ。

内側でパニックが渦《うず》巻き、やがて怒りに変わった。わたしは壁を叩き、蹴り、殴りつけた。疲れきって壁にもたれかかるまで、何度も何度も。

座ることもできない狭い空間で、むきだしの足、手、膝から血が出ている。

「わたしをここから出して！」わたしは怒鳴《どな》った。

わたしは目をぱっちりと開けた。ふたつの丸い反射光がわたしの目をじっと見返している。その光がちらついた。セバスチャン？

わたしは起き上がって、ベッド脇の電気を点けた。セバスチャンはベッドの上、わたしの隣にいた。セバスチャンの毛は先の方が立って、尻尾《しっぽ》が膨《ふく》らんでいた。わたしの腕にはひっかき傷が等間隔の赤い線となってきれいに並んでいる。

「おまえが起こしてくれたの？」わたしはささやくと、ためらいがちに手を伸ばして軽くなでてやった。セバスチャンがわたしをブラックアウトから守ってくれたに違いない。セバスチャンは何かわかっていたのかもしれないし、あるいはわたしがうなされていたから、ただひっかいたのかもしれない。

セバスチャンは毛並みを落ち着かせると、横に寝転がり喉を鳴らした。わたしの心拍も落ち着いてきた。レボの数値は時間をかけて3の真ん中から5近くまで上がった。でも、わたしは目を閉じなかった。電気を点けたままにした。

わたしは暗闇が怖い。

25

「お車にございます」ジャズがそう言ってお辞儀をした。

エイミーが、ふたりきりにならないことを条件にジャズと会うことを許可されたから、必然的にわたしはベンと一緒にバスで帰れなくなった。わたしは後部座席に乗り込んだ。

シートベルトはない。エイミーとジャズが前に乗り、わたしはため息をつきながら、摑まって体を支えた。校庭を出て大通りに出るところでジャズが注意を促した。そして大通りから裏道に入った。まっすぐ家に帰るんじゃないの？

「きみをびっくりさせてやろうと思ってさ、カイラ」ジャズはそう言って、バックミラー越しにわたしを見つめたため、脇見運転になってしまった。

「前を見て！」エイミーが叫んで、ジャズがブレーキを強く踏んだ。危ないところで道路を横切る羊を避けることができた。農夫が睨んだ。飼い犬さえも睨んでいた。羊は何の表情も浮かべずにのんびりと道路を渡った。

「ふーっ」ジャズは農夫に手を振りながら、口の動きで**すみません**と伝えた。

「さっきのびっくりさせることって何？」再び車が走り始めると、エイミーがたずねた。

「マックが、返品されたシートベルトを手に入れたから、後部座席に付けてくれるって」

「やった！」わたしは心から興奮して思わず叫んだ。

お願いだからしばらく道路の方に集中してとも思ったが、口には出さなかった。

ジャズは羊を轢《ひ》きそうになった後は、前よりは慎重になったので、わたしは少し安心した。まぶたが自然に落ちてきた。


昨夜の悪夢とその後ずっと起きていたせいで、とても疲れていた。目を閉じようとするたびに、周りにレンガの壁を感じたから。今わたしは、頭を傾けて前の座席に倒れかかろうとしていた。頭の中ではイメージがごちゃ混ぜになっている。

追悼碑、そこに刻まれた**ロバート・アームストロング**の文字、塔……


「ちゃんと起きててよ」エイミーが言って、わたしは飛び起きた。

「ほら、おれの運転も悪くないだろ、お客さんが居眠りできるくらいだから」ジャズが言った。


マックがジャズの車から後部座席を引っ張り出した。

「散歩に行こうか？」ジャズが言って、エイミーにウインクした。「でも、カイラはきっとお疲れだよね」ジャズは言いながら、わたしを指さした。

「そう、とても疲れているみたい」エイミーも言った。「そんなに長くかからないから」

道路沿いのフットパスの看板を目指して、ふたりは歩き始めた。

「ふたりっきりになりたいんだったら、はっきり言えばいいのに」ふたりが去っていく後ろ姿を見ながらわたしはつぶやいた。

マックが車の後ろから覗いて笑った。「飲み物でも取ってくれば」

「いえ、結構です」わたしは言った。前回試したマックお手製のビールを思い出したから。

「冷蔵庫にはソフトドリンクもあるよ」マックは言い、わたしが考えていることなどお見通しとばかりににやりと笑った。「よかったら、好きなものを何でもおやつにするといい。テレビをつけてもいいし。あいつらもそのうち帰ってくるだろう」マックがまた笑った。

翻訳すればこうだ。おれが車のガラクタ山と格闘しているところを、そこでじろじろ見ていないでくれよ。

わかったわ。ふらふらとマックの家の中に戻った。たしかに、カップボードの茶色い瓶より害のなさそうな飲み物が冷蔵庫に入っていた。わたしは空腹を覚えた。レボの数値を高く保つために、今日の昼休みに何周も走ったのだ。ベンもやってきたが、わたしになぜ走っているかとは訊かなかった。たぶん、わたしが答えないときには訊くだけ無駄と諦めているのだろう。

チーズと、お手製らしいでこぼこのパンの厚切りを見つけた。わたしはドアから頭を突き出して叫んだ。「サンドイッチ、食べる？」

「ああ」返事がした。「すぐに行く」

それで、わたしはサンドイッチをいくつか作った。わたしはテレビっ子ではなかったが、テレビをつけ、三つしかないチャンネルを残らずざっと見た。ＢＢＣ１（英国第一放送）は馬鹿馬鹿しいお笑いショーだったが、笑いのセンスがわたしにはピンとこなかった。ＢＢＣ２は園芸で、畑の収穫量を増やす方法だった。

ＢＢＣ３はニュースと天気予報。わたしはサンドイッチを食べながらそれを視《み》た。近いうちに雨が降る。今秋の収穫は豊作の見通し。ロンドン近郊のちょっとした話題。番組では道路全体を俯瞰《ふかん》で映していたが、病院への往復に通った場所なのに雰囲気が違った。焼け落ちたビル、そんなものはない。同様に警備員もいない。

「考え事をしているの？」マックが戸口に立っている。

「ええ、あの道路、行ったばかりなんだけど、テレビだと違って見える。ずっときれいで素敵。別の場所みたい」

マックは眉を上げると、腰を下ろした。「ニュースではほとんど、幸せそうな場所と人しか映さないから」

わたしは顔をしかめた。「だったら、ニュースの意味がないじゃない。みんながいつでも幸せなわけないし。ビルだって、ほら、あそこ見て、先週車で横を通ったときは、骨組みだけだった。そんなに早く出来上がるはずないわ」

マックはサンドイッチをひとつつまんだ。「ああ、でもこっちの方が見栄えがいいんだろう」

「馬鹿みたい」

「たしかにな」マックはまた笑った。

わたしは、サンドイッチをもぐもぐしているマックを見つめ返した。彼は他の普通の大人のようには見えないし、そんな話し方もしない。そうだ、意外と若いのかもしれない。

「なんだい？　思ったことは何でも訊いていいよ」マックはそう言うと、愉快そうな表情を浮かべた。

「このパンは自分で焼いたの？」

「ああ」

「髪の毛も自分で切ったの？」

「ああ」

「何歳？」

「二十二歳」

やっぱり結構若かった。わたしより六歳年上。そしてその思いつきがわたしを捉えた。**わたしより六歳年上**。学校の追悼碑は六年前だった。

「ロードウィリアム校に通ってたの？」考える前に言葉が飛び出していた。寝不足のせいに違いない。

「ああ」

「ロバート・アームストロングを知ってる？」

マックは静かにわたしを見つめ返した。マックの顔に、ある種の表情が通り過ぎ、目から笑いが消えた。立ち上がると、カップボードの中から茶色の瓶を一本取り出し、また座った。

「ああ、知ってる。友達だった」静かに言うと、栓抜きで瓶の蓋を弾き飛ばした。

「それって、わたしの……兄さん？」

マックは肩をすくめ、瓶からひと口飲んだ。「どういう見方をするかによるな。やつは、今のあんたのママの息子ではある」

今のあんたのママ。産みの母ではない。おかしなことではあるけれど、あの人がわたしの**ママ**だとみんなが言うのだ。

わたしは、ロバートについてたずねようとして口を開きかけたが、マックが手で制止した。「短時間での質問としては、もう十分だろう。今度は、おまえさんが答える番だ。どうしてロビーのことを訊きたがる？」

　わたしはマックをじっと見つめ返した。眠気はふっとんで、少し怖くなってきた。ロビー、ロバートじゃない。あの人は**本当に**実在した人物だった。なんとなく、これは危険な話題だとわかった。なぜ始めてしまったのか？

「大丈夫だから」マックは言った。「話してみなよ」

　マックには**信頼できる**と思わせる何かがあった。それで、自分でも驚いたが、わたしは彼に話していた。

　なぜか追悼碑が気になること。わずか十五や十六でバスで死ななければならなかった生徒たちのことが頭から離れないこと。それだけじゃなく、悪夢にまで見ること。そして名前を見つけたこと。ロバート・アームストロング。でも、彼がだれなのか本当のところはわからない。

「まったく、お嬢さん、あんたはおもしろい生き物だな」マックが言った。

「わたしは生き物なんかじゃない！」

　マックは笑った。「失礼。スレーテッドされたにしては、あんたはまだ自分の頭で考えることができるらしい。今ごろ野原のどこかでさかりのついたジャズに押し倒されているお馬鹿さんと違って」

「エイミーは馬鹿じゃないわよ！　それにエイミーは、そんな……」続きを言おうとして詰まった。エイミーとジャズが何をしているのか、まったく想像もつかなかったから。そしてふたりに注意するという自分の義務を怠《おこた》っていたことにばつの悪さを感じていた。

マックがまた笑った。「わかった、わかった。エイミーは**馬鹿**じゃない。そういう意味じゃない。ただ、あの子は何も質問しないだけだ」

ああ。そうだった、また振り出し。**カイラは違う。**

マックは椅子に座ったまま体を前に乗り出した。また笑いが消え、すごく真剣な表情になった。「ところで、おまえさんに大事な質問がある」

「何？」

「おまえさんが質問する理由だ、答えがわかったらどうする？」

「何がどうなっているか知りたいの、理解したいんだと思う。ただ自分のためだけに」

マックはうなずいた。「自分だけのため。そいつが大事だ、カイラ。あんたは、疑問に思ったことをいつも内に秘めてなくちゃならない。だれに訊くかに注意しな。もちろん質問に答えるときも、いつもだ。できるかい？　だまって自分だけの胸にしまっておけるか？」

「できます」

マックは椅子の背にもたれると、ビールをひと口飲んだ。「よし、どんどん質問してこい。何を知りたい？」

わたしは喉をごくりとさせた。あの日に何が起こったのか知りたい。でも、わたしは本当にそう思っているのか？　核心を避けた。

「だったら、あなたの友達のロビーって、どんな人だったの？」

「ごく普通のやつ。おれたちみんなと変わらない、と思う。まじめで、ちょっと照れ屋で、それでもって頭が良かった。理学部かなんかに進もうとしてたな。やつのことで一番驚くのは、学校一の美女をガールフレンドにしてたってことかな。信じられないことだった」

「そのとき何が起きたかニュースでちゃんと報道されていた？　とてもじゃないけどきれいにはまとめられないことだったはずでしょ」

「もちろん。こんなふうに報道されていた。非人道的で極悪のＡＧＴ（反政府テロリスト）が、示威《しい》行為のために、罪もない生徒たちを虐殺《ぎゃくさつ》したと」

「それが事実？」

「正確に言えば違う。ＡＧＴはローダーズ本部を爆破しようとしていた。バスはそのビルの前にたまたま停まっていた。生徒たちは死んだが、意図してやったわけじゃない」

「そうだとしても、実際はそうなった。やつらがロバートや他の生徒たちを殺したのよ」

わたしは怒りをこめて言った。どういう意図を持っていたかは関係ない。他の人を殺す可能性だってあった。標的に値《あたい》する人も値しない人も。バスに乗った子どもたちだけじゃない。それでもやつらは**やろうと**したのだ。

「そうとも言えるし、そうでないとも言える」

「どういうこと？」

「ロビーはバスでは死ななかった」

「なんですって？　追悼碑にロバートの名前はあった。ロバートは死んだって書いてあった。あなたにどうしてわかるの？」

「その場にいた」

ショックのあまり、わたしはマックをじっと見つめ返した。自分が一番大事な質問をしていなかったのが、今わかった。質問しようと思わなかった。とはいえ、自分のためにも明らかにしておくべきだったんだろう。

わたしのレボが震えた。

「大丈夫か、カイラ？」

手元を見ると、4・3。肩をすくめた。「今のところは。チョコレートある？」

「これで足りるかい？」

マックがいくつかチョコを探してきてくれた。わたしはそれを食べて甘味と呼吸に意識を集中させ、頭を切り替えようとした。レボの数値が上がり、5近くまで戻ってきた。

「ごめんなさい」わたしは言った。「どうしようもないの」

「ずいぶんひどかったな」

「怒りが込みあげてくると、よけいひどくなるの」

「おれのせいでもあるな」

わたしは深呼吸をした。「お願い。何があったのか、本当のことを教えて？」

「聞いても大丈夫か？」

「たぶん」

そしてマックは話し始めた。

マックはバスの前方に座っていた。被害がひどかったのは、ほとんどが後部座席だった。

マックが覚えていたのは、音、煙、人の叫び声、そしてその声も止んだこと。それはまるでわたしが見た夢そのものだ。

マックは頭に少し怪我をして、バスの外に這い出したという。ロバートもそこに立ちすくみ、体を硬くして泣き叫んでいた。「キャシー、キャシー」と何度も何度もくり返しガールフレンドの名前を呼んでいた。ロバート自身は怪我をしていないように見えた。そこで、マックは意識を失った。

マックは後から病院で、何を見たかと質問された。何も覚えていないと答えた。事故後しばらくしてから意識を失ったにもかかわらず、すぐに気絶したと思われたようだった。

退院してから、だれが死んだか知らされた。キャシーもロバートも、死亡者リストに載っていた。

「でも、ロバートは怪我すらしてなかったんでしょ、何があったの?」

「よくわからない。訊くのも怖すぎたから」

マックは遠くに目をやると、その表情に影が横切った。生き残ったことに対する罪悪感が今も消えてないようだった。だから、ロバートのいた世界のことを決して語らなかったのだ。そして、まだ他に**彼が知っていて**隠している部分があるのではないか。

マックは立ち上がって、引き出しを開けると、写真を一枚手渡してくれた。

「このふたりがロビーとキャシー」

ロビーの中にママの面影を見た。まったく同じ四角い顎《あご》と巻き毛。平均的な少年が、特別な少女に腕を回している。**美しい**。完璧な肌、ハート形の輪郭、つややかな蜜《みつ》色の髪。

彼女は完璧だった。間違った日に、間違ったバスに乗るまでは。

「ロバートに何があったの? 教えて」

「行方不明者のウェブサイトをしばらく調べてみたけど、だめだった。考えてみたら、死んだと思われている人についての不明情報なんてだれも挙げるはずない」

「ロバートに何が起きたか、あなたにはわかっているんでしょう?」

「おそらく」

「どうしたの？」

マックはためらっている。「スレーテッドされたんだと思う」

わたしはうまく咀嚼《そしやく》できなくて、マックをじっと見つめ返した。「スレーテッド？　そんなのあり得ない。犯罪者だけが対象のはずでしょ」

「たしかにその通り。でも、だったらなんでこんなに多くの子どもが行方不明になっているんだ？　本当のところ、子どもたちに何が起こっているのか？　おそらく、あの事件でロビーはひどいトラウマを抱えてしまった。有益な市民に戻すにはスレーテッドするしかないと思われた。ほかに立ち直る手段がないんだから、本人のためにしたんだろう！」

しかし、マックの表情から、本心ではそう思っていないことがわかった。どう考えてよいのか、わたしにはわからなかった。犯罪者じゃない子どもをスレーテッドできるのか、よくわからなかった。行方不明の子ども？　マックが何を言っているの
「行方不明者のウェブサイトって何？　そんなの聞いたことない」

「よく聞くんだ、カイラ。これはとても大事なことだ。絶対に言ってはならないことのリストの最上位。これは絶対の秘密にしなくちゃいけない」

「何なの？」

「おいで」

マックの後についていて奥の部屋に行った。洋服とがらくたがそこいらじゅう乱雑に散らば

っている。しかし、マックがいくつか物をどかすと、散らかしているのは一台のコンピューターを隠すためだとわかった。

「こいつはちょっと、いやまったく違法な代物《しろもの》だ」マックが言った。「政府支給のものじゃない、ハッハッ」

「まあ」

マックは操作して見せてくれた。ローダーズが管理できないありとあらゆる裏のウェブサイトで、ヨーロッパやアメリカ合衆国など英国の外から操作されている。行方不明者のリストはそういったウェブサイトのひとつだった。そこには、あらゆる年齢の行方不明者が数多く掲載されていた。でも、圧倒的に子どもが多い。

「おまえさん、何歳?」マックがたずねた。

「十六」

マックがキーボードを叩いた。十六歳・女性・ブロンドの髪・緑の瞳。

「何しているの?」

「信じてもらうために、その一端を見せてやろうと思ってね」

画像がページ全体に広がった。失踪日・名前・年齢から三十六件がヒットした。わたしはページに目を通し始めた。多くの少女たち、ほとんどが失踪当時に十代前半だった。この子たち、その後どんな目に遭ったんだろう?

「なんてこった」マックが言った。

「どうしたの？」

「31番を見てみろよ」マックが言って、わたしはそこに目をやった。マックが写真をクリックすると、拡大された。

かわいい子、笑顔から欠けた歯が覗いている。大きな緑の瞳、細くて淡い金色の髪、ジーンズとピンクのTシャツを着て、子猫を腕に抱いている。

写真の下には、**ルーシー・コナー、カンブリア州ケズウィックの学校で失踪、十歳**と書いてある。

「わたしに少し似ているみたい」わたしはゆっくりと言った。

「きみに、とってもよく似ている」マックが言った。マックが「現在予想される容貌」というリンクをクリックした。

画面は、十代半ばのルーシーに変わった。この顔、この目。**違う**。そんなはずない。わたしはマックを見て、そして画面に視線を戻した。今見た画像が失くなっていますようにと半分期待しながら。でも、そこにはまだその子がいて、わたしをじっと見つめ返している。たぶん、わたしの方が痩せている。髪も長い。それ以外は、まるで鏡を見ているようだ。

「きみに似ているんじゃない。この子はきみ**自身だ**」

ショックだった、と思う。でもレボの数値は下がらず、5のあたりを保持していた。わたしは画面の写真を見つめ続けた。じっと見て記憶しようとした。でも、だめだ。わたしは震え始めていた。

失踪？

十歳以降、わたしはどこにいたの？

マックがコンピューターの電源を切るのをぼんやりと見ていた。マックがわたしの手を取り、リビングに連れて行ってくれた。

「座って、これを飲んで」と言い、小さなグラスをわたしの手に握らせた。それを飲み干した。喉が焼けつく。

わたしは咳き込んだ。「これ何？」

「ウイスキー。ショックを受けたときにはこれが効く」

体じゅうに温かさが広がり始めた。小道の方から声が近づいてくるのが聞こえた。

マックはわたしの前にひざまずき、唇に指を立てた。「絶対に言うんじゃない、カイラ。また今度話そう。約束だぞ？」

「絶対言わない。約束する」

「いい子だ」マックはそう言って、グラスを取り上げた。

エイミーとジャズが玄関から入ってきた。エイミーはとても幸せそうで、わたしにわかる範囲では、押し倒されたようには見えない。髪に草がついているとか、他にもない。ふたりは手をつないでいるだけだ。

「ごめんね、遅くなっちゃった」エイミーが言って、わたしたちは車に向かった。「退屈してないとよかったんだけど」

「シートベルトはできた？」ジャズが訊いたので、わたしは、マックが事故車から取って付けてくれた新しいベルトを装着して見せた。

マックが出て来て手を振った。車が裏道に出ると、マックの姿は後方に遠ざかってすぐ見えなくなった。

緑の木、青い空、白い雲、緑の木、青い空、白い雲……


その晩、わたしは宿題があるからと言って、自室にこもった。

セバスチャンは、夕食の後いつもやってくるのに、今夜は姿を見せない。一緒にいられないのは寂しい。

ルーシーは子猫を抱いていた。

頭の中でルーシーに近づいて見ようとすると、心に痛みが走った。写真の中で、ルーシーはもぞもぞする子猫を腕いっぱいに抱えて幸せそうだった。何が起きて、あの生活から引き離されてしまったのだろう？

ルーシーは**あの子**だ、**わたし**じゃない。わたしにとってルーシーは赤の他人、わたしとは関係ない第三者としか思えない。きっと何かの、馬鹿げた偶然に違いない。あの子がわたしだなんてありえない。他人のそら似。コンピューターが作り出した十六歳のルーシーだって単なる予想図でしかない。今はまったく違う容貌をしているかもしれない。

でも、ルーシーの笑いを含んだ目が、頭の中に刷り込まれて消えなかった。**外に出して**やる必要がある。わたしは跳ね起きて、スケッチブックを取り出し、鉛筆を左手に握った。そして、描き始めた。頭の半分はページの上に鉛筆をすべらせることに向いたが、**ルーシー**かもしれないという可能性が頭の中でぐるぐる回り続けていた。

たぶんルーシーは、ブロッコリーが嫌いで、猫が好き。

ルーシーは失踪を報告されていた。彼女の居場所や彼女に何が起きたのかを知りたがっている人がいる。おそらく、ルーシーの両親。彼女のことを愛していて、無事かどうかを知りたくて死にもの狂いになっている。

もしそうだったとしたら、もしわたしが、いやかつてのわたしがルーシーだったとしても、どうやってその人たちに連絡すればいいのか？　ルーシーは死んだも同然でとても無事とは言えない。ルーシーはもういない。スレーテッドされた。

絵の中のルーシーがわたしを睨み返した。わたしはその絵に猫は描かず、別の背景にしたが、目だけはそっくりに描いた。わたしは鏡を見に行き、そして絵に戻った。**わたしの目**。幼く見えることを割り引いても、ルーシーはわたしより幸せそうだった。子猫が一緒でなくても。

わたしはほとんど無意識にこの絵を左手で描いた。上手い。上手い以上の出来栄えだ。ルーシーが紙の中から飛び出し、この部屋に来て、くるりと回って、あそこに登りそう……あれは山？

背中に鳥肌が立つのを感じた。ルーシーの背景の左側に、降りてくる長い峰を描いた。今のわたしが見たこともないはずのもの、山。

山は写真にはなかった。

26

次の朝も、セバスチャンはまだ見つからなかった。

毎朝わたしが起きるときに、セバスチャンはわたしのベッドの中にいる。でも、この二日ほどは、わたしが寝ぼけまなこで手を伸ばしてもセバスチャンはいなかったし、少し前までいたことを示す温もりもなかった。

エイミーとわたしが朝食に降りていったときも、セバスチャンの姿はなかった。

驚いたことに、リビングではパパが新聞を読んでいて、キッチンではママが猛スピードで昼食用の弁当を作っていた。セバスチャンの夕飯は、昨夜から手つかずのまま皿の中に残っていた。

「セバスチャン知らない?」わたしはママにたずねた。

「知らない。バカ猫を捜しているほど暇じゃないの。ネズミを追っかけるか、お友達のところにでも行ってるんじゃない?」

エイミーが、食べていたシリアルから顔を上げた。「そういえばここのところ、わたしも見てない。パパ、物置に行った?」

パパは新聞から顔を上げた。「昨夜はね。朝食の後で見てきてあげよう」そう言って、また新聞に顔を戻した。

「セバスチャンはときどき、物置に隠れたまま閉じ込められちゃうのよ」エイミーが説明した。

でも、わたしは心配でたまらなかった。もし子どもがいなくなっても何もしないんだったら、猫なんてどうなるの？


わたしは大急ぎで支度をして、それから庭を捜した。裏の物置は鍵がかかっているし窓もない。仕方ないので、セバスチャンの名前を呼んで、物置のドアに耳をそばだてた。しかし、何の反応もない。

プーッ、プーッ。家の前から音がする。ジャズだ。今やジャズは公認となったし、シートベルトも完備されたので、ジャズがわたしたちを拾って学校まで送ってくれる。

わたしが家の横を回って行くと、エイミーがすでに待っていた。

「早く！　もし遅刻したら、またバスに戻されちゃうわよ」

大通りに出るまで車はゆっくり進んだ。その間、わたしは庭やフットパスに目をこらしてセバスチャンを捜した。そして大通りでも。前も後ろも、毎日、スピードを出して行き交うたくさんの車。ジャズの車と同じ。

でも、何も見つからない。

エイミーが、わたしがきょろきょろするのに気づいた。「大丈夫よ！　家に帰るころには、セバスチャンもきっと戻ってるって」

「何を心配しているって？」ジャズが訊いた。

「うちの猫がいないの」わたしが答えた。

「猫はうろうろするもんさ、おれみたいにね。世界の放浪者、何があるか見てやろうってね」

エイミーが睨《にら》んだ。「ごもっとも、コロンブスさん。なんとでも言ってなさいよ」

「裏の物置には何が入っているの？」わたしがたずねた。

「どうしてそんなこと訊くの？」エイミーが言った。

「鍵がないの。家の中に掛けてある鍵束には付いてなかった。調べたんだけど」

エイミーは興味なさそうに肩をすくめた。「知らない。パパしか使わないし」

「たぶん、野郎の道具でいっぱいなんだろう」ジャズが言った。「熊手とか芝刈り機とか」

「そんなことない。そういうのは家の横の小さい方の物置に入っているもの」わたしが答えた。数日前にわたしが枯葉を熊手で集めていると、セバスチャンは熊手を追いかけてきた。

不安がこみあげてきた。セバスチャンは、わたしがこの家に来てからずっと、影のようにわたしにつきまとっていたのに。今、どこにいるの？

ジャズの運転でバスを追い抜いたのでかなり早く着いた。授業が始まる前に、学校の学習資料ユニットに忍び込み、気になることを調べてみようと思った。ケズウィック、ルーシーが失踪する前に住んでいたところ。その場所のことを調べなくては。わたしが絵に描いたような山が実際にあるのかしら？

コンピューターからログインした。マックの家にあったのと学校のコンピューターを比べている自分に気がついた。これは普通のコンピューターで、これまでわたしが見た他のものと変わらない。家にも同じものがある。パパはコンピューターシステムの導入とメンテナンスのためにあちこちに出掛けていくが、それらもきっと同種のものだろう。検索画面の上部左側には常にCの文字がふたつ表示されていた。今まで意識したことがなかったが、CCとは中央連合の略、つまり現政府のことだ。マックのコンピューターの画面には、このロゴはついていなかった。

わたしは指をキーボードの上に置き、「ケズウィック」と打とうとしたが、そのとき何かがわたしを引き留めた。昨日マックに、失踪者を捜すとか問題になりそうなことを他のコンピューターでしてはいけないと注意された。すべてのコンピューターは監視されているからと。わたしは何も検索せずにログオフした。

急に不安になった。カイラ・デイビスが、ルーシー・コナーが六年前に失踪した場所である「ケズウィック」を検索したら、どこか陰の場所で警報を鳴らしてしまうことになるかもしれない。

数分後、わたしは参考資料の本棚から埃《ほこり》だらけの英国の地図帳を出してきて、じっくり眺めた。わたしは間違っていたみたいだ。ルーシーの絵にはやっぱり猫《キャット》が描かれていた。

キャットベル…ダーウェント湖岸にあるウォーカーに人気の低山。ケズウィックからのアクセスが便利。わたしがイメージを吐き出すように昨夜描いた絵。

おそらく、わたしはキャットベルの絵をどこかで見たことがあって、それを絵の中に描いたのだろう。それとも、もしかして、わたしの一部が、**ルーシー**としての一部が覚えているのかもしれない。わたしは地図の中の写真をちらりと見て、それから目を閉じた。自分が**そこにいる**ことを想像してみた。でも、二次元からだとうまくイメージが湧かない。この場所から何かを感じとることはできない。理論通りに考えるとしたら、わたしは何も覚えていないはずだ。でも、わたしの左手は、そのことをいくらか覚えていた。

図書館司書が、部屋の向こう側からわたしに好奇の目を向けている。司書はお茶を淹《い》れたカップを机の上に置いた。わたしは、あわてて地図帳を閉じると本棚に戻し、部屋を出た。

ジアネリ先生の引率で、わたしたちはスケッチブックを持って太陽の下に出た。マックの家のテレビで見た天気予報ははずれた。天気予報では今日から降り始めると言っていたのに。**雨、雨、雨**の気配なんてどこにもない。

先生はわたしたちを、カトルブルック自然保護区近くの森を少し歩いてくるように言った。その間に自分はベンチに座って魔法瓶のお茶を楽しむらしい。「さあ、行け！　描いてこい。一時間後に戻ってくるときには、傑作を持ち帰ってわたしを驚かせてくれ」

みんな散らばったが、ほとんどが二、三人でまとまっている。小道は色々な方向に広がっていた。わたしはフィービーが行く方向を見定めると、その反対に向かった。

その周辺は小道があちこちで十字に交差していたが、わたしはあえて森の一番奥を目指した。他の人としっかり距離を取りたかったので、しばらく走った。腰を下ろすのにいい岩を見つけ、木のスケッチを始めた。今は葉が落ちて裸同然。小川沿いの草も枯れて、落ち葉が足元で腐っている。

周りにはだれもいない。わたしは鉛筆を左手に持ち替えた。何も考えず、心のおもむくままに描いたら、どうなるだろうか？

ルーシーの子猫のことを思った。灰色の短毛の縞寅《しまとら》。ぽっちゃりか、毛がふさふさなのか、それとも両方か。もぞもぞとのたうち回る毛のボール。パウンス、猫が紐《ひも》のようなものに飛《パ》びか《ウ》か《ン》ろ《ス》うとする瞬間を描いた。あの子はふらつきながらも後ろ足で立ち上がり、小刻みに体を揺らしてジャンプする。あの子？　そう、なぜだかわからないけど、あの子猫は雌《めす》だとわたしは確信している。

しかし、今日のわたしは絵を描くことに没頭して我を忘れることはできなかった。灰色の子猫の代わりに、紙の上にはセバスチャンが現れはじめた。心配で、じっとしていられなくなり、わたしはスケッチブックを閉じて、落葉の踏み跡をたどった。

ここにある木は、五十年以上前に自然保護のために植えられたと生物のファーン先生が話してくれた。一部は二十年に及んだ混乱の中で焼けたものの、また伸びてこうなった。今は管理の手も入らず、放置されて野生に返っている。鳥が羽ばたき、ちょこちょこ動いては藪《やぶ》の中で鳴いている。わたしは本道からはずれて、かろうじて道らしきものになっているところをぶらついた。それはくねくねと不規則に曲がっていたが、だんだんと元来た方向に通じていた。

角を曲がると、そこに彼女がいた。あまりに静かなたたずまいだったので最初は気づかないほどだった。フィービー。ひとりで地面の上に座り、木にもたれかかりながら、膝の上のスケッチブックに没頭している。コマドリが地面をちょんちょん跳ねている。フィービーの絵のモデル？　コマドリはチュンチュン鳴いて、フィービーはコマドリと会話しているようにも見えた。フィービーがムームーと声を立てると、コマドリがどんどん近づいてきて、最後にフィービーの足の上に飛び乗った。

フィービーはにっこりした。表情が一変して、目が細く広がった。髪はしばらくとかしていないみたいだし、そばかすだらけ。でもなぜだかわからないが、コマドリに笑いかけているフィービーは別人に見えた。優しくて、かわいくて。**フィービーじゃない。**

ここにわたしがいるのを見つけたら、フィービーは笑わないだろう。わたしは静かに戻ろうとしたが、フィービーは気配を察知したに違いない。びくっと身動きしたのでコマドリが飛び去ってしまった。

「チェッ」フィービーが言った。邪魔したのはだれかと振り返ってわたしを見つけ、顔をしかめた。「なんでこそこそわたしの跡をつけてきたのよ?」

わたしは動きを止めた。答えようか、それとも走って逃げようか迷っていた。

「こそこそ? わたし、こそこそなんてしてない」わたしは、自分の声を聞いた。「歩いていたら、あなたがコマドリに話しかけるのを見たの。どうすればあんなことができるの?」好奇心の方が強くて、言葉が飛び出していた。

「鳥に話しかけたりなんかしてないわよ」フィービーが言い返した。「あんたは絶対こそこそしてた。じゃなきゃ、あんたが近づいてくるのが聞こえたはずよ」

たしかに、フィービーは正しかった。といっても、フィービーが言うように意識してこ

そこそした訳ではない。ただわたしは無意識のうちに、音を立てないように小枝の上を避けて、下草の中を注意深く歩いていたのだ。

「コマドリと話ができるの？」

「シーッ」フィービーが言った。わたしにもコマドリが戻ってきたのが見えた。フィービーがまた微笑む。でも、わたしに向かってではない。わたしが動いたら、コマドリは飛んで行ってしまう。捕まえることもできるけど。もしこのままここにいたら、フィービーをいらいらさせるだけだ。どうすればいい？

フィービーが絵を描き始めたので、わたしは首を伸ばして覗いた。すごく上手。驚いた。クラスで描いていたときは並だったのに。

とうとうコマドリは一方に頭を傾けると、飛んで行ってしまった。フィービーはスケッチブックを閉じた。

「いいこと、わたしがコマドリに話しかけてたこと、だれにも言うんじゃないよ。わかった？　じゃないと、後悔することになるからね」

わたしは肩をすくめた。なんでわたしがそんなことを他の人に言うだろう。それに言ったとしても、だれが聞いてくれるだろう？　わたしは回れ右をして、来た道を戻り始めたが、心の内にひっかかりを覚えて、引き返した。ここには、フィービーとわたししかいない。フィービーの取り巻きもいない。なにより、わたしは悩まされていた。

「わたしのどこがいけないの？　わたしはあなたに何もしてないでしょ」

「知らないの？　ほんとに馬鹿なんだから、スパイ頭のくせに」

　わたしは自分の手が拳を握るのを感じたが、なんとかして力を抜くと深呼吸した。手元のレボを見た。4・8、まだ大丈夫。

「あんたがぶっ飛んでも、助けてくれる人はここにはだれもいないわよ」フィービーは笑った。

「どうしてわたしのことをそんなふうに呼ぶの？」

「だって、あんたがスパイ頭だからさ。あんたが以前どんな人間だったとしても、今はもう本当の人間じゃない。あんたは、政府の歩くスパイさ。あんたがやること、言うことすべてが頭の中のチップに記録される。**あんたたち**は信用できない。わたしたち普通の人間は、自分たちのことを大人に言ったりしない。でも、あんたたちはやってしまう。自分で止められる？　あんたやあんたの同類がだれかのことを報告する、すると次のときには、そいつは消えている。**あんたたち**のせいさ」

　フィービーは立ち上がると、わたしに向かってゆっくりと歩いてきた。わたしは凍《こお》りついた。フィービーはわたしの肩を強く押して通り過ぎ、細い小道に入って行った。

　わたしのレボが震えた。わたしは**スパイ**じゃない。わたしは違う。

　でも、本当にそうなの？

ジアネリ先生のところに戻ったときには、もう少しで遅刻になるところだった。先生が、よくできたスケッチを取り上げては、みんなに見えるように高く掲げた。フィービーのコマドリも、選ばれた中の一枚だった。わたしは大したものは描けなかったので、後ろに隠れていたが、それがかえってよくなかった。先生はわたしの手からスケッチブックを取り上げた。半分描きかけの木や草。ルーシーの子猫、そしてセバスチャン。

先生は鼻を鳴らすと、スケッチブックを返してくれた。「木の下に、猫のたぐいはいなかったと思うが」

「はい、でも」

「きみたち若き画家たちを教室の外に連れ出した目的はひとえに、実際に見たものを描くためだ。いつもならフィービーが、自分のペット連中ばかり描くのを注意しなきゃいけないのだが」

「すみません」わたしは謝った。

ジアネリ先生が学校に向かって戻り始めた。他の生徒たちも続いた。わたしも自分の道具をカバンにしまおうとすると、だれかの手が伸びてきてスケッチブックを取り上げた。フィービーだ。

「返して！」

フィービーはわたしの届かないところまで飛んでいき、スケッチブックを開いた。セバスチャンの絵を見たときに、一瞬フィービーの表情が動いた。最後までページをめくると、スケッチブックを返してよこした。

その晩、夕食のときに電話が鳴った。ママが顔をしかめた。「留守番電話にメッセージを残させればいいわ」ママは言ったが、パパが電話を取りに行った。

わたしは夕食の席についたものの、お腹は空いてなかった。セバスチャンの影は相変わらず見えない。二日も経過すると、さすがのママも心配し始めた。

パパが戻ってきた。手にコートを持っている。「猫を迎えに行くのについてきたい人はいるかい？」

パパが車の中で話してくれた。セバスチャンは、数キロ先の獣医に預けられている。喧《けん》嘩《か》して怪我しているらしい。相手はおそらく、キツネか？　でも元気だという。

「どうして家に電話してくれたの？」

「セバスチャンにはチップがつけられている。チップをスキャンしてどこの猫かわかったんだろう」

ああ、セバスチャンも頭にチップを入れられているのか、わたしと一緒だ。「だれかが連れて来てくれなくても、セバスチャンの居場所はわかったの？　チップがあれば？」

「チップの型による」パパが言った。運転しながら、横目でわたしを見ていた。「セバスチャンについている型ではできない。追跡可能《トラッカー》チップならできる。ローダーズの犬はきっとそうなっているだろう。どうしてそんなことを訊くんだい？」

わたしは肩をすくめた。

「言いなさい」パパが言った。パパの声には有無を言わせぬ響きがあった。質問したことに対して答えざるをえないような。

「学校で言われたの。わたしは頭にチップが入っているから政府のスパイのようなものだって。だからわたしは信用できないって」

パパは笑った。「スパイ？　よしよし。じゃあ、カイラの前では言葉に気をつけなくちゃいけないね」

「本当なの？　わたしがやったことや言ったことは記録されているの？」

「そんなわけないさ」パパは言ったが、それが答えのすべてではないような印象も受けた。

動物病院のドアには「時間外」の札がかかっていたが、わたしたちはそのまま入っていった。

「やあ、ダブル・ディー、景気はどうだい？」獣医がパパに言った。ダブル・ディー？ああ、**デイビッド・デイビス**だからか。

「ご覧の通り、相変わらずさ」ふたりは互いに顔を見合わせた。

獣医はカウンターの後ろのスイングドアを押した。「ミス・ベスト、あの猫を連れて来てくれないか」獣医が呼んだ。

「猫は元気ですか？」わたしはたずねた。「先生はどこで見つけてくれたんですか？」

「おれじゃない。ある少女が助けて家においていたのを、今日ここに連れて来てくれた。猫は元気だ。数針縫ったから、怪我してないほうの足に注射を打っておいた」

「治療費は？」パパが訊いた。

「今回はおごりでいいさ。ちょっとここで待っててくれ」獣医はそう言って診察室に入っていった。

カウンターの後ろのスイングドアが開き、フィービーがセバスチャンを抱いて出て来た。待合室の反対側からでも、セバスチャンが喉を鳴らす声が聞こえた。しかし、片足は毛を剃られて縫い痕《あと》が見えている。かわいそうなセバスチャン。

でも、フィービーはここで何をしているの？　何が起こったかがわかり始めると、わたしは目を大きく見開いて、口をぽかんと開けた。

「あくびなんかしてんじゃないわよ、スレーテッド」フィービーが言った。

「わかった。あなたがセバスチャンを助けてくれて、わたしの絵を見て、うちの猫だってわかったから、ここに連れて来てくれたのね」

フィービーは肩をすくめた。「怪我しているのを昨日だれかが見つけて、わたしに世話を押しつけたのよ。それでわたしは今日ここに連れて来て、獣医にだれの猫か言ったわけ。でも、どうせスキャンすればわかったことだけどね」

「本当にありがとう」

フィービーはセバスチャンをそっとわたしの腕に渡した。

「これで友達になれると思ったら大間違いよ。なんにも変わんないんだから、チップ頭」

フィービーはそう言って顔をしかめると、ドアから出て行った。

振り返ると、パパが部屋の後ろにいて、眉を寄せていた。何か考えているような表情だ。

パパがドアを開けた。「おいで、家へ帰ろう」

わたしたちは車に乗った。家に着く直前にパパが言った。「あの子だな」質問ではない、断定だった。

「だれのこと？」

「おまえのことをスパイ呼ばわりした子だ」

わたしは何も言わなかった。もし肯定したら、わたしは**本当の**スパイになってしまう。

27

翌朝最初に聞こえたのは、深いゴロゴロという鳴き声。セバスチャンだ。セバスチャンは、わたしの枕を寝床と決めたようで、その上で丸まっている。わたしだけが、どこで寝てもいいとセバスチャンに許しているからだ。

あんな目に遭ってもこたえてないみたい。キツネか何かと喧嘩になり、助け出されて、フィービーに預けられ、獣医に傷を縫合《ほうごう》してもらった。昨夜戻ったときに、ママから特別の御馳走《ごちそう》をもらって、その後すぐにわたしのベッドで寝た。

フィービー。わたしにはあの子の本性がよくわからない。あんなに意地悪なのに、コマドリには信頼されていた。セバスチャンもあの子の腕の中で喉を鳴らしていたし、わたしにセバスチャンを返してくれた。わたしに手渡そうとしたときのフィービーの表情は、返したくなさそうだったけど、でもちゃんと返してくれた。きっと人間より動物や鳥の方が好きなんだわ。

そう、わたしもほとんどの人間よりもセバスチャンが好き。わたしも同じだろうか？

今日はジャズのクラスは校外学習なので、エイミーとわたしはバスを使った。バスに乗ったときに、どうしようかと考えた。フィービーの前で立ち止まって、セバスチャンはもう大丈夫と言うべきか？ でも、フィービーの目を見ようとしたら、フィービーはしかめ面をして、頭をかすかに振った。答えはつまり、ノーだ。

わたしは後部座席のベンの隣に座った。

「やあ、元気かい？」ベンがたずねた。

「セバスチャンが家に戻ってきたの」わたしは言った。うるさいバスの中でも、わたしは声を落として、フィービーがしてくれたことを話した。

「きみは学んだんだね」ベンが言った。

「何を？」

「他人は必ずしも自分が想像した通りではないってこと。あの子がきみにしてくれたのは素敵なことだ。そんなことだれが想像できる？」ベンはにっこりした。

でも、わたしにはわかっていた。フィービーの行為はセバスチャンのため、わたしのためじゃない。

なんにも変わらないわよ、昨夜フィービーが言った通りに。

一時間目が終わったとき、教室の外でミセス・アリが待っていた。

「ひと言いい？」ミセス・アリは言うと、わたしの答えも待たずに、廊下を横切り、だれもいない部屋に入って行った。わたしたちが入ると、ミセス・アリはドアを閉めた。

「何か問題でも？」わたしがたずねた。

「そんなに心配することないわ、カイラ。あなたは何もしていない。でも、わたしがここにいるのはあなたを手助けするためだってこと、わかっているわよね？」

「はい、もちろんです」

「よく聞いて、カイラ。校内でだれかに嫌がらせを受けたり、困らせられたりしたら、必ずわたしに言いなさい。わたしは、他の人から聞かされたくないの。わたしが自分の仕事をおろそかにしているみたいに思われるから」

わたしは困惑してミセス・アリを見つめ返した。それが当てはまるのはひとりだけ、フィービーだ。でも、だれもそのことを知らないはず。フィービーがあの言葉を口にしたとき、森の中ではわたしたちふたりだけだった。

「わかりません。何をお聞きになったのでしょうか？」

ミセス・アリはにっこりしながらも軽く頭を振った。「かわいそうなカイラ。この世界はあなたを混乱させるのね。だからわたしがここにいて、あなたを助けてあげるの。でも、あなたが協力してくれないと、わたしはあなたを助けられない。あなたからわたしに言いたいことがあるでしょ？」

「いいえ。何のことをおっしゃっているのかわかりません」そう答えたものの、わたしにはわかっていた。どこからか、ミセス・アリはフィービーのことを聞いた。そして、わたしから直接聞きたがっているのだと。

でもフィービーが何を言ったにせよ、わたしはスパイではない。いずれにしても、フィービーのためにならないことを、わたしが言えるはずない。もしフィービーがいなければ、セバスチャンは戻ってこなかったはず。セバスチャンが生きているか死んでいるかさえわからなかったんだもの。

ミセス・アリはわたしをじっと見つめ返した。ミセス・アリの目から読みとれた。わたしが隠しごとをしているのを知っていると。ミセス・アリは首を横に振った。「残念だわ、カイラ。わたしの手助けが必要だということがわかってないようね、でも必要なの。あなたに関係するすべてのことに対してわたしには責任がある。でないと……最悪の選択肢も。よく考えなさい。さあ、教室に戻っていいわ」

ミセス・アリは踵《きびす》を返すとドアを開けて出て行った。

膝ががくがくした。これは脅《おど》しではないか？　**最悪の選択肢**って何？

わたしはその部屋に残った。ドアを閉じて自分を立て直そうとした。わたしの「幸福の場所」をイメージして、雲の上に浮かんだ。でも、何か**間違っている**と感じれば感じるほど、わたしは何かをやってしまう。そして、しっぺ返しを受ける。

少なくとも、今は授業に遅れた言い訳をしなくてはならない。わたしは頭を振った。

いいこと、カイラ、自分を立て直すの。

深呼吸をしてドアに手を伸ばすと、足音が聞こえた。きびきびした正確な足音。わたしはためらい、再び手を下ろした。この部屋の電気は消えていたし、一方、廊下は点いていた。ドアには覗《のぞ》き窓がついていた。わたしは陰に隠れるようにしながら、その窓から覗いた。足音が近づいてきて、ふたりの男が見えた。灰色のスーツ。**ローダーズだ。**

ふたりはわたしの英語のクラスのドアを開けた。今この瞬間、わたしがいるべき場所。

これが、**最悪の選択肢？**　わたしを連れに来たのか？

ふたりは教室の中に入って、すぐに出て来た。そしてふたりに挟《はさ》まれていたのは顔面蒼《そう》白《はく》のフィービーだった。

その日の終わりに、バスに乗り込むと、ささやき声が聞こえた。ささやき声と蒼白の顔ばかり。通路を歩いてベンの横に座ろうとすると、いくつもの視線を背中に感じた。でも、わたしが振り返って周りを見渡すと、だれもが目を逸らした。みんな、わたしが何かをしたと思っている。みんな、フィービーがわたしに意地悪だったことを知っていて、それと関連づけてローダーズがフィービーをクラスから連れて行ったのはわたしのせいだと思っている。

フィービーのいつもの席は空いたままだったし、遅れて来ることもなかった。バスが出発した。みんなだって、フィービーに**話しかける**ことさえせずに、フィービーが連れ去られるままにしたんじゃない？

わたしは震えた。

ベンがわたしの手を取った。「大丈夫？」と言って、わたしの目を見つめた。

わたしはバスを見渡して顔から顔へと視線を移した。わたしから視線を逸らす目ばかり。「何があったの？」

わたしは頭を振った。こんなに多くの敵対者が耳をそばだてているところで、何が言えるだろう？

今晩走りたい。本当は**今**走りたい。でもこの体はバスに縛り付けられている。わたしはベンの温かい手に集中し、目を閉じた。わたしはどこでもいいからここではない場所に行きたいと願った。

「困っていることがあったら話してごらん」ベンが言った。「ぼくが力になれるかも」

わたしは目を開けて、頭を振った。「今はダメ。今晩、グループ会の前にトレーニングする?」わたしはたずねた。ベンがうなずいた。「わたしも行ってもいい?」

ベンはにっこり笑った。「もちろん」

「そのときに話せるね」

そしてベンはわたしの手を握る力を強くした。走りながら話さなければならないようなことなら深刻な問題だとベンは知っていた。

28

説得するのに少し手間どった。ママは絶対に行かせないと言うだろうが、パパがまだ家にいる。また出かけるみたいで、手に出張カバンを持っている。

「お願い。走らないといけないの」わたしが言うと、パパは理解を示して、ママをなんとか説得してくれた。

ベンが玄関をノックする前に、パパは出発してしまった。

「カイラ、あなた本当に大丈夫？　今にも雨が降り出しそうよ」暗い空を心配そうに眺めながら、ママが言った。

「大丈夫。これ防水でしょ」と言って、わたしはジャケットの袖を引っ張った。それに車の危険もない。ジャケットの上には、ママが作った蛍光ベストを着せられたおかげで、だれも見落とすことはないだろう。

「大通りをずっと行くのね」

ベンがわたしの面倒をみると約束し、冷静にママを見つめ返した。ママは納得したようで、わたしたちを送り出してくれた。

最初はゆっくり、それからスピードを上げた。グループ会まであと一時間ある。八キロ行けばいいだけだから楽勝だ。

ベンは走りながら、ときどきわたしの方を見て、何か言いたそうにした。わたしが話し始めるのを待っているのがわかった。でも急に、どう切り出していいのかわからなくなった。

フィービーがわたしに敵意を持っていたのは事実だ。フィービーがローダーズによって学校から連れ去られ、帰りはバスに乗っていなかったのも事実。でも、これがわたしが知っていることのすべてだろうか？

わたしは全速力で走った。ベンは、わたしのスピードに合わせてついてきた。ベンの方が足が長いので、わたしほど頑張らなくてもいい。

「このペースだと早く着くな」ベンが言った。「ペースを落とさない？」

わたしたちはそうすることにした。最初は軽いジョギングに、そのうち歩いた。

「フィービーのこと？」ベンが訊いた。

「どんなふうに聞いている？」

「今日の午後、バスから降りたときに聞いた。今朝、フィービーはローダーズのバンに押し込まれたとだれかがだれかから聞いた。でも、『あいつが言った』『あの子が言った』というばかりで、直接見た者はだれもいない。でもたしかに帰りのバスに、フィービーの姿はなかった」

「本当よ。わたし見たの。ふたりのローダーズが教室に入ってきて、一分後に出て来た。ひとりがフィービーの腕を摑んでた。彼女を連れて廊下を歩き、建物を出て行った」

「理由を知っている人はいるの？」

「それをあなたに訊きたいと思っていたの」

ベンはためらった。「きみが何か言ったと思っている人もいる。フィービーをトラブルに巻き込んだとね」

「わたしはやってない！　そんなことしない」

「ぼくにはわかっている。まして、きみの猫を捜して連れ戻してくれた後だからね」ベンが言って、ベンの気持ちが言葉通りなのがわたしにもわかった。でも、わたしは自信がなかった。わたしは何かをしてしまったかもしれない。意図したかどうかは別として。

「他に何かあるの？」ベンが訊いた。

わたしは肩をすくめた。「フィービーが言ったんだけど、わたしたちは政府のスパイなんですって、頭にチップを埋め込まれているから」

「それは違う」

「でも、もしそれが事実だとして、そしてわたしたちがそのことを知らされてないとしたら？　もしかしたら、わたしは自分でも知らないうちに、あの子をあんな目に遭わせてしまったのかもしれない。だれかがわたしの脳をスキャンしただけで、パン！　それでフィービーは消えた。フィービーが、政府の気に入らないことを言ったから」

ベンは首を横に振った。「そんなことありえない」

「どうして？　あなたは違うって言えるの？」

「もしそうだとしたら、ぼくたちが最初に連れて行かれるはずだ」

わたしはショックのあまり、ベンをじっと見つめ返した。

いつもの習慣で、わたしは自分のレボをチェックしたが、まだ大丈夫。ランニングのおかげでまだ高く、7近くもある。でも、わたしの肌は、ベンの言ったことに反応した。小さな蜘蛛が這ったように震えが走った。

ベンは正しい。わたしたちは、トーリが戻されたことや生徒たちが集会で連れ去られたことについて話し、何が起こっているのかと疑問を呈した。フィービーの言動よりずっと問題だ。

しかしそれでも、やっぱりわたしのせいではないかという恐ろしい感覚が拭えなかった。ミセス・アリが、他の人から聞くのは好きではないと言っていたせいかもしれない。フィービーについて何か聞いたのだ、そしてどうしてだか、わたしと結びつけられている。

「他にも気づいたことがある」ベンが言った。「だれかがきみの猫を捕まえてフィービーに渡したのはなぜか。フィービーは獣医に支払いができない人の代わりに怪我した動物の世話をしていた。フィービーは世話の仕方を知っていた」

その動物たちの世話は、これからだれがするのだろう？

「走りましょう」わたしは言って、またスタートした。

わたしたちは、この後すぐに行なわれるグループ会の会場になっている村のホールで止まらずに、その先まで走った。何度も何度も地面に足を下ろしたので、ぐったり疲れて困《こん》憊《ぱい》していた。わたしはベンに話さなかった様々なことを考えていた。

ルーシー・コナー、失踪報告された少女。

ロバート、ロビー、爆破を生き延びたのに、追悼碑に名前が載っている少年。

わたしたちはようやくグループ会のところまで戻った。「遅れちゃったわね」わたしが言った。

「そうかい？」ベンは肩をすくめた。ベンはいつも遅刻だ。しかし、ペニー看護師がベンの遅刻を特別に目こぼししてくれる特権を、わたしにも適用してくれるかについてはあまり自信がなかった。

ホールに飛び込んだとき、十五分遅刻だった。

「今、あなたのお母さんに電話しようとしていたところよ」ペニー看護師が言った。片手を尻に当てている。ベンには一言もなし。

「すみません！　ぼくのせいなんです」ベンが言った。「ぼくが遠回りをさせてしまって、戻ってくるのが間に合わなかったんです」

ペニーの表情が緩んで、ベンに笑いかけた。「わかったわ、ふたりとも座りなさい。今、これから数か月の各自の目標について話し始めたところだったのよ」

ペニーが各グループを回っている間、わたしは頭を切り替えた。

わたしの目標。できるだけローダーズの手の届かないところにいて、問題を起こさないこと。そして、**フィービーに何が起こったのか調べること**、執拗《しつよう》な声がわたしの頭の中でささやいた。

ペニーが回ってきたとき、わたしは自分の考えに没頭していたので、ベンがわたしの肩を押すまで気づかなかった。

ペニーが顔をしかめた。「しっかりしなさい、カイラ。たぶん、ランニングがあなたにはきつすぎるのね。さて、みんなに紹介したいあなたの目標は何？」

口に出せることは、それほど多くない。でもなんとか思っていることを言った。**学校でうまくやって、問題を起こさないこと。**

やっとグループ会が終わった。

「気をつけて」ベンが言って、わたしの手をぎゅっと強く握った。走って帰ると言って、去って行った。ベンが行ってしまうのを眺めながら、一緒に行ければいいのにと思った。

他の生徒たちも少しずついなくなった。わたしが出口に向かうと、ペニーが呼びとめた。「カイラ、待って。話があるの」

わたしは振り返った。「何でしょう?」

「何か問題はない?」

「問題はないかと、いつもいつも訊かれなくなるといいなと思います!」考えもせずにぴしゃりと言ってしまった。わたしは青ざめた。「ごめんなさい。そんなこと言うつもりじゃなかったんです」ペニーも、わたしの一挙手一投足を記録する人間のひとりかもしれない。

ペニーはため息をついた。「座りなさい、カイラ」

わたしは腰を下ろした。

ペニーはネット端末を閉じると、わたしの隣に座った。

「わたしはあなたの味方よ」と言った。その言葉は、ミセス・アリとまったく一緒だった。でも、ペニーは悲しんでいるように見えた。「お願い、カイラ。わたしのことをそんなに怖がらないでちょうだい。記録は取らない。記録なしに話すこともできるのよ。わかる？　わたしはあなたが言ったことを逐一《ちくいち》だれかに報告しているわけじゃない。信じてちょうだい」

全部じゃないけど、ペニーの言葉をわたしは信じた。でも、ペニーが本当にわたしのために行動してくれるとだれが保証してくれるのだろう？

「だから、話して。あなたの顔に書いてある。何か困っているんでしょ。何なの？」ペニーがたずねた。

ペニーがわたしのために行動してくれるとは限らないが、でも情報を得ることはできる。「今日学校から連れ去られた女の子のことです。ローダーズに。その子のこと、わたし知っていて。それだけです」

「まあ、何が起きたって？」

「ふたりの男がクラスに入ってきて、その子を連れて行きました。その子が黒いバンに押し込まれているのが見えました」

「理由を知っているの？」

「よくわかりません。何かよくないことを言ったんじゃないかと思います」

「それ以外にももっと何かあった、そうでしょ」ペニーが言って、それから片手を挙げた。「でも、言わなくてもいいわ！　その子、何歳だった？」

「わかりません。でも、学校で同じクラスでした」

「十一年生？」

わたしはうなずいた。

「聞きなさい、カイラ。これは大事なことなの。このことについて質問しても首をつっこんでもダメよ」ペニーはわたしの肩を強く摑み、わたしの目をじっと覗き込んだ。「これは、あなた自身のためなの。わたしの言うこと、わかる？」

「は、はい」わたしは答えた。

そして突然ペニーは解放してくれた。明るく微笑んで、「来週の木曜日に、またね！来週まで元気で過ごすのよ」

ペニーは出て行った。振り返ると、ホールの後ろにママがいた。そちらに歩いて行くと、ママが眉を上げた。

「何かあったの？」

「何でもないわ」わたしは答えた。それから突然思い出して付け足した。「走って行ったら、ちょっと遅刻しちゃって。そのことについて注意されていたの」

ママは顔をしかめた。「時間厳守は大切なことよ、カイラ」そして、帰り道の間ずっと、お説教だった。

次の日の午後、十一年生は毎週お決まりの金曜日の午後の学年集会に並んだ。しかし、今週は何か違う感じがする。

みんな、自分の前の子に続いて慎重に足を運んでいる。おしゃべりする子はほとんどいない。ふざける子も。週末の予定を相談する子もいない。校長先生はまだ来ていない。でもみんなフィービーのことを知っているし、そしてみんな恐れている。

わたしが聞いていると知っていたら、もちろんだれも言わなかっただろうが、わたしの耳には一日じゅう途切れ途切れのささやき声が届いていた。なぜだかわからないが、フィービーの失踪は、トーリや、先週の集会のときの生徒たちよりもやっかいだった。その子たちが連れ去られた理由はだれの目にも明らかだった。でも、フィービーは、不愉快な性質を隠していたし、失踪した他の子たちのように違法な集会に参加するとか、年長者に口答えしたこともなかった。

リクソン校長が入り口から入ってきたとき、後ろにはふたりのローダーズが控えていた。すでに部屋じゅうが静まり返っていた。校長は全員をさっと見渡した。みんな視線を前に向け、背筋を伸ばしている。

「こんにちは、十一年生諸君」校長はそう言って笑った。明らかに上機嫌だ。

集会は短時間で終わり、ローダーズが再び後方の出口に立った。ローダーズは、退出する生徒の顔をひとりずつじっと見つめていた。

肩を摑まれた者も、脇に引っ張られた者もいなかった。

今回は。

今日はジャズの運転だったが、わたしはエイミーより早く車のところに行った。エイミーが建物の横から現れた。ジャズはエイミーを見つけると手を振り、それからわたしの方に向き直った。

「エイミーが来る前に言っておく」ジャズが声を落として言った。

「何?」

「マックがきみに会いたがっている。来週のいつか、おれに指定してくる。それから、これは内緒だ、**だれにも**言っちゃいけない。いいね」

わたしが答える前に、エイミーが到着した。ジャズは振り返ってエイミーを抱きしめ、それから車のドアを強く引いて開けた。後部座席に乗り込むまで、わたしは震えないように努力した。

マックと違法コンピューター。行方不明者ウェブサイト、ルーシー——つまりわたしも載っている。マックはわたしが秘密を守れると信じると言った。一切口外しないと。

マックがやっていることは、フィービーや他の**失踪した**生徒たちのずっと上を行っている。それにマックはスレーテッドされるには年を取り過ぎている。もしこのことが露見したら、マックはどうなってしまうのだろう?

マックがわたしのことなど信用してくれなければいいのにと思った。

彼がわたしに何の用事があろうと、わたしはそれを知りたくない。

29

走りたかった。

頭にパニックの波が押し寄せて、病院に近づくほどそれが強まった。

今日の交通渋滞はそれほどひどくなかった。というのも、前と違う道を選んだから。ママに言わせると、遠回りだけど結果的には早く着くらしい。**息を吸って吐いて、吸って吐いて、**わたしは呼吸と道路に集中した。網目状の道路を記憶することで、ライサンダー医師のことを頭から追い出そうとしていた。

先生は何でも見通してしまう。興味を持ったことについて自分から話さないと、わたしが触れないでいるかさぶたを見つけるまで先生は精査する。でも今日わたしが心配しているのは、守らなければならない対象が自分だけではないから。

マックやベン。それにルーシーも。ルーシーはわたしの内側にいる別人格として、先生の尋問からは隠しておきたかったが、でもルーシーは**ここに**いる。影のように、幽霊のように、わたしの隣に、わたしの歩みに合わせてついてくる。

間もなく、わたしたちはいつもと違う方向から病院に近づいていった。初めて見る光景のはずだったが、病院は寸分違《たが》わなく見えた。高い柵《さく》。等間隔に置かれた警備塔。わたしは無意識のうちにも、その寸法や数字を頭の中の図に書き込んだ。出口、そしてゲート。配達用のバンが、手で合図して入って行った。わたしたちはそのゲートの前を通り過ぎ、ぐるりと回って、前回と同じゲートに向かった。

わたしたちは列に並んだ。鏡を使って車の下を調べ、車内がチェックされる間に全員が降ろされてスキャンされた。

「警報が出たんだわ」ママが言って、わたしは飛び上がった。今日ママは、ここに来るまでの間ほとんど口をきかなかった。放っておかれたおかげで、わたしは自分の考えに没頭できた。わたしはママを観察した。目の下に隈《くま》がある。くたびれて、やつれて見える。昨晩電話が鳴ったのを今思い出した。とても遅い時間だったが、わたしはまだ起きていた。階上でママの足音と、ぼそぼそ話す声が聞こえた。

「大丈夫？」わたしがたずねた。

ママが半分笑った。「わたしがあなたにそれを訊かなくちゃいけなかったわね？」

前の車が進んだので、一台分だけ前に詰めた。さらにもう二台分進む。

「わたしが先に訊いたのよ」とわたしが言った。

「たしかに。でも、今ここでその話をするのは無理ね。帰りにしましょう、いいこと？」

また前に進んだ。そう、何かよくないことがあって、ママはそれをわたしに話そうとしている。しかし、ローダーズの前はそれにふさわしい場所ではない。

「わたしに秘密を話さないで」わたしはあわてて言った。「秘密を守れるかどうか自信がないの」

ママが笑った。「覚えておくわ」

また前に進んだ。今回は手を振るだけで通してはくれなかった。次は、わたしたちの番だ。そこいらじゅうローダーズでいっぱいだ。一か所に集結している数としては今まで見た中で一番多い。灰色のスーツではなく、作戦行動中を示す黒い制服。防弾チョッキを着て武器を携行している。緊張した雰囲気だ。リラックスしたローダーズの姿など見たことはないが、それでも今日は緊迫感がみなぎっている。

わたしたちは車から降り、頭のてっぺんからつま先までくまなく調べられた。その間に、他のローダーズが車の中を素早くチェックした。

またしても、わたしは反応するのを止められなかった。ローダーズが近づいてくると、**恐怖**が押し寄せて来るのだ。しかし、ローダーズには気づかれなかった。わたしたちは車に押し戻されると、ゲートを通り抜けた。

「あれは何なの？」わたしはたずねた。

「心配ないわ、カイラ。おそらく襲撃の心配があったのかもしれないけど、ローダーズがうまく対処してくれるでしょう。いつもそうだもの」

わたしはママの顔をじっくり観察した。その口調は、それが正しいと信じているようには聞こえなかった。いつもローダーズが事を処理するのはよくない。むしろ全く反対だと。

想像するのよ、カイラ。しっかりして！

「入って！」ライサンダー医師が呼んだ。先生の声はいつもと変わらない。大声ではないがよく通る。先生は声を荒らげる必要がない。なぜなら、だれもが黙って従ってくれるから。

いつも通り、先生の待合室に席を占《し》めたのはわたしひとりだった。ママは、顔見知りの看護師とお茶を飲みに行った。わたしは立ち上がり、診察室に入った。廊下にいたふたりのローダーズの視界から逃れられてほっとした。

「おはよう、カイラ」先生が言った。ライサンダー医師は、緊張しているママやローダーズとは違い、またそのことを心配しているわたしとも違い、冷静に見えた。

落ち着いているいつもの先生の姿。いつもそうだし、これからも変わらないだろう。先生の褐色《かっしょく》の瞳は分析的だが冷たくはない。先生は超然としていた。少なくとも、それからしばらくの間は。

自分が先生に微笑み返しているのを自覚して、おかしなことに安堵していた。**危険よ、気をつけて、**と内側で声がささやく。

「今日はわたしと会うのを喜んでくれているみたいね」

「はい」わたしはそう言って、先生の机の対面に座った。

先生の表情が和《やわ》らいだ。「そう、それはよかった。でも、どうして？」

わたしは肩をすくめた。「先生はいつもの**先生**だから。変わらない」

先生は眉《まゆ》を上げた。「その観察結果を聞いて喜んでいいのかどうかわからないわね。でも、おおむね正しいわ」先生はコンピューターを覗き、画面のキーボードをタッチした。「そう。もしあなたが今日、変わらないことを好ましいと感じるのなら、何か変化、それも根本的な変化があなたを悩ませているのかしら？」先生はわたしを見据えた。

隠れることなどできない。**真実を言うの。言い過ぎない程度に。**声がまたささやいた。

わたしはまばたきした。

「今日病院に来たとき怖かったんです」わたしは認めた。

「何が？」

「警備のこと。前回は検問チェックだけだったけど、今日はすべての車が中まで調べられていました」

先生は自分自身の考えに耳を澄ますかのように首を傾げた。「それは怖くて当然のことかもしれないわね。ＡＧＴ、つまり反政府テロリストのことは知っているでしょ？　病院襲撃が再度計画されているという情報があるの。だから警戒しているのよ」

わたしは目を大きく見開いた。「それでも先生は怖がってない」

先生は肩をすくめた。「ええ。そういった警告には何度もさらされてきたから、恐怖にも慣れたわ」先生は再び椅子に深くもたれた。「でもわたしには、あなたがなぜそれを気にするかの方が興味深いわ」

テロリスト、爆弾、爆破、叫び声、そして……

「話しなさい、カイラ」先生が言った。

「学校に追悼碑があるんです。六年前、生徒たちが乗ったバスが、ＡＧＴの攻撃に遭って、生徒のほとんどが死んだ」

「ああ、わかった。あなたは原因と結果を考え始めたわけね。テロリストと死」

「なんであんなひどいことができるんですか？　まだ子どもだったのに。彼らが**何かした**わけでもないのに」

「運が悪かったのね」先生が肩をすくめた。

「生きている人間なんですよ！」

先生の眉がまた上がった。「もちろん。生きている人間は毎日傷ついているし、そして身近な人間はそれで苦しむ」

「まったく他人《ひと》ごとのように聞こえます」わたしはゆっくりと言った。先生を見つめながら、表情を読み取ろうとしていた。

先生の目が心底驚いていた。「その通り、カイラ。わたしはそうだし、そうしようともしている」

「なぜです？」

先生は肩をすくめた。「ひとつには、わたしは一介の医者に過ぎない。すべての傷を治せるわけじゃない。わたしは、自分にできることに集中するだけ」

ひとつには、と先生は言った。言ってないことが他にもある。しかし、先生のかさぶたをはぎとるほど、わたしは愚かではなかった。わたしの心を覗くのが、先生の仕事だ。

先生はまた画面を見た。「学校やグループ会ではうまくやっているようね。友達もできたみたいだし。ブラックアウトもあれから起こしてない。すべていい兆候ね。もう悪夢は見ない？」先生がわたしに視線を戻した。

レンガの塔に閉じ込められ、罠《わな》にかかり、壁を叩く……

「どうしたの？」

わたしは話題を変えた。なぜかはわからなかったが、ただそうした。

わたしは、バスが爆破される夢を見たことを先生に話した。先生は、わたしが叫び声や窓の血を詳述するのに耳を傾けていた。血と燃料が焼け焦げる臭いも。

先生はたじろぎ、無意識のうちにかすかに動いた。つまり、自制し切れていないということだ。先生が片手を挙げたので、わたしは話を止めた。

「あなたは生まれつき想像力が豊かなのね。これで警備に神経質になる理由もわかったわ。でも、ここは安全よ、カイラ。ここはもっとも安全であるべき場所のひとつなの」

安全、閉じ込められ、罠にかかった。わたしが夢で見た塔と同種のものに、先生も捕えられている。

「逃げ出すことはないんですか？」わたしがたずねた。

「どういう意味？」

「病院から外に出る時間はあるんですか？　田舎《いなか》に行って、森の中を散歩したりとか、なんとか」

「まったく今日のあなたは、驚くような質問ばかりするのね！　答えは、そうよ。数週間に一度は息抜きに出るわ。ちょうど明日がそうだけど。でもわたしは散歩はしない。わたしはヒースクリフという名前の馬を持っているの。それで遠乗りに行くの、そして……」

先生は突然話を止めると頭を振った。

「わたしったら、**どうして**こんなことをあなたに話しているのかしら」先生は自嘲するように笑った。「あなたが医者になるべきね。さあ、よく聞いて。テロリストのことをこれ以上心配するのはお止《よ》しなさい。ローダーズに任せて。彼らの仕事なのだから。今ここでは、**あなた**にとって必要なことをする。あなたに必要なのは、あなたにとってのひとつのこと。自分の目標、あなたの愛するもの。焦点を定めるの。あなたにとってそれは何？」

「絵を描くことです」わたしは答えた。結局、それに匹敵《ひってき》するものはない。

先生はにっこりした。「そう答えると思っていたわ。ご覧なさい。あなたはこうしたいという瞬間を持っている。自分の絵、絵を描くことに集中しなさい。それを自分の生きがいにするの。そうすれば、それ以外のことはそんなに重要じゃなくなるわ」

「先生にとっての馬みたいに？」わたしが言った。

「そうね」先生はまっすぐに応えた。わたしは退出しながら考えた。

先生にとって患者は生きがいにはならないのかしら？

帰り道、ママは悩みの内容をわたしに教えると言っていたのを、忘れたのか、もしくは言わないことにしたらしい。どちらにしても、わたしはたずねなかった。

わたしもライサンダー医師が言ったこと、そして言わなかったことで頭がいっぱいだった。ミセス・アリやフィービーのことは話題に出なかったが、先生は難問を避けて通るような人ではない。それらを合わせて導き出される答えはひとつ、あのことを先生は知らない。少なくとも、ミセス・アリはわたしのことを密告するようなレポートを出さなかったようだ。それに、わたしも言ってはいけないこと、だれかをトラブルに巻き込むようなことは言ってないようだった。

これなら、わたしは秘密を守れるかもしれない。


「助けて」

ルーシーが両手を伸ばした。右手は完全、白い五本の指は爪《つめ》の先まで問題ない。わたしの指だが、でも今よりずっと小さい。左手からは血が流れ、指が不自然な方向に折り曲げられている。

わたしは、後ずさりした。

緑色の目、わたしの目、涙が膨らんで光り、両まぶたからこぼれ落ちる。

「お願い、助けて……」


「起きなさい、カイラ」

わたしは飛び上がって、混乱したまま目を開けた。ママがシートベルトをはずしている。車が停まった。家に着いたのだ。

30

寒い。天気予報が先週から予告していた雨がとうとう降り出した。大雨というほどでもないが、絶え間なく降り続き、それがたっぷりたまって、滴《しずく》になって頭上の葉の天幕から落ち始めてきた。

ベンとわたしは一緒に走っている。他の人たちをずいぶん引き離した。速く走っている間は濡れても寒くなかったが、動かなくなるとそうはいかない。「嫌な天気」わたしは息を切らしながら言った。

「ああ、典型的な十月の雨だ」ベンが答えた。

典型的かどうか、わたしにはわかるはずもない。わたしの記憶では、初めての十月なのだから。

今朝クロスカントリーのトレーニング場に着くと、ファーガソン氏は、前回のように女子より先に男子を出発させる代わりに、先週のタイムに基づいて一分間隔を空けて出発させた。ベンとわたしが最初に出発した。なぜなら前回わたしたちが一番速かったから。わたしたちは、がんがん飛ばした。そうすれば他の人たちはついて来られないとわかっていた。

　森を抜けて、丘に差しかかった。雨よけになるものがなくなった上に、雨足も強まり、ぬかるみと落ち葉で足元も悪い。丘を削って作った小道が、水の通り道になってしまっている。足元に気を取られて、ペースを落とさなければならなかった。

「これは、ひどいな」ベンが言った。頭のてっぺんからつま先まで、ずぶ濡《ぬ》れの上に泥まみれだ。

「素敵じゃない」わたしは皮肉たっぷりに言った。でも、それから笑った。だって、たしかに**素敵**だもの。

　感覚が失くなるまで走り、今ただ**生きている**と思える領域に入っている。頭に落ちる雨のひと粒ひと粒を感じ、まるで、空からわたしの前までゆっくりと落ちて大粒に育っていくのを目で追っているようだった。

　すべての感覚、すべての感情が冴《さ》えわたっていた。ハードに追い込んでいくと、トーリやフィービーのことを忘れることができた。つきまとうルーシーからも。まぶたを閉じるとルーシーがいつもそこにいて、手を伸ばして助けてと懇願する。どう考えてもそんなことありえないはずだし、その理由もたくさんあるのに。

「ちょっと待って」ベンが言った。丘の頂上に差しかかろうというところまで来た。わたしたちは樫《かし》の巨木の下に身を寄せた。ベンはしゃがんで、絡んだ靴紐《ひも》をほどいて結び直し、それから木にもたれかかった。

ここから丘の谷間全体が見渡せる。空が真っ黒になってきている。他の生徒たちの姿は見えない。

「きっと引き返したんだ」ベンが言った。「弱虫め！」ベンは笑った。

「わたしたちも戻らないといけない？」

「いや。今、ちょうど半分過ぎたところだから。引き返しても意味がない」

「じゃあ、行きましょう」わたしは言った。早く走り出したくてたまらない。走ること、**あるのはそれだけ。**

「どうしたの？」

わたしは肩をすくめた。自分で自分を抱きしめた。

「話せよ、カイラ」ベンが言った。わたしはベンの薄茶色の目を覗き込んだ。**信頼している。**心から信じている。でも、いいのだろうか？

わたしが震えると、ベンが腕をわたしの体に巻きつけた。

「走りたいの」わたしが言った。

「話すまでダメだ」

ベンの目は、ライサンダー医師より始末が悪かった。わたしを木に磔《はりつけ》にした。息を整え、心拍が落ち着いてくると、わたしは震え始めたが、寒さのせいではない。わたしはベンの胸に顔を伏せたので、これ以上ベンの目に追いつめられることはなくなった。

「きっと、きみの力になれるから」ベンが言った。

何も言えないのには、いくつもの理由があった。マックに約束した。話せばベンを危険な目に遭わせることになるのがわかっていた。ベンが秘密を守れるか、絶対に漏らさないかどうかもわからなかった。わたし自身、自分が秘密を守れるのか不安なのだ。

ベンはわたしから離れると、雨に濡れながら、岩の上に座った。そしてわたしを引っ張り上げて膝の上に座らせた。

「困っていることを話してくれるまで、どこにも行かない」

わたしはため息をついた。目を閉じ、ベンに対峙《たいじ》した。しばらくここにいるのも、悪くない。ベンはわたしの体に巻きつけた腕の力を強めると、片手をわたしの顎《あご》に添え、顔を上げさせた。わたしは目を大きく開いた。ベンが体を傾け、彼の目が迫ってきた。

心臓がばくばくいって、走るのを止めたのに心拍がまた速くなった。ベンの目がわたしの目をじっと見つめる。ベンがキスしてくるんじゃないかと思ったあの日と同じようだが、あのときベンは、トーリのことを話したいだけだった。

トーリ、フィービー、そしてルーシー。

たくさんの幽霊が、わたしたちふたりの間に立ちはだかる。でも、真実を話せば、そのうちのひとつを追い払うことはできる。少し間をおき、言葉を選んだ。

「自分がなぜスレーテッドされたか考えたことある？」

「またその話題かい？」ベンが肩をすくめた。「ときどきはね。考えずにいられないこともある。でも、知りようがないんだ、それに……」

「でも、わたしは知っているの」

しばしの沈黙、聞こえるのは雨の音だけ。そして、ベンの目に疑いの色が浮かんだのがわかった。

「どういうこと？」とうとう口を開いたが、慎重にもベンは無表情だ。

わたしは喉をごくりとさせた。彼女を無視してもしょうがないでしょ。どこにも行かないのだから。

「以前のわたしの名前はルーシー・コナー。十歳のときに行方不明になった。灰色の子猫を飼っていて、だれかがわたしの指を、つ、つぶした。そして、わたしを待っている人がいる」言葉をひとつささやくたびに、体が震えた。内側で何かがねじれ、震え、飛び出しそうになっていた。その代わりに、わたしは泣いた。ベンの腕に身を寄せると、ベンはただわたしを抱きとめ、わたしの髪をなでてくれた。

その間もずっと、雨が降り続き、風も吹いた。外も内も嵐。

「どうやって、それがわかったの？」ついにベンが訊いた。

涙が止まって話ができるようになると、わたしはベンに話した。違法パソコン、行方不明者のウェブサイト、そしてルーシーのこと。そして次第にベンが信じ始めているのがわかった。

「わからない。行方不明者って?」ベンがたずねた。

「多くの人が行方不明になっているの。逮捕されたり、嫌疑をかけられたわけでもなく、ただいなくなっている。もしかしたら、犯罪者でさえないかもしれない」

ベンは頭を振った。「そんなことありえない。違法だ。政府が自分から法律を破ってどうするんだ?」

「おそらく、何も悪いことをしていなくても、政府が気に入らないことをやったり、言ったりしただけで、そう判断されるのでしょう。あなたも自分のことを探してみたくはない? 行方不明者として報告されているかもしれない」

ベンは複雑な表情を浮かべ、口を開きかけたが、わたしは片手を挙げた。「待って」わたしはそう言って、振り向いた。風と雨のせいで聞こえにくかったが、だれかが近づいてきている?

丘のはずれに、影がひとつ現れた。わたしは急いで離れようとしたが、ベンはわたしをしっかり摑まえて抱きしめた。トレーニングチームの少年のひとりだ。わたしたちが座り込んでいるのを見ると、にやにや笑って走り去っていった。

やっとベンがわたしを離すと、わたしはすかさず動いた。「なんでこんなことしたの?」

「どっちにしても、あいつはぼくたちのことを見たんだ。危険な会話をしてたよりも、抱き合っていたと思ってくれた方がいい」

抱き合っていた。わたしたちは本当に抱き合っていたの？　それとも単なる見せかけだったの？

寒さにもかかわらず、わたしは顔が熱くなった。次の音に気づいて振り向いた。まただれかが追いついてきたのか？

「走ろう」ベンが言い、わたしの答えも待たずに、フルスピードで先に走り出した。いいわ。ついていく。追いつこうと努力したけど、できなかった。前は手加減してくれていたのね。

ベンの歩幅の方が広いこともあって、すぐに姿が見えなくなった。まるでだれかがベンを追いかけているかのようだった。向き合いたくないだれか。

それは、わたししかいない。

31

美術室の前の壁に、フィービーが描いたコマドリの絵が貼られていた。

そこに掲示されているのはそれ一枚だけ。他の絵は、横や後ろの壁に掲示されていたが、前に貼られているものはなかった。フィービーの署名はなかったが、わたしたちはだれが描いたのか知っていた。

ジアネリ先生は急《せ》かすことなく、わたしたちが並んで入室し、カードをスキャンする間も沈黙していた。

これが、フィービーが連れ去られてから初めての授業だった。フィービーが描いたコマドリのスケッチを見て、みな一様に押し黙った。

先生は知っているに違いない。前方のドアの方を見ると、ミセス・アリが立っていた。彼女は今も、わたしがクラスからクラスへと移動するときはほとんどいつも影のようにつきまとっていた。とはいえ、どうやってやり過ごせばいいか、すでにわかっていた。ミセス・アリは、わたしを見張っているが、これからもずっとそうなのか？　ベンやエイミーには、付きまとっている人はいない。

ミセス・アリは教室を見渡した。何か異変が起きていることを察知したようで、生徒の顔から顔へと視線を移した。彼女はそこに残った。

「みなさん、今日わたしは、みんなに考えてほしいことがあります。自分が絵に描く対象と心を通わせることの重要性についてです。たとえば、この絵の赤い胸の友達を例に取りましょう。思いやりや絆《きずな》が見えるでしょう。これは日常の一瞬を捉えたと同時に、それを超越してもいます。あなた自身をよりよい存在へと高めてくれる。つまり、内なる芸術家の存在です。あなたとあなたが選んだテーマとの間の**コミュニケーション**、いいですか？　与え、そして受け取りなさい。あなたがテーマをどう捉えるか、他のだれにも真似《まね》できないやりかたでね」

それから先生は後方に立ち、わたしたちと一緒に見た。すべての目が、フィービーのスケッチに注がれ、みんなでその絵を観察した。コマドリは彼女を信頼して、どんどん近づいていった。スケッチが進むにつれフィービーは笑顔になり、コマドリに話しかけ、コマドリも返事をした。二回鳴いて、一秒ほどの沈黙、また二回。

先生は悲しそうに頭を振ると、教室の前に戻った。

「今日は、自分にとって大切なもの、あるいは大切な人を描きなさい。きみたちに何らかの**感情**を引き起こすもの、どんな感情でもいい。いい感情でも、悪い感情でも、どちらでもかまわない。さあ、始めるんだ！」

先生が教卓を叩いた。教室じゅうが動き出した。紙が配られた。鉛筆やチョークが選択された。みんな夢か催眠状態から覚めたようだった。

わたしは真っ白な紙に向かった。紙の端から覗くようにして、ミセス・アリの姿を追った。その目は考え込んで、謎解きするようだった。やがてミセス・アリは教室を出て行った。

ジアネリ先生は今日は老けて見えた。目の周りの皺《しわ》が深い。肌の色は、髪と同じように灰色だった。自分の生徒のひとりが連れ去られたことに対する無言の抵抗。でもわたしたちはみな、先生が今何をしたか、どんなリスクを冒《おか》したかわかった。先生はポケットから携帯用の酒瓶を取り出して、紅茶に垂らした。そして、自分も絵を描き始めた。

何の考えも疑問も抱かずに、わたしは左手を使った。ミセス・アリが戻ってきたらすぐわかるように、椅子《いす》を少しずらしてドアが見えるようにした。

自分にとって大切な人を描きなさい。きみたちに何らかの感情を引き起こすものを……

素早くスムーズに手を動かした。今まで挑戦したことのないテーマだったが、わたしの左手にためらいや間違いはなかった。これでいいと初めて思えた。

思慮《しりょ》深げな瞳。精悍《せいかん》な顎、耳のすぐ下まで届く褐色の巻毛。ベンだ。

あなたはどこにいるの？　ベンは、今朝の生物のクラスにいなかった。心配で唇を強く嚙み過ぎて痛い。何か馬鹿なことをしてないわよね？　ファーン先生にたずねたが、先生は何も知らなかった。隠している感じでもなかった。でも、心配している様子も、避けている感じもなかった。先生にも色々なタイプの人がいると、わたしは理解し始めていた。ファーン先生、ジアネリ先生、そしてランニングコーチのファーガソン氏、みんな本当の姿でいる。ときどき叱ったりもするし、いつでも親切なわけじゃないが、わたしの存在や気持ちを尊重して話してくれる。

一方、違うタイプの先生もいる。校長のリクソン、教育心理学者のウィンストン博士、そしてミセス・アリ。みんな微笑んで「わたしはいつでもあなたを助けるためにいるのよ」と言いながら、間違いや規則破りがないか監視している。

ベルが鳴って驚いた。知らないうちに時間が経っていた。ミセス・アリが入り口に姿を見せたので、鉛筆を置いた。ジアネリ先生が絵を集め、コマドリの絵の周りに貼った。先生がわたしの絵を取ろうとしたとき、わたしは言った。「待ってください。まだ描き終わってないんです」先生は絵を覗き込んで絵の内容を確認したものの、何も言わずに次の生徒に向かったので、そのまま自分の絵をしまいこんだ。

貼られた絵を見た。顔の海だ。それぞれの、自分にとって大切な人。いく人かはおそらく、お母さんかお父さん、兄弟姉妹、友達。ひとりは犬。

ミセス・アリがわたしの後ろに立った。「見せてちょうだい」そう言って、わたしのファイルを開いた。わたしが描いたベンの絵をじっと見ると、眉を上げた。わたしは顔を赤らめた。

ミセス・アリはじっくり眺めた。「ベンの特徴をうまく捉えているわね」ミセス・アリがやっと言った。

上手《うま》いなんてもんじゃない。まるでそっくり、それこそベンの目だった。これは**ベンそのもの**、だれとも共有したくない。昨日わたしのことをじっと見つめていたときの目。キスしてくれそうだったのにわたしが避けてしまったあのとき。

わたしが行方不明者やルーシーのことを話す前。ベンが**走って逃げる**前。

みんなが教室から出ようとしたとき、ジアネリ先生が自分の絵を掲示した。先生がそんなことをしたのは初めてだ。先生が自分の描いたものをわたしたちに見せた。部屋に残っていた生徒はみなそれを見て息を呑んだ。

フィービー。先生は、わたしが知らなかったフィービーの一面を捉えていた。怒りが消えている。顔からも、立ち姿からも。すべてがとても悲しげだった。フィービーはひとりぼっちで立ちすくんでいた。

ミセス・アリの目が冷たく光り、ジアネリ先生を凝視した。

わたしは昼休みにトラックに行った。もし、ベンのことを見つけられなかったら、それがどんなことを意味するのか、それを直視するのが怖かった。ベンはいつも昼休みにここにくる。ベンはいるかしら？

トラックをざっと見渡した。今は雨がやんで、数人がばらばらと走っている。トレーニングで顔見知りになった者がほとんどだったが、わたしが捜している顔はない。わたしは自分の腕で自分の体を抱きしめ、しばらく走っている人たちを眺めた。考えないようにした。ベンが行くところって、他にどこがあるというの？

わたしが向きを変えて帰ろうとしたら、ベンと真正面からぶつかった。

「気をつけて」ベンが言った。両手を前に出し、わたしの両肩に置いて支えてくれた。

「どこに行っていたの？」わたしは詰問した。

ベンは肩をすくめた。「ここにいたよ。他にどこに行くっていうんだ」

「生物のクラスに来てなかったでしょ」

「ああ、遅刻した。病院の予約があったし、その帰り道にママの車がパンクしてね」ベンはそう言うと、訳がわからないとばかりに眉を上げた。

「そんなこと聞いてない！」わたしはそう言って、ベンの胸を手で押しのけて、立ち去ろうとした。わたしがあんなに心配したのに、単なる病院の予約だったなんて馬鹿みたい。

「ねえ、タイヤがいつパンクするかなんて、わかりっこないだろ」ベンの冷静な調子がますますわたしを逆上させた。ベンは追いかけてくるとわたしの手を握った。小指をわたしの小指にぎゅっと絡ませた。

「一体どうしたっていうんだい？」

怒りがはじけて、涙がにじんでくる。わたしはまばたきをした。「あなたに何かあったんじゃないかと思ったの」

「ぼくのことを心配してくれたのかい？」そしてベンはにっこりした。喜んでいるようにも見える。しかし、ベンのことを叩こうか、それとも抱きつこうかと考えている間に、始まった。

ビーッ。わたしの手首。わたしはいら立ち、ため息をついた。

ベンがわたしの手首を摑み、ふたりで一緒に覗いた。3・9。「来るんだ」ベンはわたしをトラックに引き戻した。「今日は追いつけるかな。昨日は、きみの方が少し遅かったからね」

遅かった⁉　わたしはトラックでベンの前を走った。すべてを自分の足に注ぎ込んだ。何度も、何度も。

ベンはだんだんと追いついてきたが、わたしを抜き去ることはできなかった。もしかして、手加減している？

わたしは極限まで加速した。少しずつわたしの方が前に出た。わたしはひんやりとした満足感を覚えた。**こうでなくっちゃ……**

走り終えると、わたしの中の小さな一部が落ち着いていた。なんであんなにベンに腹を立てたのだろう。筋の通らない話だった。

昨日のことで、わたしは動揺していた。わたしがルーシーのことを話した後、ベンが何も話さずに走り去っていったのはなぜか、その後もそのことに触れないのはなぜかわからなかったから。でも、もしベンがわたしと同じだったとしたら、受け止めるのに時間が必要なのだ。それに、ベンは生物の時間までに戻ってくるはずだとわたしは勝手に決めつけていた。彼が欠席することをわたしに事前に言っておかなければならない理由などどこにもない。自分自身で笑いそうになった。

でも、笑えない。ここに、とても深刻な問題がある。わたしが直視したくないと思っている問題。

わたしにとってベンは何?

わたしたちが足を止めると、ファーガソン氏がいた。運動場の端に立ち、ストップウオッチを手にして、頭を軽く振った。帰りがけにファーガソン氏の横を通った。

「とんでもない記録だ。なんと残念な」ファーガソン氏が首を横に振りながらつぶやいた。

「どういう意味で言ったのかしら？」わたしは足を止めて、ベンが口を開く間もなく言った。

「たしかではないけど、ぼくたちがトラック記録を破ったからだと思うな」

「だって、それは良いことでしょ？」走る動機が何であっても、記録を出せたときのわたしの心理状態が再現しにくいものであったとしてもだ。

ベンが肩をすくめた。「たしかに。きみが記録を破るのが好きならね」

「でも、ファーガソン氏は残念だって」

「当然さ。だって、ぼくらは競走できないから」

わたしは少し詰まった。「どういうこと？」

「スレーテッドは学校のチームに入れない。知ってるだろ」

やっとベンの言葉の意味を理解した。わたしは知っていた。ただ、違う形で聞いていたし、点と点を結び付けていなかった。つまり、クロスカントリーランニングに関連付けて考えてはいなかった。

「じゃあ、なんでわたしたちに練習させるの？　意味ないじゃない？」怒りが込み上げてきたが、ランニングのおかげでわたしのレボの数値はまだ安全圏に収まっていた。

ベンは肩をすくめた。「おれも去年訊いたさ、一緒に練習できるかって。おれの走りを一度見た後は、いいと言われた。たぶん、きみについても同じ理由なんだろう。おれがチームと一緒に練習すれば、やつらの刺激になるんだろう、たぶん」

「それで腹が立たないの？　あなたが一番速いのに。もしかしたらわたしかもしれないけど、いずれにしてもわたしたちが出場できないなんて。そんなの不公平だわ」

「ぼくかも、いや、きみかな。今日は、負けてやってもいいけど」ベンがからかった。ベンは、こんなことで心を乱されたりしないのだ。わかった。

しかし、怒りが鎮《しず》まった代わりに、わたしの心のどこかが折れた。わたしは自分がジアネリ先生の絵の中のフィービーのようだと思った。孤立して、ひとりぼっち。

ベンでさえ、知りたいのはトーリがどうなったかだけで、物事がどのように進んでいるのかとか、それが全体としてどれほど不公平かだなんて気にしていないようだった。

木曜日のグループ会の前にも練習したいかとベンが訊いてきた。練習、何のために？　でも、次の授業の始業ベルが鳴ったので、わたしはイエスとだけ答えた。

わたしはひどい格好だった。髪は濡れて貼り付き、洋服は背中にへばりついていたが、ジムのシャワーを使う時間もなかった。英語の授業で、わたしの隣に座りたいと思う人などいるはずない。

だったら、このまま着替えずに行こう。

その日の終わりに、ミセス・アリがわたしを追い詰めた。優しそうに微笑んで、視線も温かかった。わたしの背筋を冷たい震えが走った。

「カイラ、いい子ね、話があるの」他の生徒が立ち去った後、ふたりで教室に残った。英語の教師はミセス・アリのところで足を止めると、お茶か何かのことについてぼそぼそ言って、出て行った。

「この頃どうかしら？」

「大丈夫です」わたしは答えた。走ったときの温かさは、時間が経って冷たくみじめに変わっていた。

「そう。何か困ったことはない？」

「ありません」わたしは嘘をついた。

「そう、少し聞きなさい。わたしは基本的に問題だと思っているの。あなたとあなたのお友達のベンのこと」

わたしは不安で椅子に座り直した。「どういう意味でしょうか？」

「いいこと、あなたはまだ、病院から出て間もないの。どのくらい？　三週間？」

「二十二日です」

「では、やっと三週間過ぎたところね。たしかに、ベンはハンサムだし、色々な点で魅力的だとは思うけど」

わたしは赤くなり、話がどちらの方向に向かうのかを見定めようとした。

「でも、わかってるでしょ。あなたは今、学校とあなたの家族、そして地域社会に溶け込むことに専念しなくてはいけないの。男の子ではなくてね」

「もちろんです」わたしは答えた。「もう、行ってもいいですか?」

ミセス・アリはため息をついた。「カイラ、それからレボの監視から逃れようとして過度な運動をしていることもわかっているのよ。これからは、昼休みにベンと一緒に学校のトラックで走るのは禁止よ。わかった?」

「承知しました」わたしは言った。

「行っていいわ」


茫然《ぼうぜん》としたまま、ジャズの車に向かった。他のどんなことよりも動揺していた。ベン。心がうずいた。これからは学校でベンに会えなくなるのがわかった。走ることに関していえば、学校のチームにはどうせ入れないのだから、気にすることとなんてない。とはいえ、ミセス・アリは日曜のクロスカントリーの練習のことは言わなかった。おそらく、知らないのだろう。

ミセス・アリが問題だと言っているのは、ベンと一緒にいること? それとも「過度な運動」? 病院の看護師たちは、ランニングマシンで走ることは、わたしのレボの数値を高く維持するのによい方法だと言ってくれていた。

ミセス・アリはわたしが倒れればいいと思っているの？

ジャズの車は、いつもの駐車場所になかったが、その先に見つけた。すでに生徒用の駐車場から出て、出口の列に並んでいた。しかし、車は動いていなかった。何が起きているのだろう？　わたしの姿を見つけると、ジャズとエイミーが車から降りてきた。

「どこに行ってたの？」エイミーが訊いた。

「ミセス・アリにやり込められたの」

エイミーが肩をすくめた。「大丈夫？」

「最高よ」そう言って、さらに付け足そうと思ったが、ジャズに気を逸《そ》らされた。ジャズが、わたしの話を聞いてないことに気づいた。視線をわたしの背後に針付けにし、表情からは笑いが消えていた。わたしが振り向いて確認しようとすると、ジャズがわたしたちの肩に手を回して、車に押し込んだ。

「乗るんだ、さあ」ジャズが言って、ドアを強く引いて開けた。

わたしは車に乗り込むと、体をひねって窓から外を見た。

ジアネリ先生が、駐車場脇の小道を通り、前を通り過ぎていった。ローダーズが両脇に張り付いている。後ろにもひとり付いていて、黒いバンを目指している。バンはスクールバスの二倍のスペースを占拠し出口を塞いでいる。

ジアネリ先生がよろけた。ひとりがジアネリ先生の腕を引っ張り、引きずって、歩き続けた。

わたしが遅れて出て来たにもかかわらず、まだ一台のバスも出発していなかった。生徒たちが待っていたが、バスのドアは閉じられたままだ。

バスが停まっている場所全体に、ローダーズが散らばっていた。黒いベストを着用して武装している。十二人かそこら。そしておそらく千人ほどの生徒。

わたしたちはみな、ジアネリ先生を見ていた。ひとりの老人、画家、自分なりの方法で立ち上がり反抗した人は、バンのドアの前でこづかれた。ルーフ部分に頭をぶつけて倒れたが、ローダーズに蹴られてドアの中に押し込められた。

ドアがピシャリと閉められた。

だれも何もしない。だれも何も言わない。わたしも同じ。

32

「ジアネリ先生は何をしたの？　きっと、なんか悪いことをしでかしたのね」エイミーは興奮しているだけで、少しも当惑してないように見えた。「あんたの美術の先生だったんでしょ？」

「**今も**、わたしの美術の先生よ」わたしは答えた。

「でも、もう違うと思うけど。ローダーズは、あんなふうに人前でだれかを連行することなんか今までなかったじゃない？」

「その話はしたくない！」わたしは言ったが、エイミーは引き下がらなかった。

「教えなさいよ、何か聞いているんでしょ。**話しなさい**ったら」

「もういいだろ、エイミー」ジャズが言った。

エイミーは驚いてぎょっとした。「あんたに関係ないでしょ」エイミーが言った。

わたしは先に歩き出した。家に着いたら、部屋でひとりでいたいと思っていたのに、ふたりと一緒に散歩に出掛けさせられた。ママがふたりきりになるのを禁止したから、わたしもここにいる。

でも、離れて歩いちゃいけないとは言われてないもの。わたしはスピードを出したくて、走りたくて先を急いだ。

ここは、エイミーやジャズと一緒に初めて歩いたフットパス、今から三週間前のことだ。本当にそれだけしか経っていないのかしら？　**もっとずっと**昔のことのように思える。

あの日は、すべてが驚きだった。森、木、新鮮な緑の匂い。あのときはまだ、ローダーズのことも、ベンのことも知らなかった。行方不明者のことも知らなかった。わたしが気づいていないことは**こんなにも**多かった。今もそうかしら？

わたしはジアネリ先生がバンのルーフに頭をぶつけて、地面に倒れるのを見てしまった。ローダーズはジアネリ先生のことを、まるでじゃがいもが詰まったずだ袋をバンに積み込むように蹴った。そんなことになったのもひとえに、先生がフィービーの絵を描いたからだ。

今や、先生も行方不明者のひとりになった。フィービーのように、トーリのように。先生は今どこにいるの？　みんなはどこにいるの？

わたしは展望台のところまで走ってから半分戻り、それから再度頂上まで歩いた。暗いことを考えていたにもかかわらず、丘を上ったり下ったりという過度な運動のおかげで、レボの数値は安全圏に保たれていた。

どうしてやつらがジアネリ先生を連行したのか、わたしには理解できなかった。先生がやったのは、フィービーの絵を描いたことだけだ。ローダーズがフィービーを連行したことは秘密なんかじゃなかった。やつらは、教室からフィービーを引っ立てて行ったじゃない？

そして、ジアネリ先生を連行するときは、これ以上はないというくらい目立つ方法を採った。どんなことがジアネリ先生に起きたのか、隠しようもない。

内側で、ささやき声がした。**たぶん、それが目的なのよ。**

ジアネリ先生がフィービーのために費やした沈黙の一瞬、**自分にとって大切なものを描け**と言い、そして、先生自身がフィービーを描いたこと。これら一連のことを合わせて考えれば、フィービーを連行したことは間違っていると言っていることになる。

政府の行為に反意を示す者として、先生は罰せられなければならなかった。ローダーズが全生徒の前でそれをやったのは、言葉を使わずに、大きな声ではっきり叫んだのに等しかった。**わたしたちはコントロールしている。わたしたちは意のままに何でもできる。**秘密裏にやったのでは意味がないのだ。

「やあ、スレーテッド」

わたしは飛び上がった。自分の考えに没頭するあまり、周りに注意を払っていなかった。足に任せて再び展望台のところまで来ていたが、今回は幸いなことに、わたしはひとりではない。

　その男は木にもたれかかって小道を眺めていた。立ち姿は木の陰になっていたが、わたしが周囲に注意を向けていれば、見えたはずだった。男がわたしが登ってくるのをずっと見ていたのにまったく気づかずに男の前を通り過ぎようとしていて、わたしは赤くなった。男は今、わたしと、それからジャズとエイミーの間に立っていることになる。

「こんにちはも言ってくれないのかい?」男は笑ったが、嫌な笑いだった。脂《あぶら》ぎった髪、不健康な顔色、青白いのに頬と鼻に赤いしみのようなものがある。フットパスに散歩にやってくるようなタイプの人間には見えない。なんとなく、見覚えがある。でも、だれだろう?

　ああ、そうだ。レンガを積んでいた人。わたしはこの男が村で庭塀を作っているのをじっと見ていたことがあった。その晩、レンガ造りの塔の悪夢を見たんだった。

「ちょうどよかった」男が言った。「おまえさんと話がしたいとずっと思っていたんだ。こっちに来て座れよ」**ちょうどいい**と男は言ったが、わたしの方はとてもそんなふうには思えなかった。わたしを監視しながら、ずっと後を尾《つ》けてきたっていうの?

　男は歩いて前を横切り、丸太の上に座った。前回来たときに、エイミーとジャズが休憩したところだ。わたしは動かずに、小道の方を見た。そろそろふたりが来てもいいはずなんだけど?

「噛みついたりしないから」と言って、男はまたにやりとした。「おまえさんと話がしたいだけさ、おれの姪《めい》っ子のことでな。知っているだろ、フィービー・ベスト」

「フィービー？　今フィービーがどこにいるか知っているの？」わたしはそう言って、男の方に足を踏み出した。

「こっちへ来い。座ったら話してやる」そう言って、男は手で丸太を叩いた。

わたしは一瞬ためらったが、丸太の端に、男からできるだけ離れて座った。

「さあ、もっと近寄らないと話せないことだってわかっているだろ。叫ぶわけにはいかないじゃないか？　木にも耳がついているかもしれないし、なあ」男は笑って地面につばを吐いた。

わたしは少しだけ近づいた。

「そうだ、その方がいい」

「フィービーは大丈夫なの？」

「ちょっと待ちな。まず他の話から始めよう」

「何？」

「おまえの猫だったんだろ？」

「何の話？」

「いなくなる前の日、おれはフィービーを獣医の前まで送ってやった。拾った猫を連れていた。あいつはいつも迷子や森の動物を拾って面倒を見るんだ。馬鹿な娘《こ》だよ」

わたしは何も言わず、小道にまた目をやった。ふたりはどこ？

「さて、フィービーはその猫が、あるスレーテッド女のものだって言ってた。話したことがある子だからと言ったが、おれは危険だと言ってやった。馬鹿げた理由を並べて、フィービーは猫をそいつに返そうとした。それで次の日、フィービーは学校から家に戻ってこなかった。さあ、おまえさんは何を知っているんだい？」

わたしは立ち上がった。

「どこに行くんだい？　フィービーの話を聞きたくないのか？」

本能のすべてが、**走れ**と叫んでいた。でも冷静な心の一部が、待てと、ここに留まらせた。この男が話すことを聞かなくては。

「フィービーはおれには優しかった。それなのに、いなくなっちまった。おまえのせいだ。おまえがローダーズに何か言ったんだ、だからやつらが……」

「違う！　わたしは言ってない！」わたしは叫んだ。

走れ。向きを変えて、小道に駆け出した。やつが追ってくる気配と音がした。

しかし、小道の最初の角に近づいたところで、声が聞こえてきた。エイミーとジャズが近づいてくる。**やっとだ**。

角を曲がると、腕を絡ませているふたりの姿が現れた。何の話をしていたのかは知らないが、すぐに止めた。わたしはほとんど倒れ込むようにして、ふたりに飛びついた。ジャズがわたしの腕を摑んで支えた。わたしは目を大きく見開いた。

ジャズが顔をしかめた。「どうしたんだい、カイラ？」と言いながら、わたしがやってきた小道の方に目をやった。

わたしもくるりと振り返ったが、そこにはだれもいなかった。

エイミーが腕を絡ませてきた。「ごめんね。ジアネリ先生のこと訊いたりして。ジャズに言われたの、あんたは先生のことで動揺しているって」エイミーは謝罪の言葉を口にしたが、心底そう思っているようには見えなかった。

ジャズは、わたしに好奇の目を向けた。彼は何かあったと気づいているが何もたずねなかった。エイミーがぺちゃくちゃしゃべるのに任せていた。わたしたちは小道を歩き、村まで戻った。

フットパスが道路にぶつかる地点に、一台のバンが停まっていた。「ベスト建築《ビルダーズ》」と車の横にペイントされている。運転席には、あの男が座っていた。フィービーの叔父さん。車の窓ガラスが開き、男はウインクすると、通り過ぎるわたしたちの後ろ姿に向かって口笛を吹いた。

ジャズが睨んだ。そのまま道路まで歩き続けたが、後ろで笑い声が響いていた。

「あの人だれ？」

「あの場所ふさぎはウェイン・ベストだ」ジャズが答えた。「いいかい、近づくんじゃない、やつは変態だ」そのアドバイスに従うことにするわ。

やっと家に着いた。エイミーはジャズを夕食に誘っていいか訊くために、家に飛び込んだ。わたしが後について入ろうとすると、ジャズがわたしの肩を掴んだ。

「何？」わたしは言った。展望台のところでわたしを驚かせたのが何だったのか訊かれるのかと思った。といっても、どう答えていいかわからなかったが。

ジャズは玄関のドアが閉まるのを待って、「マックが会いたがっている」と低い声で言った。「来週の月曜日。学校帰りに一緒に行こう。おれがまたエイミーを散歩に連れ出す。いいね？」

しかし、わたしが答えるどころか、何と答えようかと考える間もなく、エイミーが玄関のドアを開けた。エイミーが首を横に振った。「ママが、今夜はダメだって。また今度ね？」

ジャズは、夕食まで残らずに済んでほっとしているようだった。エイミーは気づかない。どうして、目の前の真実が目に入らないのだろう？

ふたりが別れを惜しめるように、わたしは家の中に入った。

「それで、今日の学校はどうだったの？」ママはお皿に料理を盛りつけながら、誰ともなしに部屋全体に訊いた。パパは学校に行っていないのだから、エイミーかわたしに訊いたことになる。

わたしは答えてほしいと願いながら、エイミーを見た。でも、エイミーは肩をすくめただけ。たぶん、ジャズを夕食に招けなかったので臍《へそ》を曲げているのだろう。

パパがお皿を運ぶ手伝いをしようとしてテーブルから立ち上がった。「何にも話すことがないのかい？　いい日だったのかい、それとも悪い日だった？　何かおもしろいことや、いつもと違ったことはなかったのかい？」

パパがわたしの前にお皿を置いた。奇妙なことだが、パパは、今日の午後起こったことの一部を知っているようだった。

わたしはエイミーの方を見て、すがるような目で訴えた。何か言って、何でもいい。でも、何も言ってくれない。

わたしはため息をついた。「わたしの美術の先生がローダーズに連れて行かれたの」

ママが息を呑み、腰を下ろした。「それって、ブルーノ・ジアネリ？」とママがたずねた。

「そうよ」わたしは驚いてママを見た。「先生のこと、知っているの？」

「彼は見た目より年をとっているの。わたしも学生のときに美術を習ったわ。彼は素晴らしい画家で、そしてよき……」ママは途中で止めた。「ええ、ずっと昔の話よ。今は、彼がどんな人かなんてだれも知らないけど」

どんな人だったか、わたしは心の中で訂正した。そして先生を過去の人として扱っている自分に驚いた。本当に、もういないの？

「先生はどうなるの？」わたしはたずねた。

ママとパパが顔を見合わせた。ママは立ち上がると、コンロの上のものをかきまぜに行ってしまった。

「それは彼が何をしたかによると思うね。おまえが心配することじゃない」とパパが言った。

その晩は遅くになってやっと自分の部屋に戻れた。ドアを閉め切って、セバスチャンを抱いてベッドの上に転がった。セバスチャンが喉を鳴らした。わたしは今日起こったことのひとつひとつを思い出して、納得いくように説明をつけようとした。でも、できなかった。といって、考えるのを止めることもできなかった。

たったひとつの解決策？　紙と鉛筆。**いいことも悪いことも、感じるままに描くのだ。**左手で。何度も何度も、時間を忘れて、夢中になってスケッチした。

いなくなった人々。トーリ。フィービー。ルーシー。ジアネリ先生。そしてロバート。

会ったことはないけど、ずっと前にわたしの兄さんだったかもしれない人。

バスの運転手がクラクションを鳴らし続ける。

それしかできることがない。どこにも逃れられない。渋滞で身動きが取れない。

かわいい金髪の少女がバスの後部に座り、隣の少年の肩に頭をもたせかけている。少年は少女に腕を巻きつけている。ふたりはバスの到着が遅れることなど気にしていない。

他の者たちはいらいらしていた。本を読んでいる者もいた。年下をいじめる上級生もいた。女子は男子の、男子は女子の噂話をした。友達のいない者は窓の外をじっと見ていた。

わたしは運転手に向かって叫んだ。

「なんとかして！　早くドアを開けて！　みんなを出して！」

しかし運転手は、何が起ころうとしているのかわかっていなかった。わたしの言葉は届かない。

かわいい少女が肌寒そうにした。少年は上の棚からジャケットをとろうと、座席から立ち上がった。

そのとき、ことが起こった。ヒューッという音、一瞬の閃光《せんこう》、爆発音。そして叫び声が始まった。

煙で息が苦しい。開かない窓ガラスを叩いている血だらけの手。さらなる叫び声。かわいかった少女と一緒にいた少年は、口を閉ざしている。少年は少女の体に腕を回したが、愛していると伝えるには遅すぎた。少女は死んでいた。

またしてもヒューーッという音、一瞬の閃光、爆発音。バスの横にぽっかりと穴が開いた。でも、もうほとんど音がしなくなった。少年は少女から引き離され安全な場所へと連れていかれ、数名の生存者と合流した。

叫び声の中にいる。

わたしは両手で耳をふさぐが、叫び声が続いて止まらない。

気づくまでに少し時間がかかった。

わたしの声だ。


「落ち着いて。夢を見てるだけだから」

わたしは身悶《みもだ》えして、それから自分がどこにいるか気づいた。

我が家のベッドの中。少なくとも今の、わたしの家。そしてわたしを抱いてくれているのは、エイミーではなく、ママの腕だった。エイミーは戸口に姿を現して、あくびをすると、また去った。エイミーよりも早く、ママが目を覚まして駆けつけてくれたのだろう。わたしのレボは震えていた。4・4。それほど低くはないが、まだ恐怖と血の感触を感じていた。すべてはまだ、まぶたの中に残っている。あれはロバートとキャシーだった。あのかわいい人。わたしの無意識が、マックの写真からふたりの顔を引っ張り出してきたに違いない。

わたしの描いた絵が数枚、ベッドの上に散らばっていた。ママは何も言わずにそれらを拾い集め、ひとつの山に束ねた。ジアネリ先生の一枚にたどり着くまで。

わたしは先生がクラスにいたときの姿を描いていた。自分が描いたフィービーのスケッチの下で、挑むように立っている。そして、その絵には先生が描いたフィービーの絵も描いた。フィービーはわたしの知らなかった寂しげな少女の姿だった。

ママはジアネリ先生を見ると、とても悲しそうな表情をした。ママがロバートとキャシーの絵を見つける前に、拾わなければと思いつくだけの心の余裕がなんとか残っていた。

ママはジアネリ先生の顔をなで、「あなたはなんていうことをしたんですか？」絵に向かってつぶやいた。

ママはわたしの方を振り返った。「今はわたしたちだけ。これはふたりだけの秘密にするから。ジアネリ先生に何があったの？　あなたは知っているのでしょう。知っているって、わたしにはわかる。あなたの顔に書いてある。わたしたちみたいに隠すことも覚えなくちゃね。でも、今日は話して」

それで、わたしは話した。フィービーのコマドリのこと、そしてジアネリ先生が何を言ったか。それを見て、わたしたちが黙っていたこと。それから先生がフィービーを描いたこと。わたしが絵に描いた通りに。

「馬鹿なことをしたのね、先生ったら。そんなことすればどんな目に遭うかわかっているのに。やつらはそのために彼を連れて行ったのね」ママが言った。「いいこと、よく聞きなさい、カイラ。わたしのことを信じてちょうだい。このことで、あなたがどれほど動揺しているか、わたしにはわかる。納得できないことも。でも、あなたは心の内にこれらを隠しておくことを学ばなければならない。じゃないと、あなたも終わり。わたしはあなたを失いたくない。頑張るって、わたしと約束してくれるわね？」

そう、わたしは約束した。他に、何ができる？　つまり、その言葉に従う以外に。

「これはわたしが破っておくわ」ママはそう言って、ジアネリ先生のスケッチを手に取った。「他にもあるの？」ママは、絵の山に目をやった。もし、ロバートの顔を見つけたとしたら、どうするだろう？　このことは「わたしたちの間だけ」と言ったけど、マックについてママがどう思うかについては自信が持てなかった。

「見せてちょうだい」ママはそう言って、絵に手を伸ばした。

しかし、そのとき階段の方から足音がした。重たい足音が、階上から降りてくる。ママはジアネリ先生の絵と他の絵を一緒にして、毛布の下につっこんだ。ドアが開いた。

パパがにっこりした。「ここで何か問題があったのかい？」

ママが振り返った。「大丈夫よ。ちょっと悪い夢を見ただけ。そうでしょ、カイラ？」

「ええ、もう大丈夫」とわたしも言った。パパはじっとそこに立っている。ママを待っているの？

セバスチャンがうろうろして、それからベッドに飛び乗った。紙を隠した毛布の上をごろごろ転がると、カサコソとかすかに音がした。それから、セバスチャンは飛び降りた。

わたしがなでてやると、喉を鳴らし始めた。**猫ちゃん、どこに行ってたの？　肝心なときにいないんだから。**

ママはベッド横の電気を消した。立ち上がって部屋を出て行こうとして、戸口で振り返った。

「さあ、少し眠りなさい」ママが言った。

しかしママの目は別のことを言っていた。**その絵を破るのよ。**

わたしはしばらくはそうしようと思った。けれど、隠した。

窓の下のカーペットをなんとかめくりあげると、その下に絵をすべりこませた。

33

「それって不公平よ」エイミーが尻に手を当てて仁王立ちしている。

わたしは靴紐を結んだ。もうすぐベンがここに来るはず。

「たしかに、その通りね。不公平だわ」ママは言った。わたしの中に恐怖が広がった。**黙っててよ**とわたしは目でエイミーに合図した。でも、エイミーは気づかない。

「ママは、ジャズとわたしがふたりで散歩に行くのを許してくれないのに、どうしてカラはベンとふたりだけで行っていいの？」

「わたしたちはデートするわけじゃない。ただ**走る**だけだし、行き先だってグループ会よ」わたしは指摘した。「それに、ベンは単なる友達だから」**本当に友達？**　わたしは心の中で自問した。

「ええ、エイミーの言う通りね」ママが言った。それからエイミーに見えないように向きを変えるとわたしにウインクした。「こうしましょう。ママは目にいたずらっぽい色を浮かべ、それからエイミーに顔を向け直した。「ふたりと一緒にあなたも走りに行ったら？」

エイミーがひるんだ。「走る？　**まじで**言ってるの？」エイミーは怒って階段を駆け上がって行ってしまった。

「気をつけるのよ」ママはそう言って、わたしの上着のファスナーを少し上げた。

「わかってる」

「質問があるってあなたの顔に書いてあるわ」

「本当に？」

「カイラ、近いうちに、鏡の前でポーカーフェースの練習をしなくちゃね」

「ポーカーフェースって？」わたしは質問して、もうひとつの質問へのママの注意を逸らそうとした。

「ポーカーはトランプのゲームのこと。いい手が来ても顔の表情を変えずにいて、他のプレイヤーに気づかれないようにするの」

わたしはカーテンを引いて、窓の外を覗いた。早く来て、ベン。一度でいいから、時間通りに。

「ついでに、あなたがあえて口にしなかった質問に答えると、あなたはエイミーとは違う。おかしなことだけど、わたしはあなたがベンとふたりでちゃんと走ると信じている。でも、エイミーがジャズと一緒のときには信じられない。わかる？」電話のベルが鳴り、ママは応対に行った。

ママはわたしよりもずっとよくわかっている、ときどきは。エイミーよりもよくわかっている。たしかに、エイミーとジャズは絶え間なく互いに触れ合ったり、腕を絡ませたり、キスしたりしている。ベンとわたしはそんなことはしない。でも、エイミーたちだって、ママの見ているところではしないのに、どうしてママにはわかるのかしら？　ミセス・アリはママとは違う見方をしている。昼休みにベンと一緒に走るのを禁止されたので、平日は、ほとんどベンと話ができない。少しも一緒にいられない日はつらい。もちろん、ミセス・アリはわたしが描いたベンの絵を見た。ママは見てないし、見ることもないだろう。他の絵と一緒にカーペットの下に隠してしまったから。

わたしは、またカーテンの隙間から外を覗き見た。そして今度は、ベンが道路を走ってくるのが見えた。やっとだ。

「バイバイ、ママ！」わたしは叫んで、玄関から飛び出した。

いつもと同じように、最初は全力で走った。「やあ」の後は口も利かない。

過度な運動、これがそうかしら？

わたしは、アスファルトに響くタッ、タッという自分の足音が好きだ。気になることから逃れるように、どんどんスピードを上げる。ベンは足が長い分、わたしのスピードに合わせると、ゆっくりしたリズムを刻《きざ》む。だから、ベンのタン、タンとわたしのタッ、タッが混ざると、耳に馴染《なじ》んだ軽快な音楽のように聞こえ、ここ数日で傷ついた心をなぐさめてくれる。

ジアネリ先生がいなくなってから、学校は変な感じになった。ささやき声すら聞こえない。フィービーの失踪後に、みんなが噂していたときとは違った。今回、この件についてはみんな沈黙している。おそらく、先生に何が起きたかみんな目撃していたので、真実半分の噂話をする必要もないのだろう。ジアネリ先生の代わりの先生は補充されず、通知もなしに美術クラスは閉鎖となった。そのクラスの時間帯、わたしはユニットに移動したが、そこで許されたのは宿題だけだった。

わたしはスピードを落とし始めた。いつもなら、ベンの方が話をしようと思ってそうする。でも今日は、わたしの方が話したいことをいくつか心に秘めていた。

ベンは何も言わずに、わたしに合わせてペースを落としてくれたが、いつものようにわたしに質問することもなかった。実際のところ、今週ずっと、ベンはほとんど口を利かなかった。何を言おうか、どうやって言おうか考えあぐねていたが、歩き始めてベンを見たときに、思わず言ってしまった。

「わたしのこと怒っているの？」わたしは訊いた。

「何で？」

「わたしの話、聞いたでしょ。その後、今週ずっとあなたは変だった。先週の日曜日から、本当に」

「馬鹿なこと言うなよ。怒っているわけないだろ」ベンはそう言ったが、表情は怒っているようだった。

わたしは足を止めた。「何なの？　わたしが何をしたっていうの？」

ベンは自分の手で髪をかいた。「カイラ、ぼくだって四六時中きみのことを考えているわけじゃない。わかるだろ？」

思わず後ずさりした。平手打ちされたかと思った。「だったら、何なの？」

「シーッ」ベンは言った。わたしは自分の声が大きくなっているのに気づいた。ベンはわたしの手を握ると、指をわたしの指に絡ませた。車が通り過ぎて行った。ベンは両側を見回した。何も見えない。

「行こう」ベンはそう言って、道路の脇の木陰にわたしを引きずり込んだ。

そこには小道があった。暗くて見にくかったが、その先には、金属製の柵があって、月明かりの下で淡く輝いていた。反対側は野原だ。道路がほんの数分の距離にある。車が通過するたびに、かすかに音が聞こえ、光が見えた。

ベンは足を止めて柵に寄りかかった。ベンの顔が陰になった。「夜は静かにしないと」ささやき、わたしの腰に手を回して持ち上げ、柵の上に座らせた。わたしたちは見つめ合った。片方の腕だけがわたしに巻きついている。わたしの目は暗がりに慣れ始め、ベンの表情が見えるようになった。雨の中でキスされるかもと思ったあのときの目に似ていた。わたしがジアネリ先生の最後の美術クラスで描いたような表情、でも、それも隠れてしまった。

ベンはさっと体を傾けた。あまりに素早い動きだったので、反応できなかったが、頬に軽いキスが落ちてきた。

「きみに怒っているわけじゃない、カイラ」ベンが耳元で言った。その言葉で、わたしの首筋は震えた。胃がひっくり返り、わたしの手がまるで意思を持っているようにベンの顔に伸びた。その唇に触れて、そして……

ベンの目に後悔の色が浮かび、頭を振ると体を引き離した。「ぼくたち、話さないといけないね」ベンが言った。「あまり時間がない」

わたしの手は再びだらりと下がった。

しかし、ベンは何も言わずに、半分柵にもたれかかり、陰に入った。そよ風が葉をカサコソと鳴らし、お尻の下の柵が冷たく感じられた。走るのを止めた今、腕や足には鳥肌が立ってきて、震えが走った。

ベンが近づいて来て、わたしの手を取った。

「昼休みに一緒に走れなくて寂しいよ」ベンが言った。わたしは、学校のトラックを走ることを禁止されたことを、なんとか伝えた。

「わたしも」

「ぼくがいなくて寂しい?」

「寂しいのは、走れないからよ!」わたしはそう言うと、ベンは眉を上げた。「それから、あなたのことも」わたしが認めると、ベンはにやりとした。

そうだった、ベンは知っていた。ただ、わたしにそう言わせたいだけだった。

「そうか。ランニングについては納得したよ。全速力で走っているときだけ、ぼくは集中して考えることができる」ベンは顔をしかめた。「でも、きみが日曜日に言ったことだけは、走っていても、うまくいかないんだ」

そしてわたしはミセス・アリの言葉が耳元に響くのが聞こえた。**過度な運動があなたのレボの監視効果を隠す**。そしてベンが最初に会ったときの薄ら笑いをするスレーテッドボーイではなく、今のような本来の姿を見せてくれるのは走っているときだけなんだと気づいた。まるでベン**本来の姿が表面に浮き出てくる**ように。

ベンが手を離して柵にもたれたので、空っぽのわたしの手は冷たくなった。「それに、トーリに何が起こったかも、考えずにはいられない」

内側の痛みを抱くように、わたしは自分の腕を抱きしめた。トーリは、わたしたちの間にいつも立ちはだかる亡霊だ。それからわたしは頭を振って、その考えを打ち消した。いいえ、亡霊になんかなってない! そんなはずない。それとも、もうそうなの?

「そしてフィービー、それからきみの美術の先生、それから他にもいなくなった人たち。きみが話してくれたウェブサイトに載っている行方不明者たち。今わかっていることだけでも、事態は次第に悪くなっている。不明者はどんどん増えている」

「じゃあ、わたしと一緒に来て。月曜日の放課後、自分の目で確かめることができる。自分の名前がウェブサイトにあるかどうか、見てみたらいい」マックとのだれにも言わないという約束を破ってしまった。でも、だれにでもじゃない。ベンだけ、ベンなら信頼できる。それでもやはり、罪悪感が頭をもたげた。

「でも、カイラ、いいかい、ぼくは望んでない！　ぼくは知りたくないんだ」

「どうして？　わたしにはわからない」

「**きみは**行方不明者として報告されていた。だれかがきみのことを心配して、きみに戻ってほしいと思っている。もし、ぼくのことを望んでくれる人がひとりもいないとしたら？　それがぼくがここにいる理由だとしたら？　トーリに起こったのと同じように。トーリの新しいお母さんは、これ以上トーリはいらないって思ったんだ。ぼくの本当の両親が単にぼくを追い出したいだけだったとしたら？」

「きっと、そんなことにはならないわ。あなたは何かしようとして、または何かをして、逮捕されるはめになって、それでスレーテッドされた」しかし、わたしは自分の言葉を聞きながら、それが間違いのように思えてきた。

ルーシーのような行方不明の子どもたちの存在が示唆することにわたしは気づき始めていた。そのような可能性もあるが、しかし必ずしもそうとも限らない。

もしあのウェブサイトが本物でないとしたら。スレーテッドされたことには、文句のつけようがない。一度スレーテッドされてしまったら、何も覚えていないのだから。もし、行方不明なんかじゃないとうまく説得されてしまったとしたら、その子の両親は何が起こったか知る由もない。

「わかっただろ」ベンが言った。

わたしはうなずいた。「でも、そうなるとは限らない」

「じゃあ、どうしてぼくは知らないといけないんだ？　それによって何かいいことがあるのか？　どっちにしたって、前のことは何ひとつ覚えてないのに。ぼくは前とは同じ人間じゃないんだ。それに今の家族は、大丈夫どころかいい家族なんだ、本当に」

わたしは、ベンの家族についてほとんど知らないことに気づいた。「教えて」わたしは言った。

そしてわたしたちはグループ会への道を戻り始め、ベンの父親が小学校の教師でピアノを弾くのが好きなこと、母親はワークショップを開いていて金属製のアートを造っているが音楽はできないと話してくれた。ふたりには子どもがいなかった。ベンは三年前からふたりと暮らしていて、両親のことはとても好きだった。それを今になってなぜひっくり返さなくてはいけないんだ?

ベンが話している間わたしは聞いていた。しかし頭の一部で、ベンが最初に言った言葉を思い出していた。**ぼくのことを望んでくれる人がひとりもいなかったら?**

でも、わたしは望んでいると思った。

しかし、わたしはそれを声に出しては言えなかった。

34

今日もまた病院のゲートで、ローダーズが車を調べていた。

ライサンダー医師の診察室の外の廊下にも、警備員がもうふたり立っている。その横を通り過ぎるとき、鳥肌がたった。待合室の座席にいても警備員たちを注視せずにはいられなかった。

明らかに彼らは警戒している。病院じゅうの音と動きすべてに対して注意を配っている。しかし、彼らはわたしのことは気にもかけていないようだ。壁を這《は》う小さな蜘蛛ほどにも。スレーテッドは注意を向けるに値しない。脅威ではないのだから。

「入って」ライサンダー医師がついに呼んだ。わたしは急いで彼らから離れ、閉じられたドアで隔てられて安堵した。

「だれかに追われているの？」先生が笑った。

「まさか、違います」

先生は眉を上げた。

わたしはため息をついた。「先生はご存じだと思いますが、ローダーズを見るとぞっとするんです」

「秘密を教えてあげる、カイラ。わたしもぞっとする」

わたしは目を大きく見開いた。「本当ですか?」

「ええ。でも、わたしは彼らを無視できる。彼らがそこにいないかのように振る舞える。意識しなければ、彼らは存在しないも同然よ」

先生は静かに、しかし断固として言った。あたかも、先生が気にしないと言ったら、すべての人々を消し去ることも可能なように。**行方不明になる。**

思わずぞっとしたが、気づかれたかどうか知りたくて、あわてて顔を上げた。でも先生は、画面をタッチするのに忙しかった。先生がまた顔を上げた。

「先週、あなたは絵を描くことに集中すると決めたんだったわね。あれからどう?」

「あまりよくありません」

「あら、どうして?」

「美術のクラスは無くなりました。美術の先生が、全生徒の目の前でローダーズに連行されたんです」

驚きが先生の表情に走った。見逃しそうなくらい素早い動きではあったが、目を大きく見開き、息を止め、そしていつもの無表情に戻った。

「それで、あなたはどう思っているの?」

「家で絵を描いています。でも、同じというわけにはいきません」

「そうじゃないわ。あなたは先生のことをどう思っているの？」

これはおかしなことだった。みんなの反応からわかったことだが、ローダーズの行為は口にすべきではないタブーだった。でも先生はここで、わたしがどう思うかまっすぐに問うている。**用心するのよ、カイラ。**ローダーズはすぐそこの廊下にいる。彼らの耳に入らないとだれが言えるの？

「彼らがそうするには理由があったのだと思います」

「いいこと、カイラ。あなたは明らかに、このことに対して強い感情を抱いている」

「そうでしょうか？」

「あなたの目は心の窓」

いやになってしまう。家の鏡の前であれほどポーカーフェースを練習したのに。ママがわたしに必要だって言うから。でもわたしが何か感情を持ったとき、たとえば、いいとか悪いとか思った瞬間に、鏡の中で表情が変わるのが自分でもわかった。

セバスチャンのことを考えるの。それがいくらか助けにはなるようだった。

「わたしには心があるのでしょうか？」

「わたしをあざむくには、あなたは善良過ぎるようね。これは単に、古いことわざの引用よ」

「でも、スレーテッドされた人は、心を持てるのですか？」

先生はまた椅子に深く座り直し、半分笑みを浮かべた。「そうね。心の存在を信じる人ならね。わたしの知る限り、スレーテッド手術が心を存続させたり、あるいは失くしたりすることはないわね」

「先生も心があるって信じてるんですか？」

先生は軽く頭を振った。「ここで質問するのがだれか、忘れているみたいね、カイラ。わたしの質問に答えて」そう言う先生の口調には戒《いまし》めの色が含まれていた。

それで、わたしは、ジアネリ先生のことを説明するのに無難な言葉を探した。でも、ダメ。ジアネリ先生はもっとちゃんとした扱いをされていいはずだ。先生には真実がふさわしい。

「ジアネリ先生はいい人でした。わたしたちのことを真剣に考えてくれた。それなのに連れて行かれてしまった。わたしがどう思っているかわかりますか？」

先生が顔をしかめた。「質問に質問で答えようっていうの？　あなたの方がよくわかっているはず……」

バン！

突然、部屋全体に音が響いた。建物全体が揺れ、足元の床の震動から伝わる恐怖が体を貫いた。叫び声が遠くでかすかに聞こえるが、それほど離れてはない。

テロリスト？

わたしの後ろのドアがはじけるように開いた。わたしは椅子に座ったままくるりと向きを変えた。廊下にいたローダーズだ。ローダーズを見てうれしいと思ったのは初めてだ。

ひとりはヘッドセットマイクで話をしている。

「わたしたちと一緒に来てください、さあ」もうひとりが、ライサンダー医師を見て言ったが、先生は動かない。顔面蒼白のまま、机の後ろで固まっている。

「早く！」ローダーズが叫ぶと、先生は動き出し、立ち上がった。ローダーズが両脇を支え、ドアに向かって歩き始めた。わたしもついていくべき？

先生が半身で振り返った。「カイラ、ナースステーションに行きなさい。心配しなくていいわ、そこで……」

そのときローダーズが先生の肩を摑んで、ドアの外に押しやった。

先生の表情にショックの色が戻った。今度は先生でも、ごまかせなかった。

遠くの方で爆発音や叫び声、古い映画のマシンガンのようなダダダダダという音。

銃？　どこに？　わたしは頭を傾けた。この下のどこか、それとも外か。わたしはライサンダー医師の診察室を突っ切って窓辺に寄った。

この部屋には柵がなかった。何階か下にある中庭全体が見渡せる。草花、樹木、ベンチ。そこには看護師たちが集まって身を寄せていた。銃も、銃を扱いそうな人の気配もない。

ライサンダー医師は**ナースステーションに行きなさい**と言った。わたしはドアに向かって踏み出しかけて足を止めた。先生の机の上のコンピューターが開かれたままだった。

バン！

建物全体が揺れた。今度はもっと近い。

わたしは一息ついた。頭の中はパニックで**走れ**と言っていたが、好奇心と闘っていた。

こんなチャンスは二度とないでしょ？

体が震え、胃がねじれ、消化中の朝食を戻しそうになった。どうすればいい？　わたしはドアをじっと見つめた。一歩足を進めては一歩戻った。**この中にいるより外に出た方が安全とは限らないじゃない？**

わたしは、先生の椅子に腰を下ろした。

わたしの写真が画面の右側に出ていた。**カイラ、１９４１８。**わたしのレポに記されている番号だ。写真の左側は、ライサンダー医師が書いたメモ。何度も中断された今日の会話の極めて短いまとめ。しかし、ジアネリ先生のことは書かれていなかった。日付のリストが横に並んでいて、先週の記録が一番上にある。ためらったものの、そこをクリックした。するとそこには、その日にわたしたちが話し合ったことや先生が観察した内容がすべて書かれていた。

ページの一番上、わたしの名前のすぐ下にメニューバーがあり、項目が並んでいた。入院、手術、経過観察、勧告。

わたしは「入院」をクリックした。そこにはフルカラーのわたしがいた。わたしだけど、わたしじゃない。病院のベッドではあるが、一般的なものと違い、両側に紐がついている。わたしの手も足も縛られている。髪は今より長く、ぐちゃぐちゃに絡んでいる。今のわたしより痩せている。青白い顔のうつろな目はわたしの心はもちろん他の何ものも映し出す窓にはなっていない。

コンピューターの画面を眺めている間も、わたしは体の一部で聞き続けていた。**怒鳴り声、銃声、苦しそうな叫び声。**しかし、誘惑には抗《あらが》えなかった。

入院と手術の記録に素早く目を通した。どうしてわたしがここにいることになったのかの手がかりを探したが何も見つからなかった。検査結果のあれこれとわたしの脳の写真が一式あっただけだ。

足音、怒鳴り声。今や、どんどん近づいてくる。

でも、これは何? 「勧告」とタイトルのついたリンクをクリックした。

そして、**音がさらに大きくなる。**わたしはドアを見た。

動いて、隠れるのよ、今すぐ！ 頭の中でまた声がした。どこへ？ わたしは部屋を見回した。コンピューターを見て、わたしが開けたウィンドウを閉じようとした。でもそのとき、最後にわたしがクリックしたリンクが画面に現れた。勧告。日付と出来事の一覧表。

委員会は終結を勧告していた。ライサンダー医師がそれをくつがえし、再処置が採択された。再処置後の復帰状況の観察記録。経過観察の勧告。委員会は、再発の場合は終了を勧告していた。最後の日付は、わたしが退院する一週間前になっていた。

動いて、隠れるのよ、今すぐ！

ドアが大きく開いた。

もう遅い。

ひとりの男がわたしをじっと見ていた。ローダーズではない。男の髪はばさばさで、目はぎらついている。黒服はローダーズの作戦中の制服に似せたつもりなのだろうが、近くで見るとごまかせない。頭の一部で細部の情報を寄せ集めながら、残りはたったひとつのことに集中した。手に持った銃。男は銃を構えると、わたしに狙《ねら》いを定めた。

男の肩越しに、もうひとりの男が顔を出した。

「そいつは放っとけ！　レボを付けている。スレーテッドだ」

最初の男はまだ銃をわたしに向けている。「お優しいことで」と男は言った。

わたしは壁際に追い詰められて、頭を振った。口を開いて、**やめて、お願い、やめて**と言おうとしたが、言葉は心に浮かんだだけで、喉につかえて出てこなかった。

「弾をムダにするんじゃない！」もうひとりが吠《ほ》えるように言って、銃を構えた男の腕を引っ張った。男たちは廊下の方へ去っていった。

わたしは激しく震えて、床に崩れ落ちた。レボの数値は5・1を表示している。

これを説明して。

わたしにはできない。

ほどなくして、自己防衛本能が頭をもたげてきた。立ち上がれとわたしを追い立てる。わたしは、自分が開いたコンピューターのウィンドウをすべて閉じ、机の上を元通りにしてから、ドアの外を覗いた。廊下にはだれもいなかったが、右手の方で叫び声がする。さっきの男たちが走って行った方向だ。わたしは反対側に走り出した。

照明が数回点滅し、それから消えた。

まったくの暗闇。目を大きく、さらに大きく見開いたが、窓のない廊下では何も見えない。腹の奥底から震え、逃げ道を探そうとする叫び声が湧き上がってきた。**しっかりして、あなたの知っている場所なんだから、思い出すのよ！** わたしはゆっくり深呼吸して、頭の中に病院内の地図を描くことに集中した。

八階だ。ライサンダー医師は**ナースステーションに行きなさい**と言った。

足元だけは照らされていたので、震えながらも片手を壁につき、でも音を立てないように注意しながら廊下の端まで歩いて行った。二重扉、左に曲がって、これで目的地に着いたはず。

まったく音がしない。前に足を進めながら、手を伸ばして机の端を探した。しかし、床の上の何かにつまずいて転んだ。

床は濡れて、べたべたしている。金属のような奇妙な臭いがする。それは喉の奥を刺激して、吐き気をもよおさせた。**血だ。**

やみくもに、後ずさりした。手と膝で這って進むと、何かにぶつかった。いや、だれかだ。床の上にいる。手、腕。完全な肉体。女性。看護師の制服を着ている。

何の音も、何の動きもなかった。大きな、べたべたする液だまり……わたしは自分を奮《ふる》い立たせて、彼女の腕から首へと手を伸ばした。彼女はまだ温かかったが、ただそれだけ。明らかに息絶えていた。

ふたりの男が現れる直前に聞いた最後の悲鳴。銃声。男たちが彼女を撃った、そうに違いない。

死んでいる。

わたしは再び立ち上がると、暗い廊下に戻ろうとして、でたらめに走り出した。

ストップ、音を立てすぎ！　隠れて。

本能がわたしの速度を落とさせ、慎重な歩みに変えた。静かに。

エレベーターを降りたときに、受付のところにいた看護師を見たかどうか必死になって思い出そうとした。目の前を通ったはずだが、どうしても彼女の顔を思い出せなかった。もし知っている人だったら、覚えていたかしら？　でも、あのときは他のことに気を取られていた。ママにバイバイを言ったり、それから……。

ママ！　ママはいつものように、友達とお茶を飲みに行ったんだった。どこへ行ったんだろう？　聞いてない！　ママ、どこにいるの？

落ち着いて、しっかりするのよ、さあ。

息を吸って、吐いて、心拍が遅くなり、パニックが収まるまで。やがて、なんとか落ち着いた。

静かに立って、耳を澄ますのよ。しかし、何も、物音ひとつも聞こえない。病院はかつてないほどに、気味が悪いくらいに静かだった。

考えなくても、わたしの足は非常階段に向かった。無意識に一番よく知っている場所である十階を目指した。かつてのわたしの部屋。慎重に、静かに、片手を壁に沿わせながら、一段ずつ登っていく。ときどき立ち止まり、耳を澄ませたが、何も聞こえない。

とうとう十階の入り口にたどり着いた。しかし、急に怖くなった。鍵がかかっていたらどうしよう。でもドアは開いた。電源系統の故障か？　わたしは非常扉から足を踏み入れ、廊下に向かった。この階には非常灯がぼんやりと灯っていた。声が聞こえ、動いている人がいる。静かな声。怒鳴ったり、叫んだりはしていない。わたしはそちらへ向かった。

　すると、光がわたしの顔を照らした。

「カイラなの？　たしかに、カイラだわ」光が下に向けられた。サリー看護師だった。十階所属の看護師のひとりで、わたしがいた棟を担当していた。生きている知り合いの顔を見られて、心から安堵した。わたしがにっこりすると、サリー看護師はわたしの肩を抱いた。「やっぱり、カイラね。よかった。検診に来ていたの？　こっちへいらっしゃい。みんな、食堂に集まることになっているの。お願い、新入りの子たちを連れて行くのを手伝ってちょうだい。とっても動揺しているの」

　そしてサリー看護師は、わたしにふたりのスレーテッドの手を握らせた。新入りの子たち。まだ足元もおぼつかないのに、至福の笑みを満面に浮かべている。今日がまるで人生の最良の日とでもいうように。

　サリー看護師は一番新しい子を乗せた車椅子を押していた。まだまともに歩けない。

　わたしたちは廊下を進んだ。じきに廊下は、看護師と患者でいっぱいになった。

「急げ！」いらついた声が後ろから飛んだ。何人かいるローダーズのうちのひとりが先導している。

わたしたちは足を引きずるようにして十階の食堂へ歩いて行った。みんなが集まれるくらい広い場所はここしかない。最後の人たちを押し込むと、ドアにバリケードを張った。高い場所にある柵付きの窓から自然光が射し込んでいる。非常灯の薄明かりに慣れた後だけに、まぶしくてまばたきをした。

「カイラ、あなた怪我《けが》しているじゃない！　どうしたの？」そういってサリー看護師はわたしを椅子に座らせ、腕や肩をチェックした。

「怪我？　わたしは怪我なんかしていない……ああ、わかった。これはわたしの血じゃないの。だれかにつまずいて、その人の血……」わたしはそのことを思い出したくなくて、終わりまで言えなかった。仕方がないので話題を変えた。「何が起きているの？」

「心配しないで。大丈夫、問題ないから」

「やつら、人を撃ったの。人を殺したのよ。大丈夫なんかじゃない」

サリー看護師は口を大きく開け、首を横に振った。「あなたにははっきり話してもいいこと、忘れていたわ。AGTの攻撃があったの。でも、もう終わった。最後の数名を追いかけているだけ。完全に始末をつけるまで、全員を目の届くところに集めているの」

「あなた、大丈夫？」もうひとりの看護師がわたしに微笑みかけた。鎮静効果のハッピージュースを詰めた注射器を手にいっぱい持って、部屋を見回っている。

「大丈夫です」わたしは答え、セバスチャンのことを思い浮かべた。ポーカーフェースがうまくいったらしく、看護師は立ち去った。サリー看護師も一緒について行き、ふたりでみんなが大丈夫かどうかチェックし始めた。

わたしは後ろに下がり、テーブルの前の椅子のひとつに腰を下ろした。すぐ横にはひとりの少女が車椅子に座り固定されていた。茶色の髪が顔の前にかかっている。その少女のレボが振動した。看護師を探そうと、わたしは周りを見回した。向こう側にいたサリー看護師に手を振ったが、こっちを見てくれない。少女は身を屈めて床の上の何かを取ろうとして、車椅子から落ちそうになっている。

ああ、床の上にあるこれね。わたしは、彼女が落としたと思われるぬいぐるみを拾い上げた。耳が垂れたうさぎの。

「はい、どうぞ」わたしはそう言って、ぬいぐるみを手渡した。少女が顔を上げ、にっこりした。くったくなく喜んでいる美しい満面の笑み。

わたしは、ひるんだ。嘘だ、ありえない。本来そんな笑い方をする顔じゃない。

その素晴らしい笑顔は少女に似合ってはいたが、でも、絶対に**間違っている**。

「フィービー?」わたしはつぶやいた。

35

肩に何かの鋭い一撃。

血管に温かいものが広がっていく。即座に心拍が落ち着き、きつく握りしめた拳が緩んだ。ああ……ハッピージュースじゃない。もっと強いものだ。

意識が戻ったり、またぼんやりしたりをくり返した。

あるレベルでは、わたしは意識があったとも言えるが、違うレベルから見るとそうではない。

照明が再び点灯した。わたしは車椅子に乗せられて廊下を進んでいるようだが、どこに向かっているのかはわからない。見えるのは床だけ。わたしは、顔を上げて周りを見ることができない。

温かいシャワーだ。ひとりの看護師がわたしをまっすぐに支え、もうひとりが体を洗ってくれた。血は他人のものだったので、簡単に洗い流すことができた。わたしの膚《はだ》は無傷で元通り白くなった。きれいさっぱり。

ふわふわのタオル、清潔な衣服。

病院の支給服。でも、これは間違いだ。なぜかを考えるために集中しようとしたけれど、できなかった。

わたしはベッドにもぐりこんだ。でも、これはわたしのベッドじゃない。シーツが冷たくて、そのため肌が余計に熱く感じた。どうしてわたしのベッドじゃないの？

わたしは目を開けていようと努力した。しかし、まぶたはぴくぴくして、そのうち目が閉じてしまった。


「カイラ、戻ってきて、さあ。起きて、カイラ……」

わたしは温かく、幸せだった。魂が体から離れて漂《ただよ》っていた。体には戻りたくなかった。

放っておいて。わたしは暗闇の層の中に滑り込み、声が次第に消えていく。


わたしの周りはすべてレンガばかり。上の方も、目の届く限りずっと。

わたしはモルタルの壁をひっかいた。

壁はぼろぼろと崩れ始めた。少しずつ。そう長くはかからないだろう……

もうじき、わたしは自由になれる。

別の声がした。「戻ってらっしゃい、カイラ。家に帰る時間よ」

ママ?

わたしは目をぱちりと開けた。


わたしたちは、病院の駐車場を螺旋《らせん》状に上って出口に来た。

ママはまったく平静に見えた。車まで歩く間に話してくれたのだが、最初に襲撃があったとき、ママは友人のオフィスにいた。部屋に鍵をかけて閉じこもり、机の下に隠れた。騒動が落ち着くと、ママはわたしを捜したが、だれもわたしの居場所を知らなかった。わたしがいた階とそのひとつ下の階、つまり診察室と会議室のある階が狙われたらしいが、重要人物たちはみな無傷だった。ライサンダー医師のように、迅速に保護されたのだ。しかし、ママを問い詰めると、看護師が数人とローダーズが二、三人死んだことを認めた。そして、AGTは全員死亡。

ママがやっと見つけたときには、わたしははるかかなたの夢の国を漂っていた。遅れてやってきたショック症状のために、わたしのレボの数値が落ちたと思われた。ブラックアウト寸前に注射が打たれた。

鎮静剤を打ったので、彼らは薬が切れて、それが確認できるまで帰せないと言い張った。

ママは裏で手を回したと言った。退出許可をとるために上役にあたる友人に電話をして、それでわたしを家に連れ帰った。病院内はひどく混乱していたので、ママのことを留め立てする余裕もなかったのだろう。

我が家。

わたしは車の中で少し眠り、その後は眠っているふりをした。注射の効果は切れていた。頭の中に色々なことが甦《よみがえ》り始めた。最初は細切れに、それからいっぺんに押し寄せてきた。

テロリストたちが病院を襲撃したことが信じられなかった。テロリストたちにいいようにされ、人が殺された。

弾をムダにするな。もし弾に余裕があったら、わたしも今頃死んでいたのだろう。あの血のすべては、顔も覚えていないあの看護師のものだった……

殺された看護師のことを頭から追い出し、ライサンダー医師の部屋でのことを思い出した。医師のコンピューター上には、こう書かれていた。

委員会の勧告は終結。ライサンダー医師はこれをくつがえした。これはどういう意味？

中でも一番奇妙だったのは、あれだけ色々なことが起きたのに、わたしのレボの数値は変わらなかった、少なくとも十分な値を維持していたことだ。何かがおかしい。

フィービーを見かけたことが、最後にわたしを崖《がけ》から突き落とした。

ママの鉄の神経は、家に着いて玄関を通るまではなんとか持ちこたえたが、そこでついにママもへたり込んだ。ソファの上でボールのように丸まり、涙で溶けそうなくらい泣いた。

「どうしたらいい？」わたしが訊くと、

「パパに電話しよう」とエイミーが提案した。ソファの方でママがダメと首を横に振った。

「じゃあ、ステイシー叔母さんは？」それならいいとママが言うので、エイミーがステイシーに電話をした。

ほどなくして、エイミーは赤ん坊のロバートと遊びながら、わたしに夕食の支度の指示をしていた。ステイシーとママは赤ワインを開けていた。

エイミーはテロリストの病院襲撃のことを聞き出そうとした。わたしはエイミーには何も話さなかった。いや、だれにも。

ライサンダー医師の診察室でふたりのテロリストを見たことや、そのうちのひとりに危うく撃たれそうになったこと。それに殺された看護師のことも。

エイミーは気になるようで、細かいことまで**すべて**聞きたがったが、わたしは自分だけの胸にしまっておいた。

その晩のニュースでの言及は、たったの五秒だった。

今朝、武装したAGTがロンドンのある大病院を襲い、医療スタッフを攻撃しようとしたが、制圧された。

床一面に血を流した看護師のことについても、言ってよ。

36

「昨日はちょっとした冒険だったみたいだね」

パパが片目でわたしの方を見ながら言った。もう片方の目は道路の先を見ている。

「ええ、まあ」

「怖かったかい？」

「ええ」

「よかった」

わたしは驚いてパパを見た。「あれが怖くないとしたら、頭がおかしいよ」とパパは言う。赤信号で停まった。「昨夜はちゃんと眠れたかい？」

「ええ」

「悪夢は見なかった？」

「ええ」わたしは目を閉じるのが怖かった。もし夢を見たとしても、何も覚えてなかっただろう。

「それはおもしろい。心底怖いことが現実に起こったというのに、赤ん坊のようにぐっすり眠れたとは」パパは興味深そうにした。わたしのことを、解けないパズルのようだと思ったのかもしれない。パパは、理解できないことや人などがひとつでもあるのが気に入らないのかもしれないとわたしは思った。

「病院で打たれた注射がまだ効いていたからかも」

「そうかもしれないな」そう言ったものの、効果はそんなに長く続かないことをパパは知っていると、わたしは感じた。「テロリストのこと、どう思ったんだい？」

パパは、わたしがテロリストのふたりを見たこと、しかも直接対面したことをどこかから聞いたの？　いや、そんなことどうやって知り得るというの？　今、パパの目は眼前の道路を見ている。曲がりくねった狭《せま》い通りを縫っていくために。

「さあ？」

テロリストのことをどう思うのか……テロリストのことについてずっと考え続けていた。生徒たちを乗せたバスを吹き飛ばし、看護師を殺した。「やつらは悪魔よ」わたしは言った。

「彼らにも理があると言う人もいる。ローダーズはやり過ぎだ。ローダーズこそ悪いと。病院で行なわれていることや、それに類することは間違っていると」

わたしは目を大きく見開いた。なぜパパがそんなことを言うのか驚いた。たとえ、名前も顔もわからない**だれかが**言っているとしても。「でも、ＡＧＴは罪もない人を殺した。

何の関係もない、**何も**やっていない人を。どんな理由があろうと、やっぱり悪いことよ」

パパは頭を左右に傾げながら、わたしの言葉の意味を考えているようだ。「そうか、彼らのやり方について、味方はしないんだね。例外とは見なさないんだ、おもしろい」

パパは車を学校に乗り入れた。わたしは、パパに少し待ってもらうように頼むつもりだった。というのも、昼休みのトラックでのランニング同様、日曜日のトレーニングからもわたしを外《はず》すよう、ファーガソン氏がミセス・アリから言われていないかどうか心配だったからだ。しかし突然わたしは車から**出たく**なった。パパから、そしてパパの質問から逃れるために。パパの言う**おもしろい**は、一語一語に隠された意味があるように思えた。

そして今日は、ファーガソン氏はすでに来ていて、わたしが車を降りると、挨拶《あいさつ》しようと頭を傾けた。わたしがここにいることにまったく驚いていない。パパは軽く手を振ると、走り去った。

ママは、わたしが今日は家にいるべきだと言い張ったが、パパは、わたしをずっと監視しているわけにはいかないのだから、行かせても同じだと言った。

ママは、今朝起きると、いつも通りのママに戻っていた。昨晩もすでにそうだった。ステイシー叔母さんが帰り、わたしたちが夕食を済ませるころには、ママもすっかり落ち着いていた。それから数時間後にパパが帰宅したときには、ママが取り乱したことに気づかないくらいだった。

パパの言葉は明らかにおかしい。

「わたし、フィービーがどうなったのか知っているの」

「何だって？　というか、どうやって知ったんだい？」

ベンは木にもたれかかりながら、激しい息遣いをしている。

わたしは、コースの最初からこの丘の頂上まで、ローダーズに追いかけられているかのように走った。ベンもなんとかついてきた。疲れ切って立ち止まると、わたしたちはレボの数値を気にせずに話ができるようになった。

「わたし、フィービーを見たの」

「どこで？」

「病院で。スレーテッドされていた」

わたしは昨日の出来事を手短にベンに話した。ただ、最悪の部分は省略した。ベンに話したくなかったからではない。そのことを口にすることに耐えられなかったのだ。頭の中の小さなドアの後ろに閉じ込めて隠すようにした。何かが、暗い片隅にじっと居座り、出てこようとしないのだが、気にしない。昨晩寝る前に自分の頭の中でこれらのことをイメージした。記憶をドアの後ろに追いやり、鍵《かぎ》をかける。おそらく、これが悪夢を見なかった真の原因ではないだろうか？

「テロリストが本当に病院にやってきたんだね？　ぼくには想像できないよ」ベンはそう言うと、小道に駆け出そうとした。そこに留まるようにと、わたしはベンの手を握った。ベンもわたしの手を強く握り返した。

「フィービーのこと忘れないで」わたしは言った。

「たしかに、フィービーだった？」

「ええ」たしかにフィービーだった。わたしが以前には見たこともないような至福の笑顔を浮かべていたけど、間違いない。

「そうか、フィービーはスレーテッドにされたのか。でも、フィービーがローダーズに連れて行かれたのは一週間とちょっと前じゃないのか？　裁判も何もあったもんじゃない」

「ありえない」

わたしたちは小道を歩いた。他の人たちが追いつくには、しばらく時間がかかるだろう。今日は、ペースダウンを余儀なくさせる雨もなかったし、先週のぬかるみもほぼ乾いていたので、高速で飛ばした。前回わたしたちが腰を下ろした岩場にたどり着くと、ベンは立ち止まり、腰を下ろした。わたしを引っ張って自分の膝の上に乗せると、腕を回して強く抱いた。わたしの髪に顔をうずめて言った。「きみが無事で、本当によかった。きみまでいなくなったら、ぼくはどうしていいかわからない」

きみまでいなくなる……**トーリみたいに**。しかし、テロリストに吹き飛ばされるのと、ローダーズに連れて行かれるのは違う。少なくとも、吹き飛ばされたとしたら、結末ははっきりしている。**どうなったかだれにもわからないのとは違う。**

わたしたちは黙って座り、動かなかった。霜が下りるほど寒い十月の朝とはいえ、太陽が背中に当たって温かかった。その他の部分はベンがくっついて温めてくれた。わたしはベンの胸に顔をうずめて呼吸した。汗や何かの匂い、まぎれもなくベンだ。ベンはわたしの髪の中で息をしていた。ベンの心臓がわたしの心臓と共鳴して音を立てる。

わたしはここにいたかった。この瞬間が、永遠に続けばいい。

とうとうベンが少し顔を上げた。真剣な表情をしている。

「いいかい。フィービーは十五歳だった。彼女の友達にも確認した。だから、やつらはフィービーを連行してスレーテッドにした。でも、トーリはどうなる？　トーリは十七歳だった。そして、ジアネリは、何十歳も年上だ。彼らはどうなったんだ？」

「わからない」

「これを、放っといちゃいけない」ベンが言った。わたしの腸《はらわた》に恐怖が突き上げてきた。

「たとえば？」

「みんなに言う。少なくとも、フィービーのことを。ぼくたち、フィービーに何が起こったかを知っているんだから。フィービーに対する処置は違法だ。他のケースは想像に過ぎ

かれる」

ないし、確認する手段もないだろう？」

わたしは首を横に振った。「何も言っちゃダメ！　じゃないと、次はあなたが連れて行

「でも、だれにも知らせなかったら、何も変わらないだろ」

「ダメよ」わたしは言った。

「でも……」

「ダメ！」わたしは勢いよく立ち上がり、小道を歩きだした。

ベンがついてきた「カイラ、ぼくは……」

「ダメ。わたしと約束して、絶対言わないって」

わたしたちはあれこれ議論し、結局ベンが同意したのは、わたしに内緒で何もしないという約束だけだった。そして、他の人たちに追いつかれる前に、また走り始めた。小道に戻り、走ることだけに集中した。

何について考えようが、何も考えなかろうが、どちらでもいい。バスとファーガソン氏が前方に見え、ゴールを意識したとき、わたしはベンの手を引っ張った。

「聞いて。明日の放課後、わたしと一緒に来て」わたしは言った。「前に話したウェブサイトを見に行きましょう。そこには話ができる人もいるわ」

ベンがにっこり笑った。

37

ジャズはひどく悩んでいるように見えた。

「**だれにも言うな**というのを、どう解釈したんだ？」そう言って顔をしかめた。

「ベンなら大丈夫だから」

ジャズは首をすくめた。「おそらく大丈夫なんだろう。けど、問題はそこじゃない」

「ごめんなさい」

「さて、きみをマックのところに連れて行ったものかどうか、悩ましいところだ」

わたしは首をすくめた。本心から言えば、わたし自身が行きたくなかった。色々なことを注意深く考え始めていた。マックが違法コンピューターを見せながら話してくれた様々なことが頭から離れなくなっていた。

ポーカーフェースを練習したにもかかわらず、だれかに質問されるとまだすぐに崩れてしまう。もしベンまでそうだったらどうすればいい？

向こうからエイミーがやってきた。その反対側からベンが来る。わたしは一番最初にここに着けるように全速力で走ってきた。ジャズに話す時間がとれるように、ベンにはゆっくり来るように伝えてあった。

「さあ、あなたが決めて」わたしは言った。

ジャズがため息をついた。「わかったよ。来てもいいよ。いずれにしても、あのことをきみたちに話すかどうかの選択権はマックにあるんだから」

来てもいいと知らせるために、わたしはベンに手を振った。ベンが着いたのは、エイミーとほぼ同時だった。

エイミーが眉を上げた。「あら、ベンじゃない」

ベンは笑顔を見せ、エイミーもにっこりと笑顔を返した。ジャズがベンに来てほしくない本当の理由はこれかと考えてしまった。今ふたりが並んで立つと、ベンの方が背が高い。ジャズは兄さんとしては申し分なかったけど、笑顔も含めすべての点でベンが勝っていた。ジャズはエイミーに腕を回し、頰にキスをした。

「みんな乗って!」ジャズが言って、ドアを開けると、ベンを後部座席に押し込んだ。ベンが乗り込んだ後にわたしも続いた。わたしはシートベルトが付いている方を取った。

「しっかり摑《つか》まってて」わたしは言った。かつてわたしがしていた通りに。

「シートベルトはひとつしかないの」

マックの家に着くと、わたしたちは車を降りた。マックはベンを見て眉をひそめたが、ベンのレボに目を留めると、ジャズが心配してみせたほどは気にしてないようだった。

ジャズがマックにベンを紹介すると、わたしを見て意味ありげに肩をすくめた。この動作は男子の世界共通語か？

「おれたちは散歩に行こうか、エイミー？」ジャズが言って、手を差し出した。ベンを見て、それからマックを見た。またもや言葉を使わずに会話している。

ジャズが表情で訊いたのは、**ベンも一緒に連れて行った方がいいかい？**

マックは首を横に振った。「仲良しおふたりさんで行くといい。お日様を楽しんでおいで。こんな気持ちのいい日は、もう春まで来ないだろうから」

ふたりはフットパスに姿を消した。

「こっちに入りなよ。飲み物は？」マックが言った。

わたしは首を横に振った。ベンも同様にした。

「さて、何をして、おもてなしすればよいのかな？」マックが言った。

「あなたの方がわたしに用があるんじゃなかったの？」わたしは動揺して言った。

マックが眉を上げたので、マックが言ったのはベンのことだと気づいた。

「ああ」わたしは顔色を変えた。「ベンなら大丈夫。ベンはだれにも言ったりしない、そうでしょ？」

「もちろん、言いません」ベンが言った。「ぼくたち、行方不明になった人たちのことを心配しているんです。それと……」

マックが片手を挙げた。「それはおれには関係ない。実際、そのことについてはよく知らないし」

ベンとわたしは顔を見合わせた。

「きみたちふたり、テレビでも見てきたらどうかな。それとも、ソファで好きなことなんでもしてもいいし。おれは車の方で仕事をしてくる」そう言ってマックは裏口から出て行った。ドアが揺れて大きな音を立てて閉まった。

わたしはベンを見て肩をすくめた。こんなふうに言ったつもりだ。**マックがどうしようというのか、わたしにもわからない。**

そのとき、わたしたちの背後にある廊下に続くドアが開いた。

わたしたちはあわてて振り向いた。戸口にひとりの男が立っている。

二十歳《はたち》かそこら、赤毛、そばかす、真剣な顔をしている。初めて見る顔だ。

「こんにちは、ルーシー」男はそう言って笑った。

男はわたしたちの方に向かって歩いてきた。

「ぼくはエイダン」男はそう言ってベンの方を見ると、片方の眉を上げた。

「こっちはベン。でも、わたしのことルーシーって呼ばないで。わたしはカイラ」

「きみはルーシーだ。ぼくはきみの写真を何度も見た。そして今、目の前に実物がいる。マックはやっぱり正しいよ。きみはルーシーだし、ルーシーはきみだ」

「もしかしたら、そうだったのかもしれない。でも、今はもうそうじゃないの。それに、そのことがあなたと何の関係があるの？」

「あの、あなたは一体全体だれなんですか？」ベンが言った。

わたしもまったく同じことを考えていた。しかし、ベンがそれを口にしたとき、驚きのあまりわたしは目を大きく見開いた。

エイダンが笑った。「ベン、きみはまさに、ぼくと話をすべき人のようだね。来てくれてうれしいよ」

わたしたちは黙ったまま、じっとエイダンを見続けていた。

「ああ、悪かった。ぼくがだれかということと、どんな職業についているかだったよね？」

エイダンは笑った。「表向きは、日雇いの電話技術者、でもＭＩＡの仕事もしている」

「ＭＩＡ？」ベンが、わからないという表情を浮かべて訊いた。しかし、その頭文字に、わたしは思い当たる節があった。

「Ｍ・Ｉ・Ａ、ミッシング・イン・アクション（行方不明者）、ですか？」わたしは言った。「ウェブサイトと同じ。わ、わたしみたいな人に何が起きたかの探索をする」わたしは勇気を振りしぼって、これらの言葉を口にした。

「その通り」エイダンは言って、にやりとした。「こっちに来たまえ。見せよう、ベン」

わたしたちは廊下を通り、マックの隠し部屋に行った。隠してあったコンピューターはすでに取り出され、スイッチが入っていた。

「ルーシーのページを見せて」ベンが言った。エイダンが、ルーシーの名前を検索する。あった、これだ。ベンが画面上のルーシーの幸福そうな顔を観察しているのが見てとれた。ルーシー・コナー、十歳。それから、わたしとルーシーのふたりを見比べた。

「たしかに、これはきみに間違いない」とうとうベンが言った。わたしの心は沈んだ。自分で確信が持てないわけではなかったけど、でも、ベンのようにわたしのことをよく知る人がそうだと断言するなら、この結論にはもう議論の余地がないということになる。「もしかしたら」から事実に変わったのだ。

エイダンがにやりとした。

「さて、ルーシー、お次は何にするかい?」エイダンはわたしの椅子を回すと、わたしの腕に自分の手を載せて、目を真っ直《ます》ぐに覗き込んだ。エイダンの目は青、深い青色で、揺るぎがなかった。「ぼくの方からきみに質問がある、ルーシー、あるいはカイラ、どちらでもきみが呼んでほしい名前でいいが、質問はひとつ。この結果を受けて、**きみは**どうするつもりだ?」

「どういう意味？」

エイダンはコンピューターのマウスを手に取ると、画面上のルーシーの写真の下にある「発見」と書かれたボタンの上にカーソルを置いた。「クリックしていいかい？」

「わからない。どういう意味？」

「簡単なことさ。こうすれば、きみが行方不明だと申告してきた人に、きみは元気だと伝えることになる。そして、きみの情報を入れれば、その人とコンタクトをとることもできる」

「ダメ」わたしは言った。

エイダンはわたしに視線を戻した。目に失望の色が浮かんでいた。

「考えてみるんだ、きみに何が起きたのかと、ずっと心配し続けている人たちのことを。おそらく、きみのママやパパ、きみがいなくなったことが耐えられないと思っている人たち。もしかしたら、きみの兄弟たちもきみに会いたいと思っているかもしれない。きみが腕に抱いている子猫だって、もう大人の猫になって、今も玄関の前に座って、きみが通りから歩いて帰ってくるのを待っているかもしれない」

「ダメ。そんなの無茶よ。だって、わたしは**ルーシー**のときのことを何も知らないの。どこから来たかも。今のわたしは、もうルーシーじゃない」

エイダンの手は、まだマウスの上で止まったままだった。わたしはマウスからエイダンの手を引き離した。

エイダンはため息をついた。「このことをよく考えるんだ、ルーシー」

わたしは再びこの名前に抵抗したが、エイダンがさえぎった。

「ぼくは、きみのことを**ルーシー**と呼ぶ。**今の**きみがどう思おうと、それはきみがされてしまったことのせいだから。きみはきみだ」エイダンはそう言って、机に寄りかかると、慎重な笑みの中に思いやりある表情を見せた。「きみはＭＩＡは何をするものだと思う？」

「その人たちに何が起きたか調べようとしてくれている、と思う」

「たしかにそれも大事だ。でも、それはわれわれの目的のわずかな一部でしかない。ぼくたちは、違法に連れ去られた人々を捜し、政府にその責任を追及する。世界に向けて告発するんだ。だれかが立ち上がって、『これは間違っている』と言わない限り、それを止めることは永久にできない。今やどんどん増えている。止めなければいけないんだ」

わたしは息を呑んだ。「あなたはテロリストの仲間なの？　そうなんでしょ」

「違う」

「わたしにはそう聞こえる」

エイダンは首を横に振った。「違う、ぼくは違う。ぼくたちは政府の味方でもないが、テロリストの味方でもない。ぼくたちは、よりよい道を探そうとしているだけだ。暴力を**使わずに**」

ベンがわたしの手を取った。「カイラ、聞くんだ。ぼくたちが昨日話したことと、まさに同じだよ。もしかしたら、ぼくたちにも、何かできることがあるんじゃないかな？」

　わたしは震え始めた。わたしのレボの数値が落ちていく。レボが震えた。4・3。

「少しだけ、ぼくたちふたりだけにしてください」ベンが言うと、エイダンが部屋を出て行き、ドアが閉じられた。

「彼が正しいって、きみにはわかっている。そうだろう？」ベンが言った。わたしは首を横に振りながら、知れば知るほど事態が悪い方に向かって行きそうな恐怖で気分が悪くなった。これから先だって正しいことなんか行なわれるはずない。ベンは腕を回してわたしを強く抱きしめ、震えが止まるまで、前後に揺らしてくれた。わたしのレボの数値がゆっくり上昇し始め、5まで戻ると、ベンはエイダンを呼び戻した。

　エイダンは心配そうな顔をしていた。「レボはもう大丈夫？」

「たぶん」

「まったくひどい。人間をこんな状態に縛りつけておくなんて。でも二十一歳になる前でも、レボから解放される方法はあるんだ」

「どうやって？」ベンがたずねた。

「行方不明者の調査を始めてからわかったことのひとつなんだが、行方不明者の中にはスレーテッドも含まれている」

「トーリみたいに」ベンが言って、それから説明を加えた。「トーリは、ぼくたちの友人で、十七歳なんです。彼女はローダーズに連れて行かれたと、ぼくたちは思っています」

「ローダーズが連れて行くこともある。ときどきスレーテッドの過程で、一部の記憶が消去されずに残ったまま退院前に見逃されるという問題が発生する」未完とわたしは頭の中でつぶやいた。「そういう場合、病院に連れ戻され、再処置される」エイダンはためらいながら言った。

「終結」わたしは言った。そして、頭の中でつぶやいたつもりが、声に出てしまったことに気づき、しまったと思った。

エイダンが驚いた表情を見せた。「ああ、そうなるだけだ」

これらの用語はライサンダー医師のコンピューターで見たわたしのファイルに記録されていた。エイダンはどうしてわたしが知っているのか訊きたそうだったが、エイダンが彼らとまったく関係のないところにいるとしても、わたしは話すつもりはない。

「ときには、ローダーズに連れ去られると言いましたね」わたしは、エイダンに質問される前にあわてて言った。「他の人たちはどうなんです？」

「テロリストに連れ去られる場合もある」

「なぜ？　AGTはその人たちがなぜ必要なんです？」ベンがたずねた。

「AGTはレボを無効にするか、あるいは撤去する方法を模索している。詳しいことはよく知らないが、いくつか成功例もある」

「本当に？」ベンが好奇心いっぱいの表情で言った。

しかし、レボに何らかの損傷や操作が加えられた場合、レボの装置が発動し、発作を起こした装着者を死に至らしめる。わたしたちは退院前に、何度も何度も警告された。レボが無効になったら、スレーテッドに何が起きるのか？「いくつかの成功例？」わたしは言った。「おそらく、失敗の方がずっと多いはず」

エイダンは厳しい表情をした。「その通り。AGTは色々な種類の痛み止めや物理的な切除方法を試みた。昏睡《こんすい》状態を誘発するハッピージュースとか、そういったたぐいの薬だ」エイダンは淡々と言い続けた。鎮痛剤、モルヒネ、総合頭痛薬。

そしてわたしは耳を閉ざした。

わたしは自分のレボを見た。少しでも圧力がかかると、とんでもない頭痛に襲われ、数値が落ちる。付けているのが窮屈なわけではないが、その痛みは耐え難いもので、わたしの生活を絶対的に支配する。

「痛み……それがきっと死につながる」わたしはささやいた。

エイダンもわたしの発言を否定しなかった通り、それは正しい。

「でも、レボから自由になれる可能性のことを考えてみろよ」ベンが興奮した声で言った。「危険を冒す価値はあるよ」

「ダメ、そんなことを考えては！」わたしはぴしゃりと言った。「二十一歳まで待てばいいだけじゃない。生きのびられる保証が得られるなら、そんなに長いことじゃないでしょ？」

しかし、ベンはレボから解放されることに魅入られたようだった。わたしは腸がねじれるように動揺し、レボが震えた。今度は3・9だ。

「ちくしょう」エイダンが言った。ベンがわたしを抱きしめ、前後に揺さぶった。

3・7。

「カイラ、大丈夫だ。すべてうまくいく」ベンがわたしの耳元でささやき、わたしの髪をなでたが、わたしは**痛み**のことしか考えられなかった……

3・4。

ぼんやりとではあったが、エイダンが立ち去り、すぐに戻ってきたのがわかった。

「これをひとつ飲むといい」と言って、薬を一錠と水の入ったコップを差し出した。わたしが拒否を示すように頭を振ったとたんに、わたしのレボがまた大きな警告音を出した。

レボの数値が下がり続け、頭がぐるぐる回って、視界がぼやけてくる……

エイダンはわたしの顔を手で挟み、片手で顎を傾けると、もう一方の手で口の中にその錠剤を突っ込んだ。ベンやわたしが抵抗する間もなかった。わたしは喉がつまって咳《せき》をしたが、錠剤は喉の奥に落ちていった。

「どうしてこんなことをするの？」わたしは大声で叫んだ。

「ここに救急車を呼ぶはめになりたくないだろう。マックのことを考えてみろ」エイダンが言った。

わたしはまた咳をした。喉の途中で錠剤がまだつかえているような痛みがある。

「これを飲めばよくなる」そう言って、エイダンがコップを差し出した。わたしはコップを受け取って水を飲んだ。しかし、錠剤がしかるべきところに落ちていく前に、レボの数値が戻ってきた。さっきの小さな白い錠剤のおかげではない。ただ、わたしの血管の中を怒りが駆け巡ったからなのだ。

「どういうこと？　なんでこんなものを飲ませたの？」

エイダンはわたしを見て不思議そうにした。エイダンが頭の中で点と点を結び付けようとしているのが見て取れた。少女はスレーテッドされている。レボの数値が落ちつつある。そして、少女は怒った。数値はさらに下がるはず。なぜ、彼女は気を失わない？

カイラは違う。

「カイラに何を飲ませたんだ？」ベンが訊いた。

「たんなるハッピーピルだ」エイダンが言った。「やつらが病院で使う注射と同じ成分の鎮静剤だ。ＡＧＴはそれを錠剤の形に開発した」

そしてわたしは残りの部分を頭の中で補足した。誘拐したスレーテッドの実験のために、その薬を開発した。悪質さの点では政府と変わらないじゃない。それにエイダンは、テロリストじゃないし、テロリストたちとも関係ないし、彼らの邪悪なやり方とは無縁だと言ったけど、でも現に、テロリストが開発した薬を持っているじゃない。

「これを持っておくといい。もしものときのために」エイダンはそう言って、錠剤の入った瓶を差し出した。

「わたしには必要ない」わたしは言った。「あなたからは何も受け取らない」

エイダンはため息をついた。「聞いてくれ、カイラ。もしもきみが、望むならだ。もしきみが望まないなら、ぼくたちはきみに手伝ってくれとは言えない。とにかく、もう少し考えることが必要だと思う。いいね？　きみがぼくにまた会いたいと思えば、マックはいつでもコンタクトを取ってくれる」

エイダンは踵《きびす》を返して去ろうとした。

「待ってください」ベンが言った。「ぼくなら手伝えるかもしれない。ぼくは、あなたたちのウェブサイトに載っているでしょうか？」

「検索してみたいかい？」エイダンがたずねた。

わたしはベンをじっと見つめた。ベンはうなずいた。

「気はたしかなの？」わたしはたずねた。「わたしには、知りたくないって言ったじゃない……」

ベンはわたしの手を握った。「はい」と答えながらも、ベンは確信が持てないような表情をしていた。

エイダンがキーボードの前に戻った。男性、十七歳、髪は褐色、目は茶色と入力する。コンピューターが何ページもスキャンして、答えを出す。照合データなし。近いものさえない。

「残念だ」エイダンが言った。ベンの目は、安堵と失望が入り混じっていた。

ベンがMIAの助けになれないから？　それとも、おそらく、**彼を**捜している人がいないから？

エイダンが立ち去ろうとした。ベンが見送ろうとついて行った。

わたしは画面をじっと見つめた。「戻る」ボタンを押し続け、ルーシーの顔の画面まで戻った。歯をむき出しにして笑っている。すべてを変えてしまうためにやればいいことはたったひとつ、「発見」をクリックすること。

しかし、**ダメ**という理由はいくらでもあった。これをすればきっと、わたしはローダーズの黒いバンの一台の後部座席に押し込まれて連行される。それを強く恐れる気持ちがあったが、それだけでなく、スレーテッドであった方がまだましだったようなやり方で消されてしまう。それから、ルーシーを捜している人がわたしのことを物足りなく思うことも怖かったし、わたしはその人たちのことを知りたくないし、いやその両方かもしれない。

しかし、これらの正論の背後に、何かどす黒いものが隠れていた。わたしの心の奥底で、冷静に確信した。わたしが**なぜ**行方不明者として報告されているかがわからないから、わたしには、スレーテッドされるだけの理由があったに違いないと思ってしまう。わたしは自分の内面奥深くに、きっと何か悪いことを抱えている、そして、そのことを知りたくないのだ。

静かに。

わたしが知りえないことは、単にわたしの過去を知るだけでは手の届かないところにあるように思える。きっとこれが、わたしが病院で経過観察になった理由なのだろう。一度はライサンダー医師が救ってくれたが、今回もし、他のだれかに気づかれたとしたら、「終結」となるだろう。

じっとしてるの。耐えるのよ。

もし、エイダンが、名乗りを上げて注目されてもいいという人物を捜しているのだとしたら、わたしを候補者に考えるなんて間違っている。

墓場のように静かにしているのよ。

その後、さよならを言う前に、ベンはわたしの手を握った。
わたしがいつも望んでいるように、わたしの目を覗き込んだ。ベンの目の中にわたしや
わたしの行動に対する失望を見つけたくないといつも思っている。
たった今、ベンの目はわたしを説得しようとしている。「怖いのはわかるよ、カイラ。
でも、ぼくたちには、実際やれることがあるんだ、変化を起こせるんだ。トーリのことを
考えてみろよ、それからフィービー。ジアネリ先生もだ。考えてくれるって、ぼくと約束
してくれるね？」
そして、わたしは約束した。だって、結局のところ、他のことなど考えられそうにもな
かったから。ベンはわたしを抱き、ぐっと引き寄せた。
わたしは多くのことを願った。こんなふうにいられたら。世界のどこかで、ローダーズ
も、スレーテッドも、レボもないところで、ふたりきりになれたらいいのに。
あるいは、少なくとも、ベンが望むことに対して、わたしがイエスと言って行動できれ
ばいいのに。
でも、わたしにはできない。

38

そのことについて考える、それだけは、その夜遅くまでやった。翌日学校でもずっと、クラスからクラスに移りながら、周りも気にせずに考えた。

エイダンが語った内容のうち一番心にひっかかったのは、ＭＩＡに対してわたしの行方不明を報告した人が、今でも、わたしを捜しているかもしれないということだ。

ママ、パパ、兄弟姉妹？　あの灰色の子猫でさえ。

でもルーシーと違って、想像上の家族には顔がなかった。彼らはリアルではなく、彼らの気持ちは抽象的で、身近には感じられない。そうはいっても、自分が大切に思っている人に何が起こっているのかがわからない苦しみを想像することはできた。トーリやフィービーのように、わたしがよく知らない人でさえ、特にフィービーなんて嫌いだった人なのに、それでも安否がわからないということが不安でたまらない。フィービーについては、過去形になるだろう。なぜなら、わたしは今はもう、フィービーに何が起きたか知ってしまった。

おそらくこれが、わたしに**できる**ことのひとつなのだろう。

「ランニングに行くから」わたしは下校中の車の中で宣言した。

「でも、わたしたちは一緒に宿題するのよ」エイミーが抗議して、ジャズの方を見た。

「だから何？　やればいいじゃない。ママが帰る前には戻るから」とわたしは言った。すぐにふたりも同意した。本当は、家の中でふたりきりになることは「規則」違反だった。

それでも、行先をジャズがたずねたが、ひとりで裏道には行かないからと答えた。大通りからはずれないと言ったときには、嘘をつくつもりはなかった。フィービーの家に通じる小道のところまでは。

今日の早い時間、英語の教師が採点済みのノートを返してくれた。フィービーがまだいたときに集められたものだった。わたしはノートの山の中からフィービーのノートを探し出し、わたしのノートの間に滑り込ませた。

わたしが知りたかったのは、表紙の見返しに書かれていたことだけ。フィービー・ベスト、オールドミル農場。図書館の地図では、わたしの家からたったの数マイルしか離れていなかった。

タッ、タッ。道路に響くわたしの足音が、気持ちを落ち着かせてくれる。とはいっても、いつもの心臓破りのスピードではない。どう言うのか考える必要があった。「こんにちは、あなたのお嬢さんはスレーテッドされましたよ」と言うのは、ひどすぎる。

慎重に。家族が病院に押し掛けて、フィービーを帰せと要求するようなことになるのだけは困る。そんなことをすれば、ローダーズがすぐに火元はわたしだと目星をつけるだろう。それに、気味の悪い叔父のウェインもいる。フットパスで会った日から、彼のいる方には走って行かないようにしている。わたしは震えた。もしウェインのバンが家の前に停まっていたとしたら、すべては終わりだ。

もう少しのところで、曲がり角を通り過ぎてしまうところだった。看板が消えかかっていて見落とすところ。「オールドミル農場」という表示が狭い道路を指していた。道路というよりは雑草が生い茂った小道と言った方がよさそうだ。すでに歩いていたわたしは、その標識に沿って行った。

木々がうっそうと茂って、緑のトンネルの様相をしていた。**隠れるところもない。**喉元に不安がこみあげてきた。わたしは道路から外れて、その横の深い森の中に分け入った。

地図によれば、彼らの家まで一キロもないはずだったが、木々と下草の中をくぐって道になっていないところを行ったせいで、それよりずっと遠く感じた。枝がわたしの髪を引っ張り、棘《いばら》が服にひっかかり、道路の方を見てあっちを行った方がよかったかもしれないと思った。

一歩前に踏み出し、迷っては一歩後ろに下がっていると、家があるはずの方角からエンジンの音が聞こえた。車が高速で近づいてくる。わたしは、木の陰に飛び込んだ。小道をタイヤが滑って、白いバンが通った。ガタガタと通り過ぎるときに、運転手の顔がちらりと見えた。ウェイン・ベストだ。

わたしの心臓の音がトクトクと耳に響いた。それはすぐそばで鳴っているようだった。わたしがこの道にいるのを見つけたとしたら、ウェインはどうするだろうか、わたしを捕まえに来るに違いない。やっぱり馬鹿なことをしている。**とにかく慎重に。**

次の角を曲がると、建物が目に入ってきた。家というより納屋とか物置といった方がよいものが並んでいて、中には半分朽《く》ちかけているものもある。周りは柵や門で囲われ、入り口から先は金属の廃棄物置場で、車、トラクター、その他にもわたしには名前もわからないような機械の錆《さ》びた部品や外枠が散らばっていた。どの車も動くようには見えない。もしかして、この家にはだれも住んでいないのか？

戻ろうかと考えた。**今ここに来たばかりなのに。**

そのうちの一番右の建物は、他のものよりましに見えた。その前に茂みが散在して、蝶《ちょう》番《つがい》のついた木板が、実際には門になっている。

わたしはためらったが、道を渡ってその門を開けた。道はわだちだけになり、建物の左後方に続いていた。その向こうの傾斜地は草が茂っている。機械の破片の間に、でこぼこのコンクリートの塊《かたまり》が泥の中に等間隔に置かれ、ドアに続いている。

まず、耳を澄まして。背後で、木々が揺れる音がする。その後ろからは、人の声も、ラジオの音も聞こえない。

わたしは、最初のコンクリートの塊を踏み石にして足を載せ、次に飛び移った。塊の間は広くて、わたしの足ではジャンプしなければ届かなかった。家まであと数歩というところで小さな物音がした。わたしの左手で、動くものがある。わたしは振り返った。

目がふたつ。歯、鋭い歯。ゴロゴロという低い唸《うな》り声。大型犬、おそらくアルザス犬と何かの混血だろうが、とても機嫌がよさそうには見えない。

わたしは震え始めた。ゆっくり後ずさるべきか、走り出すべきか、どうする？　自分と門の間の距離を目算した。おそらく、走れば犬は追ってくるだろう。わたしは足が速いが、速さの桁《けた》が違うし、門は遠すぎる。わたしは家に近づいた。**しっかり地面に立って。**

犬は唸り続けたまま数歩近寄り、それから吠えだした。

走り出すのを我慢すると体に震えが走った。胃から込み上げてくるものがある。吐いたら犬にかかる。そんなことをしたら、ますます犬の気分を逆撫《さかな》でしてしまうだろう。わたしはなんとか飲み込むと、ゆっくりと後ずさりした。一歩ずつ、家に向かって。たぶん、家にはだれかいるだろう。おそらく、ドアが開いているだろう。せめて、どちらかは。

犬は喉の奥から唸り、ゆっくり近寄ってきた。

走れ。

わたしは家に向かって駆け出した。段に上り、取っ手を回した。でも、動かない。鍵がかかっている。

これで終わりらしい。

犬が飛びかかってきた。大きな足が両肩に当たり、倒された背中に泥がついた。頭が地面に強くドスンと打ち付けられ、目に涙がにじむ。身動きできない。もがく、もがくのをやめる、選択の余地はない。剝《む》き出しの鋭い歯を見ていると、恐怖で体が凍《こお》りついた。

熱い、鼻につく息が顔にかかる。犬の目がわたしを捉えて唸る。

「待て！」男の声。

犬が口を閉じたので歯は見えなくなったが、犬は動かない。わたしの上に重たく乗り、肩を足で押さえ付けたまま唸っている。

足音。

「もういい、ブルート。いったい何を捕まえたんだ？　どくんだ！　おれに見えるように」

ブルートというのか……その犬は、後ろに飛びのいた。わたしは起き上がると、そのまま立ち上がろうとした。

「そのまま動くな」男が顔をしかめながら言った。

わたしは泥の中に座り直し、男の顔をじっと見た。寄り目と灰色の髪、ウェインによく似ているところを見ると兄弟に違いない。フィービーの父親か？

「おまえ、いったい何者だ？」

「カイラと言います。と、と、友達です、フィービーの」やっと口に出すことができた。

フィービーの名前を出したとたんに、ブルートの耳がピンと立った。

「あの役立たずのガキには、四つ足以外の友達なんていなかったはずだが」

「学校で一緒だったんです」

「そうか？　だったら、あいつがいないのは知ってるだろ。何がしたい」

「フィービーのお母さんに会いたいんです」

「そいつもここにはいない。いなくなった」

わたしは男を、そしてブルートを見つめ返した。

「行け！　すぐに立って、ここから出ていくんだ。おれさまの気持ちが変わらないうちにな」

なんとか立ち上がると、ブルートの唸り声が大きくなった。男が犬を押さえてくれることを期待して、門に向かって走った。門までもう少しというところで、後ろから走ってくる足音が聞こえた。振り返らずに、最後の数歩を走り抜け、門をこじ開けると、ぱしゃりと閉めた。ブルートが飛びかかったのと同時に、閂《かんぬき》が下りた。門は揺れたが、なんとか持ちこたえた。フィービーの父親が家の前で笑っている。「二度と来るな!」と叫んだ。

どうしようもない。

正しいことをしようなんて思うと、どうなるかわかったでしょ? これでもう十分。フィービーのことは、わたしにはもうどうすることもできない。

わたしのレボの数値は4・8を示している。どうして? 病院にいたときと同じように、怯《おび》えて走った。二度とも、レベルが下がってもおかしくない状況だった。森の中を抜けていくには、足がふらつきすぎて走れないので、道まで歩いて行った。突然、耐えられなくなった。立ち止まり、胃の中に残っていた昼食を戻した。

うんざり。泥とか泥よりもっと悪いものを全身に浴《あ》びせかけられた上に、ひどい頭痛とは十分ではないか。

頭痛? わたしは自分の後頭部に手を当てると、たじろいだ。指を離すと赤く染まっている。思ったよりも強く地面で頭を打ったらしい。あのとき、臭い息と大きな歯を持って唸る怪物に怯えたせいだ。

このまま地面に倒れ込みたいくらいだった。ここがどこかとか、だれが来るかも気にしなくて済むなら。

前進して。

何もなければ、家まで歩いて数キロだった。道に戻ったとたんに、後ろから何かが近づいてくるのが聞こえた。怖くなってあわてて振り返った。それほど速く逃げられなかったのかもしれない。彼がわたしを追いたてようとブルートを送り出したのか？

しかし、追っ手は女性で、小走りでこちらに向かってくる。女性が片手を挙げた。「待って」と叫んで、わたしに追いついた。息が上がり、しばらくして言った。「わたしに会いたいって？　わたしはフィービーの母です」

わたしは女性をじっと見つめ返した。瘦せて、ぼさぼさの髪を束ねている。目の周りに刻み込まれた皺《しわ》が不安と心配を物語っている。わたしの回答は、フィービーやその家族に動揺しかもたらさない。

「フィービーに何が起こったのか、あなたは何か知っているの？　教えてちょうだい、お願い」

フィービーの母親はわたしの腕を強く摑んだ。

わたしはうなずいた。動いた拍子に苦痛で顔をしかめた。

「怪我しているの？　見せてちょうだい」フィービーの母親はハンカチを取り出すと、わたしの後頭部に当てた。「ちょっと切っただけだわ。一針分くらい。ブルートのこと、ごめんなさいね。あの子、フィービーがいなくなってから、猛獣のようになってしまったの。フィービーのことが大好きだったから」

「あの犬はフィービーのペットだったんですか？」

「ええ、そうよ。いつも尻尾《しっぽ》を振りながらフィービーのあとについて回って、まるで育ち過ぎた子犬のようだった。ボブは怒っていたけど、でも結局は、番犬になったわね」そして、彼女が**ボブ**と言ったときに、表情に恐怖の色が走った。あのような男と結婚することを想像してみたら、あるいは自分の**父親**だと想像したらどうだろう。彼女は、ボブが来ないかどうかを心配しているのか、来た道の方を神経質に振り返った。わたしは、反対の方向に歩き始めた。

彼女はわたしの腕を摑んでついてきた。無言の嘆願。頭の中で、エイダンの声が響いた。何が起きたかわからないと想像してみろ、心配だろ。想像するんだ。

「先週、フィービーを見かけました」とうとうわたしは言った。「偶然ですけど」

「どこにいたの？」

「ロンドンの病院に」

「まあ。怪我していたの？」

「いえ、違います！　元気でした」

「じゃあどうして、病院にいたの？」

「スレーテッドされてました」

ショックのあまりフィービーの母親は立ち止まった。わたしは追っ手のことを忘れて、一緒に立ちすくんだ。

「ああ、フィービー」彼女は自分自身につぶやいた。「わたしのフィービーは、もういなくなってしまったのね」その目には涙があふれ始めていた。

「すみません」わたしはそう言って、立ち去ろうとした。

「幸せそうだった？　元気だった？」

「はい」

「来てくれてありがとう。そして、教えてくれて」

わたしは歩き出した。フィービーの母親は家に戻って行った。風に乗った言葉がかすかに聞こえた。「その方がきっと、あの子にとって幸せね」

たぶん、そうだろう。

「いったい全体、何をしてきたの？」エイミーが訊いた。

「転んだの」

「ここで全部脱いで、家の中に泥を持ちこまないで。それに、嫌な臭いもする」

「ありがとう」

エイミーはジャズをキッチンに押し込むと、わたしを廊下で裸にして、身に着けていたものをすべて洗濯機に放り込んだ。その隙にわたしはシャワーを浴びた。後頭部の切り傷の出血は止まっていたし、髪に隠れていた。

ママが帰宅したときには、わたしたち三人はキッチンのテーブルに座って、お茶を片手に、宿題をしていた。

「まあ勉強熱心だこと」ママは言った。一方の眉を吊り上げ、まるで**すべてお見通し**と言わんばかりだった。

その晩セバスチャンが喉を鳴らしていたが、わたしは眠ろうとした。まだ頭に痛みは残っていたが、鋭い痛みというより、ずきずきした鈍い痛みに変わっていた。

ブルートには遭遇したけれども、フィービーのお母さんと話せてよかった。少なくとも、彼女は事実を知った。それに、あの人たちが病院をかき回し、騒動を起こしそうにもないということも確認できた。父親はフィービーの失踪を何とも思っていないし、母親は、そんなこととする人ではない。

その方がきっと、フィービーにとって幸せね。フィービーの実の母親が言った。数か月のうちにフィービーは新しい家族に割り当てられるのだろうが、それがどんな家族であれ、前よりましになるだろう。

フィービーが、だれ彼構わずひどい振る舞いをしていたのも無理もない。だれ彼といっても、あの恐ろしい犬をはじめとする動物を除いてだが。病院で、フィービーは至福の表情をしていた。彼らがフィービーにしたことは親切な行為だった、そうでしょ？

もしかしたら、わたしの前の家族も同じようにひどいものだったかもしれない。


声が消えてなくならなかったので、わたしはきつく目を閉じた。わたしの信じたくないこと、聞きたくないことを話している。

今は夜、あたりは静まりかえっている。声はわたしの頭の中で一層大きくなった。

「ママもパパも、おまえを迎えにはこない、ルーシー。ふたりとも、おまえがいらないって。おまえを捨てた。だから、ふたりにはもう二度と会えない」

寒い。わたしは掛け布団を体にきつく巻きつけた。シーツは肌触りが悪くて、チクチクした。すべてのものがあるべき姿とは異なっていた。空気でさえおかしい。

変な臭いがする。昨日初めて見た海から来るせいか、塩気を含んでいる。

わたしは枕で耳を強く覆った。でも、声はまだ聞こえている。

「おまえを捨てた。だから、ふたりにはもう二度と会えない……」

39

「やあ、どうだい？」ベンがいつもの飛び切りの笑顔を向けてきた。わたしもベンの期待に応えてすべてを話してしまいたい。わたしが事を**成し遂げた**、つまりフィービーの母親と話したと。それから、昨夜くり返し見た夢とそのせいで眠れなかったことも。こんなことを話せるのは、どう考えてもベンひとりだけだ。

でも、ベンはわたしの夢をどう解釈するだろう。もし、両親がわたしがいらないから捨てたのだとしたら、どうして今ごろになって会いたいと報告するのだろうか？

「何か問題があるのかい？」ベンが訊いた。

わたしはただ肩をすくめ、カードを読み取り機にタッチして、生物のクラスに入った。こんなに多くの人が聞き耳を立てている中で、何を話せるだろう？

わたしたちはいつも通り、後方中央の席に座った。そして、驚いたことに、教卓の前に、ファーン先生の姿はなかった。

代わりに、ひとりの男がいた。見たこともない顔だ。男は机に半分腰をかけ、席に座る生徒たちを眺めていた。女子たち数人の間で、すぐにささやき声が始まった。理由は簡単、その男は美形だった。波打つ金髪、長身、体の線の出るおしゃれな服、そういった魅力のひとつずつだけでなく、それらをすべて合わせた魅力で、目を惹《ひ》いた。

男は教室をぐるりと、一列ずつ、ざっと見渡した。男の目がわたしを捉え、そこで何かが起こった。それが何なのか、わたしにはわからなかった。わたしたちふたりの間に何かが交《かわ》されたようだった。おもしろくないことでも、感傷的なことでもない、もっと他の種類の何か。男はその何かに気づいたようだった。

その答えはわたしの中にある……しかし、それは**わたし**ではない。男がわたしの視線を笑いもせずに不自然なほど長く捉えて離さないために、わたしはひどく狼狽《ろうばい》し頬が赤くなってきた。男がやっと視線をはずしたときには、高いところから突き落とされたような気持ちがした。頭がぐるぐるして、胃がねじれた。

「おはよう、諸君」男が言った。「ファーン先生は今日、いやしばらく休みだ。不運な事故に遭われてね。わたしは代用教員のハッテンだ」そう言って体の向きをくるりと変えて、黒板に自分の名前を書いた。

「不運な」と「事故」の間に一瞬の間がなかっただろうか？　**事故じゃない**。ジアネリ先生のように、ローダーズではないのか。もう二度とごめんだ。わたしは舌を噛み、**その**痛みに集中することにした。やつらがファーン先生を連れ去ったのか、だとしたら、なぜ？　思い当たる理由がひとつもない。ファーン先生はいい教師ではあったが、一方でしっかり管理もしていた。いずれにしても、ローダーズはジアネリ先生を公然と連れ去った。それなのに今またどうして？

おそらく、ファーン先生が交替になった理由は他にもあるのだろう。おそらく、ハッテン先生も**そのうちの**ひとつかもしれない。

ハッテン先生はクラスを見渡しながら、生徒たちに自己紹介をさせて、座席表を作っている。わたしはその様子をじっと観察していた。ローダーズには見えない。まず、ローダーズなら通常は灰色のスーツ、作戦行動中は黒を着る。しかし、それだけではない。ローダーズは、どれほど注意し警戒するとしても、それは問題に対してだけであって、二十歳かそこらの人間を観察することなどしない。わたしたちは興味の範囲外だ。しかし、ハッテン先生は違う。今、目の前にいて、教室にいる生徒たちすべてに興味を持ち、知ろうとしている。先生はローダーズではない他の何者かだ。

「それで、きみは？」

ベンがにっこりした。「ベン・ニックスです。ファーン先生は大丈夫でしょうか？　どうされたのですか？」ベンがたずねた。

いくつもの頭が振り向き、聞き耳を立てた。質問するなど、いつもだったら許されない。

しかし、ハッテン先生はにっこりした。「大丈夫だよ。車の事故に遭って、病院にいる」

「次は？」ハッテン先生が言い、その視線が再度わたしを捉えた。クラスじゅうの子と比較しても、先生の目は変わった色をしていた。青、しかもとても薄い、かろうじて青の影が見えるくらい。縁《ふち》の部分の濃いアヤメ色がなかったら、白と見間違ってもおかしくない。

「わたしは……カイラです」わたしは言った。わたし、どうしたんだろう？　わたしは、今にも何か違うことを言いそうになった。存在の奥底でちらついた名前、そしてそれが何かをわたしが認識する前に消えてしまった。ハッテン先生はわたしが口を滑《すべ》らしそうになったことを感じ取ったかのように、興味深そうに眉を上げた。

しっかりするのよ。今回は、先生が視線を逸らす前に、わたしの方から先に視線を逸らすことができた。震えを止めようとして、わたしは両手の拳《こぶし》をきつく握った。

ハッテン先生は座席表の記入を終えると、授業を開始した。生徒のひとりからノートを借りて、どの単元まで進んでいるかを確認した。生物学的分類法の単元が始まったところである。

ハッテン先生はノートを閉じた。

「今日はちょっと変わったことをしよう」先生が言った。「脳に関する実習だ」ハッテン先生はベンとわたしを指さした。「きみたちふたり、手伝ってくれないか。脳の模型を持って来て、みんなに配ってほしい。ふたりにひとつずつだ」ベンが即座に立ち上がったので、わたしも後に続いた。ハッテン先生が指さした教室横の戸棚から、小さな箱をいくつか取り出した。

箱の中には、脳の三次元模型が入っていた。番号付けされたパーツがひとつに組まれ、内側からロックがかかり、さながらパズルのようになっている。時間が与えられ、わたしたちは脳をばらばらにして、また元通りにした。その際に、それぞれのパーツの名前をワークシート内の番号のところに書き込んだ。小脳、脳幹、前頭葉、右脳半球、左脳半球……この図を見て、ライサンダー医師のコンピューター上で見たわたしの脳の断面図を思い出した。しかし、あれはスケッチではない。わたしの生きた脳をスキャンしたものだ。

「聞いてくれ」ハッテン先生が言った。「最後の作業だ。みんな、自分の両手を使って小さな丸を作り、そこからこれを覗くんだ」ハッテン先生はホワイトボードにXの印を書いた。「自分の腕を伸ばし、両目を見開き、手で作った丸の中からこのXの印をじっと見る。次に、手を動かさずに、片目だけを閉じてみる。片目を閉じると、Xが見えなくなる。さらに、もう片方の目を閉じると、Xは中央に見えたままになるはずだ」

わたしたちは、言われたようにやった。わたしは手を挙げてXを見た。たしかに、わたしが左目を閉じて右目だけで見ると、Xは手に隠れて見えなくなった。右目を閉じて左目だけで見ると、Xはど真ん中に来た。

ハッテン先生は教室を見渡し、わたしに目を留めた。「カイラ、どっちの目でXが見えた？」

「左です」わたしは答えた。

ハッテン先生がにっこりした。「おもしろい。君は生物学的に変種だね」

わたしは黙っていた。ハッテン先生が続けた。「利《き》き目は通常、利き手と一緒だ。左目でXが見えたとしたら、きみは左利きのはずだ。しかし今見たところ、右手にペンを持っている」

「他のみんなはどうだろう。みんな、利き目と利き手は一致したかい？」ざわめき声が起こった。わたしは居心地悪くなった。

「そろそろ終わりの時間だ」ハッテン先生が言った。「おそらく、きみたちは、この最後の実験が、脳の模型での作業と何の関係があるのか疑問を持っているだろう」ハッテン先生はわたしひとりに視線を留めたままだ。クラスを見回して、他の生徒を見ることをしない。わたしだけを注視している。

「これは、脳研究における重要な発見のひとつで、つまり、記憶の貯蔵とアクセスの構造とその発達に関して利き手がどのように影響するものかというものだ。もしきみたちが左利きであれば、ある種の主要な機能、たとえば記憶へのアクセスは、右脳半球で優位になる。もし右利きなら、左脳半球が優位だ。しかしながら、その構造を持たない者もごくわずかに存在する。このような芸術脳を持った人間は、他の人とは違った脳の使い方ができることが多いようだ」ハッテン先生はやっとわたしから視線をはずして、教室全体を見た。「これは、脳の外科手術と処置において非常に重要なポイントになる」

外科手術。**スレーテッドのような。**

ベルが鳴った。授業が終了した。

「退出するときに、ワークシートを提出していくように！」ハッテン先生が言った。

みんな、本を片付けたりして、動き出した。

右利き……左利き。左手が自然と拳を握っていた。わたしの左手の指はレンガで砕かれた。でも、あれはただの夢だ。

本当に夢だった？

「カイラ？」ベンがわたしをつついた。

「行こう」わたしは心を奮い立たせた。まるで何かに引っ張られるように、前の机に向かって歩き、だんだんと近づいていった。とてもゆっくりしていたので、ベンの後に続いたわたしが最後になった。ミセス・アリが戸口で待っていた。

わたしはハッテン先生の手の中にあった紙の山の一番上に、自分の紙を置いた。

「きみはあの発見をおもしろいと思わなかったかい？」ハッテン先生はそうたずね、そしてウインクした。

わたしはギクリとして、何も答えなかった。そして、ドアとミセス・アリの方に逃げた。

ミセス・アリが顔をしかめた。「次のクラスに行く前に、少し話があるの、カイラ、来なさい」

ミセス・アリは、だれもいない隣の教室にわたしを引っ張っていった。

「あなたに関して心配なことがいくつかあるの」ミセス・アリの微笑は優しそうだった。**こういう状態のとき、彼女は一番危険なのだ。**「それから、わたしが今目撃したことだけど、もう一度やってみせて」

たった今目撃したこと？　わたしは授業の最後の瞬間を、必死に反芻《はんすう》した。わたしが生物学的に変種だとハッテン先生が言ったとき、ミセス・アリもあそこにいたの？　違う。ミセス・アリがいなかったことは確かだ。ミセス・アリは授業の終わりに来た。それに、ハッテン先生がウインクしたのも見えてないはずだ。ハッテン先生はミセス・アリに背を向けていたのだから。

「どういうことでしょうか？」

アリは顔をしかめた。「あの新任の素敵な先生が、今日の授業はおもしろかったかとたずねたときに、あなたは答えようともしなかった」

あの新任の素敵な先生、ね。あいつは食わせものだし、とても素敵だなんて思えない。でも、ミセス・アリはあの事実に気づいてないということがわかった。

「それに、他の多くの先生も、あなたが無愛想で消極的で、勉強する意欲に欠けていると言っているわ」

「すみません。ちゃんとできるように努力します」

「努力するだけじゃダメ、やるの。これは警告なのよ、カイラ。このことについて以前にも話したでしょ。二十一歳になるまで、処罰の可能性があるのを忘れないこと。あなたの契約は、学校や家族や地域社会にうまくとけこんでやっていくために最大限の努力をすることを求めている。あなたはもう十六歳を過ぎた。もし失敗したら、他の処罰になるのよ」ミセス・アリは温かく微笑んだ。「さあ、次のクラスに走って行きなさい。いい一日をね」

ミセス・アリはドアから出て、廊下の方に消えた。ベン、わたしにはベンが必要。色々なことが心の中で、のたうち回っていた。ハッテン先生のことで動揺した。ハッテン先生の存在、そしてハッテン先生が言った内容について。それにミセス・アリの脅《おど》しに対するショックと恐怖。わたしのレボの数値は落ちかけていた。

廊下に向かって足を進めたとき、ちょうどハッテン先生が生物研究室から出てきた。ミセス・アリが去っていく背中に向かって目を細めた。「性悪女め」ハッテン先生はささやくと、またウインクしてにやりと笑った。そうすると先生はもっと若く、もっと自然に見えた。さっきの教師としての顔は仮面だとばかりに。わたしも笑い返さずにはいられなかった。ハッテン先生は前屈みになってわたしに近づくと、唇に指を一本立てた。

「シーッ、おれたちだけの秘密だよ」それから、反対の方向に消えた。

そうか。ミセス・アリが言ったことをすべて、ハッテン先生が聞いていたのだとわたしは確信した。どうやって？　それから「おれたちだけの秘密」って何？

そのうちわかるだろう。

ベンが前から出てきた。待っていてくれたのだ。

「ミセス・アリがお小言を言うためにきみを連れて行くのを見たんだ。大丈夫かい？」

「あんまり良くない」わたしは言ってレボの数値をチェックしたが、驚いたことに5・1まで上がっている。ハッテン先生のあの馬鹿げた表情が、レボの低下を止めたってこと？それとも、もっと他の理由、たとえば、ハッテン先生が**近くに**立っていてくれたから？

わたしの心拍はさらに加速した。

「明日グループ会に行く前に、一緒に走りに来られるかい？」ベンが心配そうに訊いた。

「もちろん。そのときに話しましょう」次のクラスの開始のベルが鳴ったので、わたしたちはそれぞれ反対の方向に急いだ。

注意深く、勉強に向かう時間だ。

あるいは少なくとも、その振りがもっと上手くならなくては。

40

わたしは玄関横のカーテンを引き、道路の方を見た。まだ姿が見えない。

早く来て、ベン。

「カイラ？」パパがリビングで呼んでいる。わたしは戸口まで行った。「待っている間、少しだけ話をしよう」

わたしは、足元を見てためらった。ジョギングシューズを履いている。

「心配しなくてもいい、ママにはわかりっこない」パパが言った。

ママは出かけているのだが、カーペットを靴で汚したかどうかを察知するレーダーのようなものを持っているのは確かだ。わたしは、玄関マットで丁寧に靴底を拭うと、不安な気持ちで戸口に立った。

「座りなさい」パパはそう言って、微笑んだ。

わたしは肘掛椅子《ひじかけいす》の端に腰を下ろした。

「彼氏は遅刻魔のようだね」

「ええ」わたしは認めた。

「じゃあ、彼はやっぱり、彼氏というわけだ」

「どういう意味？」

「**彼氏**。わかるだろう。つまり、おまえのボーイフレンドということだ」

わたしは赤くなった。「違うわ」

「……じゃあ、おそらく、そうなって欲しいと思っているんだね」

「違う！　知らない。わたしたちは、単なる友達よ」

パパが眉を上げた。まるで、わたしの複雑な感情を見抜き、わたし自身よりもよくわかっているとばかりに。

「慎重になるんだ、カイラ。わたしたちがエイミーがジャズと会うことを許したからといって、おまえまでボーイフレンドを持っていいというわけではないんだからね。おまえはまだ病院から出て間もない。そして、よくわかっているだろうが、二十一歳で自由になるまで、このことを含めて、ママやわたしの言うことには何でも従わなければならないんだよ」

「はい」

「わたしは、おまえがあのベンとふたりきりでランニングに出かけるのを好ましいとは思っていない」

わたしは何も言わなかった。どんな言い方で抗議しようとも、パパの言うことが正しいということにしかならない。でも、わたしはベンに会わなくてはならない。ベンとどうしても話さなくては。今週あまりにも色々なことが起きたから、わたしはただベンの手を握りたいのに。**ああ。**

「しかし、おまえのママは構わないと思っているらしいし、この件についてはママの意見を尊重しようと思っている。当面は。それも、おまえが言った通り**単なる友達**であることを守れるんならだ。なぜだか、わかるな？」

「えっと、よくわかりません」

「スレーテッド手術の直後には、こういった種類の感情をうまく処理できないかもしれないという恐れがあるんだ。つまり、自分の感情をコントロールできずに混乱して、レボの数値が下がり過ぎて大変なことになることもある」

　この警告は病院でもくり返し聞かされた。でも、どうして？　ベンはわたしのレボの数値をむしろ上げてくれる、下げたりしない。少なくとも……

「パパはわたしを管理下におきたいのね」わたしは言った。口にしていいかどうか考える前に、こんな言葉が自分の口から飛び出したことに驚いていた。

　パパの目に興味深そうな色が走った。

　玄関をノックする音が聞こえた。ベンだ。わたしは急いで立ち上がろうとしたが、パパが片手を挙げて「ここでちょっと待ってなさい」と言った。玄関でベンに応対している。

そして、わたしは待った。パパがベンに自己紹介しているのを聞いた。ランニングや学校のことについてしゃべっている。

ベンは、いつも通り、明るく丁寧だ。感じがいい。大人受けのいい好青年。

パパが、リビングの入り口に顔を出した。「もう、行っていいよ」パパが言った。「でも、さっき話したことを忘れるんじゃないぞ」

「ごめんね」背後でドアが閉まったのを確認してから、わたしは言った。

「何が？」

「パパのこと」

「パパがどうしたの？　何の問題もないよ」

「気にしないで」

わたしたちは道路で競走した。速く、もっと速く。そしてすぐにわたしは冷たい空気、夜、道路に響く耳慣れた足音のリズムに集中した。タン、タンというベンの長い足が刻《きざ》む拍子は、わたしの足音とリズムが違ったが、スピードの点では互角だった。隣にぴたりと付いていた。

大通りからフットパスに入るところまで来ると、わたしたちはスピードを落とした。

「話していい？」わたしが言った。

ベンはわたしの手を取ると、木の陰に導いた。この夜は雲もなく、満月に近い月が道を明るく照らしていた。門に向かって歩いて行くとき、わたしはパパに言われたことや病院で言われたことを思い出していた。

男子を避けるのよ、あなたのレボの数値を不安定にするから。でも、わたしのレボは今週中で一番高い値を示している。彼らに何がわかるというの？

前回と同じように、ベンはわたしを抱え上げて柵の上に座らせ、前に立って、わたしの腰に腕を回した。

わたしの片側の髪をかき上げて、顔を寄せてきた。「何を話したかったんだい？」ベンが耳元にささやくと、その息でわたしの首筋に鳥肌が立った。

わたしは黙っていた。頭の中が突然真っ白になった。ランニングの後でもまだ、血管の中で血液がドクドクいっていた。ランニングじゃない、**何か別の理由だ。**

「ぼくは決めてたんだ」ベンが言った。

「何を？」

「次にここに来たら、こうしようって」ベンは片手をわたしの頰に伸ばし、軽く触れた。色々な感情が混ざり合って、内側で渦《うず》を巻きパニックを起こした。だけど、走り去りたくなるような種類のものではない。お尻の下の冷たい柵、体に回された温かい腕、頰の上に添えられた手、すべての感覚が研《と》ぎ澄《す》まされている。

ベンが身を寄せ、その唇がわたしの唇に軽く触れた。甘く、そして優しかった。まさにベン。ベンは体を離すと微笑んだ。

わたしのたったひとつの望みは、ベンを近くに引きつけて、もう一回キスすること、また、もう一回。**落ち着いて**。もしパパが正しかったら、これでわたしのレボの数値は不安定になるかもしれない？

「さあ、話したいことってなんだい？」ベンが言った。

「えーっと」わたしは言いながら、ベンの目をじっと覗き込んだ。そして手を伸ばし、指でベンの唇をなぞった。わたしの唇はひりひりしている。

ベンは笑って、わたしの手を取り、自分の手と合わせると互いの指を絡めた。「話したいことがあるって**言ったの**はきみだよ。でもそれより、きみは……」そしてベンはまたキスをしてきた。一回、二回……

すべてがぐるぐる回り、渦を巻いていたが、やっとのことでわたしは思い出し、ベンを少し押し戻した。

「話していい？」

「どうしてもというなら」ベンのかすれた声は少し震えている。今度はわたしが笑う番だった。

わたしはフィービーの母親に会いに行って、フィービーがスレーテッドされたと伝えたことをベンに話した。

ベンの目が月光に煌《きら》めき、わたしを抱き締めた。

「きみなら、ちゃんと考えたら賛同してくれるって、ぼくにはわかっていたよ。エイダンとMIAを助けなければならないって」

わたしは首を横に振った。「違う。あなたは誤解している。わたしはフィービーの家族にフィービーがどうなったかを伝えたかっただけだし、こうして伝えることもできた。でも、公《おおやけ》の場に出て行きたくはない」

「ルーシーについてはどうするんだ？　**彼女の**両親は？」

「よく考えてよ、ベン」わたしが言った。「フィービーは何歳だった？」

「十五歳」

「その通り、だから彼女が道を外《はず》れたとき、スレーテッドされた。じゃあ、わたしがやったらどうなる？」

それから、ミセス・アリに言われたことも話した。ミセス・アリがどうやってわたしを脅したか。十六歳以上には**他の処置がある**。わたしは警告を受けて、監視されている。もし道を踏み外したら、トーリのように連れて行かれる。

ベンは青ざめた。「きみがそんなことになるのは嫌だ」

でもこの言葉がわたしの中に、あることを思い出させた。「今わたしにキスしたように、トーリともキスしていたの？」頭で考える前に言葉が飛び出していた。できることなら、その言葉を摑んで引っ込めたかった。

ベンは眉を上げた。「だったら、どうだって言うんだい？」

わたしが後悔して他の話題を出す前に、ベンが笑った。「してない。トーリとはキスしたことないよ。トーリは単なる友達だ」

「でも、わたしはてっきり……」

「きみの思い過ごしだよ。トーリは家族とうまくいってなかった。だから、だれかに話を聞いてもらいたかったし、ぼくはいい聞き手だったからね」

わたしは気づいていた。しかし、トーリにとってはベンは単なる友達でなかったこともわかっていた。しかし今日のところは、わたしひとりの胸の内に秘めておこう。

ベンが微笑んだ。「カイラ、信じてほしい。ぼくがキスしたいと思うのはきみだけだ。だから、絶対にきみを危険な目に遭わせたくない」ベンは首を横に振り、自分のこめかみをもんだ。「ぼくは自分の脳がどう働くかわからない」

「どういう意味？」

「先生や病院の看護師たちが言うことはすべて正しく納得できたし、従わなければならないと思っていた。でも、エイダンがこの間話してくれたとき、今まで聞いてたことは間違っていて、エイダンの言うことの方が正しいと思った。政府は、自分たちがやっていることに対して責任を問われるべきだ。でも今きみが言ったように、危険であることは明らかなはずなんだけど、ぼくはそれがうまく理解できない。いつも、こんなふうに筋道を通して考えられるわけではない。ぼくの脳がちゃんと働いていると思えるのは唯一走っているときだけ。今のようにね」

それがスレーテッドされるということ。

そして、エイダンの言葉と、それを彼がどのように言ったかを思い出した。エイダンは自分の計画を持っていた。しかし、その計画に乗ったときに、わたしたちに何が起こるかなんて、まったく考えていないじゃない？　それにベンに何を言えば自分の考えに感化させられるかをよく知っていた。エイダンはベンが唆《そそのか》されやすいことをよく知っていた。そして、わたしも唆されやすいはずだ。

カイラは違う。

「わたしたちはどうすればいいと思う？」わたしはたずねた。

「ぼくは、きみを危険な目に遭わせたくない。きみはどう思う？」

「これがスレーテッドされるということなのよ。成り行きに任せ、正しいことを期待通りにさせる」

「そのことが事態を一層悪化させる。ぼくたちは、それに対して何か行動しなくては」ベンは困ったような表情を浮かべた。ひとりで考え込んでいる。ベンが考えるときはこうなる。

ダメ。絶対静かにしているのよ。

「ベン、聞いて。わたしたち、エイダンからは距離を置かなくちゃ。学校や家庭で期待されている通りに過ごしましょう。レボをはずせるまで待つの。その前に何か問題を起こして目を引くのは危険すぎる。二十一歳になったら、**そのとき**またこの問題に向き合って、何ができるか考えればいいわ」

わたしの言葉を聞いているベンの様子を見て、いかにベンが**唆されやすい**かを再確認した。強く言いさえすれば、彼はすぐに感化される。ベンのような人物にとってこの世界は何と危険に満ちているのだろうか。

ベンを**守らなくては**、という圧倒的な思いがわたしに押し寄せ、震えが走った。ベンのような人には……そうしてあげなくては。そしてわたしのような者も。

いや、なぜか違う。同じようにはいかない。スレーテッドだけど、他のスレーテッドとは違う。**カイラは違う。**

「きみは正しい、カイラ」ベンが言った。ベンは再び腕をわたしに強く巻きつけた。わたしの頬にキスし、もっとと誘導した。わたしも、もっとしてほしかった。しかし、キスすることは、わたしがベンに提案しようとしたことの代替に過ぎなかったのかしら?

「行きましょう。グループ会に行かなくちゃ」わたしが言った。

大通りまで歩く途中、ハッテン先生がわたしのことを生物学的変種と言ったことや利き手と脳手術の関係についてどう思うかベンにたずねた。しかしベンは拒絶した。ハッテン先生を話題にしたくないようだった。

残りの道をわたしたちは走った。わたしは心が赴くままに任せた。以前は、ベンと一緒にいると安らぎを感じたが、それが間違いだと今気づいた。わたしはベンを守らなければならない。わたしたちふたりのことにしっかり目配りしていなくてはならない。

わたしは、自分自身のことをこのように考えられるのに、ベンにはできないのはなぜなのだろう？　まったく、わからない。

41

ママは厳しい表情をしている。集中してハンドルを握る手に力が入り過ぎて、関節が白くなっている。でも、何も起こらず、車の列はゆっくりと進んでいる。道路は緩やかな登り坂で、頂上に着くと病院に向かう列が延々と続いているのが見えた。

今日はいつもとは違う入り口を使うようにと昨日連絡があった。いつもの入り口は、先日の爆破で使えなくなったのだろうか？　ほどなくしてわたしたちも列の最後尾に到着し、車を停めた。

「大丈夫？」わたしがたずねた。

ママは驚いたが、半分笑っている。「わたしの方が訊かなくちゃいけなかったわね？」

「わたしが先に訊いたのよ」

「まあ、大丈夫よ。先週のことがあった後にまた病院に来るのに緊張しているだけ。あなたはどうなの？」

おかしなことに、平気だ。少なくとも、ママが意図した意味合いでは。ローダーズがすべてを掌握《しょうあく》し制圧した今となっては、テロリストたちは一キロ圏内に近づくことすらできないだろう。しかしママは、反対側の車線に飛び移って全速力で逃げ出したいと思っているように見えた。

「先週のことの後だから、付け入る隙を与えるような手抜かりがあるとは思えない。だからいつもよりずっと安全だわ」

ママが首を傾けた。「きっと、あなたの方が正しいのでしょうね。それでも、わたしはあそこに行きたくないけど」

わたしだって行きたくないが、でも理由は違う。わたしは、今日ライサンダー医師に向かってポーカーフェースを保つ自信がなかった。成り行きに任せて、期待される通りに行動し、いたいけなスレーテッド役を完璧に演じるというのがひとつの道だ。

そして、もうひとつ別の道はこうだ。

「よくわかるわ。ここから逃げ出して、代わりにランチに行こうよ」わたしは言った。

ママが笑った。「おかしな子ね。そんなことができたら、いいでしょうね」

「ええ、**ママなら**できるわよ。わたしのことなんか放り出して、今日一日お休みにすればいいのよ。わたしを病院に連れて行くために毎週土曜日をつぶされるのに嫌気がさしてるでしょ」

「たしかに。でも、わたしだって、自分が行きたいところにどこでも行けるってわけじゃないのよ。街角ごとに立っているポールが見えるでしょ。たとえば、あなたの左手のあそこ」

わたしは窓の外を見た。たしかに、そこに信号があって、その隣にポールが立っている。ポールの先には小さな黒い箱が付いている。ある種の装置。**監視カメラだ。**

「ロンドンにある車はすべて位置登録して監視されている。もしわたしが予定をはずれて彷徨《さまよ》い始めたら、何が起きるかわかったもんじゃない。まあそれでも、おそらくわたしならそれを潜《くぐ》り抜けられるとは思うけど」

「ママのお父さんのおかげってこと？」

「それから母。母も重要人物だったのよ」

「結局、大人だって行きたいところには行けないのね」

「ええ。最近ではね」

「以前は行けたの？」

「世の中は変わったの、カイラ。わたしが今のあなたくらいの年齢のときとは、まるで違ってしまったわ」

「変わったのは、すべてが始まったあの二〇年代から？」

ママは顔をしかめた。「わたしって、そんなに老けて見えるかしら？　二〇三一年には、まだ十六歳だったわよ」

「だとしても、二〇年代の頃のことは覚えているでしょ。あの大混乱やギャング、人々は怖くて家に閉じこもって外には絶対に出なかった」

ママがまた笑った。「それはひとつの見方に過ぎない。二十一歳以下の携帯電話が禁止になったのも、あのときだった。若者たちが、携帯電話をデモに使ったから。わかるでしょ？　でも、悪いことばかりではなかった。最初のうちはそんなにひどくなかった。今とは違う点で危ないことはあったけど。夜に外出するときは気をつけなければいけない、といったようなこと」ママは横に目を向けた。街角に立つローダーズに。黒い制服でマシンガンを持っている。

「今では、**彼ら**にだけ注意しておけばいい」

ママが軽くうなずくようにしたので、わたしは驚いた。

「最初はそう悪くはなかったと言ったわね。その後はどうなったの？」

「学校で歴史の授業を取らなかったの？　あの大暴落の後のこと、知っているでしょ。信用危機が起こり、ヨーロッパじゅうの経済が混乱した。英国がＥＵから撤退して国境を閉ざしたあの時代は、かなりひどい状況だった」

「暴動の映画を見たことがある」

「彼らは、一番ひどい部分を見せるの。初期には学生デモのほとんどは平和的なものだった。でも、抑圧されるほどに、怒りが広がっていった」

歴史の授業で紹介されたのは制御不能の暴徒だけだった。狂った十代が建物を破壊し、人々を殺したと。ママがあえてこのことを語ったことに驚き、わたしは何も言えなかった。おそらくママは、これから向かおうとしている場所、そこで先週起こったことから気を逸らそうとして、こんな話をしてくれているのだろう。

「父と母は、そのことで夜遅くによく言い争っていた。わたしはそっと階段を降りて、盗み聞きしたものよ」

「ママのお父さんは首相だった。もちろん、議論はお父さんの勝ちだったでしょ」

「いいえ、最初からそうだったわけじゃないもの。初期の段階では、父は候補者のひとりに過ぎなかった。途中で選挙があった。母は法律家で、市民の自由権を重視していた」

「それってどういう意味？」

ママは首を横に振った。「質問する前に自分で考えてごらんなさい。あなたはどういう意味だと思うの？」

「自由権とは、自由と何か関係があるってことよね」

ママはうなずいた。「言論の自由、行動の自由、集会の自由。母は、父がこうあるべきだと考えるのとはかなり違った意見を持っていた。母は最終的には、新しい政治結社『自由UK』のキャンペーンを始めた」

「それなら、ふたりは対立関係になったってこと？」

「ええ」

「でも、お父さんの方が勝った」

「正確に言うと違うわ。結果は明瞭ではなかった。ふたつの党は連立したけど、父の党の方が勢力が強かった。議論白熱でおもしろい朝食の時間が何回もあったのよ、信じられないかもしれないけど。カイラ、現実ってこんなものよ。どちらか一方が勝ったわけではない。妥協し合ったの。それで、あなたがここに来たってわけ」

「わからない」

ママはラジオのボリュームを少し上げ、わたしの方に顔を向けた。低い声で話す。「これ以上話すのなら、わたしのために秘密を守ってくれなくては。以前、あなたは秘密が守れないと言ったわね。でも、わたしは、あなたならできると思う。それで、あなたはこの先も話してほしい？」

良い子の幼いスレーテッドなら「いいえ」と答えて、危険な知識を避けるだろう。

でも、彼女は今制御不能だった。「話して」

「いいこと、一方の側にわたしの父がいて、法律と秩序のための対策として手始めにローダーズを作った。暴力や市民の不服従を一ミリも許さない。法律違反に対しては厳罰で臨む。もう一方の側には、若者、学生デモ参加者やギャングといった者でも社会的に更生させるべきだという意見もあった。よく言われたのは、彼らがやったことの責任は彼ら自身にあるのではない。どこで生まれたか、どのように育てられたのかが原因となって、道を誤ったに過ぎない。情状酌量《じょうじょうしゃくりょう》の余地があるし、彼らも人間として尊重されるべきであると。つまり、処罰ではなく救済ね」

「そのことがどうしてわたしにつながるの？」

「そこで、これが開発されたのよ。科学的なことはよくわからないけど。脳の記憶に関すること。元々は自閉症の患者の治療のための試みだった。ところが、偶然、ある処置をすると個人の記憶を消去できることがわかった」

「スレーテッドね」

「その通り。これは連立政府にとって完璧な解決策だった。犯罪者を厳罰に処する代わりに、完全に消去、つまりよく使われるようになった言葉『スレーテッド』の語源で、最初からやり直すという意味。それが第二のチャンス」

わたしはママの言ったことについて考えた。「じゃあ、両者共に要望が通ったというわけね。これが妥協の産物？」

ママは笑った。しかし、この笑いはおかしいときの笑いではなかった。そこに喜びの色はなかった。「両者共に自分たちの望み通りになったとは思っていなかったから、このことを含めて色々なことで両者は互いに批判し合った。当時もそうだったし、中央連合の内部では今も対立している。それに、ここからレボもできたのよ」

わたしは自分の手首に付けられた、わたしの生命を握る輪を見た。今は5・2を指している。レボをねじると、頭に痛みが走る。そうなることはよくわかっていたが、牢獄の鎖を切れないかと、ときどき試さずにはいられなかった。「彼らが妥協したことが、どうしてわたしにレボが与えられたことにつながるの？」

「つまり、自由ＵＫは、かわいそうなスレーテッドを幸福にしなければならないと言った。ローダーズは、邪悪な状態に絶対に戻らないようにしなければならないと言った。答えは？　それがレボ。あなたたちは、いつも幸福な状態でいなければならない。間違ったことは何もできない。自分たちの望む通りになって両者共に喜んだ」

「はぁー。たしかに、彼らはレボをつけなきゃならなくなったりしたことがないものね」

ママはまた笑った。「まったく、その通り」

「ママはどっちの側についたの？　お母さんの方かお父さんの方か」

「わたしは家の中は平穏であってほしかったから、たいてい柵の上に座って中立を保ったわ。それから……」

「それから？」

しばらくママは答えなかった。答えたくないのだとわたしは思った。

やがてわたしの方を向いた。ママの目が光っている。「両親が死んだときに、わたしは柵から降りたと言えるのかもしれない」

検問所の近くまで来た。わたしたちは口を閉ざした。ママの両親は、テロリストに車を爆破されて死んだ。それより前にママがどんな意見を持っていたにせよ、ママが柵のどちら側に降りたかは、明らかだった。ローダーズ側。ママはそうしたはず。だって、テロリストが自分の両親を殺したのだから。そうならないはずがないじゃない？

それでも、わたしたちの車が調べられている間、わたしはママの表情を窺《うかが》った。言葉にならない感情がママの心中をよぎっている。前回と同じように、ローダーズはママが誰だかわかったのだろう。彼らの態度の中に、他の人に対する対応とは異なるものが見えた。ママはそれを当然のように受け止めていた。しかし、好んで受けているわけではない。ママが言わなかったことは何だったのだろうとわたしは思った。

ライサンダー医師が画面をタッチし、それから顔を上げた。

「先週襲撃があったときに、あなたが十階に行ったと聞いたわ。それから、あなたのレポの数値が低下しすぎて、鎮静剤を打たれたって。そのことについて話してちょうだい」

先生はまっすぐに突いてくる。

「先生の言った通りにナースステーションに行こうと思いました。明りが消えてました。看護師が……」

そこでわたしは止めた。そのことについて考えたくなかった。

「看護師のことは聞いているわ」ライサンダー医師が言った「そのことであなたはショッ

クを受けたのね。でも、そのときにブラックアウトを起こしたわけではない」

「違います。わたしは階段を使って十階まで行きました。どうしてだか、自分でもよくわかりませんが」

「あそこが病院内でのあなたの居場所、一番よく知っている場所だったからでしょう。あなたがそこに向かったのは十分納得できるわ。でも、すべてが終わって、もう大丈夫だとわかったとたんにレボの数値が下がったのは、なぜだと思う?」

フィービーのことがあったから。でも、それを口にすることはできない。

わたしは肩をすくめた。「おそらく、走るのを止めたとたんに、すべてのことが押し寄せてきたのかもしれません」

医師は頭を片方に傾けて考え込んでいる。「そうかもしれない」納得していない様子で、わたしが何か隠していると思っているようだ。

「先生は大丈夫だったんですか?」わたしはたずねた。「わたし、先生のことを心配していたんですよ」口に出したことで、その言葉は本当になった。先生がテロリストのターゲットになっていたことは疑いようもなかった。

先生は少し目を開き、表情が和《やわ》らいだ。「ありがとう、カイラ。感謝するわ。わたしは大丈夫。彼らが安全なところに連れて行ってくれたし、ケアしてくれる人も一緒だったから」

「彼らはどうしてあの看護師も一緒に連れて行かなかったのでしょう。先生はあの看護師を知っていましたか？」

「ええ。アンジェラという名前だった」先生は悲しそうに見えた。「でも、ときには選択することが必要なのよ」

「でも……」

「もう十分でしょう、カイラ。わたしがあなたに質問しているのよ。あなたはすべて見つけたの？」

「何をですか？」

「あなたが知りたいと思っていたことがわかったの？」

胃が痛くなった。先生は知っている。なぜかはわからないが、先生は知っている。わたしが先生のコンピューターを見たことを。わたしは黙っていたが、恐怖のあまり腸がねじれるようだ。**このこと**をローダーズに知られたと想像したら。

「そうよ、カイラ。悪いけど、あなたが何をしたかわたしは見たの。あそこに小さなカメラがあるの、見えるでしょ？　わたしの診察室には監視カメラがあるの。それに、コンピューターの履歴にも、どのファイルが開けられて、その後に閉じられたかが残っている。だから、あなたが何をしたかわたしは知っている」先生は静かに椅子に深く座り直した。「でも、今はカメラの電源を切ったし、記録も削除した。他のだれにも知られることはない。さあ、来なさい。こちらに椅子を回して、一緒に見ましょう」

わたしはうなだれた。

「さあ、カイラ」先生が言った。

わたしは椅子を机の反対側に回し、先生の隣まで引っ張って行った。それから先生が、わたしが見たファイルをひとつ、またひとつと検索していき、そして解説した。入院の経緯、脳のスキャン画像、外科手術。そしてわたしの頭から離れない「勧告」の箇所。

「ここのこの部分です。『委員会は終結を勧告した。ライサンダー医師がそれをくつがえした』これはどういう意味ですか？」わたしがたずねた。

「病院の委員会はあなたの悪夢とそのコントロールについて問題視していた。病院の環境から出たときに、あなた自身や周囲の人々を危険にさらすのではないかと懸念していた」

「先生がそれをくつがえした。先生は彼らに同調しなかった」

「ええ、わたしはそう言った。しかし彼らの方が正しかった。少なくとも、あなたは自分自身を危険にさらしている」

「わかりません。どうしてわたしを病院から出してくれたんですか？」

医師は半分肩をすくめた。「あなたにはチャンスを与えるだけの価値があると信じているの。おかしいんだけど、たしかに、そう思わせるだけのものがある。というよりむしろ、あなたを観察して何が起こるのか見てみたいと思っているのかもしれない」

「実験用の籠《かご》の中のネズミと同じ」

医師は半分笑った。「というより、籠から解放されたネズミかしら」

「でも、どうしてわたしを観察したいと思ったんですか?」

「あなたには、他の人とは違ったところがあるのよ、カイラ。それが何なのか、わたしは知りたい。処置の過程で何かを間違えたのか? いえ、すべてのテストも検査も問題なかった。でも、何かあるのよ……これは、ここだけの、あなたとわたしだけの話。他にはだれもいない。だから、教えてちょうだい」

「何の話をしているのか、わかりません」

先生は眉を上げた。「他に、あなたが知りたいことはないの? あなたの好奇心に応えてあげる。そしたら、きっと、あなたもわたしの質問に答えてくれるでしょう」

わたしは、困惑した。訊きたいことは山のようにあった、でもどれひとつとして訊けるようなことはなかった。

訊くのよ。

でも、危険すぎる。わたしは、完璧なスレーテッド少女でなくてはならない。わたしはベンに言った。この方針で行動すると自分自身にも約束したじゃない。

訊くのよ。

「だれがスレーテッドされるんですか? つまり、わたしが言いたいのは、犯罪者がスレーテッドされることは知っています。その他にだれが対象となるのです？」

「どうして、その他の人がスレーテッドされるって考えたの？　そんなの違法よ」

わたしは先生を見つめ返し、答えなかった。

先生は何度かうなずき、興味深そうな表情を浮かべた。「あなたは鋭いわね。これはとてもおもしろい質問だわ。驚いたわ、まったく。どうしてそんなことを訊くの？」

「わたしの知り合いにスレーテッドされた人がいるのですが、その人が何か悪いことをしたとはどうしても思えないのです」

「ときに人生は耐えがたいものなの、カイラ。そこから立ち上がるときに助けを必要とする場合もある、そしてわたしたちはその手助けをする」

「わたしには、よくわかりません」

先生はためらった。「それなら、たとえば、あなたのお姉さん。彼女の名前は何だったかしら？　先日あなたと一緒に来て待っていたでしょ」

「エイミー？　先生は彼女のこと覚えてたんですか？」

「このことをあなたに話すとしたら、また何十個も規則違反をすることになるのだけれど、カイラ」先生は画面をタッチした。

エイミーの顔が表示された。エイミー、９６１２。入院の画面に行った。それからまた写真、でもこれはわたしのとはまったく違った。エイミーは何歳か若かったが、あの笑顔は間違えようもない。エイミーはスレーテッドされることを心から喜んでいた。

ライサンダー医師はさらに先を見るためにパスワードを入力した。ああ、このせいで、わたしは自分がスレーテッドされた理由を見つけられなかったのね。パスワードが必要だったんだ。

「ここを見て。患者9612は、病院に来てスレーテッドしてほしいと自ら希望した。精査の結果、彼女はVS候補としてふさわしいと認定された」

わたしは頭を横に振った。「ありえない。自分からスレーテッドに**なりたい**人なんているわけない。こんなもの付けたいなんて思う人がどこにいるの?」わたしはレボを引っ張った。今度は強く。脳天に痛みが走り、激痛のあまりに涙がにじんだ。

「VSとは被害者《ヴィクティム》スレーテッド。幼いころにひどい虐待を受けて、社会復帰するにはそうするしかないという若者も中にはいるのよ。虐待の連鎖を断ち切って、わが子に暴力を振るわせないようにするには、その痛みを取り去らないといけない。なかったことにするしかないのよ」

「スレーテッドになって忘れたいと思うほどつらいことって?」

「覚えているわ。わたしが彼女の検査を担当したから。とても抑圧されていた。彼女には赤ん坊がいた。わかるかしら、十三歳のときにレイプされたの。赤ん坊は政府が引き取り、しかるべき環境で育っている。でも、彼女はそのことに耐えられなかった」

ああ、エイミー。そんなことってあるかしら。そんなひどいことがエイミーに起こったなんて。いや、だれに起こったとしても信じられない。ライサンダー医師は、いつもの声の調子で事実を静かに正確に述べた。それでも、先生の目の中に、エイミーに起こったことに対して先生自身が抱いている恐れが見えた。だから、エイミーがついてきたときに、先生はエイミーと話そうとしなかったんだ。そのことについて思い出したくなかったから。

「エイミーがここにやって来る一年ほど前から、わたしたちは彼女のようなケースにスレーテッド手術を施《ほどこ》すかどうか組織的に検証を始めていた。それは優しさから生まれたものだった。未来の世代に悲劇をくり返すのを止めるために必要な措置でもあった。これは社会全体のためでもあり、その人個人のためでもある」

「エイミーのことを、どうしてわたしに話してくれたんですか？」わたしはつぶやいた。

「なぜなら、あなたが受け止められると思ったから。わたしたちが何をしているかあなたが理解するのに役に立つと思ったから。そして、あなたがこのことを秘密にしておけると、わたしにはわかるから」

「エイミーが知ったとしたら……」わたしの言葉は尻すぼみになった。エイミーは忘れることを選んだ。だったら、今さら言ってどうなる？

「彼女は知ることができる。もし彼女が望むとすればね」ライサンダー医師が言った。

「何ですって？　理由を訊くこともできるし、教えてくれるっていうの？」

「今すぐではないわ。でも、二十一歳になって、レボをはずすときになったら、あなたには訊く権利がある。もしあなたが望めば。名前や住所など個別情報は別として、事実だけなら。なぜあなたがスレーテッドされたのか。あなたが何をしたのか。またはしなかったのか。でも実際、今までのところ、ほとんどだれも知りたがらないのよ。みんな今の自分の生活に適応して、昔のことは奥に閉じ込めておきたいから。あなたは、今でも知りたい？」

「わたしが、何をですか？」わたしは言ったものの、先生が言わんとしていることはわかっていた。

「あなたは知りたいの？　わたしがあなたのファイルを開き、パスワードを入れて中身を見ることもできるのよ」

わたしは後ずさり、首を横に振った。知りたくなんかない。**いえ、知りたい。**

「カイラ、今日のところはここまでにしましょう。来週までによく考えて来てちょうだい。あなたの質問に答える代わりに、わたしの質問にも答えてくれることを期待しているわ。さあ、行きなさい」

今日は色々なことがあり過ぎた。最初はママ、ママの両親と政府や彼らの妥協のこと。それからライサンダー先生。先生はわたしに何かを期待している。**カイラは違う。**

でも、なぜ？　わたしが自分で答えを見つけられないのに、どうして先生の質問に答えることができるだろう。何が起こっているの？　そして何より、どうして先生はわたしにエイミーのことを話したの？　わたしは知りたくなんかなかったのに。知りたくなかった。そのことを考えずにはいられなくなってしまった。

だけど、このことだけでも、わたしが正しかったということの証明だ。エイミーはスレーテッドされるような悪いことを何もしていなかった。エイミー自身が望んだからだった。

こんなことを考えていたせいで、家に帰ったとき、エイミーに駆け寄って抱きつくのをためらってしまった。でも、エイミーは単にわたしの機嫌が悪いと思ったようだ。

エイミーはスレーテッドされたかった。エイミーは忘れたかった。前より今の方が幸せだ。痛みもない。本当にそうなの？　でも、**それがエイミーの選択なのだ。**

わたしはどうだろう？　**ルーシーはどうなの？**　ルーシーも自分で選んだの？

わたしは知りたくない。

でも、さっきのささやき声が頭の中で響いていた。どうしても、消えてくれない。

42

今週はチームの選抜会のため、クロスカントリーの練習はなかった。スレーテッドは学校のチームに入れないので、ベンとわたしはのけ者だ。

わたしたちが学校一速いとしても、わたしの体じゅうの筋肉が解放を求めて叫んでいても、考慮されることはない。しかも、それに対して、何も言えない。わたしは良い子の幼いスレーテッドなのだ。**まったく、正しい。**

この日はまああの天気だったこともあり、エイミーが日曜午後の外出を誘ってきた。昨日、エイミーの過去を知っただけに、エイミーに嫌とは言えなかった。本当は断りたかったのだが。

「カイラ、早く」わたしが洋服ダンスに上着を取りに行く間、エイミーとジャズは玄関に立って待っていた。付添役というれっきとしたお仕事だ。

エイミーが空を仰ぎ見た。「この天気、どうなるかしらね」

完璧だとわたしは思った。空はいつもと変わらずどんより灰色で、空気は冷たく湿っぽかった。今はまだ雨が降っていないが、空気は重く湿っていて、細かい数億の水滴が集まって今にも雨になりそうだった。こんなみじめな天気こそ、今のわたしの気分にふさわしい。

「心配ないよ。もしものときの備えはしてあるから」ジャズが言った。「構え！」ジャズは頭を下げて、大きな傘で木の枝と戦いごっこをしてみせた。

　わたしたちは村を抜けて歩き続け、フットパスの看板のところで止まった。エイミーとジャズはフットパスの横の石壁にもたれている。「この先には行かないの？」わたしがたずねた。

「もうすぐ」エイミーが言って、腕時計を見た。それから、今度の火曜日から外科医のところで職業体験を始めると話し始めた。「もうすぐ」が数分になり、またもう数分。

「彼だ」ジャズが言った。わたしが振り向くと、ベンがわたしたちの方に向かって走ってきて手を振った。

「驚いたでしょ！」エイミーが言って、にやりとした。

　昨日の夕食のとき、ベンとふたりきりでランニングに行くことについてパパが反対しているから禁止することにしたとママに言われた。わたしは何も言い返さなかった。

　わたしに何が言える？　どんな議論をしたところで、パパたちの言い分が正しいことを補強するだけだった。スレーテッドされたばかりの十六歳に、何かよくないことがあったらどうするの。**よくないことがあるって、本当？**

「ベンが来ること、ママたちも知ってるの？」ベンが到着する前にたずねた。

「知らないわ。走りたいんでしょ？　先に行って、走っておいで。わたしたちは後から歩いて行くから」

「ありがとう」わたしはそう言って、エイミーに抱きついた。エイミーは驚いたようだったが、抱き返してくれた。

「わたしはあそこに行って、あそこで済ませたのよ。どんなものかわかっているから」エイミーは言った。そしてわたしはその意味がわかった。エイミーたちの姿が見えなくなったらすぐに、ベンとわたしも、エイミーとジャズと同じようなことをすると思っているんだ。まったく、惚《ほ》れた、のぼせたばっかり。でも今日は、何よりただ走りたい。いや、走ることが**必要**なのだ。

ベンとわたしはフットパスに足を踏み入れた「今日は、そんなに飛ばさないでおくわ」わたしは言った。わたしの足は、できる限り速度を上げたくてたまらなかったが、汗びっしょりで帰宅したら、エイミーと一緒でなかったことがばれてしまう。

「なぜだい？」ベンがたずねた。「いつも、飛び出さずにはいられないじゃないか」

わたしはためらった。「走ってきたと思われたら困るの。エイミーと一緒にいることになっているから」とだけ答えて、今後はベンとふたりで走るのは禁止と両親が決めたことには触れなかった。口に出して言わなければ、本当だと思えないから。

それでわたしたちはフットパスを軽くジョギングした。垣根、ヒイラギの茂み、それから野原に沿って、森林地帯の中で木の根を避けながら。

ベンはこの道を来たことはなかった。登って行くにつれ、灰色の空が頭に落ちてきそうになった。霧《きり》の滴がわたしの肌や髪に貼り付いてきた。雨が降らなくても、湿気と冷気が骨に沁みた。白く這うものが巻いてきて、わたしたちの周りに集まってきた。

頂上の丸太のところで足を止めた。「ここが展望台よ」わたしは言って、にやりとした。「村全体が見渡せるわ」

ベンも立ち止まった。「わからないから教えてくれよ。どっちの方角だい？」

わたしがベンを正しい方向に向けると、ベンは丘を見下ろした。低い霧の中から数本の高い木がそびえ、まるで幽霊のようにぼんやり立っている。その下の野原や家は見えない。

「ああ、たしかに。見事な景色だ」

わたしはベンの腕を叩いた。「そうね、いつもならもっとはっきりしているの。裏庭まで見える」

「さて、どうする？」ベンはそう言うとゆっくり微笑んだ。何かいいことを考えついたと言わんばかりの表情だ。わたしのお腹に響いた。

「えっと、ここで待ちましょう。エイミーとジャズが追いついてくるのを。それとも、戻った方がいいかしら？　この天候では、ふたりはここまで来るのを止めてしまったかもしれないから」

「ちょっとだけ待ってみよう」ベンはまた微笑んで、近寄ってくる。

今回は柵の上に座っていなかったので、ベンの方がずっと背が高かった。ベンが身を寄せてきた。わたしは見上げる代わりに、その胸に顔をうずめた。ベンが腕をわたしの体にきつく巻きつけると、寒くなくなった。

「ママとパパが、今後、あなたとふたりっきりになるのはダメっていうのはこのせいね」

わたしはそう言って、ため息をついた。

「ダメって、本当？」

「ええ」

「でも、今は見られてない」

「何でも言うことをきく良い子にしていると、わたしたち合意したと思っていたんだけど。二十一歳までは」

「キスなしにあと五年もかい？　ぼくは嫌だよ」

ベンは反抗者。少なくとも、キスに関しては。

わたしは許した。「わかったわ。一回だけね」

周りをすっかり霧に囲まれ、世界は無音になり、薄れて消えていった。

見えないときの方が危ないのよ。

わたしは顔を上げ、ベンが笑って前屈みになってきたとき、小さい物音がした。パチン。

「やあ、やあ、だれだい、そこにいるのは」

わたしたちはあわてて振り向いた。そこに立っていたのは、ウェイン・ベストだった。

「カイラだったよな」そう言って、にやりとした。

わたしは一歩後ずさった。「どうしてわたしの名前を知っているの?」

「さて、おまえさん、おれの兄貴んところに行っただろ。やつの犬のブルートとお近づきになったと聞いたよ」ウェインは笑った。「お友達を紹介してくれないかね」

「ぼくはベンです」ベンは言って、微笑んだ。やつの裏の意図をわかっていない。

「やあ、ベン」そう言って、ウェインはベンに手を差し出した。**ダメ、ベン!** でも、もう遅かった。ベンも手を差し出すと、ウェインがベンのレボを見た。ウェインは握手をせずに、手を引っ込めた。

「こいつもスレーテッドか。そんなにたくさんいるなら、ここらの木にでもなっているに違いない」

ウェインは地面に唾《つば》を吐いた。「ちょうどここだったな。そのスレーテッド売女《ばいた》をもう少しで吊るせるところだったのは」

「ちょっと待ってください」ベンが言った。ようやくベンにも、ウェインが善人ではないことがわかったらしい。

「うるさい！」ウェインは怒鳴ると、ベンを丸太の方に押しやった。「そこに座って静かにしてろ。おれはカイラと……**お話**がしたいんだ」

そこでベンは再度立ち上がろうとした。混乱と怒りでベンの顔色が変わっている。わたしは頭を軽く振った。「そこにいて。大丈夫だから」

「何かしら？」わたしはウェインに向かって言った。

「よし、兄貴がおまえを追い払うのは早すぎたとおれは思っている。フィービーの母親に何を話そうとしてたんだ？」

じゃあ、わたしがお母さんに話したことを、聞いてないのね。**フィービーがスレーテッドされたことを知らないんだ。**

わたしはウェインをじっと見つめ返した。頭が真っ白になっていたが、彼に言ってはいけないということだけは確信した。フィービーのお母さんが知らせない方がいいと思ったのなら、きっとそれなりの理由があるのだろう。わたしが言ってはならない。

ベン、静かにしてて。わたしは心の中で頼んだ。

「おれには、おまえをしゃべらせる**手**がある。おまえさんも喜んでくれると思うよ。いや、喜ばないかもな」ウェインが近づいてきた。

ベンが立ち上がり、わたしたちの間に割って入った。ベンのレボが大きく鳴って振動している。「手を出すな！」ベンが言った。しかし、ベンの顔は激痛にゆがんで蒼白だ。

ダメよ、ベン！

ウェインが笑った。「何をしようっていうんだい、スレーテッド君？　あそこに座って見ていろと言っただろ」殴りかかろうとしたベンを、ウェインが押し戻した。レボの振動が大きくなり、ベンは震えて地面に崩れ落ちた。

「ベンに触らないで！」わたしは叫んで、ウェインを強く蹴った。しかし、ウェインはびくともしない。相手をみくびっていたようで、わたしの足はかすっただけだった。

「おお！　売女め。思ってた以上におもしろいやつだな」ウェインが寄ってきたが、わたしは走れない。ベンを置いてはいけない。恐ろしかったが、**怒り**が勝っていた。わたしの内部で何かが揺れ、暴れだし、外に出ようと叫んでいた。

しかしそのとき、ウェインがわたしの肩ごしに何かを見て、くるりと向きを変えて走り出した。

「カイラ？　カイラ！」

ジャズが飛び出してきた。すぐ後ろにエイミーもいた。

「きみの叫び声が聞こえたと思ったんだ。何があったんだい？」ジャズが言った。

ふたりに話しちゃダメ。

「ベンが」わたしはそう言い、倒れているベンの横に屈んだ。「ベンのレボが。ベン、ベン、大丈夫?」ベンのレボがまた振動した。

「今どれくらい?」エイミーが言った。走ってきたので息が上がっている。

ベンの手を持ち上げて、手首の数字を見た。「3・2」わたしは答えながら、恐怖で胃がねじれそうだった。

「ああ、神さま」エイミーが言った。

ベンが唸《うな》って「ぼくのリュックの中だ。早く。錠剤《ピル》がある」とつぶやいた。

ピル? わたしはベンのリュックを探った。水筒、替えの靴下、そして小さな瓶を見つけて引っ張り出した。でも、ラベルには頭痛薬と書いてあるけど?

わたしはエイミーを見た。エイミーは肩をすくめて「大丈夫なの?」と言った。

「さあ、早くひとつくれ」ベンがあえいでいる。

わたしが手渡すと、ベンは水も待たずに乾いたピルを呑み込んだ。わたしは腕でベンを包み、心の中でベンの無事を祈った。エイミーもわたしたちのそばに座り、わたしの手とベンの手を交互に叩いていた。ジャズは救命士を呼びに走れるようにスタンバイしていた。しかし、すぐにベンの震えが止まり、少しずつ頬に色が戻ってきた。レボの数値も上がり始めてきた。

ベンが、あのピルはエイダンからもらったものだとわたしにささやいた。

エイダンのハッピーピル。

歩けるようになるまではしばらくかかった。ベンはもう少しでブラックアウトするところだった。**わたしのせいだ。**ジャズとエイミーをなんとか説得して、少しだけ前を歩いてもらった。これでベンと話ができる。でも、ふたりの目の届く範囲から外れないように気をつけないと。

ベンはわたしの肩に腕を回して、寄りかかるようにしてゆっくり歩いた。

「すまない」ベンがささやいた。

「何が？」

「きみのことを守りたかったのに。ぼくは役立たずだ」

「あなたのせいじゃない」

「でも、おかしいな」わたしは心配で胃がぎゅっと引っ張られるのを感じた。とうとう、ベンはそのことに気づいてしまった。「どうして**きみの**レボは大丈夫だったんだ？」

わたしは肩をすくめた。「正直言って、わたしにもわからない。安定しているはずないのにね。だれにも言わないで、何もしないで。でなければ、わたしはここにいられなくなる」

ベンは間を置き、その意味を咀嚼《そしゃく》し、最終的にうなずいた。

「どうして何があったかエイミーとジャズに話さなかったんだい？　あの男のこと、誰かに言っておいた方がいい。やつは危険だ」

「ダメ、言えないわ。フィービーにつながってしまう。フィービーがスレーテッドされたことをわたしがフィービーのママに言ったことに」

「だから？」

「良い子の幼いスレーテッドらしくない行為なの。わたしが監視され、警告されていること、忘れたの？　何が起きたのか調べ始めれば、わたしに関しても何かしら見つけてケチをつけるに決まっている」

「わかったよ」とうとうベンも言った。「でも、約束してくれ。ここには決してひとりで来ないこと、絶対に。約束できるね？」

それには、わたしもうなずいた。

ジャズがベンを車で家まで送った。我が家からわずか数キロ。ベンの家はレンガ造りの一戸建てで、広い庭がついている。家の横には自転車が立て掛けてあり、前には一頭の犬がいた。でも、その犬はブルートとはまったく違った。スカイは美しくて元気なゴールデン・レトリバー。ベンやわたしたちに飛びついて尻尾《しっぽ》を振った。ベンが初めてこの家にやってきたときに、両親はまだ子犬だったこの犬をプレゼントしたのだ。

ベンのお母さんがガレージから出てきた。オーバーオールを着ている。思っていたより若くて、かわいらしい。おそらく、三十歳かそこら。褐色の長髪を後ろで束ねている。

ベンがわたしたちをお母さんに紹介すると、わかったとばかりに、目を輝かせた。「あなたがカイラね？　お会いできてうれしいわ」彼女は、ジャズとエイミーとわたしを、ガレージにある自分の作業場に連れて行ってくれた。ぴかぴかの機械類、金属破片、造形物でいっぱい。フクロウの造形がちょうど仕上がったところだった。

曲げられた金属の穴が鉤爪《かぎづめ》に、ネジは目に、廃品の連結型の換気扇が羽根になっていた。使い物にならなくなった金属片が野生動物に生まれ変わって、今にも飛び立ちそうに見えた。

「わたしの絵に似ている」わたしが言うと、そこにわたしの絵があるのに気づいた。ベンが欲しいと言ったわたしのフクロウの絵が、壁にピンで留められていた。彼女は、これをモデルにしたのだ。

ベンを残して、わたしたちは車に乗った。車の窓からベンが手を振るのが見え、そのうちガレージの中に消えていった。

ベンの生活は幸福で単純なものだった。ベンとお母さん、そしてあの育ち過ぎた子犬の間にも、穏やかな愛情があるのは明らかだった。ＭＩＡなんかいらない。ハッピーピルもいらない。フットパスの頭のおかしい攻撃者もいらない。

わたしもいらないんだ。

その晩エイミーがわたしの部屋に来た。きっと来ると思っていた。

「わかったわ、カイラ。わたし、考えてみたの。たぶん、ママとパパが正しいって」

「何のこと？」

「あなたとベンのこと。あのとき、ベンと言い合ったか何かしたんでしょう。だからベンはブラックアウトしかけた。いずれにしても、ベンが自分で制御できない、あなたもできないとしたら、今日みたいなことがまたすぐに起こるかもしれない。ベンとこれ以上会うのはよくないと思うの。少なくとも、しばらくの間は」

「そうじゃないんだって！」わたしは抵抗した。

「じゃあ、なんだって言うのよ？」

わたしはエイミーに嘘をつきたくなかった。だったらどう言えばいい？「そうじゃないのよ」わたしはくり返した。

「まあいいわ。いずれにしても、わたしたちは、今後あなたがベンに会う手助けはしない。あなたたちが何をしようと、またはしないにしても、自分たちだけでやってね。おやすみ」エイミーはそう言って、自分の部屋に戻ってしまった。

セバスチャンが飛び乗ってきた。「あなたとわたしのふたりだけになってしまったようね、猫ちゃん」わたしがそう言うと、セバスチャンはごろりと横になって鳴いた。自分の運命に満足しているのが明らかだ。

二十一歳になるまで、もうキスはなし。

なんだって。

しかし、エイミーの言った理由は間違ってはいたものの、エイミーの結論を否定することはできなかった。

わたしと一緒にいない方が、ベンにとってはいいはず。心がどれほど痛んだとしても、ベンにこれ以上の打撃を与える前に、わたしは彼の生活の中から抜け出さなくては。

43

翌朝わたしは、ベンより早く生物の教室に行った。ベン以外の人と座るために、席を探そうと思っていた。しかし、ハッテン先生がまだ代用教員として来ていたので、先生の近くにも行きたくなかった。しかたなく、ベンの隣のいつもの後ろの席に座った。

「昼休みに話がある」ベンが到着するなり、ささやいた。

「無理」

ベンは眉を上げた。「なんで無理なの？」

「忙しいから」

「この話、聞きたくないんだね。ファーン先生についての話だ。図書館のところで会おう、いいね？」

「でも……」

「静かに」ハッテン先生が言った。「みんな、楽しい週末を過ごしたかな。わたしのように」ハッテン先生はにやりと笑った。自分の週末がそんなによくはなかったと言っているようだった。数人の少女たちが笑った。ハッテン先生は一番前の席にもたれかかった。ぴったりした黒のパンツ、ダークな色味のシャツ、他の先生たちより前ボタンの開きが多い。体にぴったりとまとわりついている。シルクか？

ベンがわたしの横腹を突いて「やつのこと、そんなにじっと見つめるなよ」と言った。わたしは飛び上がり、それから教室をぐるりと見渡した。クラスの女子生徒全員、男子生徒でさえ数人、同じように、この代用教員に釘付けになっていた。

わたしは、ただ心配でたまらないだけだ。

「今日の授業は、わたしたちの脳についての勉強を続ける」ハッテン先生が言ったので、わたしは一層不安になった。

しかし、前回のワークシートを見直し、間違いを直しただけだった。授業の間じゅう、脳のスキャン写真や図のスライドが延々と映し出されていった。特別なことは何もなかった。わたしたちが教室を出るときに、ハッテン先生がウインクするまでは。

しかし今回は、数人の少女がハッテン先生の行動に気づいた。嫉妬《しっと》のまなざしがわたしに向けられ、後でつけを払わされることになると自覚した。

わたしは好奇心を捨て切れなかった。ベンは、図書館の外で待っていた。

「さあ、何なの？」

ベンはわたしを見た。ベンの表情に何かが走った。

「ここじゃダメだ。おいで。歩きながら話そう」

わたしはベンについて学校のグラウンドを横切った。わたしたちは左右を見回して門をくぐり、カトルブルックの森へ入っていった。フィービーがコマドリを描いた場所だ。あれは、ずいぶん昔のことに思えるが、実際は違う。三週間も経っていない。わたしたちは本筋となるフットパスを黙って歩き、分岐点からは、かすかな踏み跡をたどって森の奥へと進んだ。まだベンは何も話さない。ベンが何を話したいにせよ、顔には出ていない。暗い表情からは、何も読み取れなかった。

「ファーン先生がどうしたっていうの？」とうとう、わたしはベンを促《うなが》した。

ベンがため息をついた。「まあ、いいだろう。そのことが先だ。ぼくの父が小学校の教師だということは話していたよね。同僚のひとりがファーン先生と同じ大学の出身で、彼女はファーニーと呼ばれていたらしい。彼らが昨日の午後、病院に行ってファーン先生を見舞ったんだって」

「先生は大丈夫なの？」

「よくはならしい。複雑骨折で、体の一部を宙吊りにされている」

「言われている通りの自動車事故だったの？」

「車でのことだったのは確かだ。でも、事故じゃない。だれかに道路へ突き飛ばされたと、彼女は言っている」

わたしは息を呑み「ローダーズのしわざ?」とつぶやいた。

ベンは首を横に振った。「いや。彼らが調査している」

「でも、そうじゃないとすると、他にだれがそんなことをするの?」

ベンは肩をすくめた。「わからない。ただ、きみが知りたいだろうと思ったから」

「話はそれだけ? だったら、わたし、もう戻らないと……」

「カイラ、聞いてくれ。ぼくは、きみに約束した。何をするにしても、まずきみに言ってからだと。だから、ぼくは今ここにいる。話があるんだ」

「話って何?」わたしは不安になって言った。**何か悪いことだ。**

「こいつだ」ベンは言った。ベンは自分の袖をまくって、レボを見せた。光沢ある金属の腕輪が光り、デジタルの数字が緑色で7・8と表示されている。どうして、こんなに高いの? ベンはそんなに幸せそうには見えないのに。ベンはもう片方の手を伸ばすと、乱暴にレボをひねった。苦痛で顔をゆがめた。

「やめて! 何をしているの?」

「見てごらん」ベンはそう言って、自分のレボをわたしの前に差し出した。まだ緑色のまま7・6を表示している。あんなふうにねじったら、レボの数値は急落するはずなのに。

「わからない。何をしたの?」

「エイダンのピルをもう一錠飲んだんだ。すると、何をしてもレボの数値が下がらなくなった。色々試してみたが、レボの数値は変わらない」

「だから？」

「わからないのかい？　レボと脳の間のリンクがピルでブロックされたんだ。ブラックアウト**せず**、何の影響もなくレボを外せる」ベンの表情は輝き、目には興奮の色が見えた。まるで熱があるように。**いや、麻薬を打った人のようだ。**

「そんなの、わからないでしょ」そう言ったものの、頭の中ではその可能性を否定できなかった。ベンが正しい？

レボは、外科手術で脳内に埋め込まれたチップと連動して感情を読み取る。低くなりすぎると、脳内への血流を一時的に止めブラックアウトを引き起こす。低い数値のままで流入停止が続くと、発作を起こし、最終的には死に至る。

でも、もしレボの数値が影響しなかったとしたら？

「いや、そうなんだ！　全部つながった。エイダンが言ってただろ、ＡＧＴがレボを外したって。ピルが脳とレボのリンクをブロックするんだ。そうに違いない」ベンはわたしの手を取り、自分の手で包み込んだ。ベンの目がわたしの目の中を探っている。「考えてみてよ、カイラ。ぼくたちふたりだけでいられるとしたらどんなか。自分たちの気持ちだけ考えればいいんだ」

ベンはわたしを抱き寄せた。ベンが近くなり、わたしの心臓の鼓動が速くなった。肌がひりひりして、わたしの体は何か今まで知らなかったことを求めているようだった。避けなさいと言われてきたことは、すべてレボのせいだった。

レボが無くなったら、どうなるの？　わたしたちは、自分たちの思い通りにできる。一緒にいられる。レボの数値が不安定になるからと言われることもない。うれしいときも、悲しいときも、自分が感じたままでいられる。

でも、そんなのおとぎ話よ。わたしたちに、そんな場所があるはずない。ここ、この世では。

わたしは身を離した。「何を考えているの、ベン」わたしはつぶやいた。

「ぼくは、このピルを数個いっぺんに飲んで、それからレボを切り落として破壊する」

恐怖で心がねじれた。**ダメ、ベン、ダメよ。**

「何ですって？　頭がおかしくなったんじゃない？」

「違う。今までがおかしかったんだ。言われるままに、言うことをきいてきた。でも今は、これまでで一番正気だ。エイダンは正しいが、エイダンの方法では不十分だ。やつらがおれたちにしたことは間違っているんだ。昨日起こったことを思い出してみろよ。もし、ジャズとエイミーがあそこに来てくれなかったら、そのときは……」

ベンはその後を続けなかった。臆病にもわたしも心の中で逃げた。昨晩、わたしは自分の脳の中の小さなドアの中にあの特別な記憶を連れていき、足蹴《あしげ》にしてつっこむと、しっかり鍵をかけた。もうそのことは、考えたくないから。

「ダメ、ベン、そんなことしちゃダメ！」

「エイダンはAGTがすでにやったって言った。成功したって」

「でも、エイダンは言っていたでしょ、失敗もいっぱいあったって。その顚末《てんまつ》を、あなた知らないじゃない。どれほどの痛みか、ベン。レボをねじっただけでもまだ痛みはあったでしょ。わたし、あなたの顔を見ていたもの。すべてのリンクが遮断されているわけじゃないのよ」

ベンは肩をすくめた。「ぼくは、やり抜いてみせる」

「もし失敗したら、死ぬことになるのよ」

「こんな状態で生き続けて、何になるっていうんだ？」

「本心じゃないでしょ。それに、ハサミでレボは切れない。傷つけることさえできないわ」

「母さんの作業場にはどんな金属でも切れる道具がある。ぼくはいつも手伝っているから、使い方も知っている」

わたしは心配した。ベンが耳を傾けてくれる論点はないかと必死で探した。

「待って。その後、どうするの？　もし、レボをはずせたとしても、その後はどうするの？　家族のところにも、学校にもいられなくなるわ。みんな、あなたの手首を見て、あなたが何をしたか知るでしょう。ローダーズが捕えにくるわ」

「ぼくには考えがある」ベンは言った。しかしわたしが訊いても、ベンは答えなかった。

ベンは、エイダンの方法では不十分だと言った。**ベンはテロリストに加わりたいんだ。**

「そんなこと考えちゃダメ……ダメよ。絶対にダメ。ＡＧＴなんてダメよ」

ベンの美しい瞳の中に、容認と確信が見えた。

ベンはテロリストになりたいんだ。わたしは喉が締め付けられるようだった。ベンはやつらのやり方を知らない。知りえないし、また考えたこともないだろう。

「それが政府に耳を傾けさせ、物事を変化させる唯一の手段なんだ。そう思わないかい？」

わたしは首を横に振りながら、後ずさった。これはベンが言っているの、それともピルが言わせているの？　ピルのせいで、こんなふうに考えるようになってしまったの？

「きみのことを見ていた」ベンが言った。「昨日から、きみはぼくのことを見ようともしない。何も話してくれない。ぼくは、**役立たずの**木偶《でく》の坊だ」

「あなたのせいではないわ、違うってば！」

「じゃあ、何でだい？」

「昨日のことで、まさに証明されたから」

「何が？」

「わたしに会わない方が、あなたは幸せでいられるって」

「どうしてそんなことが言えるんだ、カイラ？　ぼくがきみのことをどれくらい思っているのか知らないのか？」

でも、わたしは聞きたくなかった。ベンがわたしに好意を持つことが死に結びつくのなら、それのどこがいいことなの？　いいことなんて何もないわ。

「ダメ、ダメよ！　レボを外そうなんて絶対にそんなことをしてはいけない。お願い、しないって、わたしに約束して」

ベンは首を横に振った。「ぼくは自分で考えないといけないんだ。きみが止めることはできない。いくらきみがそう思ってくれても」

わたしはショックで、ベンのことをじっと見つめ返した。いつも微笑んでいる単純なベン、わたしが守ってあげなければと思った人。

今のベンは笑っていないし、守ってほしいとも思っていない。わたしがどう思うかとか、ベンの行動でわたしに何が起こるかも気にしていないんだ。まったく。

これ以上何が言えるだろう？

わたしは向きを変えて学校に戻ろうとした。レボが震えている。上出来。手元を見る。

4・2。

ベンが追いかけてきた。「さあ。これを一錠飲んで」ベンは「頭痛薬」の瓶を差し出した。

「いらない。飲んだらどうなるか、今見たから」

その代わりに、わたしは走った。


それから、その日はずっとぼんやり過ごした。レボの数値は4のちょっと上を漂《ただよ》っていた。手首に上着をかぶせて、振動音が漏れないようにした。

ベンのことしか考えられなかった。ベンを止めなくちゃ、でもどうやって？

その日の終わり、わたしはエイミーが来る前にジャズの車のところに行き、マックに会いたい、できればエイダンも一緒にとジャズに頼みこんだ。

エイダンとは二度と話さないと誓ったはずだったが、エイダンなら無茶しないようベンを説得してくれるのではないだろうか。少なくとも、AGTがどうやってレボを外したのかを教えてくれるだろう。もし、エイダンがいなかったら、マックがベンを説得するのを手伝ってくれるかもしれない。これが、ベンを止めるための手立てとして、わたしが考えられる唯一の手段だった。

その晩遅く、わたしは手に鉛筆を握ったまま白紙を前に何も描けなかった。

絵を描く才能にさえ、わたしは見放されたのか。

「わたしたちが考えなければならない一番の問題は痛みの制御だ。痛みはそれだけで死に至る。もし、痛みが十分に強ければ体はショックのあまり動けなくなる」

少年は笑っている。何が起こるのか、わたしよりもわかっていないのだろう。

彼はわたしとは違う。彼は言われた場所に座り、話しかけられれば答え、ずっとぼんやりと微笑んでいる。手にした空のウイスキーグラスから水滴が落ち、さらにぼんやり笑っている。

彼の瞳孔《どうこう》は広がり、肌に輝く汗が細かく光っている。しかし、作業場があまりに寒いので、わたしは自分の吐く息が見える。

「一般的にいうところの麻酔状態ではうまくいかない。意識を保ってなければいけないんだ。それがなぜなのかはまだわかっていないが」

少年はまだ笑っている。聞いてないか、わかっていないかだ。彼はわたしより年上だ。おそらく十五か十六歳。

「今回は、いつもの調合に加えて、コカインを追加した。古典的だが効果的だ。現在では手に入れるのがむずかしいが、われわれは何とか少し入手することができた」

「手を前に出せ」彼が命令し、少年が従った。彼は少年の腕をテーブルに縛りつけた。ノコギリが目に入った。少年の手首の横に置かれた。

「ダメよ……」わたしは抗《あらが》い始めた。わたしは血が嫌いだ。大っ嫌い。金属の臭い、色、べたべたした触感。そしてわたしの内側がぐるぐる回り始め、片手でテーブルを摑んだ。気持ち悪くて吐きそうだ。

彼はわたしを強く揺さぶった。「おまえはだれだ?」彼は叫んだ。

突然、回転が止まった。わたしは落ち着いて、観察した。「おまえは自分をコントロールしなくてはならない。おまえは彼女を外に出したくないだろう?」彼は言った。彼の声は危険だ。

「イヤ!　泣いてばかりの弱虫」わたしはまっすぐ立った。

「いい子だ。それに勘違いするな。おれは彼の手を切り落とそうとしているのではない。しかし、痛みについてのおもしろい実験になるだろう」

彼が少年の袖をまくり上げると、金属の輪が見えた。ブレスレットのようだが、時計のように数字がついている。しかし、これは時間を示しているのではない。

「これは……彼は……」

「これはレボ、そして彼はスレーテッドだ」彼は少年の手首をひねり、レボが切断できる角度で金属のテーブルに載るように紐《ひも》を調節した。その先にノコギリがある。

「このノコギリにはダイヤモンドチップがついている。レボに使われている金属を切ることのできる唯一の道具だ。わたしを信じろ。わたしたちはすべて試した。冷やしたり、熱したり、化学薬品、あらゆる種類の切断器具。だが、昔からあるダイヤモンドの刃をつけたノコギリが一番うまくいった」

彼はゴーグルをつけた。「少し後ろに下がってろ。やりようによっては、跳ねるかもしれないから」彼が指でスイッチを入れると、ノコギリ刃が回転し、唸った。

彼は刃を少年の腕に押し付けた。少年のレボに。

少年はまだよくわかっていないのか、目を大きく見開いてじっと見ている。

少年がわたしの方を見た。ノコギリがレボに届いた。レボに当たると、大きな摩擦《まさつ》音がして、火の粉が飛んだ。

そして少年が叫び始めた……

痛みがわたしの腕から伝わってきた。わたしは抗《あらが》ったが、すぐに毛布に絡まっているだけだと気づいた。闇の中で光っているのはセバスチャンの目だけ。

わたしはベッドサイドのライトを点けた。その先に、セバスチャンの毛があった。背骨をまっすぐ伸ばし尻尾を垂らしている。わたしの腕にひっかき傷の列ができていた。この痛みがわたしを起こしたのだ。あれはわたしの夢の一部ではなかったんだ。セバスチャンが悪夢の真っただ中にいるわたしを起こしてくれたのは、これが二回目となった。

「起こしてくれてありがとう、猫ちゃん」わたしはささやいた。毛をなでて愛撫してやると、猫はすぐにおとなしくなった。猫は丸くなって眠ろうとしたが、わたしはライトを点けたままにした。周囲がまた真っ暗になるのが嫌だった。

想像力、残酷で恐ろしい、わたしが持つはずのない記憶の跡？　わたしは夢の中でどこに行くのだろう？

本能のどこかで、これは両者が混ざりあっているのだと告げていた。

夢の中のわたしはレボがどんなものかを知らなかった。抽象的な意味合い以外では。少年がスレーテッドだということは明白なのにわかっていなかった。

しかし、ひとつだけ絶対に避けられない結論がある。

ベンを止めなくちゃ。

44

「時間よ！」ママが階段の下から大声で叫んだ。

しかし、わたしが下に降りていくと、ママは玄関に向かわずに、振り返ってドアにもたれかかった。

「何か困っていることないの？」

困っていることだらけだが、もしママに話せるとしても、何から話せばいいのかわからなかった。代わりに、玄関の時計に目をやった。「今すぐ出ないと、グループ会に遅れちゃう」

ママは少し長く息を止め、それから玄関を開けた。「わかっているわね、カイラ。何か困っていることがあったら、話してくれれば、助けてあげられるかもしれない。ここ数日あなたがうなされているのを見てれば、何かあるってわかるわ」

わたしは心のどこかで、ママにすべてを話したかった。ママなら、わたしにはわからないこの袋小路からの脱出口を知っているかもしれない。

危険よ。

「ベンなの？」家から出るときに、ママがたずねた。

わたしはうなずいた。これくらいまでなら、教えてもいいだろう。

「あなたたちふたり、喧嘩でもしたの？」

わたしは顔をしかめた。「エイミーが言ったの？」

「エイミーのこと、怒らないであげて。心配しているだけなのよ、あなたのことも、ベンのことも」

わたしは窓から外をじっと見つめた。エイミーの善意の憶測のせいで、よけいややこしくなった。

「カイラ、ベンとふたりきりで走るのはよくないとパパとわたしが思ったことを理解してくれているわよね？」

わたしはママを見つめ返した。「ルールを守れ、でしょ」止める間もなく、言葉が口から飛び出していた。

ママが半分笑った。「わたしにもあなたの気持ちはわかるわ。若いときって、だれかと一緒にいたいと思うもの」

「じゃあ、どうしてグループ会のとき、ベンと一緒に走って行ってはいけないの？」

「いけないものはいけないの。でも、わかっていると思うけど、わたしはいつもパパと同じ意見というわけでもないのよ。わたしがそうするのは、建前上はパパが正しいし、あなたに問題を起こさせるわけにもいかない。そうでしょ？　このまましばらく無事に過ごせれば、ときどきはベンと一緒でもいいわ。残念ながら、付き添いは必要だけどね」ママは笑った。

わたしは、ママがわたしを助けてくれようとしているのはわかったし、わたしの味方だと思えた。でも、これはママが想像しているよりもずっと複雑なことだ。ベンはしばらくしたら、ここからいなくなる。しばらくなんていう未来はないのだ。

もしベンとふたりきりで話せたとしたら、説得できるかもしれない。

ちょっと待って。

「もしかしたら、助けてもらえるかもしれない」

「どうすればいいの？」

「今日の迎え、少し遅目に来てくれる？　そんなに長くなくていいから。数分話せればいいの、問題解決のために」

「パパが知ったらどう思うかしらね」

「パパには絶対言わないから！」

ママはため息をついた。「わかったわ。わたしも言わない。二十分あげましょう。それでいい？」

「ありがとう」わたしが言った。

「あら、いい笑顔。後で迎えに来るときにも、そうしていてちょうだい、いいこと？」

グループ会はいつも通りに始まった。ペニー看護師は明るい色の上着を着て、いつもよりはしゃいでいた。ベンは遅れて走ってきた。ベンはわたしの隣には座らなかった。わたしは傷ついたが、それを隠そうとした。

昨日わたしがベンを置き去りにしてきてしまったことを怒っているのだろうか？

グループ会では、みんな、どうでもいいことを無気力に話していた。一分ごとに、わたしは時計を見た。終了が数分延長となり、わたしは文句を言いそうになるのを抑えるために唇を噛みそうになった。やっとペニーが帰っていいと言ってくれたとき、ベンはすぐに立ち上がってドアに向かった。

しかしわたしも席を立ち、ベンのところに飛んで行った。

「待って」わたしは言った。

ベンが振り返り、その晩初めて、わたしに目を留めた。何も言わない。心に短剣を突き付けられているようだ。わたしは、逃げ出したくなった。でも、話さなくてはならない。計画を止めさせる言葉を見つけなければならない。

「ベン、お願い。話せない？　ママが少し遅れてくる。少しだけ時間をもらったの」

ベンは教室を見渡した。ペニーは反対側で他の生徒の親と話している。

「じゃあ、こっちへ」ベンが言い、わたしはベンについて外に出た。駐車場を通って、ホールの陰へ向かった。「わたしのこと、怒っているの？」言ってしまってから、言わなければよかったと後悔した。言うべきことはたくさんある。そんなの後でもよかった。

ベンは首を横に振った。「もちろん違うよ。でも、ぼくは努めてきみから距離を置こうとしているんだ。みんなから見て、きみがぼくと関係あると思われたくない。そうじゃないと、ことを起こしたときに……」ベンは息を止めた。「きみを巻き込みたくないんだ」

わたしはため息をついた。「ということは、まだ考えを変えてないのね。まだあの計画をやり通すつもりなの？」

「ぼくが決心を変えないこと、きみだってわかっているだろ？」

「そうだけど、一応、希望を言ってみたの。でも少なくとも、次にエイダンに会えるまでは待って。エイダンなら、彼らがどうやってやったか教えてくれるし、その方がうまくいく可能性が増すわ」**そこから引き離す話をするのよ。**

ベンは首を横に振った。「よく聞いてほしい。ぼくは決心を変えるつもりはない」ベンは静かな声で言ったが、覚悟のほどがにじみ出ていた。「エイダンの口振りから考えても、彼らがどうやったか、エイダンは知らないと思うよ」

「お願い、ベン。あなたに何かあったら」

ベンの目が和らいだ。「今ぼくがしたいことは、きみを森に引っ張って行って、キスすることだ」しかし、周囲には子どもたちを迎えに来る車が増えてきた。あちこちに目がある。ベンはわたしの手を取ると指を絡ませた。「今はこうしていよう」

「ベン、冷静になって。お願い」

「このことは十分話しただろ？」

「どれくらい具体的に計画しているの？」

「母さんの作業場で道具を探し始めている。今週末までには決められるだろう」

「そんなにすぐ？」

「ああ。母さんは、父の妹に赤ん坊が生まれたのを見に行くんだ。父さんはもうそっちに行っている。だから、こっちに残るのはぼくひとりだ」

わたしは絶望的な気持ちでベンを見た。「お願い、ベン……」

「カイラ、聞いて。もしこれが成功すれば、この次はきみのも切り離せる。ふたりで一緒にどこかへ逃げられる。レボさえなければ、だれもぼくたちを離すことはできない」

「ＡＧＴのことはどうするの？」わたしは、できるだけ小さい声でささやいた。「あの考えは止めたの？」

ベンは首を横に振った。

「ああ。きみとぼく。それでひとつの素晴らしいテロ組織。天国みたいだ。考えてごらんよ。ぼくたちで世界を変えられるとしたら」

ママが入ってきて、手を振っている。

「行かなくちゃ」

「笑ってないのね、カイラ」

わたしは後部座席でぐったりしていた。

「残念だわ」ママが言った。

家に帰った後、お茶の誘いと同情からはなんとか素早く逃げだせたが、自分の考えから逃げることはできなかった。

ベンがレボを切り落とそうとして、苦痛のあまりに叫んでいる。なんとか生き延びることができたとしても、ベンはＡＧＴに入る。

ベンを止めなくては。


何もかもが、曇っていてよく見えなかった。

わたしはゴーグルをまっすぐにずらした。

「ここ、これがスイッチ。この線に沿ってノコギリを当てるんだ。ダイヤモンドが刃先に

ついた輪刃が、素早く彼のレボを切り落としてくれる。大事なことは、できるだけ手早くすること、痛みとショックのあまり死に至る前に。でも急ぎ過ぎて手がすべってもいけない。失敗の多くは、痛みを恐れて途中で止めてしまうことだ。わかったか？」

「はい」わたしは冷静で従順だった。実験に興味も抱いていた。

被験者は汗をかき、目はうつろだった。彼の手はテーブルに固定されていた。彼からウイスキーの臭いがした。

わたしはスイッチを入れた。輪刃が回り始め、スピードが上がっていく。刃をどんどん近づけていく。わたしは顔を上げ、被験者の目を見た。

青い目は大きく見開かれている。恐れの色はない。今のところ。

「自分の手元をよく見ろ！」

ノコギリがレボに当たり、わたしはその部分に視線を戻した。火花が孤を描いて飛び散っている。

「もっと押しつけて！」

叫び声が始まった。

思わずノコギリを引いた。

「ダメだ！　さっさと切り落としてやらないと、彼は死ぬぞ」

しかしわたし自身の脳みそが、ノコギリよりも速く、ぐるぐる回っていた。苦痛に引き裂かれた叫び声が頭蓋骨に響いた。

わたしは目を固く閉じたが、目を閉じると余計にはっきりと見えた。彼の姿が変化し、叫んでいる少年はいなくなった。彼の場所にはベンがいた。

「ダメ！　ベン、ダメ！」ノコギリがベンに届く前に止めようと、わたしは機械に突進した。紐をほどこうとしたが、わたしを強く掴む腕があった。

「おまえは冷静でいなければならない。ルールはわかっているだろ」

「イヤ！」

「次はおまえだ」

わたしは抗《あらが》い、蹴った。格闘し、ひっかき、叫んだ。でも歯が立たなかった。

わたしは椅子《いす》に縛り付けられ、腕をテーブルに固定された。

ノコギリが音を立て始める……

ビーッ……

わたしは目をぱっちりと開けた。死にもの狂いで恐怖から逃げようとして。

夢、でもまだノコギリの音が聞こえている？

ビーッ……

ライトに手を伸ばすと、またそれが始まった。わたしの手首で感じる。わたしのレボが震えているのだ。危険な3・3。吐き気がして、震えている。

今回は、少なくとも始まってしまった。わたしはノコギリを使っていた。わたしは実際こんなことをしたことがあったのだろうか？

ゆっくり、とてもゆっくり、心臓が早打ちを止め、レボの数値が戻ってきた。しかし、頭の中のイメージを追い払うことはできなかった。

わたしの頭の中で、何度も何度も再生される。ダイヤモンドエッジの輪刃。ウイスキー。手早い切断。

わたしは実際、あの場にいたのだろうか、少年を拷問《ごうもん》にかけたあの場に？

内側のどこかに、割れ目が入り、光が射した。

わたしは知りたくない。でも、逃げることもできなかった。夢の中で、わたしは自分のレボを切り離すことになっていて、怖かった。痛いからでも、死んでしまうからでもなく、レボから解放されるから。

わたしはレボが嫌いだった。レボが何を意味し、象徴するか、わたしの人生にどんな影響を与えるのか。それなのに、レボを失うと考えるだけでも、とても怖かった。

なぜだろう？

45

金曜日の朝、わたしがバスの後部座席に行ってみると、ベンのいつもの席が空いていた。バスが動き始めると、わたしは半分立ち上がり、みんなの頭を上から眺めた。いない、いない、ベンはどこにも座っていない。バスには乗っていないんだ。

わたしは心の中でパニックを起こした。ベンはやってない。いや、今週は両親がいないとベンは言っていた。だから、レボを切り落とすのだと。前倒しでやったということはないだろうか？

茫然としながら、朝の授業に出た。悪夢に立ち戻ったみたいだ。ミセス・アリに助けを求めようかとさえ考えた。ベンが考えていることをミセス・アリに話したら、彼らはベンを止めてくれるだろう。ベンにそんなことはさせないはずだ。でも、その後どれくらいの間、ベンは安全にいられるだろう？　ローダーズはベンに何をするだろうか？

もし、もう手遅れだったとしたら。

昼休みにひとりでグラウンドを捜しに行った。だれか助けてくれないかしら？

ジャズに頼んでみたら。

大学準備コースの生徒たちの休憩室は本館にあり、いつもそこでお昼を食べるとエイミーが言っていた。だから、わたしはそこへ向かった。エイミーはまだ職業体験に行っているので、言い訳しなくてもいい。この一連のことはエイミーには言わない方がいいと、わたしは本能のどこかで感じていた。彼女は、わたしはもうベンと会うべきではないと考えていたから。

もしベンがレボを切り落とそうと考えていると知ったら、どんな反応をするだろう?

わたしは不安を抱えたまま、休憩室の入り口に立った。**お願い、ジャズ、ここにいて。**

室内は混雑していて、多くの生徒たちがグループごとに集まっておしゃべりしている。ベンチでは昼食をとり、テーブルや学習机では宿題をやっている。部屋を見渡したが、どこにもジャズの姿を見つけられなかった。でも、奥のコーナーの机や本棚の方まではよく見えない。わたしは、首を伸ばして、あたりを見回した。

「ちょっと、どいて」背後から声がした。わたしが脇に寄ると、年上の少女がふたり入ってきて、わたしを見て指さした。「迷子なの?　ここは上級生専用よ」

「待って。わたし、ジャズ・マッケンジーを捜しているの」

ふたりはわたしを無視して行ってしまった。

「ジャズ?」わたしは、大声で叫んだ。馴染《なじ》みのあるジャズの顔が、部屋の反対側の机のコーナーから覗いている。笑いながらこちらにやって来る。

「やあ、カイラ、どうしたんだい？」

「ちょっとだけ話せない？　つまり、みんなのいないところで」

「いいよ、ちょっと待ってて」ジャズは言って上着を手に戻ってきた。「散歩に行こう」

わたしたちは廊下を抜け、その建物を出た。空は灰色で、かすかに霧雨《きりさめ》が降っている。ベンチや小道を人払いするには十分だ。

「何があった？」立ち聞きする人はだれもいないと確認した後で、ジャズが言った。

「ベンのことが心配でたまらないの。今日、バスに乗ってなかったの」

「それなら、寝過ごしたんじゃないか。それとも、風邪《かぜ》ひいたとか、歯医者とか。バスに乗ってない理由なんていくらでもあるだろ」

わたしは何も答えなかった。ジャズがわたしの顔を見た。「でも、きみがそんなことではないと思うなら」

「違うわ」わたしはささやいた。わたしはためらった。詳しいことを知らない方がジャズのためだ。「ベンは、とても馬鹿げたことをしようとしているの。もうやっちゃったんじゃないかって、わたし心配でたまらないの」

「そうか」

「どうすればいいのかわからない」わたしは絶望的な気持ちで言った。霧雨は勢いを増し雨になった。わたしのレボが振動したが、手をポケットに深くつっこんでいたので、ジャズには気づかれなかったはずだ。

「エイミーは、きみはもうベンと会わない方がいいと思っている。きみの両親と同じ意見だ。」

「あなたはどう思うの？」

ジャズは肩をすくめた。「おれは、ベンはいいやつだと思うよ。きみは、本当に心配しているんだね？」

わたしはうなずいた。

ジャズは首を傾げて考えている。「こうしよう。午後の授業をさぼって、ベンのところに行くのは、どうだい？　大丈夫かどうか自分の目で確かめればいい」

賛成している自分に気づいた。数分後に車の前で会おうと言って、ジャズはカバンを取りに戻った。**これは悪い考えよ。**

教師に見つからないように注意しながら、グラウンドを横切って生徒用の駐車場に向かううちに、わたしはこの考えを無視することにした。たしかに、今日の午後、授業をさぼったら言い訳がむずかしいかもしれない。それにミセス・アリはすでにわたしに目をつけている。だれにも気づかれずに済むとは思えない。**とっても悪い考えだわ。**

ジャズが来るまでに数分以上かかり、わたしは心配になってきた。ジャズは考えを変えたんじゃないだろうか？　そんなはずない。もしそうなら、ジャズはちゃんと言ってくれるだろう。

　そのとき、ジャズが角の方から、満面の笑みを浮かべながら走ってきた。「ベンは校外実習だ」

「本当に？」

「おれ、確認してきた。事務室前に掲示してあった。ベンの農業クラスは、今日一日、農場で過ごすことになっている。きみに言って行かなかったなんて、驚きだけど」

　わたしは安心のあまり膝から崩《くず》れ落ちそうになった。眩暈《めまい》がして、もう少しで倒れるところだった。

「おい、大丈夫かい？」ジャズが、不思議そうにわたしを見た。

「たぶん。でも、ベンとはどうしても話さなくちゃいけないの」

「よし、じゃあ、放課後、ベンの家に行こう。バスを振れよ、おれが連れて行ってやる。エイミーやドラゴンに気づかれないように、ふたりが帰って来る前に家に送り届けよう」

「本当に？」

「ああ。嘘じゃない」

「ありがとう」

　ジャズは肩をすくめてにやりとした。「大したことじゃない」ジャズは言ってウインクした。「授業が終わったらここで会おう、いいね？」

「いいわ」

わたしは午後、すっかり安心していた。ベンはどうして校外実習のことをわたしに言わなかったんだろう。まあ、他に話すことは色々あったけど。

話というより議論することだけど。


空は午後には晴れ上がった。ジャズと車の前で落ち合うまでには、雲はどこかへ行ってしまっていた。太陽が照っている。

わたしは最初、助手席に座った。しかし、突然、不安になった。このことをエイミーがだれかから聞いたらどう思うだろう。

「エイミーには、きみがバスで嫌がらせをされたから、家まで送ってやったと言うよ。いいね？」ジャズが言った。まるでわたしの心を読んだみたいに。

「わかった」

わたしは車の後部座席に座りなおした。午後遅く、太陽に顔を照らされながら、わたしはシートベルトをしめた。片手でしっかりドアに摑まったが、今ではジャズの運転にも少し慣れて、信号で急ブレーキを踏まれたときでも、大したことはなかった。それから、スピードを出し過ぎて、次の交差点でも同じことをくり返したときも。

ジャズはラジオにあわせて口笛を吹いていた。

昨晩の夢が頭の中を駆け巡っていた。延々と再生し続けて、終わらない。わたしの頭の中は叫び声でいっぱいだった。恐怖、ウイスキー、血、すべて混じりあった塩っぽい臭いに、吐き気を抑えるのに必死だった。

ベンを止めなくては。絶対に。でも、言うことを聞いてくれなかったらどうしよう？

ジャズは、ベンの家の四軒手前の家に入った。

「ここは、友達のイアンの家だ。きみが帰りたいと言うまで、おれはここで待っている」

ベンの家に着いたとき、スカイが前庭にいた。スカイはとても興奮して、飛びついてきた。あまりにも必死にわたしの顔を舐《な》めるので、半ば押し倒されそうになった。ベンは、スカイはいつもご機嫌で、まるでスレーテッド犬のようだと言っていた。

「落ち着いて、スカイ！」わたしはスカイをたしなめ、なでてやった。

わたしは玄関をノックして待った。答えない。

ベンは校外実習からまだ戻っていないのか？

さっきスカイはガレージの扉の前にいた。わたしは庭を横切ってガレージに向かった。ノックする。答えはない。わたしは耳を澄ませた。

いた。中でかすかに物音がする。

ドアを開けようとしたが、鍵がかかっていた。

またノックした。「ベン?」と呼んでみた。

今度は足音が聞こえ、鍵を回すカチリという音がして、ドアが開いた。

「カイラ?」ベンがにっこり笑った。「なんで、きみがここにいるの?」ベンは左右に目をやると、わたしの腕を掴み、中に引き入れた。スカイがついてこようとしたが、ベンはスカイを押し出して、ドアを閉めるとまた鍵をかけた。

ベンは学校の制服姿ではなかった。不自然なくらい目が光っている。

「今日、校外実習だったんじゃないの?」

「その予定だったけど。休むことに決めたんだ」

「そのことで、後で問題になるんじゃない」

「もう関係ない。ぼくは来週にはいないから」ベンは笑った。「きみが来てくれてうれしいよ。これで、きみにさよならが言える」

それから、わたしは並べられた研削道具を見た。ゴーグル。タオル。どこかへ逃亡するための準備が詰まったリュック。

恐怖が体に込み上げてきて、わたしは凍りついた。わたしはベンの手の中から、自分の手を引き抜いた。

「ダメ、ベン、ダメよ! 今からやろうっていうんじゃないでしょうね?」

「どうして、待たなきゃならない？　母さんは叔母さんのところに出かけた。父さんはすでに向こうにいる。完璧なタイミングだ」

わたしは震えながら頭を振った。目から涙があふれた。

「お願い、やめて。わたしを置いていかないで」

「落ち着いて、カイラ。大丈夫だよ。すぐに、きみを迎えに来るから」

「死んだら、来られないでしょ」

ベンは笑った。「うまくやるさ」ベンは小指をわたしの小指に絡ませると、ふたりの間に持ち上げた。「小指の約束は破れない」ベンはきつく握った。

「カイラ、約束する。ぼくたち、また一緒になるって」

ベンは軽くキスして離れようとしたが、わたしは腕をベンの首の後ろにまわし、引きよせてキスをした。もう一回、そしてもう一回。絶望的な気分で、ここにいる。今はただこの瞬間にいた。ベンがわたしの体に腕をきつく巻きつけた。

わたしは目を閉じて、ベンにもたれかかった。どうしてこんなにつらいことばかりなの？　こうしていられるだけでいいのに、どうしてそれができないの？

ベンが腕を緩めた。「行って、カイラ。もう行くんだ」

わたしは首を横に振った。ベンを止めなきゃ。ベンにわかってもらわないといけない。

「待って。お願い。少なくとも、エイダンと話して。エイダンなら、たぶん彼らがどうやった教えてくれるでしょう。そうすれば、うまくいく確率が上がるわ」

「ダメだ、カイラ。そのことについてはもう十分考えた」

考えて。これがどんなに馬鹿げたことなのか、ベンにわからせなきゃ。うまくいくわけないって。「どうやってやるのか、話してちょうだい」

ベンは、お母さんの新品の素晴らしい研削機を見せてくれた。新しく加工した金属でできていて、従来のものよりも強力だという。

わたしは首を横に振った。「ダメ。それではうまくいかない。ダイヤモンドの方が強いわ」

ベンは首を傾けた。反対側の台の方に行く。「これだ」ベンは古い片手式の研削機を持ち上げた。「これにはダイヤモンドエッジの輪刃がついている」

「それだけでもダメなの、ベン。あなたの手を空中に保って、レボを切り落とさなければ。痛みがひどくなったら、きっと支えていられなくなる」

ベンは、Cクランプの留め金を探してきた。「これが使える」ベンが言った。「これでベンチに固定する。お願いだから、もう行ってくれ、カイラ」

「わたしはここに残る。止めてもムダよ」ベンを説得する言葉を必死に探しながら言った。この馬鹿げた計画を諦めさせなくてはならない。わたしはベンを見つめ返し、その目を見て、そして打ちのめされた。わたしが何を言っても変わらない。ベンの決心は固い。

わたしはうなだれて手元を見た。ショックのあまり眩暈《めまい》がした。ベンを手伝わなくちゃ。わたしがやらなければならない。素早く切り落とさなくてはならないのだから。作業を始めて、やり遂げられなかったとしたら、ベンは恐ろしい苦痛の中で死ぬことになる。ベンを止められないのなら、手伝わなければ。

　わたしは顔を上げ、涙を拭いた。外側では冷静に自制しようと努めていたが、内側ではこう叫んでいた。ダメ、ダメ、ダメ、ダメ……

「わたしがやる」わたしが言った。「わたしが、あなたのレボを切り落とす」

「ダメだ。ダメに決まっている、カイラ。行くんだ」

「聞いて。わたしは、これの使い方を知っている」わたしは言って、鋭い研削機を持ち上げた。心地よく手に馴染んだ。夢で見た固定式の研削機に比べて、手に持つタイプのこちらの方が操作が難しかったが、基本は一緒だ。「あなたがやるより、わたしがやった方が安全よ。あなたは痛みで制御できなくなるはずだから」

「きみを巻き込むわけにはいかない。ダメだ、カイラ」

「見てて。わたし、できるから」わたしは、Cクランプに金属片を挟み、ゴーグルを着けた。研削機のスイッチを入れると、音が唸《うな》りだした。わたしの夢と同じだ。わたしは叫びだしたくなりながらも、まっすぐに切り落とした。

「手を止めるんだ。わかったよ。でも……」

「でも、はなし。わたしに手伝わせるか、あなたが止めるかのどっちかよ。あなたひとりではやらせない。あなたをひとりで死なせるわけにはいかない」

ベンはわたしの目をじっと見つめ返し、頭を軽く振った。

「手伝わせて」わたしは言った。「その方がうまくいくって、あなたにもわかるでしょ」

「そんなの間違っている」

「じゃあ、全部止めにして！」わたしは言いかけた。最後にもう一度、最後の最後にベンの説得を試みたが、ベンは首を横に振り、わたしの言葉は消えていった。

ベンはしぶしぶといった表情だ。「きみが手伝ってくれた方がうまくいく」とベンは認めた。「でも、本当にできるのかい？　本当に自分でやりたいと思っているの？」

「ええ」

ベンは迷っていたが、「わかった」と最終的に言った。ベンはエイダンのハッピーピルを取り出した。「じゃあ、少なくとも、これを一錠飲むんだ」

「いらない」

「途中できみをブラックアウトさせるわけにはいかない」

わたしはためらったが、ベンの方が正しかった。もし、わたしのレボの数値が落ちて、研削機と共に崩れ落ちたらどうなる？

「わかった」と言って、コップ一杯の水と共にピルを一錠飲み下した。ベンは片手いっぱいのピルを飲んだ。「そんなにたくさん飲んで大丈夫？」

ベンは肩をすくめた。「足りないよりは多過ぎる方がいいだろう」すぐに、ベンの肌には汗の薄い膜がはり、瞳孔《どうこう》が開いてきた。夢の中のあの少年みたいだ。

わたしの夢……

「ウイスキー、少しある？」

「たぶん、でもなぜ？」

「ショックを和らげるのを助けてくれるわ」

ガレージと家をつなぐドアがあった。ベンはそこに入って行くと、瓶を手に戻ってきた。

「お願い、ウイスキーを少し飲んだ。咳き込んで、それから顔を上げた。「まずい」

「お願い、こんなことしないで。お願いよ。決心を変えるのなら、まだ間に合う」

「ぼくはひとりでやる。家に帰れ、カイラ」

「ダメ！　あなたがどうしてもやると言うなら、わたしも手伝う。でも、ベン、聞いて。一度レボを切り始めたら、途中で止めることはできない。どんなに痛くても、最後まで切り落とさないといけないのよ」

「ああ。ぼくがどんなことを言っても続けてくれ」

「あなたが叫んだら、人が来る」

「ぼくは声を上げたりしない」

「どうしてそんなことが言えるの、スーパーマンか何かのつもり？」

「スーパーベンだ！」ベンは笑って、作業台の隣の椅子に腰を下ろし、レボを固定した。

レボを押し付けたとき、ベンの顔が苦痛にゆがんだ。

「カイラ、もしうまくいかなかったら、ぼくが全部ひとりでやったように見せかけてほしい。どんなことがあっても、きみはここから出ていくんだ。そうすると約束してくれ。もしきみがここで捕まったら、この状態のぼくを見つけたというんだ。約束して！」

「わかった。約束する」

「手袋をはめて」ベンが言った。「そこにある。コントローラーや取っ手、きみが触ったものすべてをふき取るんだ」わたしは手袋をはめて、ベンの言う通りにした。

「準備はいい？」わたしはささやいた。

「待って」

「何？」ベンがこう言ってくれるのを願いながらたずねた。

待ってくれ、やっぱり止めたよ。

「カイラ、何が起ころうとも、ぼくはきみを愛している。いつでもきみを愛しているよ」

そう、大丈夫だ。ベンはローダーズだって友達だと思えるくらい、たっぷりハッピーピルを飲んだ、その上ウイスキーも。ベンは、自分がどこにいて、どんなことを言っているのか自分でもわかっていないだろう。でも、ベンは言葉通りの表情をしていた。

そしてわたしはベンをじっと見つめ返した。わたしもあなたを愛していると言いたかったが、喉の奥につかえて、言葉が出てこなかった。

「やるんだ！」ベンが言った。

そしてそれはわたしの夢と、あのとんでもない夢と同じだった。わたしは、わたしではなかった。わたしは、あの悪夢の少女だった。落ち着いて、冷静にあんなことができる。彼女はどこから来たのだろう？　わたしは鋭い研削機を持ち上げると、安全弁を外《はず》してスイッチを入れた。素早い切断。絶対に手早くなくてはいけない。

刃が回転して唸った。

わたしはベンを見た。ベンがうなずいた。「やるんだ」その口がそう言っている。

回転する刃がベンのレボに接触した。火花が孤を描き、辺り一面に飛び散った。

夢の中の少年と違って、ベンは叫ばなかった。しかし、顔をゆがめ、汗がしたたり落ちた。わたしは、ベンの顔を見ないようにした。刃先に集中して、しっかり持った。

おそらくスカイにもわかったのだろう。子犬の頃から愛し、愛されたベンとの絆を通して。スカイが吠え、ドアをひっかき始めた。そのうち、ドアに体をぶつけるようなドスンという音もしてきた。

火花が飛び続けたが、始めてしまった以上、もう止められない。刃が抵抗し、飛び上がり、唸った。研削機が熱くなって、手袋越しでも持っているのが困難になってきた。ベンは口から少しずつ血を垂らし、痙攣《けいれん》し始めた。しかし、なぜかベンはまだ静かなままで、身を引こうとはしなかった。

レボの最後の部分が抵抗した。引っ張って、突いて、そして……ポキッ。

レボが外れた。わたしはスイッチを止めると、ベンの腕を傷つけないように研削機を下ろした。ゆっくりやったが、刃がベンの手首に触れた。血だらけだ。わたしは研削機を下ろすと、急いでクランプを外し、ベンの手首をタオルできつく巻いた。

「ベン？　ベン！」わたしはベンを揺さぶった。ベンの体はがくりと落ち、意識を失っている。口からもっと血があふれてきた。舌を嚙んだの？

椅子が押されて横にずれていた。わたしは手袋を外すと、コーナーに投げつけ、ベンの首に触った。ベンの脈がおかしい。

スカイが吠えるのが、ぼんやり聞こえた。車だ。ガレージのドアがガタガタ鳴って、そして開いた。

ベンのお母さん。

「赤ちゃんの忘れ物を……」お母さんが話し始め、それから床に座っているわたしの腕の中にいるベンに気づいた。

「どうしたの？」

わたしの頰を涙がこぼれ落ちた。わたしは頭を振るだけで、何も言えなかった。

ベンが言った通りに話すのよ。

「わ、わ、わたしが、ベンに会いにきたら、こんなふうになっていて」

お母さんはわたしを押しのけると、血を吸ったタオルをはずして、そして見つけた。「何をしたの？」お母さんは顔色を失った。「ベンのレボがない」彼女はわたしを見上げた。

わたしは力なく肩をすくめた。**嘘をつくのよ。**

「わかりません。自分でレボを切り離したんだと思う」

ベンのぐったりした体が反《そ》りかえった。そして、もう一度。痙攣《けいれん》している。発作？ ああ、神様、止めて。レボを傷つけたら発作を起こして死ぬ。彼らがいつも言っている通りになった。やっぱりうまくいかなかったんだ！

お母さんはポケットから電話を取り出すと、救急車を呼んだ。

「ここから出て行きなさい、カイラ。行くのよ」

わたしは震えて、足を引きずった。ハッピーピルを飲んだにもかかわらず、わたしのレボの数値は急速に落ちていった。レボが振動した。

「行って！　ここで**実際に**何が起きたのかわからないけど。でも今は行ってちょうだい。彼らが到着する前に、ここから逃げ出すのよ」

ベンを置いてはいけない、わたしにはできない。

「出て行って。ベンならきっとそう言うわ」

ええ。たしかにベンはそう言った。

遠くでサイレンが聞こえ、わたしはドアに向かってよろよろと足を進めた。

「そっちはダメ」お母さんが言った。「裏口から水路の小道へ、行って！」

そして、わたしはよろめきながら裏口から出た。家の裏庭を横切って、門を出る。そこは、お母さんの言っていた通り、水路沿いの小道になっていた。足をひきずるようにしながらも、なんとか家々の後ろを進んだ。数えて四軒目。ジャズの友達？

裏から音楽が聞こえるが、あまりに音量が大きいので地面が揺れている。わたしは裏口の戸を叩いたが、返事がない。わたしはそのまま入っていった。

ジャズがわたしを見て、ステレオを消した。すると、サイレンが聞こえた。

わたしの頰を涙がこぼれ落ちた。

ジャズがわたしの肩に腕を回した。

「カイラ、どうしたんだ？　何があったんだ？」

別のサイレンが加わった。まるで二つのパートのハーモニーのようだ。いや、音は調和せず、大きく急かすようにこちらに向かってくる。

嘘をつくのよ。

「べ、べ、ベン。ベンがレボを切り落としたの」わたしは小声で言った。

「だって、そんなの不可能だろう」

「そのはずなんだけど。ブラックアウトしないまでも、レボにダメージを与えたら、痛みのあまり死に至る」または発作。

わたしはそのイメージを頭から追い出そうとした、でもできない。ベン……前の窓から、一台ではなく、二台の救急車がベンの家への進入路に入っていくのが見えた。あれは、どういうこと？

もし、ベンが……。わたしは呑み込んだ。さらにわたしの思考力がふらついて、最悪のケースだとどうなるかも考えられず、消せないイメージを説明する言葉も見つからなかった。わたしに見えるのは、ベンが床に横たわって痙攣《けいれん》し、苦痛に顔をゆがめる姿だけ。

もうひとつのサイレンが遠くで鳴り始めた。でも、今度のは違う。音の高低や調子が、救急車のものとは違った。その音が頭に響き、心臓の鼓動が速まり、虫唾《むしず》が走った。

隠れるのよ！　すぐに。

しかし、わたしは窓から離れなかった。角の方からそのサイレンの音源が現れた。黒い長いバン。車体には何も記されていなかったが、前方に青色灯が点滅していた。わたしは窓から飛び退くと、後ろから来たジャズとイアンを押しのけた。

「何だい？」ジャズが言った。

「ローダーズ」わたしは言いながら、少し気分が悪くなった。**救命士がローダーズを呼んだんだ。**彼らは信用されていない。

「ここから、きみを連れ出さないと」ジャズが言った。「今すぐ」

すごく寒い。わたしは頭のてっぺんからつま先まで氷漬けの気分だった。レボが鳴った。ジャズがわたしの手首を摑んで見た。

4・4。

ハッピーピル一錠では足りなかった。

「くそ！　カイラ、おれにできることはないのか？」ジャズが言った。深く心配してくれているのが目に現れている。

「ないわ。もう手遅れ」わたしは答えた。

4・1。

わたしは、腕で自分を抱くと、震えだした。

ベンを止めればよかった。わたしのせいだ。

3・8。

わたしはベンを置き去りにした。あそこにベンだけを置いてきた……

3・5。

あんなに血を流して、死にかけているのに、わたしはただ逃げてきた。ベン……

ジャズが悪態《あくたい》をついた。「ダメだ、カイラ。ここじゃ、ダメだ。今は、ダメだ。こっちにこい」ジャズは裏口にわたしを引きずって行った。わたしたちがここにいたことは内緒だと、イアンに誓わせている。

「ここにだれがいたかってことだな?」イアンが言った。「ベンについて何かわかったら、知らせるから」

ジャズがわたしを半分抱えるようにして柵まで連れて行き、門を出て小道に向かった。

3・2。

「走れ!」ジャズが言った。

「……なんで?」

「命がかかっていると思って走れ」**おそらく、その通り。**

走る? 今? わたしは自分の足元を見た。スタートして、よろよろして、歩き出して、それからジョギング。そのうち、リズムがついて乗ってきた。

「もっと速く!」ジャズが言いながら、後ろについている。「もっと速く走れるだろ」

ローダーズに追いかけられていると思って走るのよ。精一杯、全速力で、ローダーズがすぐ後ろについているかのように。ウェイン・ベストに捕まりそうになっているかのように。ウェインの醜《みにく》い顔を思い出すと、足にエネルギーがいくらか充塡《じゅうてん》された。

ジャズがわたしの手首を摑んだ。3・9。「まだ足りない。走り続けて」わたしたちは走りに走った。慣れてないからジャズの息が荒い。わたしは走り続けたが、頭の中の血のイメージはまだ消えなかった。

ベン。怪我、いやもっと悪いことになっているかも。怪我なら、ローダーズに連れて行かれる。悪いことになった方がましかもしれない。

何が起こったの？　わたしが止める手段は本当になかったの？　ベンに何が起こったのかわからないことが、わたしの心をすりつぶしていた。

足を止めて、倒れ込み、泣きたかった。でも、スピードを落とすたびに、ジャズが後ろからわたしを突っついて、前に進ませた。

ベンの優しく美しい目。それがあんなことに。あの目はもう戻らない。あなたに、何が起こったの？

イアンが見つけて教えてくれるよ。

わかった。

走り続けるんだ。

わたしたちが車に戻るころには、ライトが消えていた。

「レボの数値は？」ジャズが訊いた。

チェックした。「5・2。どうしてわたしを走らせることを知っていたの？」

ジャズが肩をすくめた。「以前、ベンから聞いたことがある」

ベン。

「おいで。家まで送るよ」ジャズが物陰に立って、道路の方を覗いた。救急車もローダーズの影も見えない。「大丈夫みたいだな」

ベン。

ジャズが我が家の前まで連れ帰ってくれたときに、わたしのレボがまた震えだした。

「持ちこたえろ、カイラ。こっちに来るんだ。きみならできる」

わたしは絶望的な気持ちで首を横に振った。落ち方が速すぎる。

「ドラゴンに対面する時間だ」ジャズが言った。「来るんだ」

ジャズが半分抱えるようにして玄関に向かった。

わたしたちが着く前に、ドアが開いた。

「一体どこへ行っていたの……」ママが口を開きかけ、わたしの顔を見た。「中に入って」

ママが言った。ジャズに手助けしてもらいながらソファに横になった。

ビーッ……

3・1。

ベン……

46

苦悶《くもん》。わたしの世界は苦痛に満ちている。他には何もない。

鼓動、したたり落ちる赤い痛み、邪悪なものが迫ってくる。

今のわたし、過去のわたし、未来のわたし、そのすべてに。

ゆっくりと、他のものが意識できるようになってきた。

床。わたしは床に横たわっている。いくつかの声。**ベン**……

腕に一撃。温かいものが血管に流れ込み、全身に広がっていく。でも、痛みを取り去ってはくれない。この痛みを取り除ける方法などない。他のことはどうでもよくなっていく。わたしは目を開けた。

「おはよう」ママが言って、笑った。「気がついたのね」

「うーん……」わたしは言った。そして、すべてが真っ黒になった。


「**ベン！　来てくれたのね**」

ベンが笑った。「きみにさよならを言わずに行くことはできないからね」ベンが膝をついた。

「置いていかないで、行かないで、お願い……」わたしの目から涙があふれた。

「もう行かなくちゃ、長居し過ぎた」ベンは再び笑った。唇には笑みがあったが、目は悲しそうだ。

「強くなるんだ、カイラ」ベンが身を寄せ、唇がわたしの唇を優しくかすめた。

わたしたちの三度目のキス。

ベンが体を離すと、姿が見えなくなった。ベンの体を光が通り抜けていく。

「さよなら、カイラ」ベンが優しい声で言った。言葉が漂《ただよ》い、沈黙に溶けていく。

そして、ベンは行ってしまった。

わたしたちの最後のキス。


「ベン！」わたしはベンの名前を叫んだ。起き上がろうとして、また倒れた。

わたしはベッドの中にいる。自分のベッド。足元にはセバスチャンがいる。開け放たれたドアの向こうの廊下から、かすかな光が漏れている。

「カイラ？」ママが言った。ママは、横の椅子に座っていた。「おはよう、起きたのね」

ママの顔は疲れて青白かった。わたしは再度起き上がろうとしたが、頭を動かした途端に、脳天を苦痛の波が襲った。わたしはあえいだ。

「じっと寝てなさい」ママが言った。

「ベンはどうしたの？」

「今はその心配はしないで」

意識を集中しようとすると、痛みはよけい激しくなった。

でも、そこに、もうちょっとで届くところに、わたしが知りたいことがあった。

「話して」わたしは懇願した。自分の頬が濡れているのを感じた。

「静かに。ジャズが、あなたを連れ帰ってくれた。玄関に入ったとたんに、あなたはブラックアウトした。わたしが知っているのは、これだけよ」

「救命士がここに来たの？」わたしがささやいた。

「もちろん。彼らが注射を一本打ってくれて、そしてもう一本。あなたは少しだけ意識を取り戻したけど、また気を失った」

危険だ。わたしは目を閉じた。彼らは知るだろう。ローダーズ。彼らに、わたしがベンのところにいたことがわかってしまう。救命士はわたしがブラックアウトしたことをローダーズに話すだろう。そしてベンはわたしの友達だ。彼らはふたつを合わせて考える。

わたしは暗闇の中にまた落ちて行った。

次に目を覚ましたときには、カーテンから太陽が覗いていて、わたしはひとりだった。今度はなんとか起き上がることができた。頭のずきずきは少し弱まったものの、しつこく残っていた。胃のむかつきも急を要していた。**今はだめ**。わたしは呑み込むと、深く息を吸って、吐き気が収まるのを待った。

階下でささやきが聞こえる。複数の声？　ママと他にもだれかいる。

毛布の中から這い出し、なんとか立ち上がると、ふらふらする足で窓際まで歩いて行った。窓の下、我が家への進入路に黒いバンが停まっている。

ローダーズ。

アドレナリンが体を駆け巡った。**走れ**と言っている。しかし、立ち上がるのが精一杯だ。わたしはまた体をベッドに横たえた。わたしにできる最善策は死んだふりしかない。

しばらくすると、階段に足音が聞こえ、ドアが開いた。

「カイラ？」ママが優しい声で言った。わたしは動かなかった。「言ったでしょ、寝ているって。少し待って下さらない？」

「ダメだ。起こすんだ。いやなら、こちらが代わりにやろう」冷たい男の声。

部屋を横切る足音が聞こえ、ママの手が頬に触れた。

わたしは目を半開きにぱちぱちして、小さく唸った。ママがわたしの目を覗き込んでいる。その目は緊急のメッセージを伝えていた。何を言いたいの？　灰色のスーツを着た男がふたり、後ろの戸口に控えている。そのせいか部屋が狭く見えた。

目を閉じて。まばたきして再び目を閉じたが、心の中では渦が巻いていた。ママはローダーズに何を話したのだろう。彼らは何を知っているのか？　もし、わたしたちの話が食い違ったとしたら……**危険だ。**

「どうして、こんなかわいそうな状態のこの子と話さなければならないのかしら。大変な目に遭ったばかりだというのに。何があったか、わたしがもう話したでしょう。あのベンとかいう子が学校にいないから心配して、それで家に行って……」

あのベンとかいう子、ある種のトーンに、認めてない様子が込められている。

「うるさい！」ひとりが言った。「起こすんだ」男の声の中には警告が込められていた。

「カイラちゃん。さあ、起きて。いい子だから」

次のメッセージ。ママは、わたしにどう振る舞えばいいかを指示している。

わたしは幼くて愚か。彼らは、わたしがベンの家に行ったことを知っている。そして、ママはベンが嫌いだ。**ありがとう、ママ。**

今度は、わたしも起きた。目を開いた。眠そうなスレーテッドらしい微笑をママに向け、顔をしかめた。「お腹が痛いの」わたしは哀れっぽい声で言った。

「かわいそうに。こちらの方たちが、あなたに訊きたいことがあるんですって。大丈夫？　少し体を起こすのを手伝ってあげましょうね」ママは枕を動かした。「何があったかママに話してくれたように、あの人たちに話してあげて」ママが言った。

また次のメッセージ？　**ママが知っている通りに彼らに話すのよ。**

そして、頭の中の記憶をかき集めた。ママが何を知っていて、何を知らないか。ポーカーフェースをするの。頭の中でセバスチャンを抱き、フィービーの表情を真似した。無防備に、幸せそうに。微笑しながらも、ときどき頭を動かしたときの痛みで顔をしかめる。

「はい、ママ」わたしはそう言って、戸口のいらついた男たちの方を向いた。彼らは、待たされることに慣れていないようだ。

しかし、相手はママ、あの父親の娘、だから彼らは今のような振る舞いをしているのだろうか？　もしママの立場が違っていたら、ここで質問を受ける代わりに、どこか別の場所へ引っ立てられていったはずだ。ひやりとした確信があった。

ふたりの男のうちの若い方が、ネット端末を見ている。「カイラ・デイビスですね？」

「はい」

「あなたは、昨日どうしてブラックアウトを起こしたのですか？」

何が起きたか訊かないの？　わたしは表情から驚きを消した。「わたし、とっても動転していたんです。お友達のベンが学校に来てなくて、それで、もうひとりの友達が、ベンの家に連れて行ってくれたんです。大丈夫かどうか見てこようって」

「もうひとりの友達とは？」引き続き、若い方が質問をリードしていたが、ときどきママの方を畏《おそ》れるように見ていた。しかし、心配なのはもうひとりの方だった。その男の方が上役なのは、立ち姿からも明らかだった。

答えていいの、いけないの？　**ママは知っている。**

「ジャズ・マッケンジー。本名はジェイソン。彼は本当は姉の友達です。でも、わたしの面倒も見てくれて」

「それで……？」

「ベンは大丈夫なんかじゃなかったの、全然」わたしは声の中に悲嘆の色が籠《こも》るのを自分に許した。「救急車が来てて、ジャズは、わたしたちは中に行かない方がいいって、それで家に帰ってこなくちゃいけなくて。でも、わたしベンのことが心配で、それでブラックアウトになったんだと思います」

ママが鼻を鳴らした。「あのベンとかいう子、いつも問題を起こすのよ」

「ママとパパは、もうベンとふたりきりで走りに行ってはダメだって」わたしは言った。「わたし、走るのが好きなのに」思い切りスレーテッドらしく笑ってみせた。

「ベンはおまえにピルを見せたことはないか？」

「ピル？　なかったと思うけど」**エイミーはベンのピルを見ている。**「いえ、待って。ベンはカバンの中に頭痛薬を持っていた。日曜日に気分が悪いと言って、一錠飲んでた」

「質問はもう、十分でしょ」ママが言った。「かわいそうに、この子はまだ具合が悪いんですから」

またもや胃がキリキリとよじれ始めた。しかし今回は鎮《しず》めることができず、深く息を吸った。色のついた何かが頬に少し垂れたのが感じられた。

「ママ、吐きそう」ママがごみ箱を摑んで、なんとか間に合った。吐き気の波が押し寄せてきて、身震いするたびに脳天を痛みが貫いた。わたしのお腹はほとんど空っぽだったが、ローダーズは後ろに下がって嫌悪の目で見ていた。

「今日のところはもう十分でしょ」ママが言った。

若い方の男が部屋から出ようとしていた。年長の方の男が首を傾けた。片手を挙げて、引き留めた。「まだだ」と言って、彼はもうひとりのローダーズを見た。

「この部屋を調べろ」

ママは肩を怒《いか》らせた。「そんなこと本当に必要ですの、コールソン長官？」ママが言った。声に冷たい響きがあった。彼の名前を強調することで、それ以上踏み込むのなら、こっちもそちらのことを知っていると宣言していた。

男は片方の眉を上げて、おもしろがっている。「必要ですね。まず、その子を外に出せ」

軽蔑するように、わたしの方を見てうなずいた。

わたしはごみ箱の中にまだ吐いていた。今や吐きたくても出すものがない状態になっていたが。

「この子は歩けないんです。手伝ってくれなくては」ママが言い、コールソン長官と呼ばれた男がうなずくと、若い方の男が近づいてきた。若い方の男は、まるでドブネズミをつまむような顔をして、わたしを抱き上げ、隣の部屋のエイミーのベッドの上に降ろした。

わたしの部屋を探す。ハッピーピルを探すのに違いない。見つかりっこないわ。わたしはぐったりし過ぎて何も考えられずに、エイミーの枕にもたれていた。

あなたの描いた絵、内側から声が突き上げてきて、あわてて目を開いた。

窓際のカーペットの下に、わたしは絵を隠した。ローダーズが連行したジアネリ先生。ママが捨てなさいって言ったのに、言うことを聞いておけばよかった。それにベンの絵も。わたしがどんなふうにベンを描いたかをみれば、幼い無垢《むく》のカイラとただの「友達」の関係には見えない。ベンのことをどう思っているか彼らにわかってしまう。

わたしは無理やり目を閉じた。

数分が経過した。ママが、散らかさないでと彼らに言っているのが聞こえた。悲鳴も、「見つけた、これを見ろ」という言葉もなかった。彼らは見つけられなかったかもしれないと思い始めた。信じがたいことだったが。

とうとう、廊下に重い足音が聞こえ、階段を降りて行った。数分後、彼らのバンは玄関先から出発した。彼らは行ってしまった。こんなに簡単に？

でも、わたしへの疑いが完全に晴れたわけではないことは、なんとなくわかっていた。ママは、彼らが期待する通りにベンのイメージを描いてみせた。ベンは危険な少年、だから離れろと言っていた。そして、わたしはママに追随した。この裏切りは間違っている。「ごめんなさい、ベン」わたしは、つぶやいた。

涙があふれてくる。**ベンはあなたが安全でいることを望んでいるはずよ。**

わたしは寝ているとも起きているともいえない状態で漂っていた。考えは無秩序に飛び跳ね、意味をなさなかった。写真のような平板なイメージが頭の中にせわしなく現れたり消えたりして、押し寄せた。ベンが走っている。ベンのお母さんが作ったフクロウが羽を大きく広げている。夢の中、月光の下にベンがいる。その周りは光り輝いている。

階段に足音が聞こえ、ドアが開いた。わたしは目を開けようと、なんとか動こうと格闘した。しかし、体が縛りつけられているようだった。

ドアが再び閉まった。廊下を横切り、だれかがわたしの部屋に入る気配がぼんやりと感じられた。それからこの部屋のドアがまた開いた。

「カイラ、あなたの部屋を整えたわ。行きましょう、もうすぐエイミーが帰ってくる」

ママに助けられながら、わたしは立ち上がり、自分の部屋に戻った。新鮮で清潔な匂いがした。シーツがぱりっとした新しいものに取り換えられていた。ここにローダーズが来て、荒らしていったことなど思い出せないほどだった。

「ありがとう」わたしはささやいた。このことに、そしてすべてのことに。

それ以上起きていられずに、またすべてが真っ暗になった。


「カイラ?」ママが言った。「スープを持ってきてあげたわよ」ママはいつもの表情だった。

ローダーズが来たことのストレスをまったく感じさせない。

「お腹空いてない」

「いいから食べなさい」

ママが体を起こすのを手伝ってくれて、食べさせてくれようとしたが、わたしはママからスプーンを受け取ると自分で食べた。お腹は空いてなかったのに、今わたしは、トマトやオレンジ、その他のスパイスを味わっていた。おいしかった。

わたしはお腹が空いていた。そんなの許されないはずなのに。あんなことがあった後に、どうして食べることなんかできるの?

わたしはスープを食べ終わった。

「話しておかないといけないわね」ママが言った。「こんなことしてごめんなさい。あなたは休まないといけないんだけど、でも待てないの」

「いいわ」

「どうして、ブラックアウトを起こしたの？」

ローダーズと同じ質問だ、でもママはあの答え以上のものを求めている。

わたしは枕に顔をうずめた。何を言えばいい、逆に黙っていた方がいいことは何？　わたしの処理能力を超えている。目からまた涙がこぼれ、レボが震えた。そして、ママがそこにいた。わたしの隣に。ママはわたしの頭に手をのせ、髪をなでてくれた。

わたしは目を見開き、涙でぼやけた中からママを見た。「何を知ってるの？」

「ジャズはほとんど何も言わなかった。ただ、あなたがベンのことを心配しているって。ジャズはあなたをベンの家に連れて行ったけど、救急車やローダーズがいたので、あなたたちは中には入らなかった、それでジャズがあなたを家に連れ帰ってきてくれた」

わたしはうなずき、それから顔をしかめた。そう、予想は正しかった。わたしがベンと一緒にいたことを、ジャズは話さなかったんだ。「ベンはどうなったの？　お願い教えて」

「わたしにもよくわからないの」

「わたし、知らなきゃいけないの。お願い……」

「もし何かわかったら、わたしからあなたに伝える。でも、このことについて、他のだれにもたずねてはダメよ。聞いている、カイラ？　大事なことなの。ベンのことを話したり、動揺してみせたり、ベンのことについて何か言ったりしてはいけない。学校でも、家でも、どこでもよ」

わたしはママをじっと見つめ返した。頭痛は耐えがたいほどだったが、ベンのことを考えているときの心の痛みに比べれば大したことはなかった。どうしたら何でもない振りができるというの？　**だって、そうしなければならないから。**

「今日あなたがローダーズに話した話が、あなたの筋書、たったひとつの筋書よ。**だれに**たずねられてもまったく同じように答えること。グループ会でも、学校でも、この家でも」

　家でも？　ママが言っているのは、エイミーとパパのことだ。そして、ママが使った言葉。わたしが言ったことは**筋書**。筋書であって真実ではない。

ママは今漏らした以上のことを知っている。

ママは立ち上がると、ドアに向かい、それから振り返った。

「ああ、カイラ？　ベンの絵、とっても素敵だったわね。昨夜、他の絵と一緒に見つけたの。でも、どうしても捨てなきゃいけなかったの、本当にごめんなさいね」ママはドアを閉めた。

　わたしは目を大きく見開いて、たった今ママが立ち去った場所を見つめていた。**ありがとう、ママ。**これも。ローダーズは、あの絵をきっと見つけていた。ママはどこからか口ーダーズが来ることを知って、昨夜わたしが寝ている間に、部屋を探索したのだ。

それから、ママが他の絵、ママの息子のロバートを描いた一枚も見つけたはずだと気づいた。どうしてわたしがロバートの顔を知っていたのか、ママは不思議に思っただろう。いったいどうやって、わたしがロバートのことを知ったのか。

ママはわたしを守ってくれている？　あるいは、ママはわたしを信じていないのかもしれない。ママは自分でわたしの部屋を調べて、わたしの罪の証拠となるようなものが出てこないことを確認したかったのだろう。軽率な絵以外に。

ベンがピルを手に入れたのは、わたしがマックとエイダンのところにベンを連れて行ったからだと、ママが知ったらどう思うだろう。それだけでなく、ベンがやったことややろうとしたことのアイデアのきっかけとなったと知ったら？　ベンのレボを切り落とす研削機を扱ったのが他でもないわたしだと知ったら、ママはどう思うだろう？


夜遅く、わたしは車の音を聞いて、ローダーズが戻ってきたのかと思った。

わたしがベッドからそっと抜け出して覗くと、パパだった。パパは数日は帰らないはずだった。階下で声がした。パパの声が混ざっている。たしかに。

しかし、わたしが翌朝目を覚ましたとき、パパはすでにいなくなっていた。

47

ママは数日間、わたしを家に閉じ込めて学校に行かせてくれなかった。ただ四方を壁に囲まれているのはもう限界だ。何もせずに、ひたすら押し寄せる考えに、泣き叫ぶと、ママが抱きしめ、セバスチャンが猫らしい優しさでなぐさめてくれた。エイミーも、職業体験から戻ると一緒にいてくれた。みんなで固く結束して、わたしのレボの数値が下がり過ぎないようにするために懸命の努力を続けてくれた。

そして、体力的にはわたしは回復した。後頭部の鈍い痛みをのぞけば、ほとんど正常に戻った。ベンの影のもたらす痛みはわたしの心を凍らせ、動けなくさせたが、それがなければ学校にも行けただろう。しかし、どんな**思いやり**も助けにはならなかった。たったひとつの救いは、エイダンのことを考えることだった。

考えれば考えるほど、この窮地《きゅうち》すべての責任を、エイダンの赤毛頭に押し付けたくなるのだった。それにエイダンを紹介してくれたマック。それからジャズも、マックのいとこだから。

エイミーの彼氏じゃなかったら、ジャズと知り合うこともなかった。ママがいなかったら、エイミーとわたしがここで一緒になることもなかった。

少しずつわたしの中で怒りが膨《ふく》らんでいったが、自分でなだめるしかない。歯痛と違って、歯医者などない。わたしには怒りが必要だ。

ベッドから起き出して服に着替えた。時間に間に合うよう逃げだそうと、急いで階段を駆け降りた。

「カイラ、何しているの？」

わたしは靴紐《ひも》を結んでいたが、顔を上げた。「この格好を見ればわかるでしょ？　今晩はグループ会だもの」

「ベッドから出なくてもよかったのに……」

「今晩わたしが姿を見せなかったら、事態がよくなるとでも言うの？」

ママはわたしを見つめ返し、心の中で何かを測っているようだった。かすかにうなずいた。「あなたが平常心を保てるというのなら、行った方がいいわね。送っていくわ」

「いいえ、走りたいの」

「まだ走れるほど回復してないでしょ。ブラックアウトしてからまだ一週間も経ってないのに」ママは腕を組んで、硬い表情をしている。

説明しなさい。でないと、どこにも行かせない。

わたしは息をゆっくり吸って、吐いた。力が抜けた。振り返って、ママの顔を見た。

「体の方は回復したわ、おそらく百パーセントじゃないけど。でも、そんなに遠い距離じゃないし、走ると自分らしくいられるの。レボの数値を保つ助けにもなる。走りたいからじゃないの。走らなきゃ**いけないの**。わかってくれる?」

ママは、納得できないとばかりに唇を噛んだ。「でも、あなたひとりで?」

「わたしなら大丈夫。本当よ。ずっと大通りを行くだけだし、何も起こりっこない。約束する」

ママが態度を軟化させた。「わかったわ。でも、帰りは迎えに行く。いいわね?」

「わかった」

ママはわたしを持ち上げて抱きしめた。わたしは玄関のドアを開けて、飛び出した。

最初はゆっくりジョギングして、少しずつスピードを上げて、体調を観察するのが賢明だろう。足が地面に着いて震動するたびに頭に響いた。それに、最近ほとんど食べていなかった。でも、持っている力をすべて筋肉に、太腿に、そして足元に込めた。

速く、もっと速く、限界まで。頭の痛みを気にするのはやめた。

夜、道路、タッ、タッというわたしの足音、それらがすべてだ。

しかしその音は虚《むな》しかった。前回ここを走ったときには、ベンのリズムがわたしのリズムに重なっていた。大通りからフットパスに分岐するところで、わたしの足はよろめいた。ベンが抱え上げて柵にのせてくれたところ。ふたりきりになって、初めてベンがわたしにキスしてくれた。

今わたしは走りながら、ベンがさよならを言いに来た夢のことが考えられるようになっていた。以前は考えられなかった。

まるで傷のように、触れると痛みのあまり叫んでしまうから。

ライサンダー医師によれば、わたしの夢はわたしの無意識から任意に取り出された感情やイメージから生成されている。だから、現実ではないという。

記憶を夢と関連付けて考える人もいるが、スレーテッドされたら、記憶層を形成してからでなければ、そんなことはできない。しばらくは、頭が作り出すもので空白を埋める。その期間の長短は人によるが、これがわたしの夢を形成するしくみだという。だから現実ではない。

でも現実のこともあるわ。

いくつかの夢は、わたしの絵と同様、記憶から来ている。わたしはそれを確信している。ルーシーを描いた絵のように。わたしは背景にルーシーが住んでいた土地にある山を描いた。わたし自身はその山を見たことがないはずなのに。それが記憶でないはずがない？

しかし、夢のいくつかについては、それほど自信がない。たとえば、わたしの指がレンガでつぶされる夢。そのときは現実のように感じ、今でもそのことについて考えると、本当にあったことの記憶のように感じられる。しかし、これは単に夢が記憶になったものだろうか？　それから、スレーテッドの少年を縛り付けて、少年のレボを切り落とす夢もあった。それは現実以上に生々しく感じられた。しかし、その夢にベンが重ね合わされたときには、そんなことは起こっていなかった。わたしの恐怖心がベンをそこに置いた。そして追われて砂浜を走る夢。それらはより無意識に近かった。具体的に様子を描き、リアルに感じられるほど詳細ははっきりしていなかった。

じゃあ、ベンのさよならのキスは？　ベンの魂がわたしの夢を訪れた？

亡霊なんて子ども向けのおとぎ話よ。

違う。わたしは信じない。だって、どうしたって、ベンは死んでないもの、死んでいるはずがない。**死んでいるかもしれないわ。**

赤毛。エイダン、頭の中にエイダンのイメージを呼び出した。

わたしはホールを通り過ぎて、走り続けた。青い目だった？　そう、濃い青の、思いやりのある目だった。わたしはペースを落とし始めた。鼻と頬にふりかけのようなそばかすがあった。

わたしは向きを変え、今は歩きはじめていた。エイダンの笑顔を思い出した。スレーテッドとは違う本物の笑顔。でも、本当にそうだった？　エイダンは自分の目的のためにわたしを利用しようとした。ベンも。ベンにピルを与え、ベンの頭に変な考えを注ぎ込んだ。さあ、もうホールはすぐそこだ。

わたしはレボを見た。8・1。本当か？　走ってきたにしても、信じられなかった。先週ジャズと走ったときだって、惨《みじ》めな気分だったせいもあって、5を維持するのがやっとだった。

怒りのせい。

わからない。わたしのレボの数値は、気分が落ち込むと下がるのに、怒ると上がるようになっていた。こんなことが前にもあったことに気づいた。ウェインがわたしを脅したときや、フィービーと対峙したとき。

でも、理屈に合わない。レボは、どんな感情であれ、極端になったときに必ず反応するように設計されている。ここ数日の惨めな気分のせいで、わたしのレボは設計通りに下がった。ときどき危険なくらいまで。

しかし、レボの主たる目的は自分や他人を傷つけないように暴力の芽を摘むことである。それなのに、怒りはわたしのレボの数値を上げるらしい。

カイラは違う。

わたしはホールのドアの前に立った。みんなと同じ振りをする時間だ。深呼吸をして、背筋を伸ばして、笑う。さあ、できた。

わたしは椅子を摑んだ。

ペニー看護師の両頰に、不自然な明るい赤い丸がふたつ光っている。彼女の笑顔はひきつっているように見えた。そして、ホールの隅にいる彼に気づいた。椅子に座って、たまたまここに来たような振りをしている。

ローダーズ。しかも、ただのローダーズではない。わたしを運び、わたしの部屋を探した年下の方。しかし、灰色スーツでも、作戦行動中の黒服でもなかった。ジーンズとシャツ。ほとんど普通の人に見えた。

「こんにちは、カイラ。これでみんな揃ったわね。始めましょうか？　みんな、いい一週間を過ごしたかしら？」

みんな。ベンが来ないことを、ペニー看護師は知っている。胸に痛みが広がった。

わたしの心のどこかに、もしかしたら、ベンがここにくるかもしれないという馬鹿げた期待があった。あるいは、あれはすべてブラックアウトが引き起こした悪夢だったとか、救命士がベンを助けて家に送り返してくれたかもしれないとか。

「今日の会を始める前に、特別なお客さまからお話があります。みなさん、こちらが、フレッチャー氏です」フレッチャー氏、いや違う、フレッチャー調査官だ。

フレッチャー氏は立ち上がると、ペニー看護師の横まで歩いてきた。他の子たちは、訓練の成果か、従順そうにこんにちはと言った。わたしもなんとか間に合って、同じような振りをした。目立ってはいけない。わたしたちの笑顔に対して、フレッチャー氏は決まり悪そうにした。ペニー看護師が腰を下ろした。

「今日お話ししたいのは、薬のことについてです」

フレッチャー氏は、薬の危険や害について長々と説明して、医師の処方以外で手に入れたピルなどの薬を絶対に服用してはならないと言った。もしだれかから薬のたぐいをもらうことがあったら、ただちに親や先生に報告すること。フレッチャー氏はグループ全体に、ひとりずつ目を泳がせた。

フレッチャー氏は、みんなへの訓辞のためにここに来たのではない。だれかおかしい動きをする者がいないかどうか捜しているのだ。ベンがどこからハッピーピルを入手したか知っている者を捜している。フレッチャー氏が作戦を変えて、脅かさないようにしているのがわかった。しかし、うまくいっているとは言いがたい。薬のもたらす恐ろしい作用が説明されたとき、笑顔の多くがひるんだ。

ベンは、ハッピーピルのおかげで、レボからの制御を受けずに、自分の頭で考えられるようになったと言った。**たしかにピルの効果だ。**それはそんなに恐ろしいことなのか？

フレッチャー氏は、話を終えると、安堵した表情を浮かべて、出口に向かった。まるで、わたしたちが伝染病患者だと言わんばかりに。ペニー看護師は始まりのときの緊張を緩めていた。眉を和らげ、自然な笑顔が戻ってきた。

しかし、目は悲しそうだ。彼女は、ベンについて何か知っている。そうに違いない。

グループ会が終わったとき、他の生徒たちがいなくなるまで、わたしはぐずぐずしていた。ペニー看護師に近寄り、「お話ししてもいいでしょうか?」と訊いた。

「もちろんよ」と彼女は言ったが、目は緊張し、ダメと言わんばかりに、頭を左右に振った。「まず、あなたのレボをチェックしなくちゃ。先週ブラックアウトしたと聞いたわ」

ペニー看護師はわたしのレボをスキャンしながら、執拗《しつよう》に天気のことをしゃべり続けた。何かおかしい。

ネット端末にスキャナーをつなぐと息を呑んだ。「カイラ、このグラフを見て。2・1。危ないところだった」わたしは画面を一緒に覗き込んだ。

そしてペニー看護師が声に出さなかった部分も見た。この二日間、わたしのレベルはたいてい3か4だった。今は7・1。ランニングの副次効果だ。

ペニー看護師はわたしの手を握りながら、悲しそうに頭を振った。

「何があったの?」ペニー看護師はたずねた。でもそう言いながらペニー看護師は両手を耳に当てるジェスチャーをして、再度頭を振った。

だれかが聞いている。

わたしはうなずき、口で「わかりました」と。そして、ローダーズに話した筋書をペニー看護師にも話した。ベンが学校にいなかったので、ジャズが連れて行ってくれた。でも、救急車がいたから、ベンに何が起きたのか、わたしは知らない。

「カイラ、かわいそうに。ベンのことは忘れなさい。ベンは戻ってこない。ベンのことは心から追い出すの。家族と過ごすことに集中して、学校の勉強を頑張るのよ」言葉を続けながらも、目は悲しそうだった。ペニー看護師は腕をわたしの肩に回した。目の奥に涙が戻ってくるのを感じた。


怒りを探すのよ。


空気が動いた。冷たい風が吹いて、わたしの髪を持ち上げた。フレッチャー氏が戻ってきたのかもしれないと思って心配になり、思わず戸口を振り返った。代わりに、別の驚きがあった。

「パパ?」

「やあ、カイラ。こんばんは、ペニー。さあ、行こうか?」パパはにっこりしたが、わたしは安心できなかった。あの晩遅くに窓から姿を見て以来だった。わたしが盗み聞きした感じでは、あのときパパは機嫌が悪そうだったし、次の朝にはいなくなっていた。わたしは立ち上がると戸口に向かった。

「気をつけて、カイラ」ペニー看護師が言った。

「ありがとう」

車に乗り込むと、家に帰る左の道ではなく、右に行った。「ちょっとドライブして行こうか。話がしたいんだ」

「いいわ」わたしは言ったが、不安だった。

ママが聞いてないところで、パパは話したがっている。「何か問題があったの？　日曜日まで帰らないのだと思っていたわ」

「問題があるかどうか、わたしの方が訊かなくてはいけないね。おまえのことを聞いた、カイラ。おまえと友達のベンのことを」

「ええ」

「**ええ。**言うことはそれだけか？」

パパの声の調子はくだけていたし、微笑も開放的な表情もあった。でも、パパの言葉は何か違う。

気をつけて。

「すみません。どういう意味でしょうか？」

「おれは騙されないぞ」

「えっ、何を？」

「目を大きく見開いて無邪気な振り、まったくのお芝居だ。おまえは何かやったんだ、あの事件で。よく聞け。今回は、おまえのママがおれを説得した、嘘をつきとおして。おれの知らないところで、おまえが何をやったのかを暴《あば》き立てようとは思わない。はっきり言って、今回おまえが何をしたのかに興味はない。しかし、二度目はない。おれの家ではやるな。すべて、おまえのママの思い通りになるわけじゃない。ママの思い通りにならないこともあるんだ。わかったか？」

言いたいことは山ほどあった。パパの言葉の中に込められた告発を否定することもできた。お墨付きの筋書をくり返すこともできた。泣いて、知らない振りをすることもできた。

「はい、わかりました」わたしは言った。震えないように両手を握りしめた。

恐怖を使うの、怒りをそそぐのよ。

パパがうなずいた。「今おまえに許される返事はそれだけだ。戻されたくないのならな」

パパは黙って運転した。わたしたちは村の反対側を回って、家への進入路を入った。

「おまえはとても賢いのかもな。いいか、問題を起こさないように気をつけるんだ」

48

その夜は眠れなかった。苦しいことが多すぎて、頭の中をぐるぐる回って気が休まらなかった。登校時間に合わせた目覚まし時計が鳴るのが早く感じられた。

でも、もう一日余分に休むのは論外だった。良い子の幼いスレーテッドはそんなことしない。それに、パパに言われた。問題を起こさないようにと。

でも、今日一日をどうやってやり過ごしたらいいのだろう。何の問題もないように普通の振りをして？　どうやって？

片方の足をもう片方の足の前に出すの、一度に一歩ずつ。

そうやって、わたしはベッドを出た。学校の制服を着て、髪をとかした。朝食を食べる振りをした。灰色の霧雨の中、バスを待った。腕できつく自分の体を抱いて、空から落ちて深く骨身に沁《し》みるものの冷たさに震えた。エイミーがまだ職業体験中なので、今日はジャズの送迎もない。

バスが来たが、わたしは後方のベンの席に行くことができなかった。仕方がないので、もうひとつ空いている席に座った。学校に向かって半分ほど進んだとき、ここがフィービーの席だったことを思い出した。数人の棘《とげ》のある視線に気づいた。わたしがここに座るのが気に入らないのだろう。しかし、彼らは、後部座席に座っていたひとりのスレーテッド少年がいなくなったことに気づいただろうか?

授業中も休み時間にも、**ベンはどこ**というささやき声は聞こえなかった。フィービーのときと同じ。わたしがその質問に答えられるからではなく、話題に挙がらないことがこたえた。つまり、みんな気づいてない、気にしてない、それとも訊くのが怖い?

そして、そのときがやってきた。足を引きずって、生物の教室にきた。わたしはこの授業が怖かった。後ろの席の隣にベンがいないからではない。ハッテン先生が、知っているぞという目をして、わたしがまとっている層を剝いでいく。わたしたちが、学生証をスキャンして着席すると、ハッテン先生が前に立った。今日は濃い青色のシャツ。それが余計に、先生の瞳の色の薄さを際立たせた。ハッテン先生がゆっくり笑うと、女子生徒たちがため息をついた。

先生が授業を始め、しばらくして止めた。教室を見渡している。

「今日、だれか欠席か?」

生徒たちは互いに顔を見合わせた。それでみんな知っていると、わたしにもわかった。ベンがいないことに気づいていなかったわけではない、タブーだったのだ。議論してはいけない話題。だれも答えない。

「だれか」ハッテン先生が言った。「わたしはこのクラスの担当になって、まだ数回だから、全員の名前がわかっていないんだ。いないのはだれなんだ？」

じっと座っているのよ。黙ったまま。

「ベン。ベン・ニックスがいません」わたしの口から言葉が飛び出した。ベンの名前を大声で言いたい衝動がそう言わせた。ベンは現実にいたんだ。一度も実在しなかった人だったり、気にも留めなかった人ではない。

「彼はどこにいるんだ？」ハッテン先生が訊いた。先生の目がわたしの目を見た。その目は何かを含んで、おもしろそうに瞬きした。爪の下にネズミを捕えた猫のように。

彼は知っている。

「わかりません」わたしはいかにも本当らしく答えた。

「他に知っている者はいないか？」クラス全体にたずねた。

沈黙。「いないのか？　おそらく、具合でも悪いのだろう」

それから、先生は授業に戻った。

「カイラ、待って。ちょっと話がある」ハッテン先生がにっこりした。最後に残った少女たちが先生の前から去りがたくてぐずぐずしている間、先生は教室のドアを押さえていた。彼女たちは嫌悪を込めてわたしを一瞥《いちべつ》すると、教室から飛び出していった。ハッテン先生が外へ踏み出して、廊下の左右を見渡し、部屋に戻ってドアを閉めた。そのままドアにもたれかかっている。

わたしは何も言わない。

ハッテン先生は笑った。狂ったように笑っている。心の底から喜んでいる大笑い。

「おまえだ」ハッテン先生が言った。

「何がです？　どういう意味ですか？」

「おまえが犯人だ。おまえがやったと、おれにはわかっている」

「何のことを言っているのかわかりません」

ハッテン先生がこちらに向かってきて、わたしは後ずさった。しかし、選んだ方向を間違えた。部屋の角だった。追い詰められた。

彼はわたしの肩の上の壁に手をついた。彼が近くに寄り、にやりとした。触ってはいないが、あまりに近いので彼の体の熱がわたしの肌を突き刺した。

彼がさらに身を寄せた。「声が聞こえないか、カイラ。あるいは、おまえの他の名前？　頭の中の声だ」彼がささやいた。

心臓が波打った。トック、トック、大きな音が耳に響く。

「声に耳を傾けるんだ。おまえに何と言っている、さあ？」

走れ！

わたしは身をくねらせ、ドアに向かって駆け出した。

「どんな気分だ？」ハッテン先生の声が後ろから響いた。

その言葉に、思わず振り返ってハッテン先生を見た。「どういう気分って？」

「おまえがベンを殺したのは知っている。ベンは死んだ、全部おまえのせいだ」

「違います！　わたしは……」わたしの顔色は完全に蒼白になった。

「ベンは本当に死んだの？」わたしはつぶやいた。

ハッテン先生が笑った。「おまえはどう思う？」

走れ！

ドアを抜けて駆け出し、廊下を通って、校舎の中を走り抜けた。**トラックに行くのよ。**

足を二十歩も進めないうちに思い出した。昼休みにトラックを走ることはミセス・アリから禁止されていた。意識を集中させて考えた。いや、それはちょっと違う。ミセス・アリは、ベンと昼休みに走ることを禁止したんだ。ベンはここにいないじゃない？

それでも、わたしは走った後にシャワーを浴びる時間を残しておいた。

放課後に行くところがあったから。

49

その日の授業が終わって、わたしはジャズの車の前で待っていた。

「やあ」ジャズが言った。「きみがまだ行きたいと思っているとは思わなかった」

わたしは無理して笑った。「行ってもいいかしら？」気軽に聞こえるように、予定通りにマックの家に行くことは何でもないかのように。

でも、何でもないわけなかった。怒りに集中してエイダンに対峙すること、それがこの泥沼から抜け出すための唯一の方法だった。

ベンは死んだ、全部おまえのせいだ。違う！　もしベンが死んでいたら、エイダンのせいだ。エイダンとマックのせい。

「もちろん」ジャズが言った。「来てくれるのはうれしいよ。さあ、行こう」

学校から相当離れてから、わたしは思い切ってたずねた。

「ジャズ、ベンがどうなったか、イアンは何かわかったかしら？」

ジャズは首を傾げた。答えたくないように見える。

「教えて。知っているのなら。お願い。わたしは知らないといけないの」

「言えることはあまりない。すでにおれたちが知ってるか、推測していることだけだ」

「何でもいいから教えて」

「イアンのお母さんとベンのお母さんは友達なんだ。イアンのお母さんがベンのお母さんから聞いた話では、救命士は到着したとき、ベンを蘇生しようとしたが、呼吸は戻らなかった。たぶん、救命士の到着までに、息が止まっている時間が長過ぎたんだろう。しかし、ベンのお母さんもベンがどうなったか知らない。というのも、ローダーズが到着すると、お母さんは追いだされてしまった。救急車が出ていくと、ローダーズのバンが後ろについて行った。急いで病院に向かった様子ではなかった。ライトもサイレンもなかった。だから、ベンのお母さんは最悪のケースを心配している。しかし、ベンをどこに連れて行ったか、ベンがどうなったかを、彼らは説明しなかった」

わたしは何も言わなかった。まばたきをくり返しながら、窓の外を凝視していた。

死んでるにしても、生きているにしても、ベンはローダーズに連れ去られた。これ以上何を言うことがあるだろう？

最後の角を曲がるとまもなく、マックの家に着いた。ジャズは車を停め、座席から降りた。「カイラ、もうひとつある。ベンのお母さんがきみに渡してほしいとイアンに言付けた」

「何を？」

「トランクに入っている」

わたしが車から降りると、ジャズがトランクを蹴った。強く、トランクが開くまで。

「鍵よりいいだろ」ジャズが言った。

トランクの中には段ボールがあった。大きな箱。

「開けてみろよ」ジャズが言って、わたしは蓋《ふた》を開けた。中には、紙に包まれたものが入っていて、わたしが一番上の紙を取ると、金属が見えた。金属の羽根！　フクロウだ。ベンのお母さんは完成させたんだ。わたしは羽根に指を添わせた。

「きみのために作ってほしいって、ベンがお母さんに頼んだんだって。だからきみに持っていてほしいそうだ」ジャズが言った。

「知らなかった」わたしはつぶやいた。わたしの絵を元にして、ベンのお母さんがこの生物に命を吹き込んだ。とても美しい。ベンからの贈り物。

お母さんは、あのことにわたしが何かしら関係していると疑っているはずなのに、それでもわたしにくれるというのか。わたしが何をしたか知ったら、こんな贈り物をしてくれるはずはない。目の奥に涙がこみあげてきたが、まばたきして押し戻した。

あなたがこれを持っていることはできない。わたしはうなだれた。「これを家にもって帰るわけにはいかないわ。だれからもらったか、どうやって説明すればいいの？」

「おれもそう思った。だから、今日持ってきたんだ。マックに、ここで預かってもらえるように頼もう」ジャズはそう言うと、箱をトランクから出した。「行くよ」

わたしはジャズについて家に入った。ベンがどこでピルを手に入れたか知ったら、ベンのお母さんはわたしにこれをくれたりはしなかったに違いない。もし、わたしがどんな役割を果たしたか知ったとしたら。

ベンは死んだ。全部おまえのせいだ。

ジャズが玄関を開けて「こんにちは！」と叫んだ。

キッチンからマックが姿を見せた。「やあ。元気かい、カイラ？」マックが言った。半分笑っているが、目は悲しんでいる。マックもベンのことを知っている。

「お茶でも飲むかい？」

「お茶？」ジャズが言った。馬鹿にされたと怒っている。そしてビールを取ろうとカップボードに向かった。マックはやかんに水を入れると、ジャズにお湯が沸くまで、外で今作りかけの新しい車を見てきたらと言った。

わたしはカップボードに寄りかかった。「エイダンはここにいるの？」

マックがうなずいた。「裏の部屋だ」と言った。「ベンのこと、残念だったな。いいやつだったのに」マックの表情は悲しみでいっぱいだった。でも、マックがいなかったら、ベンがエイダンに会って、あんなピルを手にすることもなかった。

もし、わたしがいなかったら。

「他に何か……」マックが言いかけ、わたしの肩に片手を置いたが、わたしは肩をすくめて、その手を振り払った。わたしはマックに怒りたかった。

でも今は逆に、その手を握りたかった、握り返したかった。

「エイダンと話がしたいの」

「わかった。ジャズはエイダンに会わない方がいいし、知らない方がいい、いいね？　おれがしばらくジャズを裏に引き付けておく。やつには、きみがしばらくひとりでいたいようだと言っておくから」

「いいわ。何とでも言って」

わたしは、ゆっくりと廊下を抜け、コンピューター室に向かい、ドアを開けた。

エイダンが机の前に座り、手で頭を支えている。

エイダンが顔を上げた。「やあ」と言って、目を丸く見開いた。青白い肌に深い青い瞳が映える。「たった今マックから、ベンのこと聞いたよ。信じられない」エイダンは立ち上がり、わたしに向かって手を伸ばした。

しかし、わたしはドアを閉めるために背を向けたので、その手は空しく下げられた。

「あなたは何を知っているの？」わたしはたずねた。

「マックから聞いたことだけだ。おそらく、マックもいとこから聞いたんだと思うが。ベンが自分のレボを切り落としたって」エイダンは頭を振った。「どうしてそんなことをしたんだろう？」

「本当にわからないと思っているの？」わたしは、むかつきながら応えた。

「どういう意味だ？」

「あなたがあんなピルをあげたから。それが悪さをしたんじゃない。それに、AGTがレボを切り離したらうまくいったって、あなたがベンに話した。あなたがベンにやらせたのよ！」わたしは言った。わたしの声はだんだん大きく甲高くなっていった。

「そんなに大きな声を出すもんじゃない」エイダンが窓の方を見ながら言った。

「ここのところ、わたしはずっと静かにしていたの。何も言えなかった。今日は言いたいことを言うわ。あなたは聞かなくちゃいけない」

「聞いているよ」エイダンは言った。その声は静かに吸い込まれた。

「あれは単なるハッピーピルじゃなかったんでしょ。単にレボの数値を上げておくだけではなかった。他の作用があった」

エイダンはうつむいた。「それはたしかだ」エイダンは言った。「レボが思考に影響を与えるのを抑える」

「そのせいで、ベンはあんなことをしたのよ！」

エイダンは首を横に振った。「そんなふうには働かない。薬の効果は、より自分らしく考えられるようになるだけだ」

わたしは首を横に振って、エイダンの言葉を否定した。でも、それはベンが言っていたことと同じだった。

「今回の件で、きみが怒るのも無理はない。でも、ぼくのせいじゃない。ぼくには、ベンがどうしてあんなことをしたのかわからないんだ。自分のことだけを考えたなら、あんなことはしないはずだ。何かが起こったんだ。何か、ベンの背を押すようなことが。そうするしかないとベンに思わせるような何かが」

わたしは恐怖におののきながら、エイダンを見つめ返した。何かが起こった……それはウェイン、そしてベンがわたしを守れなかったこと。

おまえのせいだ。

わたしは腕を自分の体に巻きつけた。怒りと悲嘆が混在していた。「違う！　そうじゃない。あなたがピルなんて渡さなければ、あんなことにはならなかったのよ」

エイダンはたじろいだ。「ごめん、カイラ。本当にごめん。でも、筋道を立ててよく考えるんだ。ぼくがベンにピルをあげたせいではない。マックがぼくをここに連れてきたせいでも、ジャズがきみをここに連れてきたせいでもないんだ」

わたしはひどく取り乱して、エイダンをじっと見つめ返した。まるでわたしがどう考えたかその過程を読み解いたかのようだった。わたしの心をなぞったように。

それでも、エイダンはわたしから怒りを取りあげることは**できなかった。**

わたしには怒りが必要だ。すべての原因を排除して、責めを負わされるものがただひとつ残るとしたら、それは**わたしだ**。

「じゃあ、だれのせいなの？」わたしはつぶやいた。

「考えるんだ。だれがベンをスレーテッドにした？　だれがベンにレボを付け、取り外せないように縛りつけた。これらをみんなやったのはだれだ？」

「ローダーズ。やつらがやった」

「これできみにも、ぼくたちがやっていることの重要性がわかっただろう。やつらがやっていることを告発しなくちゃいけないんだ。ＭＩＡでぼくを手助けしてくれ」

危険だ。わたしは頭を振って、後ずさった。

ダメ。こんなに色々なことが起こったのに、また言葉巧みにわたしを操って、意のままにしようとしている。エイダンの言うことはもっともに聞こえるけど、でも違う。エイダンがいなければ、ベンには何も起こらなかった。彼らに手を貸したとしたら、わたしだってどうなるか？

少しでも道を外れれば、わたしを戻すとパパは言った。

パパ、コールソン長官、彼の部下のローダーズ、ミセス・アリ。みんなでわたしの一挙手一投足を見張っている。そしてライサンダー医師と彼女の言葉、**カイラ、何が違うのか教えてちょうだい**。彼らもエイダンもみんなこぞってわたしに迫ってくる。

これは狩り、わたしは獲物。

「カイラ、大丈夫かい?」エイダンが訊いた。とうとう、自分が何を見落としていたかに気づいたようだ。この間ずっと、わたしのレボは一度も振動しなかった。エイダンはわたしの手首を不思議そうに眺めたが、わたしは手で隠した。

怒りを持ち続けるのよ。

わたしはドアに向かった。

「もしぼくにできることがあったら、何でも……」エイダンの声は尻すぼみになった。

わたしは足を止めた「ひとつだけあるわ。ベンがどうなったか調べて」

エイダンは何も言わなかった。わたしは振り向いた。

エイダンの表情は悲しげだった。「カイラ、残念だが、ベンが助かったとは思えない。もし助かったとしても、ローダーズに捕まっているだろう。それも長くはないはずだ」

「調べて」わたしはくり返した。

「もし何かわかったら、マックに伝えるよ」しかし、エイダンは**もし**を強調した。

まるで、最後通牒《つうちょう》のように。

わたしはエイダンを残して、ドアを閉めた。

マックとジャズはまだ裏庭だ。わたしはふたりには加わらなかった。

まだ、ダメだ。悲しみが怒りを脅《おびや》かしていた。集中できないし、動揺してレボの数値は下がり続けている。ふらふらしながらキッチンに入っていくと、テーブルの上にあのフクロウの箱があった。

こんなの役に立たない。

わたしは残りの包み紙をどけると、フクロウをテーブルの上に取り出した。

素晴らしかった。前回見たときは、まだ羽根が完成してなかった。それが今完成して、左右に何センチも羽を広げている。異なる金属の欠片《かけら》がひとつに合わさり、こんなにも大きなものを作り上げるとは、驚嘆する。羽根や鋭い爪や嘴《くちばし》にそっと触れた。

美しい、孤独な生き物。でも、ネズミにとっては命取り。わたしは、フクロウの背中に指を添わせた。

これは何？　カサコソと何かがはずれているような音がかすかにする。わたしはフクロウをひっくり返して、よく見た。

見えにくかったが、空洞になった胴体の中の隅っこに白い小さなものがある。なんとか二本の指を突っ込み、引っ張ると小さな四角い紙が出てきた。

メモ？

それを開きながら、わたしの手は震え始めていた。

親愛なるカイラ
きみがこれを見つけたということは、うまくいかなかったということだろうね。
きみを悲しませてすまない。
でも、これはぼくが決めたことなんだ。ぼくだけの意志だ。
他のだれのせいでもない。

愛を込めて　ベン

その夜遅くまで、わたしはまた眠れなかった。レボの数値はずっと4のあたりを漂った。馬鹿なレボは、ずっと振動しっぱなしで、もう少しで気を失うところだった。

わたしは暗黒、暗闇、静寂の中にいたかった。何も感じず。何も考えず、何もない。でも、そんなことできなかった。わたしは夜の中で、ひとりぼっちだった。悪魔を追い払ってくれるセバスチャンさえここにはいなかった。

このままでは耐えられないと思い、とうとうわたしは階下に向かった。何か飲もう。しかし居間には灯《あか》りがついていた。ドアから覗くと、そこにはママがいて、本を手にしていた。ママの膝の上にはセバスチャンがいた。

「どうやってやり過ごしたらいいの？」わたしは言った。

ママは少し驚いて見回し、戸口にわたしの姿を見つけた。ママは本を置いた。

「何を？」

「大切な人に悪いことが起こったとき。ママの両親とか、ママの息子さんとか」

「こっちにいらっしゃい」ママは言って、手を伸ばした。わたしは足を進め、ソファのママの隣に座った。ママはわたしに腕を絡めた。

「答えてあげられたらよいのだけど、わたしには答えられない。答えなんてないの。ただ、一日一日を過ごすの。しばらくすれば、少しは楽になる」

ママはホットチョコレートを作ってくれた。毛布を探してきて、わたしたちはそのままソファにいた。

ママは本を読み、セバスチャンが鳴き、わたしはやっと眠りに落ちた。

50

今日わたしは、今までやったことがない振る舞いをしなくてはならない。

何度もくり返したベンに関する公式の筋書だけではない、ベンのことに関連した人や状況をすべて隠さなければならない。

前回、ライサンダー医師は答えを聞きたいと言った。どうしてわたしが他のスレーテッドと違うのか？

そして、わかった。とうとう、わたしは見つけ出した。どう違うのかはわかったが、その理由はわからない。今朝目覚めたとき、ソファで寝ていたために、足元がふらついて体がこわばっていたが、答えはわたしの中にあった。

すべては怒りに関係している。

わたしのレボは、わたしが悲しいときや動揺したとき、他のどんな理由でも落ち込んだときには作動した。設計通りに数値が落ちた。ブラックアウトしそうになるくらいまで落ちることもあった。

しかし、わたしが恐れたり怒ったりしたとき、レボは作動しなかった。むしろレボの数値を保持しているように見えた。レボの主な目的はスレーテッドが怒りにまかせて行動するのを止め、自分や他人に暴力を振るうのを防ぐことだというのに。

わたしのレボは機能していない。

もし、このことが他人に知られたとしたら、歴史的発見になるのは間違いない。ライサンダー医師は興味を抱き、どうしてこうなったのか、それはなぜかを見極めようと、わたしの脳をいじりまくるだろう。しかし、ライサンダー医師でさえ病院の理事会に隠しておくことはできない。彼らはローダーズだ。

カイラは、それでもう終わり。

わたしはポーカーフェースがうまくなったが、とても十分とは言えない。何が起こっても、わたしは怒れない。この病院でも、監視の目のある学校でも絶対にダメだ。

そうならないように幸運を祈るわ。

はぁー。

そのためにわたしが知っている唯一の手段は、痛み、惨めさ、喪失の中に身を置くこと。それらすべてをわたしは拒絶しようとしてきたのに。ベンのことがあってから……。

それを今わたしは呑み込んだ。

ビーッ。

わたしはレボを見下ろした。4・4。

下がり過ぎだ。

「入って!」ライサンダー医師が呼んだので、わたしはドアから入った。

「座って、カイラ」先生は半分微笑みながら、画面をタッチしている。わたしは座った。

やっと先生が顔を上げた。「あなたがどうだったか訊かないわ。記録を見たから。あまりよくない」

「はい」

「ベンについて話して」先生が言った。優しい声が励ましているようだ。

いつもの先生らしくない感じ、**同情的。**

「ベンは学校の友人でした。それにグループ会でも一緒で。わたしにとっては、たったひとりの本当の友達でした」

「それで、何があったの?」

「ベンが学校に来なかったので、わたしは心配しました。エイミーのボーイフレンドに、ベンの家に連れて行ってもらいました。でも、そこには救急車やローダーズがいました。彼はわたしを家に連れ帰ってくれました。そしてわたしはブラックアウトしました。それから、ベンは学校に戻ってきません。グループ会にも。だれも、ベンのことについて、何も言ってくれないの! まるで、ベンが初めからいなかったみたい。だれも気にもしてない」わたしは脈が速くなり、無意識のうちに拳《こぶし》を握りしめ始めていた。でも、リラックスして、呼吸を平静に保とうと努力した。

「わかるわ、カイラ」

「じゃあ、ベンがどうなったのか教えてください。お願いです」

「正直言って、わたしも知らないの。ベンがこの病院の患者として来ない限り、わたしが関わることはない。想像もつかないわ」

「調べられますか？」

「いいえ、それはできない」先生は優しく言った。「でも、カイラ、レボについて教わったことはわかるでしょ。レボは、痛み、発作、そして死を避けずに外すことはできないのよ。レボを止めようとして壊せば、数値が急落して装着者を死に至らしめる」

「必ず？」わたしはつぶやいた。「例外はないの？」

「機械の不良という意味では、常にわずかの例外はある。外科手術の失敗や移植したチップの誤作動とか。でも、安全に関して失敗は許されない。だから、わたしの仕事は、これらの可能性を最小限にすること。もし間違いが起こったら、その理由を特定することなの」先生は頭を傾けた。先生は、前回わたしに訊いた質問を考えているのだろうか？


危険だ！　苦痛の中にもぐりこむのよ。

でも、わたしには耐えられない……

やらなくては。

わたしはベンの顔を頭に描いた。ベンがどんなふうにして笑ったか。風のように走ったか。わたしの手を握ったか。**愛を込めて　ベンより**とメモに書いてくれたこと。でもそんなことより何より、最後に見たベンの姿、ベンは痛みの中で痙攣していた。それなのに、わたしはベンを置き去りにした。わたしはベンを置いて、自分だけ走って逃げた。熱い涙がわたしの目を濡らした。

ビーッ……4・2。

ビーッ……3・7。

ライサンダー医師はインターホンを押して、そこから話をした。看護師がやって来た。ふたりはわたしの頭の上で話をすると、看護師が腕に注射をした。温かいものが体に広がり、わたしのレボの数値はゆっくりと上がり始めた。

看護師が去り、ライサンダー医師が画面をタッチした。わたしを二、三回見た後、自分の椅子に深く座りなおした。

「今日はここまでにしましょう」先生が言った。「でも、カイラ、わたしの言うことを信じて。ベンのことは忘れるのが一番。たとえ忘れられなくても、だんだん楽になっていくから」

この言葉を口にした様子は……まるでママのようだった。

「知っているんですか?」わたしはつぶやいた。

「どういう意味?」

「経験したことがあるんですね。だれかを失った、とてもひどいことが起きて」

先生は椅子の上でびくっとした。繊細な部分に触れたらしい。一瞬、その目に痛みが走った。何かリアルなものが一瞬きらめいて、そして消えた。先生の顔は無表情に戻った。

先生もポーカーフェースをしている。

「もう帰っていいわ、カイラ」先生が言った。話は終わり。

わたしは席を立つと、ドアに向かった。

「ああ、そうだ、カイラ? 前回話したこと、わたしは忘れてないから。でも、今日のところは止めにしておきましょう」

猶予《ゆうよ》を与えられたことに安堵した。でも逃げられたわけではない。


その夜遅く、ベッドに横になって眠ろうとしたとき、わたしは自分の誤りに気づいた。わたしはベンがレボを切り離そうとしたことを知らないはずだった。でも、ライサンダー医師がそのことについて話したとき、わたしは先生になぜかとたずねたり、驚いたりといった反応をしなかった。

失敗。特大の大失敗。

それからわたしは、もうひとつのことにも気づいた。

もし先生がベンについて何も知らないなら、ベンがどうなったのか本当に知らないのなら、どうして先生がそのことを知っていたのだろうか。

先生は嘘をついている。


絶対的な闇がわたしを包んでいる。

わたしは目を大きく見開いた。さらに大きく。

でもインクのように真っ黒。何も見えない。

大っ嫌い！　わたしはレンガの壁を激しく叩いた。わたしが立っているこの場所の周りに、迫って立つ丸い壁。両手を横に広げることも、腰を下ろすこともできないほどの狭さだ。登ろうにも手がかりもない。

どこかに出口があるはず。

ラプンツェルの塔には窓があった。ラプンツェルには長い髪があった。

わたしが持っているのは暗闇だけ。そして指の爪、握り拳、そして足。

それから怒り。

わたしは壁を叩き、蹴った、何度も何度も。

でも、何も変わらない。とうとう疲れ切って、壁にもたれかかった。そのときに、手に感じるものがあった。

モルタルの一部が緩んでいる！　一か所、腰のすぐ下くらいの高さのところ。

わたしはひっかき、爪をたてた。何度も、何度も。

爪がはがれるのも、血が出たり、肌が傷つくのも気にせず。

手なら治る。わたしはそのことをよく知っている。

とうとう小さな光の筋が見えた。

わたしは安堵のあまり泣きそうになった。じれったいが、覗いてみるには、低すぎた。

外には何があるのだろう。どれほど頑張っても、この狭い空間の中で低くしゃがむことはできなかった。

もうたくさん！　怒りでわたしは吠えた。

ここから出して！

51

わたしは遅くまで寝ていた。

ようやく目が覚めたとき、いくら日曜日とはいえ、こんな時間までママが寝かせておいてくれたことに驚いた。

昨晩、悪夢で目が覚めた後、電気を点けっぱなしにしなくてはならなかった。暗闇が重く、のしかかってきたから。体を横にしたまま考え続け、最終的にはスケッチブックを引っ張り出して、何時間も描き続けた。眠りに戻ったころには、太陽が昇り始めていた。

わたしの夢は何を意味しているのだろうか？

わたしの怒りが閉じ込められているのなら、そこにとどまらせる必要がある。痛みを取り去ってくれるわけではない、ただ遅らせるだけ。ベンのことや、他のこと、自分がどう思っているのかを感じることは止められない。今のわたしであることを止めない限りは。または、かつてわたしがそうだったことを否定しなければ。

これらすべては夢の断片。わずかな真実と半分の真実、現実と想像上のできごと。どうしたらその区別ができるだろう？　わたしにはできない。

ライサンダー医師が嘘をついているとも言えなかった。ベンがしたかったことがまったくの間違いかどうかさえ、わたしには確信が持てなくなった。

エイダンは正しい。もしベンが死んだとしたら、その責めはたしかにローダーズやローダーズの病院にある。政府や、わたしに付いているのと同様の主治医。彼らすべてが敵だ。エイダンではない。

そうよ！　代わりに、彼らに対する怒りに集中するのよ。

ダメ。それでベンは間違った。ベンはテロリストの仲間入りをしたがっていた。ベンは自分の発言に慎重だった。わたしを巻き込むかもしれないことを恐れて、問題になるようなことはわたしには知らせなかった。ベンがしたこと、ベンがしようとしたことは、わたしとは何の関係もなかった。

でもわたしにはわかっていた。ベンが目指していたところ。

わたしじゃない。

エイダンの答えは危険だ。しかし、エイダンがやりたいと思っていることの手段は正しい。

暗闇の時間の中で、わたしはスケッチブックを取り出した。そこには、いなくなった人たちがいた。ベン、フィービー、ルーシーさえ。わたしは、彼らを裏切れない。世界に知らせなくては。

そして何より、わたしが知りたい。ベンはどうなったの？

階下に行くと、エイミーがキッチンで宿題をしていた。パパはまだ帰っていない。ママはスープを作っている。わたしが入っていくと、ママが微笑んだ。「やっと起きたのね。寝坊したのがよかったみたいね、顔色がよくなった」

わたしはママに微笑み返した。そんなに何時間も眠ってない。葛藤《かっとう》を続けるのを止め、わたしが今何をしたいのか、何をすべきなのかがわかってすっきりしたからだろう。それで、ある種落ち着いたように見えたのかもしれない。わたしが最初にエイダンに会って以来のことだ。

「歩いてくる」わたしは宣言した。

ママが窓から覗いた。太陽は照っているが、重い黒雲が西から近づいてきて、空を半分覆っている。

「だったら、急いで行ってきた方がいいわ」

「一緒に行こうか？」エイミーが訊いた。

「いい。ひとりで行きたいから」

「大通りから離れないのよ、カイラ」ママが叫んだ。

わたしは村を歩いて抜け、エイミーとジャズがいつも行くフットパスを過ぎた。ベンとわたしが歩いたところ。あそこでは走らなかった。多くのことが思い出されてくる。わたしは村のはずれまで歩き続けた。農場を過ぎ、林を抜けて森まで。もうそろそろ戻ろうかと考えていたときに、何か動くものがわたしの視界に入った。

わたしは振り返った。最初は何も見えなかった。野原を見渡し、木々を見つめて……そして、いた。フクロウが柵の支柱にとまっている。雪のように白い。わたしを見つめ返し、自分の世界を探索している。でも、今は昼間、夜ではない。わたしだって、フクロウが夜の生物であることくらい知っている。

しかし、だれもそのことを、このフクロウに教えていなかった。

惹きつけられて、わたしはじっと見つめた。

フクロウも見つめ返した。わたしは足を進めて近づいた。大通りを離れ、柵と森の間の細い小道に入って行った。やっとフクロウの目や羽根がはっきりと見えるほど近づくことができた。

するとフクロウは飛び立った。大きな白い羽をはばたかせる姿は、あの金属の造形のようだ。フクロウは急降下して、またとまった。今度は野原のはずれの門の上。おそらく、二十メートルくらい先だろう。フクロウが振り返り、わたしを見据えた。

待っている？

それで、わたしはフクロウを追いかけた。わたしたちは、この追いかけっこを何度もくり返した。わたしが距離を半分まで縮めると、フクロウが飛び、それからまたわたしがついてくるまで待った。

それを続けてしばらくすると、すっかり森の中まで入っていて、わたしは完全に迷子になったことに気づいた。いつもの方向感覚は麻痺《まひ》していた。フクロウが飛ぶ先ばかりを追いかけて、自分がどこを歩いているかにまったく注意を払わなかったから。

今や空は黒く反転して怒り、太陽を隠している。すぐに雨になるだろう。

フクロウは、今度は木の枝にとまった。すごく高いところにいて、わたしが近づいても、飛んで行かなかった。

「ありがとう」わたしはフクロウに言った。「あなたに捕まったわ。あなたはこれからどうしたいの？」

フクロウは何かを見つけ、じっと見つめて首を傾げた。わたしの背後を見つめて、木の上で飛ぶ体勢になった。そして視界から消えた。

「わたしはあなたとこれからどうしたいの？　よし、よし」

わたしはすばやく振り向いた。

あいつだ。ウェイン。レンガ職人。

わたしは、信じられない思いでまばたきした。

「つけてたの？」わたしは言って、後ずさりし始めた。

「ああ、そうだ。おまえさんがいつもおれのことをじっと見てるみたいだから。しばらくはこっちがおまえを見ていてやろうかと」ウェインが笑った。

しかし、歯をむき出しにした口だけで、目は笑っていない。ウェインが近づいてきた。

わたしはまた後ずさりした。踵《きびす》を返して走ろうとしたが、木の根につまずいて転んだ。思ったよりも、ウェインは素早く動いた。わたしの手を掴み、腕をねじ上げた。わたしは木に押さえ付けられた。

「今回は、だれも助けてくれないぞ」耳元でウェインが言って、わたしの洋服をまさぐった。わたしは抗《あらが》った。

「馬鹿女め。そのままじっとしてろ。ほんとはしてほしいくせに。それに、おまえは動揺したり怒ったりすれば、ブラックアウトするんだ。もしかしたら、**死ぬ**かもな」

ウェインはわたしの髪をぐいと引き、頭を自分の方に引き寄せた。

筋肉が覚えていた。本能が凌駕《りょうが》した。わたしは抗うのをやめて、力を抜いた。

「そうだ、それでいい」ウェインが言って、覆いかぶさり、キスしてきた。打ちすえ、ひっかいて、わたしの口に舌をねじこんできた。わたしは吐きそうになった。わたしは体を少しひねると、ウェインの膝の間に、わたしの膝を強くねじ込んだ。

そして何かが……**パチンと**鳴った。わたしの中で。

ほとんど音がしたようだった。カチッと、割れた。どうしても届かなかった場所の隙間からかすかな光が射した。

壁。

ウェインは罵《ののし》りながら倒れた。まだわたしの髪と腕を強く握っていて、一緒に引きずり倒そうとしている。

「スレーテッド売女め。思い知らせてやる」ウェインが唸《うな》った。

できるかしら。

ウェインはわたしより三十センチほど背が高かった。体重は倍だろう。しかし、わたしの腕と脚と筋肉は、何をすべきかを知っていた。

わたしは攻撃した。

それはすぐに終わった。

わたしはウェインの後ろに立った。わたしに触ろうとしたこの男は今、血を流しながら地面にじっと横たわっている。

顎が割れ、後頭部の切り傷から血が流れている。死んだ……のだろうか？

わたしは心配になって、近寄った。知りたくもあり、知りたくもなかった。ウェインに覆いかぶさった。触りたくなかったが、脈をたしかめるために我慢して、ウェインの首筋に手を伸ばした。

そのとき、ウェインがぱっと目を開けた。わたしは飛び上がって後ずさったが、ウェインの手がわたしの踵《かかと》を掴んだ。わたしは喉から叫び声を上げ、なんとか逃れようと頑張った。何度もくり返して蹴ったが、ウェインの手は執拗に、きつく握ったまま離れなかった。

わたしはしゃがみこみ、ウェインの指を一本ずつはがし、それから**走った。**

いちもくさんに森を抜けた。枝が顔を突き、根につまずきそうになったが、木々と絡みつく藪《やぶ》の中を、小道に出るまで全速力で駆け抜けた。

この小道、ああ。ここから来たんだった。思い出した。わたしの中にある論理的な部分が脚をコントロールし、ペースを落とした。

レボは6を示している。

どうして、こうなっているのか？

頭はガンガンして、手は震え、足はもつれているのに。

「わたしは何をしたの？」木にささやいた。

「どうやって？」

シーッ。

「今のはだれが言ったの?」

周りを見た。でもわたしだけだ。

心の中のどこかで、わたしは静かだった。

新しい壁ができていた、わたしの思考や感情をレボに連動させるのを阻止する壁。これは強固だ。

「わたしは何をしたの?」

しかし、わたしの疑問は出てきた途端に抑えられた。

なるようになるさ。

もう一度周りを見た。でも、ここにはだれもいない。声はわたしの頭の中だ。あの声は、いつもわたしの頭の中からだったんだ。

「あなたはだれ? あなたはルーシー?」

違う! あの泣きべその弱虫は、永遠にいなくなった。

わたしは……おまえ。昔のおまえだ。

「何が望みなの?」

おまえとひとつになりたい。

「いや」

おまえに選択の余地はない。

「いや！」

わたしは地面に倒れた。

わたしの中にいるこの侵入者がレンガを引っ張った。裂け目が広がり、セメントが崩れ、レンガが粉々になって落ちた。塔全体が崩落した。

頭の中に万華鏡が広がった。イメージが最初はゆっくりと、次第に速くなり、わたしの脳内をぐるぐる回転している。

眩暈《めまい》がして、頭が爆発しそうだが、わたしには止められない。腸がねじれ、何度も何度も吐いた。お腹の中に残っているものがなくなるまで。でもわたしはまだ地面の上に倒れている。

どうしてこうなったの？　わたしの記憶は失くなったはずなのに。何が起きたの、今、何が起きているの？

わたしは暗くなっていく空をじっと見つめていた、肋骨《ろっこつ》の内側で、心臓が激しく音を立てていた。だんだんとわたしの頭の中のぐるぐるは回転を落としていった。

記憶が注目しろと叫ぶのを止め、落ち着いてきた。急速な動きが止まり、記憶がぴったりするところを探して収まった。

どうしてこんなことになったの？　これはどういうこと？

氷のように薄い水色の瞳。その目は知っている。いつも知っていた。

頭に、彼の顔が現れた。わたしがすべきことをやりとげると、天使のように笑った。そうでないときは、向き合うのを避けた。

思わず大きな声が漏れた。彼の名前を思い出したから。

ニコ。あのとき彼のことをどう思っていたかを思い出した。あの当時、彼がわたしの人生の中心だった。彼がわたしの人生を支配した。

痛み、喜び、ひとりの人間がどうやったら別の人格になれるか。愛と嫌悪は相似形。同時にふたりの人間として存在する方法を彼が教えた。

哀れなルーシーと、彼女のもうひとりの自我。弱虫と戦士。ルーシーが消え、もうひとりだけが残った。

自我の分裂を嫌がったルーシーの指をレンガで砕いたのはニコだ。でも、ニコはわたしのために、わたしを守るためにしたのだ。ローダーズがわたしの脳に手を突っ込んだとしても、わたしが安全なように。

そして、その通りのことをローダーズはした。わたしはスレーテッドされた。そして、ニコがルーシーにしたことが、結局はわたしを救ったのだ。

ニコはどうやってわたしを探し出せたのだろう？

ニコとしてではない。しかし、違う洋服を着て、教師という新しい役柄を演じていても、彼の笑顔は変わらなかった。わたしのため、わたしだけのため。教室内の他の少女たちを無視して、彼は自分の目で、自分の特別なお気に入りを見つけたのだ。

彼はゆっくりウインクした。あの日、**性悪女め**とわたしに味方にしてミセス・アリを罵倒した。あのときわたしは、彼がだれか思い出していなかったが、彼がわたしの背中を押そうとしたのだと、今わかった。ベンのことでとてもつらい思いをしたから、隠れていた記憶が戻ってくるようにしたのだ。

彼がわたしを見つけ、彼かテロリストの彼の仲間がファーン先生を病院送りにして、わたしの学校で彼女の代役になったに違いない。

ニコ、または今の名前ならハッテンが、もろもろの面倒をおしてもやってきた理由は、ひとつしかありえない。カイラの世界に来るためだ。わたしの世界。

でも、なぜ？

わたしは目を見開いた。

彼はわたしに何を求めているのだろう？

疑問がぼんやりと頭をもたげてきた。イメージが頭の中で次々と漂い、どんどん速くなってくる。

死と殺しの道具。爆薬と起爆装置、銃と発火装置、隠した刃物で狙う急所。ニコは相手の息の根を止める方法を数多く、わたしに教え込んだ。素手でさえ。

違う！

違わない。なんなら、ウェインに訊いてみればいいわ。

わたしは飛び上がって、木々の間を走り始めた。

ウェインの死体から離れて、大通りに戻る。

違う、違う、違う、違う、違う、頭の中で叫びながら、足を進めた。

わたしはやってない。わたしにはできない。わたしはそんな人間じゃない、もう。

じゃあ、ベンのことはどうなの？

ベン。足元がふらついた。手元のレボを見た。同じようなものをわたしが切り落として、ベンの命を奪った。おそらく、これがベンの命綱だったのに。

6・2？　わたしは手首を強くひねった。何も起こらない。少なくとも痛みを起こすはずなのに。

今日の午後やったことを考えれば、わたしは死んでもおかしくなかった。スレーテッドにされて以来わたしの命を支配してきた**こいつ**に脳を攻撃されて。これはまだわたしの手首にあるが、なぜかわたしの頭に新しくできた壁によってブロックされた。

ベンがしたかったのは、レボから自由になることだった。そうすれば、違うことができる。何かができる。

そしてわたしはここにこうしている。レボから自由になって。

腕に鳥肌が立った。

木に寄りかかり、目を閉じた。そこには温かくて茶色のベンの目があった。わたしのことを大切に思ってくれた人。わたしがだれであろうと、かつてだれであったとしても。真実を知ったとしても、ベンは変わらずに思ってくれるかしら？

わたしはベンが死んだとか、永遠にいなくなったとか、まだ信じられない。金属のフクロウのように、動かずに黙ったままだなんて。

わたしは信じたくない。

ニコは自分の望みを果たすためにわたしがここにいると思うだろう。

驚くだろうが、でも対価を払ってもらわなくては。ベンを捜すのを手伝わせる。でなければ、ニコやニコのたくらみのためには何もしない。

わたしは約束をつぶやいた。

木と風に、空から落ち始めてきた雨に、そしてこの場所に連れて来てくれたフクロウに。

「ベン、わたしはあなたをきっと見つける」

解説――リーダビリティ抜群の記憶サスペンス＋ディストピアSF

書評家　大森《おおもり》　望《のぞみ》

もしあなたが記憶を消されて、新たな人生を歩みはじめるとしたら？

映画で言えば、マット・デイモン主演の『ボーン・アイデンティティー』（原作はロバート・ラドラムの長編『暗殺者』）とか、ベン・アフレック主演の『ペイチェック 消された記憶』（原作はフィリップ・K・ディックの短編「ペイチェック」）を思い出すところ。ほんとうの自分はいったいだれなのか？ なぜ記憶を消されたのか？ そこから生まれる強烈なサスペンスが物語をドライブしてゆく点は、本書も同じ。ただし、物語の主人公は、大人の男性ではなく、十六歳の少女、カイラ。ある事情から、特殊な処置を受けて記憶と性格をリセットされた彼女は、九カ月にわたる入院加療を経て、ロンドンから車で一時間ほどの距離にある郊外の村に移り、新しい人生を歩むことになる。

そんなカイラの運命を瑞々《みずみず》しい一人称で描く本書、テリ・テリー『SLATED スレーテッ

ド　消された記憶』は、二〇一二年五月に英国の児童書出版社オーチャード・ブックスから刊行された長編*Slated*の全訳。『SLATED 2（原題*Fractured*）』『SLATED 3（原題*Shattered*）』と続く《SLATED》三部作の第一部にあたる。無名の著者のデビュー長編ながら、記憶消去というショッキングなモチーフと、十六歳の少女の一人称によるリーダビリティ抜群の語り口でたちまち大評判となり、リーズ図書賞をはじめとして、児童書を対象とする英国の文学賞十冠を獲得。ドイツ語、フランス語、スペイン語、中国語などに翻訳され、すでに海外十一カ国で出版されている。その十二カ国目として、こうして日本版がお目見えしたわけだ。

物語の舞台は、二〇五四年のイギリス。EU離脱後、二〇二〇年代の欧州経済危機に端を発する大混乱と国境封鎖を経て、英国社会は一変。新たに発足した中央連合政府は、多発する十代の暴動やテロを抑えるため、二十一歳以下の国民が携帯電話を持つことを禁止し、十六歳未満の犯罪者に対しては、矯正と再犯防止を目的として、スレーテッド(Slated)と呼ばれる記憶消去処置を施すことを決定する。

題名にもなっている“Slated”とは、「石板」を意味するslate（スレート葺《ぶ》きの屋根に使われてるあのスレートです）をもとにした造語。英語で“clean slate”と言えば、「白紙」のことだし、“wipe the slate clean”と言えば、「過去を清算する」とか「新たに出直す」という意味になる。したがって、本書で使われる〝スレーテッド〟は、記憶と性格をまっさらにする（処置を受ける）こと、およびそうされた人々のことを指す。

語り手の〝わたし〟ことカイラも、そうしたスレーテッドのひとり。新しい両親（父はデイビッド、母はサンドラ）と、同じスレーテッドである新しい姉エイミーとともに暮らしはじめたカイラは、近隣に住むスレーテッドたちのグループ療法会に参加し、ベンという少年と知り合い、しだいに親しくなる。新しい学校（ロードウィリアム校）にも通い、新しい友人をつくって、カイラとしての新生活に少しずつなじんでゆく。

しかし、消去されたはずの過去の断片が折に触れて甦《よみがえ》り、彼女を悩ませる。砂の上を必死に走っている夢。右利きなのに、左手に鉛筆を持つと自然に楽々と描けてしまうスケッチ。すぐに乗りこなせる自転車。なにかがおかしい……。

スレーテッドは、記憶と性格を一新されたあとも、二十一歳になるまでは手首にレボ（levo）と呼ばれる特殊なリングを装着することを義務づけられ、レボによって幸福度をつねにモニターされている。十段階で表示される数字が5未満になると警報が鳴り、3を切ると（感情の暴発を防ぐため）装着者は強制的にブラックアウト（失神）させられる。レボをつけていることで、スレーテッドはノーマルとひと目で区別できるため、いやがらせの対象になるなど、社会的差別にもさらされている。

さらに、カイラの周辺には、灰色のスーツを着たローダーズのエージェントたち（作戦行動中は黒の制服を着用）が出没し、監視の目を光らせている。ローダーズ（Lorders）とは、おそらく〝法と秩序〟（Law and Order）からとった造語。自由ＵＫ（Freedom UK）とともに中央連合政府を樹立した与党だが、法と秩序を守るべく、治安警察のような役割を果たしている。

……と、以上の設定からわかるとおり、本書は、記憶サスペンスの要素に加えて、ディストピアＳＦの要素も色濃い。ディストピアとは、ユートピア（理想郷）の反対の、あまり楽しそうに見えない未来社会のこと。全体主義的だったり、監視社会だったり、なんらかのかたちで人間的な自由が失われた未来を描く場合が多い。小説では、オルダス・ハクスリー『すばらしい新世界』（一九三二年）や、ジョージ・オーウェル『一九八四年』（一九四九年）あたりがその源流。

日本でも、映画化された高見広春《たかみこうしゅん》の大ベストセラー『バトル・ロワイアル』をはじめ、ＴＶアニメ化されたあさのあつこ『No. 6』シリーズや、劇場アニメ化された伊藤計《いとうけい》劃《かく》『ハーモニー』、あるいは伊坂幸太郎《いさかこうたろう》の『ゴールデンスランバー』『モダンタイムス』『火星に住むつもりかい？』など、ディストピア小説は根強い支持を集めている。しかし、英語圏での人気はそれ以上。とくに、ヤングアダルト（ＹＡ）向けの市場では、米国内だけで合計六五〇〇万部以上を売ったスーザン・コリンズの『ハンガー・ゲーム』三部作（アメリカ版『バトル・ロワイアル』とも言われる）を筆頭に、今世紀に入ってディストピアものが大ブーム。日本の数十倍の量が出版されている。読書ＳＮＳのGoodreadsで、「ベストＹＡディストピア小説」というカテゴリーにリストアップされているものだけでも、その数、五六〇冊。邦訳があるものをランダムに挙げると、パトリック・ネス『混沌の叫び』三部作、ロイス・ローリー『ギヴァー』四部作、スコット・ウエスターフェルド『アグリーズ』シリーズ、マリー・ルー『レジェンド』、ベロニカ・ロス『ダイバージェント』シリーズ、ローレン・オリヴァー『デリリウム17』、ジェイムズ・ダシュナー『メイズ・ランナー』シリーズ、アリー・コンディ『カッシアの物語』三部作……という具合。

テリ・テリーは、この激戦区に、デビュー長編で殴《なぐ》り込みをかけたことになる。もっとも、著者は、ディストピアＳＦを書くつもりだったのではないという。ウェブサイトbook countryの著者インタビューから、本書誕生の経緯に触れた部分を引用する。

*Slated*の出発点は、ひとりの少女が砂浜を走っている夢だった。追ってくるものを見るのがこわくてうしろをふりかえることもできず、必死に走っている。目が覚めたあと、わたしはその夢のことを、半分ぼうっとした状態のまま急いで書きとめ、そこから物語が成長していった。だから、何にインスパイアされたのか、自分でも説明で

きない。この物語がわたしを選んだのよ。心にひっかかっていた問題や強迫観念を解明したいという、無意識の欲求があったんでしょうね。

氏《うじ》か育ちかという議論がそのひとつ。おそろしい暴力的な罪を犯す人間には、生まれつき頭の配線におかしいところがあるのか、それとも、どんな人間にも、状況次第でそうなってしまう可能性があるのか？　もうひとつは、アイデンティティの問題。わたしたちをわたしたちにしているのは何なのか？　記憶を消去されたら、その人は前と同じ人間なのか？　最後のひとつは、テロリズムの問題。もっと具体的に言うと、ある集団を暴力的なテロ集団だと決定するのは、その集団の目的なのか、それとも手段なのか？　テロリストと、自由のために戦う人々とのあいだには、いったいどんな違いがあるのか？　彼らの目的に賛同できるかどうかで、ある集団がテロリストかどうかを決めていいのか？

こういうテーマを描くために構築されたのが、ローダーズの支配する管理社会。とはいえ、そういう問題を扱っているからといって、物語が観念的になったり重苦しくなったりすることはない。前半は恋あり友情ありの青春小説だし、カイラの過去が少しずつ明らかになるにつれて、強烈なサスペンスが物語を牽引《けんいん》しはじめる。

三部作の導入編にあたる本書では、最初のうちはゆっくりしたテンポで話が進んでいくが、次第に展開が速くなり、ある事件をきっかけに急加速する。続く『SLATED 2 引き裂かれた瞳』では、アクションの要素も大きくなり、国家全体を揺るがす陰謀に巻き込まれたカイラの思いがけない運命が描かれる。そして、すべての謎が解ける完結編『SLATED 3 砕《くだ》かれた塔』では、カイラの人生が一変。さらにスケールが広がって、堂々の大団円へと雪崩れ込む。三冊合計一五〇〇ページという物量だが、読みはじめたらノンストップなのでご心配なく。

さて、最後に、本書が初の邦訳となるテリ・テリーについて簡単に紹介しておこう。著者はイギリス在住だが、生まれはフランス。父親がカナダ空軍に所属していたため、一歳のときカナダに帰国してからは、全国各地の空軍基地を転々とする少女時代を過ごし、しじゅう引っ越しばかりしていた。そのため、学校など周囲の環境になかなかなじめず、自分の殻《から》に閉じこもりがちだった。頭の中で物語をつくる習慣は孤独な少女時代に生まれたものだし、そのころの経験が本書の主人公カイラの境遇にも反映しているという。ノヴァ・スコシア州のハイスクールを卒業後、アルバータ州の大学で医学を学んだのち、微生物学に転向。卒業後、今度はロースクールに入り直して学位をとり、法律事務所に勤務。そこで知り合ったオーストラリア人の恋人とともに豪州に移住。そこで九年ほど、検眼士として働く。その恋人と別れたあと、休暇旅行で出かけたイギリスで、夫となる人物と出会い、結婚してイギリスに住むこととなる。

オーストラリアの検眼士の資格がイギリスでは認められなかったため、中学校のティーチング・アシスタントをしながら、大人向けの小説を書きはじめる。はじめての長編が完成したころ、たまたま見つけたのが、視覚障害者や識字障害者のための慈善事業としてオーディオ・ブックを制作しているキャリバー・オーディオ・ライブラリーの求人だった。求められていたのが児童書の専門家だったので、その分野を猛勉強してめでたく採用され、同社で働くあいだに大量の児童書を読むことになる。

そのとき、デイヴィッド・アーモンドの『肩胛骨《けんこうこつ》は翼のなごり』とオーエン・コルファーの『アルテミス・ファウル』シリーズに出会って衝撃を受け、児童文学を書こうと決意。最初に完成した児童向けの短編をウィンチェスター大学の新人文学賞に送ったところ、八歳〜十二歳部門の一位を獲得。それに励まされて、ひたすらヤングアダルト向けの小説を書きつづけた。はじめて出版されることになった本書は、完成した長編としては九作目だったという。

《SLATED》三部作で成功し、フルタイム作家となったあとは、同じオーチャード・ブックスから、仮想現実世界を背景にした近未来SF *Mind Games*（二〇一五年三月刊）と、アーバン・ファンタジー *Book of Lies*（二〇一六年三月刊）を出し、それぞれ高い評価を得ている。

ちなみに、テリ・テリー（Teri Terry）という冗談のような名前は、ペンネームではなく著者の本名。偶然にも、テリーという名前の男性と知り合って結婚することになったため、本名がテリ・テリーになる（実際の発音は〝テリー・テリー〟に近い）という誘惑に抵抗できず、あえて夫の姓に改名したという。日本で言えば、つかさという名前の人が司という名字の人と結婚して司つかさになりました、みたいな話ですが、おかげで覚えてもらいやすい名前になったのはまちがいない。《SLATED》三部作の邦訳を機に、彼女の名前と作品が日本でも広く知られるようになることに期待したい。

スレーテッド

一〇〇字書評

切り取り線

購買動機（新聞、雑誌名を記入するか、あるいは○をつけてください）	
□（　　　　　　　　）の広告を見て	
□（　　　　　　　　）の書評を見て	
□ 知人のすすめで	□ タイトルに惹かれて
□ カバーが良かったから	□ 内容が面白そうだから
□ 好きな作家だから	□ 好きな分野の本だから

・最近、最も感銘を受けた作品名をお書き下さい

・あなたのお好きな作家名をお書き下さい

・その他、ご要望がありましたらお書き下さい

住所	〒				
氏名		職業		年齢	
Eメール	※携帯には配信できません		新刊情報等のメール配信を 希望する・しない		

この本の感想を、編集部までお寄せいただけたらありがたく存じます。今後の企画の参考にさせていただきます。Eメールでも結構です。

いただいた「一〇〇字書評」は、新聞・雑誌等に紹介させていただくことがあります。その場合はお礼として特製図書カードを差し上げます。

前ページの原稿用紙に書評をお書きの上、切り取り、左記までお送り下さい。宛先の住所は不要です。

なお、ご記入いただいたお名前、ご住所等は、書評紹介の事前了解、謝礼のお届けのためだけに利用し、そのほかの目的のために利用することはありません。

〒一〇一－八七〇一
祥伝社文庫編集長　坂口芳和
電話　〇三（三二六五）二〇八〇

祥伝社ホームページの「ブックレビュー」からも、書き込めます。
http://www.shodensha.co.jp/bookreview/

祥伝社文庫

スレーテッド　消《け》された記憶《きおく》

平成29年　4月20日　初版第1刷発行

著　者　テリ・テリー
訳　者　竹内美紀《たけうちみき》
発行者　辻　浩明
発行所　祥伝社《しょうでんしゃ》
東京都千代田区神田神保町3-3　〒101-8701
電話　03（3265）2081（販売部）
電話　03（3265）2080（編集部）
電話　03（3265）3622（業務部）
http://www.shodensha.co.jp/
印刷所　堀内印刷
製本所　ナショナル製本
カバーフォーマットデザイン　芥　陽子

Printed in Japan ©2017, Miki Takeuchi　ISBN978-4-396-34238-8 C0197

11カ国を熱狂させた傑作ディストピア小説

「SLATED」3部作

“わたし”は誰なのか? なぜ政府に記憶を消されたのか?
2054年、超管理社会と化した英国で、
少女カイラの戦いが、今始まる——

連続刊行!

「SLATED 消された記憶」

スレーテッド手術で記憶をリセットされ、デイビス家で新たな生活を始めたカイラ。しかし、頻繁に見る悪夢が消されたはずの記憶の断片だと気づき……。

2017年5月発売予定

「SLATED2 引き裂かれた瞳」

反政府組織の思惑に翻弄され、葛藤するカイラ。ミッションを負って臨んだ政府の式典「アームストロング・メモリアル・デー」でカイラが取った行動とは?

2017年6月発売予定

「SLATED3 砕かれた塔」

過去を確かめるため、一人旅立ったカイラは本当の記憶を取り戻すことができるのか? そして、ローダーズとの戦いの行方は……。圧巻の完結編!